# LES BLANCHISSEURS

DU MÊME AUTEUR

*Romans*

The Margin of the Bulls
The Ginger Jar
Pietrov and Other Games

*Documents*

The End of the American Century
Risk Takers - Five Years On
Minus Millionaires
Risk Takers
Teamwork
Bette Davis - A Filmography

*Biographies (en français)*

Bardot
Rainier et Grace
Yamani

Jeffrey Robinson

# LES BLANCHISSEURS

*Document*

PRESSES DE LA CITÉ

Titre original : *The Laundrymen*
Traduit par Hubert Tézenas


ISBN 2-258-04057-4

*Pour Charles Tugendhaft,*
*pote depuis toujours.*

# Prologue

Robert Torres avait tout.

De l'argent. Des belles voitures. Du prestige. Toutes les femmes qu'il voulait.

Pour un petit voyou qui avait démarré dans la vie en vendant de l'herbe au coin des rues de Spanish Harlem, il pouvait se vanter d'être arrivé aussi près que possible de l'incarnation du rêve américain.

Son histoire est d'abord une histoire de famille.

Ses cousins s'étaient chargés de lui mettre le pied à l'étrier dans les années soixante-dix. C'étaient eux qui lui fournissaient les petits sachets de plastique remplis de marijuana qu'il avait mission de vendre à toute personne ayant à la fois envie de planer et quelques menus billets en trop.

Mais l'herbe ne lui rapportait qu'un peu d'argent de poche, et Torres, qui ne manquait ni d'ambition ni de projets, finit par se dire que vendre du *shit* à des mômes et à des tapineuses au risque de se faire ensuite rosser par leurs macs n'était pas le meilleur moyen de devenir riche. Aussi, au bout de quelque temps, décida-t-il de se diversifier — bref, de se lancer vraiment dans le métier.

C'est-à-dire dans l'héroïne.

Il lui fallut du temps. Et parce que c'est un domaine où le moindre faux pas est vite sanctionné par une mort violente, il lui fallut aussi des *cojones* [1]. Mais Torres réussit à se faire une

1. Couilles. *(N.d.T.)*

place au soleil. Il eut l'intelligence de s'y prendre lentement, pas à pas, et aussi suffisamment de chance pour ne pas perdre la vie en cours de route.

Pour commencer, il fourgua sa came lui-même.

Puis il posta des dealers aux coins des rues pour vendre à sa place.

Par la suite, il trouva le moyen d'importer la drogue et il apprit toutes les ficelles de la vente en gros ; en dix ans, il rassembla une centaine d'*amigos* sous ses ordres. Ces « amis », autobaptisés *Los Brujos* — les Sorciers —, contrôlaient un réseau de vingt centres de distribution à Manhattan et dans le Bronx.

Au début de 1993, Torres vendait chaque jour pour près de un demi-million de dollars d'héroïne.

En espèces, bien sûr.

C'est alors que les fédéraux l'épinglèrent.

Ils s'abattirent sur lui à la façon d'un commando militaire puissamment armé, l'arrêtèrent, mirent Los Brujos en fuite et démantelèrent son empire financier.

Pendant un temps, Robert Torres avait tout eu.

Il avait eu de belles voitures. Du prestige. Toutes les femmes qu'il voulait. Il avait aussi un éventail d'actifs — entièrement construit à partir de billets récoltés à la sauvette sur les trottoirs — consistant en soixante propriétés commerciales entre New York et Porto Rico, une entreprise de construction, plusieurs restaurants, un complexe touristique près de San Juan et une série d'investissements financiers des plus lucratifs.

À trente-sept ans, Torres pesait plus de 60 millions de dollars (300 millions de francs).

Et pendant toute la durée de sa splendeur, tapi dans l'ombre, un homme — ancien cadre supérieur de la Chase Manhattan Bank — s'était chargé de lui montrer les meilleurs moyens d'empoigner le rêve américain à la gorge.

Cet homme était son blanchisseur.

# 1

# Un tour de passe-passe

*Si le Président fait quelque chose, c'est que ce n'est pas illégal.*

Richard Nixon

Le blanchiment de l'argent sale est avant tout une question de doigté.

C'est un tour de passe-passe capable de générer des fortunes.

Peut-être n'a-t-on jamais été aussi près du vieux rêve des alchimistes.

Force vitale des trafiquants de drogue, des escrocs, des contrebandiers, des preneurs d'otages, des marchands d'armes, des terroristes, des racketteurs et autres fraudeurs, le blanchiment, d'après la légende, aurait été inventé par Al Capone : celui-ci, tout comme d'ailleurs son grand rival George « Bugs » Moran, utilisait une chaîne de laveries automatiques disséminées dans Chicago pour maquiller les revenus qu'il tirait en réalité du jeu, de la prostitution, du racket et de la violation des lois de la Prohibition.

L'histoire est jolie — mais hélas dénuée de fondement.

Si le blanchiment de l'argent est ainsi nommé, c'est parce que ce terme décrit parfaitement le processus mis en œuvre : on fait subir à une certaine somme d'argent illégal, donc « sale », un cycle de transactions visant à le rendre légal, c'est-à-dire à le « laver ». En d'autres termes, il s'agit d'obscurcir l'origine de fonds obtenus illégalement à travers une succession d'opérations financières, jusqu'au moment où ces fonds pourront finalement réapparaître sous forme de revenus légitimes.

Un peu plus tard, certains ont tenté de mêler le romanesque au mythique en attribuant la paternité du blanchiment à Meyer Lansky.

Pendant que ses confrères comme Capone, Luciano et, un peu plus tard, Frank Costello se frayaient un chemin dans le monde de la pègre par la violence, Lansky — un mètre soixante, né en Pologne, élevé à New York, ayant abandonné ses études en fin de troisième — préféra utiliser sa cervelle pour devenir le plus haut placé des non-Italiens dans ce qu'on appelait alors « le Syndicat ». On le considérait affectueusement, à l'époque, comme le comptable de la Mafia. De nos jours, il est aussi fréquemment salué comme le saint patron des blanchisseurs. Sans doute aurait-il apprécié une épitaphe de ce genre.

Lansky avait été particulièrement frappé, en octobre 1931, par l'imprudence de Capone. Celui-ci s'était laissé arrêter par le FBI, condamner et expédier à Alcatraz pour un crime aussi trivial que la fraude fiscale. Bien décidé à éviter un sort similaire, il décida de fonder son action sur le principe suivant : toute somme dont le fisc ignorait l'existence était, par définition, exemptée d'impôt. Ce principe une fois établi, il se mit en devoir de trouver les meilleurs moyens pour dissimuler ses revenus. Avant même la fin de l'année, il avait découvert les avantages offerts par les comptes numérotés des banques suisses. Quelque vingt ans plus tard, après avoir aidé son partenaire de longue date Benjamin « Bugsy » Siegel à financer The Flamingo — premier grand complexe casino-hôtel du morceau de désert qui allait bientôt devenir Las Vegas —, Lansky convainquit ses petits camarades que leur avenir reposait dans l'expansion à l'étranger. Même si le fisc soupçonnait l'existence d'argent caché, il n'était pas en mesure de mettre la main dessus, et c'était là la meilleure des garanties. Lansky introduisit donc la Mafia à La Havane et, avec la bénédiction du dictateur Fulgencio Batista, il suscita, presque à lui seul, un véritable boom économique dans la capitale cubaine. Hélas, son rêve de paradis fiscal s'effondra brutalement quand Fidel Castro — descendu des montagnes en 1959 avec ses hommes et des armes fournies par des gangsters américains — renvoya tous les Yankees chez eux.

Tandis que certains de ses confrères broyaient du noir en ressassant leur malchance, Lansky se montra philosophe. Il admit avoir parié sur le mauvais cheval — au départ, d'ailleurs, qui aurait cru que Castro, son ami Che Guevara et leur bande de révolutionnaires en guenilles étaient capables de s'emparer durablement du pouvoir ? —, fit une croix sur ses pertes et en tira la leçon suivante : un environnement politique stable est la meilleure garantie pour tout investissement à l'étranger.

À la recherche d'un refuge à la fois sûr et « sain », il se tourna vers les Bahamas. Situées à une demi-heure d'avion de Miami et dans le même fuseau horaire que la côte Est des États-Unis, ces 700 îles — à l'époque colonie britannique — réunissaient des conditions idéales. Les communications étaient bonnes, l'immobilier bon marché, l'accès aisé ; le marché était florissant et, mieux que tout, les politiciens locaux étaient suffisamment véreux pour qu'il soit possible de renforcer leur mainmise sur le pouvoir à coups de dollars et de garantir ainsi la stabilité du régime.

Le seul hic, en ce qui concerne la canonisation de Meyer Lansky en tant que saint patron des blanchisseurs, c'est qu'il n'était ni saint ni blanchisseur. Fondamentalement, il ne cherchait qu'à échapper à l'impôt. Rien ne prouve qu'il ait fait davantage que mettre sur pied quelques filières rudimentaires d'évasion de capitaux. Rien ne suggère qu'il ait eu l'intention de rapatrier un jour cet argent pour pouvoir le réinjecter dans le circuit légal.

Plutôt qu'un père fondateur ou qu'un saint patron, Lansky est au blanchiment de l'argent ce que les frères Wright sont au Concorde. Sans nul doute, il fit décoller les affaires, mais il devait laisser à d'autres le soin de franchir le mur du son.

Détail intéressant, il semblerait que ce ne soit pas avant 1973 que l'expression « blanchiment d'argent » apparaisse sous forme écrite pour la première fois en anglais. Et quand cela se produisit, Meyer Lansky n'avait rien à voir là-dedans. À en croire une source autorisée en la matière — l'*Oxford English Dictionary* —, le terme fut adopté par la presse à propos du scandale du Watergate.

À la fin du mois de février 1972, Richard Nixon posa la

première pierre d'une campagne visant à renouveler une seconde fois son mandat à la Maison-Blanche. Il annonça la création du Comité pour réélire le Président — le CRP, que d'aucuns prononçaient curieusement *creep*, c'est-à-dire « lèche-bottes » — et nomma à sa tête un vieil ami, le ministre de la Justice John Mitchell. Mais cela, c'était strictement pour la galerie. Le vrai coup d'envoi de la campagne de réélection avait été donné au moins un an plus tôt par Mitchell et le ministre du Commerce Maurice Stans — lequel devait prendre la tête du Comité des finances du CRP. Il s'agissait d'amasser secrètement un trésor de guerre présidentiel. Parmi les nombreux contributeurs sollicités, l'industrie laitière américaine figurait en bonne place, reconnaissante à Nixon d'avoir obtenu des subventions fédérales. La liste comportait également le nom du milliardaire reclus Howard Hughes. Celui-ci aurait remis de la main à la main 100 000 dollars au meilleur ami de Nixon, le banquier de Floride Charles « Bebe » Rebozo.

L'escroc international Robert Vesco mit lui aussi la main à la poche. Quoique en disgrâce et serré de près à l'époque par le Département de Justice de Mitchell, il tenait Nixon en assez haute estime — sans parler, bien sûr, de la perspective de jouir de l'indulgence du Bureau ovale — pour offrir aux amis du Président une donation en espèces de 200 000 dollars.

Quand Mitchell et Stans réussirent à arracher une promesse de donation de 100 000 dollars à la compagnie American Airlines, George Spater — alors président-directeur général de celle-ci — se retrouva dans une situation délicate : il lui fallait détourner des fonds déjà comptabilisés de son entreprise. Il s'arrangea pour faire émettre par une société libanaise du nom d'Amarco une fausse facture à titre de commission sur des pièces prétendument vendues à Middle East Airlines. American Airlines régla le montant de la facture, Amarco déposa l'argent en Suisse, puis le vira sur son compte de New York. Là, un agent d'Amarco retira les 100 000 dollars en liquide et les apporta à Spater, qui les remit à son tour à Mitchell et à Stans.

Braniff Airlines, autre compagnie aérienne sollicitée par le duo, préféra blanchir sa contribution en passant par Panama. Le vice-président de la compagnie pour l'Amérique latine ordonna à son représentant à Panama City de réunir 40 000 dollars en espèces en faisant établir par une entreprise locale une fausse facture pour « biens et services ». Le siège de Dallas fournit ensuite au bureau de Panama une liasse de billets d'avion en blanc, non déclarés, ne devant être émis qu'au nom de clients qui payaient leur voyage en liquide. L'argent réuni grâce à la vente de ces billets au noir fut ensuite acheminé par le biais d'une entreprise de construction de Dallas avant de réapparaître dans les livres de comptes de Braniff Airlines pour boucher le trou initial.

Stans se tourna aussi vers l'industrie pétrolière. Le président d'Ashland Oils, Orin Atkins, choisit d'effectuer la ponction nécessaire dans une filiale gabonaise. L'argent, blanchi en Suisse, fut ensuite retiré en liquide et rapatrié en Amérique dans l'attaché-case d'un cadre en voyage d'affaires. Quant à la société Gulf Oil, elle trouva plus commode de faire transiter son don de 100 000 dollars par une de ses filiales aux Bahamas.

Ces contributions, il va sans dire, ne furent pas déclarées au fisc. Même si la donation de Vesco fut finalement restituée, on pouvait encore techniquement discuter, selon la législation alors en vigueur, de l'obligation ou non de déclarer ces dons. La réponse, cependant, n'allait pas tarder à venir. Le Congrès venait de voter une loi, censée entrer en vigueur le 7 avril, qui interdisait spécifiquement cette sorte de donation anonyme. Sentant que cet élément nouveau risquait de gêner considérablement leur stratégie, Mitchell et Stans avaient décidé d'amasser autant de fonds que possible avant la date fatidique.

Ils dénichèrent donc un ancien contact mexicain, en mesure de brouiller toute trace compromettante des donations anonymes, et se remirent au travail de plus belle, sollicitant également des citoyens privés désireux de contribuer discrètement à l'avenir de M. Nixon. Ils n'en oublièrent pas pour autant les entreprises, auxquelles la nouvelle loi allait bientôt interdire de faire des contributions politiques substantielles et non déclarées.

Stans, qui ne brillait pas par la finesse de ses approches, assenait aux donateurs potentiels d'émouvants sermons sur la dette de gratitude que tous les patriotes avaient envers Richard Nixon, puis leur soutenait avec conviction que son intermédiaire mexicain était hors d'atteinte du fisc américain.

Avec le recul, le système dans son ensemble a l'immaturité

d'une magouille d'adolescents. Parmi les dons remis à Stans, en violation flagrante de la nouvelle loi, il y eut notamment quatre chèques de caisse d'un montant total de 89 000 dollars. Chacun de ces chèques avait été émis dans une banque des États-Unis différente et était payable à un avocat de Mexico répondant au nom de Manuel Ogarrio Daguerre. À la mi-avril, ces quatre chèques — respectivement de 15 000, 18 000, 24 000 et 32 000 dollars — furent transférés par Daguerre à Miami où, le 20 avril, les sommes correspondantes furent déposées sur le compte d'un agent immobilier, Bernard L. Barker. Au cas où quelqu'un lui poserait des questions sur cet argent, Barker avait reçu pour instruction de répondre qu'il s'agissait de sa commission sur une transaction immobilière effectuée pour le compte d'un homme d'affaires chilien anonyme. Si on lui demandait pourquoi il avait ensuite retiré les 89 000 dollars en liquide, il devait répondre que l'affaire en question n'avait pas abouti et qu'il avait dû restituer au Chilien le montant total de la commission.

Mitchell et Stans eussent-ils décidé de s'arrêter là et de fêter leur succès à grand renfort de vin, de femmes et de chansons à boire, il est probable que personne n'aurait jamais rien découvert. Mais, grisés par leurs premiers succès, ils commirent l'erreur de vouloir financer un crime.

Au soir du 17 juin 1972, cinq hommes s'introduisirent par effraction dans les locaux du Comité national démocrate, situé dans l'immeuble du Watergate, à l'est de Juarez Circle. Il s'agissait de Virgilio Gonzalez, serrurier d'origine cubaine ; d'Eugenio Martinez, activiste anticastriste doublé d'un informateur de la CIA, également d'origine cubaine ; de Frank Sturgis, mercenaire de Miami en contact avec la CIA ; de James W. McCord Jr, ancien fonctionnaire du FBI et de la CIA ; et d'un certain Bernard L. Barker, de Miami. Il devait s'avérer que ce dernier avait lui aussi œuvré pour la CIA : il avait notamment été impliqué dans l'invasion avortée de la Baie des Cochons, en 1962, à Cuba.

En soi, cette initiative ne méritait même pas le mépris que lui témoigna Nixon pendant tout le temps où il prétendit n'être au courant de rien. Pour parler bref, c'était un coup stupide et mal monté, qui se termina par un lamentable échec : les cinq hommes furent arrêtés sur-le-champ.

Dans un premier temps, les enquêteurs s'intéressèrent surtout à McCord parce que, à l'époque des faits, il était coordinateur de la sécurité au CRP. Puis vint l'arrestation de deux autres hommes, G. Gordon Liddy et E. Howard Hunt, les cerveaux de l'affaire. Or il apparut rapidement que tous deux entretenaient des liens directs avec la CIA, le Comité pour réélire le Président et même, ô stupeur, la Maison-Blanche.

Et pourtant, c'était Barker qui devait fournir le fil qui allait permettre de dénouer la conspiration.

Un peu trop sûrs d'eux, Mitchell et Stans n'avaient jamais pensé que quelque chose pourrait leur échapper. L'idée ne les avait pas davantage effleurés que, si l'aventure tournait mal, quelqu'un finirait par retrouver les quatre fameux chèques de caisse et remonterait ensuite jusqu'au CRP par l'intermédiaire de l'avocat mexicain. Or retrouver la trace des chèques, c'est précisément ce que réussirent à faire Bob Woodward et Carl Bernstein du *Washington Post.* L'affaire prit alors une dimension nationale, et tous les journalistes d'investigation des États-Unis se mirent sur le pied de guerre. Il s'ensuivit une compétition particulièrement féroce, chacun cherchant à placarder à la une de son journal une information exclusive toujours plus sensationnelle. Au bout du compte, ce fut le *New York Times* qui décrocha la timbale en mettant au jour la filière mexicaine.

Les assignations à comparaître se mirent à pleuvoir, et les enquêteurs eurent accès au compte en banque de Barker. Un cinquième chèque suspect fut découvert, d'un montant de 25 000 dollars. Daté du 10 avril et émis par la First Bank and Trust Company de Boca Raton, en Floride, il était établi à l'ordre de Kenneth H. Dahlberg, collecteur de fonds travaillant pour Nixon dans le Midwest. Quand un journaliste le contacta au sujet de ce chèque, Dahlberg reconnut en avoir depuis longtemps reversé le montant à Maurice Stans.

Les 89 000 dollars lavés au Mexique n'étaient que la partie émergée de l'iceberg. Le total des sommes détournées ne tarda pas à s'élever à 750 000 dollars. On apprit alors que Stans gérait une caisse noire aussi importante qu'illégale dans les bureaux du CRP.

Invariablement, l'amateurisme complet de son système de blanchiment ramenait les enquêteurs chargés d'élucider le « casse » du Watergate vers le CRP. Le 21 mars 1973 — déjà tellement empêtré dans ses propres mensonges que son sort apparaissait scellé —, Nixon tenta de persuader son conseiller légal John Dean qu'en blanchissant encore plus d'argent il parviendrait peut-être à trouver une solution à cette crise.

Au cours d'un entretien privé dans le Bureau ovale, Dean aurait prophétiquement averti Nixon en ces termes : « Les gens d'ici ne sont pas des pros de ce genre de truc. »

C'était le moins qu'on pût dire !

Il aurait également affirmé : « Blanchir de l'argent sale pour obtenir de l'argent propre et autres magouilles du genre, c'est le rayon de la Mafia... Nous autres, nous n'y connaissons rien, pour la bonne raison que nous ne sommes pas des criminels et n'avons pas l'habitude de nous occuper d'affaires de ce type. »

La fragile ligne de défense adoptée par Nixon ne tarda pas à se lézarder de part en part, tant et si bien qu'il fut bientôt évident aux yeux de tous que personne — et surtout pas un Nixon reconverti en blanchisseur — ne pouvait plus arrêter le processus qui devait, en fin de compte, provoquer la chute d'un président malhonnête.

Comme toutes les bonnes histoires à suspense, celle-ci ne manque pas d'éléments ironiques.

Premièrement, Nixon disposait d'une telle avance dans les sondages d'opinion par rapport à son adversaire George McGovern que le CRP n'avait aucun besoin de fonds illégaux. Nixon aurait pu rester tranquillement enfermé dans son Bureau ovale, sans se donner la peine de prononcer un seul discours, sans embrasser un seul bébé, sans emprunter une seule fois les voies d'une campagne électorale classique, il aurait littéralement gagné dans un fauteuil.

Deuxièmement, suite à l'affaire du Watergate, le Congrès décida de prendre des mesures concrètes pour restreindre le pouvoir d'intrusion de l'État dans la vie des citoyens. Parmi les lois qui furent alors votées, l'une d'elles priait poliment les membres de la police financière de cesser de relever la numérotation des billets de banque. Une véritable aubaine pour les blanchisseurs !

Enfin et surtout, à cette époque-là, le blanchiment de fonds n'était encore un crime nulle part dans le monde.

# 2

# Lavage

*L'argent recèle une étrange forme de pureté.*
Bernie CORNFELD

En termes d'école, il existe quatre facteurs communs à toutes les opérations de blanchiment.

Premièrement, la propriété et la source réelles de l'argent doivent être dissimulées. Il n'y a aucun sens à blanchir de l'argent si tout le monde sait qui le possède lorsqu'il resurgit à l'autre bout de la chaîne.

Deuxièmement, sa forme doit être modifiée. Personne n'aura l'idée de blanchir 30 millions de francs en billets de 100 francs pour se retrouver avec 30 millions de francs en billets de 100 francs. Entre autres choses, quand la quantité de papier-monnaie est importante, un changement de forme implique aussi une réduction de volume. Contrairement à la croyance populaire, on ne peut pas, par exemple, faire tenir 10 millions de francs dans un attaché-case. 10 millions de francs en billets de 500 francs empilés les uns sur les autres forment une colonne de près de trois mètres de hauteur !

Troisièmement, il s'agit d'effacer la trace laissée par le processus. Le but de l'exercice n'est pas atteint si quelqu'un réussit à suivre le trajet de l'argent du début à la fin.

Enfin, quatrièmement, un contrôle constant doit être maintenu sur les fonds concernés. Après tout, la plupart des acteurs intervenant au cours du processus de blanchiment savent qu'ils ont affaire à de l'argent sale et que, s'ils se servent au passage, son propriétaire n'aura guère de recours légal à leur opposer.

Ces quelques points étant précisés, il faut savoir qu'on distingue trois stades dans le cycle de lavage.

Le premier est l'immersion, ou « placement ». Un trafiquant de drogue qui amasse 50 millions de francs en liquide est confronté à une tâche herculéenne : il lui faut faire entrer environ un million de rectangles de papier dans le système bancaire. À la différence du faussaire, qui doit absolument mettre ses faux billets en circulation, le blanchisseur est obligé de s'appuyer sur des comptes bancaires, des ordres de virement postal, des chèques de voyage et autres instruments négociables pour injecter ses liquidités dans le système bancaire et les transformer en monnaie scripturale.

Pour poursuivre la métaphore, la deuxième étape est connue sous le nom de « lessivage lourd ». C'est le moment où le blanchisseur dissocie ses gains de leur source illicite. En déplaçant cet argent entre un nombre aussi grand que possible de comptes — par l'intermédiaire de sociétés écrans, éparpillées un peu partout dans le monde — et en jouant sur la confidentialité bancaire et le secret professionnel qui protègent les relations avocat/client pour cacher sa propre identité, il tisse ainsi délibérement une toile complexe de transactions financières, sans cesser un instant de garder à l'esprit que sa tâche principale consiste à brouiller les pistes.

L'étape finale est l'essorage, quelquefois dénommé « intégration ». C'est le stade durant lequel les fonds blanchis sont remis en circulation sous forme de revenus « propres » et le plus souvent imposables.

Tant qu'il s'agit de sommes modestes, le processus en trois étapes peut être rapide.

Par exemple, si vous souhaitez blanchir 200 000 francs, il vous suffit de pousser la porte de dix banques et, dans chacune d'elles, d'acheter pour 20 000 francs de chèques de voyage. Ou bien de passer dans un nombre équivalent de bureaux de poste et d'acquérir une poignée de mandats internationaux. Partout dans le monde, vous pourrez ensuite déposer vos chèques de voyage ou le montant de vos mandats sur n'importe quel compte dans une banque étrangère, ou les garder sur vous jusqu'à ce que vous en ayez l'usage. Aussi longtemps que vous maintiendrez ce type d'opération dans des limites réalistes (et une somme de 20 000 francs ne donnera pas l'alarme de la même façon que l'aurait fait une transaction unique de 200 000 francs), vous n'aurez aucun problème.

Si, disons, vous êtes assis à Londres sur un peu plus de 1 million de francs en liquide, vous pouvez entrer en bombant le torse chez un concessionnaire Rolls-Royce et convertir votre pécule en une Silver Spirit flambant neuve. Comme l'argent liquide n'est pas la forme de paiement la plus répandue en cette sorte de lieu, il est légitime de supposer que le vendeur manifestera quelque anxiété en vous voyant brandir votre sac en plastique gonflé de billets de banque. Il pourrait même aller jusqu'à se demander : « Cet homme ne chercherait-il pas à blanchir de l'argent sale ? » Si cette pensée lui traverse l'esprit, la loi britannique l'oblige à faire part de ses soupçons aux autorités. À ceci près qu'il y a fort à parier qu'il ne connaisse pas cette obligation légale et même, à supposer qu'il la connaisse, qu'il soit tout disposé à prétendre n'avoir éprouvé à aucun moment ce genre de soupçon pour ne pas passer à côté d'une aussi belle vente.

Quand le vendeur de Rolls dépose ensuite votre argent à sa banque, il n'y a aucune raison de croire que les employés de celle-ci émettront des réserves. Après tout, c'est leur client. Ils le connaissent bien. Plus tard, si jamais quelqu'un vient les interroger à ce sujet, ils pourront toujours s'en tirer par un haussement d'épaules en faisant remarquer que logiquement, si cet argent avait une origine suspecte, c'était au marchand de Rolls de le signaler.

Et même si le vendeur de voitures connaît ses devoirs envers la police, même s'il s'est donné la peine de lui signaler ce qui s'est passé, au moment où le National Criminal Intelligence Service (NCIS) recevra un exemplaire de son rapport, vous aurez eu tout le temps de revendre la Rolls et de déposer votre chèque de caisse, établi sous un faux nom, sur un compte en banque à l'étranger.

Le principal obstacle, c'est que l'enregistrement d'une voiture et les chèques de caisse laissent des traces écrites. Plus discrètes sont les activités où l'argent liquide constitue la forme de paiement traditionnelle.

Le commerce des antiquités en fait partie.

Vous commencez par acheter une société écran pour un millier de francs. Des agents spécialisés vendant des compagnies prêtes à l'emploi passent chaque jour des annonces dans la section financière de la plupart des journaux. En utilisant le nom de cette compagnie et une adresse de siège, vous sillonnez le pays et achetez en liquide des vases chinois, des fauteuils Louis XV et des tapis persans. Les pierres précieuses, les timbres et les pièces de monnaie de collection sont également très faciles à convertir en liquide et vice versa.

Une fois que vous disposez d'un stock suffisant — disons, de dix vases Ming à 50 000 francs pièce —, vous mettez le tout en vente, de préférence dans cinq salles de vente situées dans cinq villes différentes. Quand un de vos articles est mis aux enchères, soit vous le laissez vendre au plus offrant, soit vous envoyez votre oncle préféré à la salle des ventes pour le racheter.

Pour chaque article écoulé, vous êtes sûr d'être payé par chèque. Ainsi, à supposer que votre oncle remette au directeur de la salle des ventes 50 000 francs en espèces pour l'un de ces vases plus la commission de vente, celui-ci vous enverra ensuite un règlement de 50 000 francs, ce qui représente le prix de l'objet moins une commission d'achat. Les frais doivent simplement être considérés comme le prix du blanchiment. Et dans ce cas particulier, il vous reste encore le vase à revendre.

Dans les salles des ventes, des quantités de gens règlent en espèces des achats importants. Et il est bien rare qu'une de ces transactions soit signalée.

Le commerce de détail, les bars et les restaurants sont un autre secteur où le liquide circule à flots. Prenez l'exemple d'un restaurant qui n'accepte ni les cartes de crédit ni les chèques. Les pizzas sortent par la grande porte, l'argent sale rentre par la porte de service.

Le même phénomène se retrouve dans la location vidéo. Comme pour toute activité impliquant un fort volume de transactions fiduciaires, c'est-à-dire en espèces, personne ne remarquera une entrée supplémentaire de 3 000 francs dans la caisse d'une boutique possédant un stock de 5 000 ou 10 000 cassettes vidéo. Aussi longtemps que l'argent est introduit graduellement dans le système, il n'est pas douteux qu'il passera inaperçu. Personne ne soupçonnera le comptable dont le rapport annuel stipule que les deux propriétaires de la boutique reçoivent chaque année une prime de 600 000 francs. Les soupçons ne risquent guère d'être davantage éveillés si les deux propriétaires en question dirigent une chaîne de vingt magasins de location de cassettes et, abrités derrière toute une paperasserie légale, s'octroient des bonus annuels de plus de 12 millions de francs.

À la différence de Gordon Gekko dans le film *Wall Street*, tous les bons blanchisseurs ont compris qu'il ne faut pas avoir les yeux plus gros que le ventre ; avec un brin de planification à long terme, il est possible de mettre sur pied une batterie de « lessiveuses » susceptible de devenir un véritable conglomérat du blanchiment.

Prenez le cas de ce monsieur qui installe son fils à la tête d'une épicerie à Paris. Papa prête à Fiston l'argent dont celui-ci a besoin pour ouvrir son commerce, et l'essentiel de cet argent est en liquide. Fiston paie ses menuisiers, ses peintres et ses livreurs en liquide, et tous sont ravis d'accepter son argent parce qu'il n'est pas imposable.

Fiston achète ses marchandises par l'intermédiaire d'un grossiste qui se trouve être le frère de Papa. Et quand Fiston commande cinquante caisses de tagliatelles à Tonton, il n'en reçoit que quarante. Papa donne ensuite à Fiston du liquide pour compenser le manque. C'est la même chose quand il commande du lait, du fromage et des gâteaux surgelés. Tonton réduit les livraisons, et l'aide des 20 % manquants fait rentrer l'argent de Papa dans le système. À la fin du mois, Papa renfloue la comptabilité de Fiston avec encore plus de liquide. Les comptables de Fiston sont heureux, le fisc est content et Fiston ne tarde pas à ouvrir une deuxième épicerie... qui croît et se multiplie.

Au fur et à mesure que l'empire de Fiston s'étend, il décide de se lancer dans l'importation d'olives venues du pays. Cela tombe bien, Papa a justement un cousin à Nice. Mais Fiston n'achète pas directement à Cousin. Papa ouvre aux Bahamas une société baptisée Huile de Mon Cousin, S.A. Cousin envoie 100 bouteilles à la compagnie bahaméenne pour 1 000 francs. La compagnie bahaméenne facture à Fiston 120 bouteilles à

30 francs pièce. Heureusement qu'à la fin de chaque mois Papa met la main à la poche.

Quelle quantité d'argent circule par an autour du globe en quête de blanchiment, personne ne le sait avec certitude. Les estimations les plus dignes de foi oscillent sensiblement entre 100 milliards de dollars et 300 milliards de dollars. Cela s'appelle l'« économie alternative ». Et, après le marché des devises et celui du pétrole, c'est la troisième activité mondiale.

Afin que le système fonctionne, deux choses sont nécessaires : comme dans le cas du café qu'on verse de la cafetière dans une tasse, la tasse doit être assez grande pour contenir le café, et il faut qu'il y ait assez de café dans la cafetière pour remplir la tasse. En d'autres termes, il faut disposer d'une somme suffisante pour créer une infrastructure et, en même temps, cette infrastructure doit être capable de manipuler de telles sommes d'argent.

Le système bancaire parallèle, ou souterrain, existe sous de nombreuses formes. Qu'il s'agisse des réseaux *chop shop, hundi, chiti* ou *hawala,* tous sont nés de troubles politiques et d'une défiance marquée envers les banques officielles. Ce système, fondé principalement sur des liens familiaux ou tribaux, se caractérise par un recours croissant à la violence en cas de non-respect de ses règles.

La meilleure description en est donnée par les Chinois, qui, semble-t-il, l'ont inventé sous le nom de *fei ch'ien* — littéralement « argent volant ». Sous sa forme la plus simple, des bons ou des jetons se substituent à de l'argent liquide. Telle somme déposée chez un négociant en or de Hong Kong est échangée contre une petite carte portant le dessin d'un dragon, un billet de 10 dollars marqué d'un tampon spécial, ou encore un petit bout de papier apparemment insignifiant (reçu de teinturier ou carte à jouer déchirée, par exemple). Arrivé à San Francisco, quand le propriétaire de l'argent présente son « reçu » à un cambiste de Chinatown, il se voit remettre la somme en espèces.

Du temps où certains pays européens avaient un contrôle des changes (le Royaume-Uni, la France et l'Italie, par exemple), le tourisme a facilité l'émergence d'une variante occidentale du *fei ch'ien.* Tel homme d'affaires parisien prêtait à ses amis américains autant d'argent qu'ils le voulaient pendant leur séjour en France. À leur retour dans leur pays, ceux-ci faisaient le total de ce qu'ils devaient à leur ami et le déposaient sur un compte américain (et non déclaré) du Parisien.

Presque tout au long de la guerre du Vietnam, un marché noir florissant a alimenté l'économie souterraine de l'Asie du Sud-Est — la seule à fonctionner vraiment. Du moins jusqu'à l'offensive du Têt en janvier 1968, Saigon vivait de toutes sortes de trafics et de fraudes. Le taux de change officiel à l'époque était de 118 piastres vietnamiennes pour 1 dollar, mais celui du marché noir était plus proche de 200. Une part lucrative de ce commerce était contrôlée par un petit groupe de citoyens indiens émigrés de Madras. Ils achetaient des dollars au marché noir et les exportaient clandestinement pour les déposer à Hong Kong et à Singapour. À partir de là, l'argent était transféré soit vers l'Europe, soit, plus souvent, vers le Moyen-Orient, où il servait à acheter de l'or. Cet or était rapatrié par contrebande au Vietnam et vendu en piastres à un taux excédant largement les 200 pour 1 dollar. Pour boucler la boucle, les piastres étaient ensuite revendues aux Américains en échange de dollars.

Quand les autorités sud-vietnamiennes prirent conscience de la puissance du réseau de blanchiment indien et décidèrent de confisquer les dollars quittant le pays en violation des lois, les Indiens étaient déjà en train d'élaborer une version improvisée du système *hawala.* Ils échangeaient des chèques signés par des GI et émis par des banques américaines contre des bons. Ces chèques étaient envoyés, puis déposés sur des comptes ouverts par des Indiens à New York. Quand les chèques étaient encaissés, les bons étaient échangés contre des piastres. À ce stade, plusieurs banques de New York s'occupaient des transferts de fonds destinés à acheter l'or.

Aujourd'hui, une forme de *hawala* prodigieuse et plus traditionnelle existe entre l'Inde, où le contrôle des changes est toujours en vigueur, et le Royaume-Uni, où une importante communauté indienne a substantiellement intérêt à faire venir des fonds du sous-continent vers l'Europe. Les possibilités abondent pour les Indiens de déposer de l'argent auprès de banquiers *hawala* n'importe où dans le pays et de retirer leur argent quelques heures plus tard à Londres, défalqué d'une commission variant entre 5 % et 15 %. Le système fonctionne parce que le marché est à double sens. Il y a dans les deux pays suffisamment de gens à la tête d'importants excédents d'espèces (trafiquants de drogue, membres du crime organisé, terroristes et même authentiques hommes d'affaires) prêts à payer une coquette somme pour avoir le privilège d'utiliser les services d'un système bancaire dénué de trace écrite.

Les Britanniques s'inquiètent particulièrement de réseaux *hawala* opérant entre Londres et deux régions indiennes : le Pendjab et le Cachemire, parce que l'argent qui transite par cet axe est réputé financer la violence terroriste, notamment celle des séparatistes sikhs et du Cachemire. En outre, les Anglais prétendent que ce réseau *hawala* est un des principaux canaux de financement des trafiquants de drogue qui exportent à partir du Pakistan.

Il y a quelques années, Scotland Yard débusqua un banquier *hawala* maintenu sous surveillance depuis de longs mois. Quand les agents firent finalement irruption à son domicile (après avoir constaté qu'il travaillait douze heures chaque nuit, sept nuits par semaine), ils trouvèrent dans son salon des sacs d'espèces contenant presque 1 million de livres. Au bout du compte, l'homme ne fut pas mis en examen parce que les lois sur le blanchiment en vigueur à l'époque en Grande-Bretagne exigeaient que la police établisse un lien direct entre cet argent et des activités liées au terrorisme ou à la drogue, ce qui ne fut pas possible dans ce cas précis. Il n'est, à ce jour, qu'un membre de plus sur la longue liste de banquiers *hawala* en activité au Royaume-Uni.

En 1989, la police britannique arrêta un groupe de six banquiers *hawala* qui reconnurent avoir blanchi, annuellement, 80 millions de livres (soit plus de 650 millions de francs).

Si les truands sont tellement avides de blanchir leur butin, c'est soit parce qu'ils veulent éviter les regards qui pèsent inéluctablement sur un enrichissement trop rapide, soit par souci de placer leurs fonds hors d'atteinte des lois sur la saisie des avoirs, soit par stratégie financière, pour réinvestir leur capital dans des entreprises (légales ou crapuleuses) qui généreront encore plus d'argent.

En 1986, Dennis Levine, un banquier d'investissement new-yorkais de trente-trois ans — à l'époque de son arrestation, il était directeur général du département de fusions et acquisitions de Drexel, Burnham, Lambert —, fut accusé d'avoir pratiqué le délit d'initié à une échelle sans précédent. De juin 1978 à février 1985, il avait utilisé des informations confidentielles pour négocier les actions et obligations de cinquante-quatre entreprises. Bref, en un peu moins de sept ans, il avait réalisé un bénéfice de 13 millions de dollars.

Sachant dès le départ qu'il devait d'abord blanchir cet argent afin de pouvoir l'utiliser, il acheta deux sociétés enregistrées à Panama, la Diamond Holdings SA et l'International Gold Inc., toutes deux légalement constituées et disposant d'un directoire d'hommes de paille. Son nom n'apparaissait nulle part. Quand il ouvrit des comptes bancaires pour les deux sociétés à la Bank Leu International de Nassau, île de New Providence, il s'assura également que son nom ne serait mentionné sur aucun document de la banque. Son contact principal était le gestionnaire de portefeuilles de l'établissement, un citoyen helvétique du nom de Bernhard Meier, et celui-ci avait pour stricte instruction de ne jamais le contacter, quelles que soient les circonstances. Toujours prudent, Levine lui téléphonait lui-même, et encore, uniquement d'une cabine publique afin de ne pas laisser la moindre trace. Quand il avait besoin d'argent, Levine s'envolait pour les Bahamas, sous un faux nom, et seulement pour la journée. Il n'y passait jamais la nuit, de peur qu'un employé d'hôtel soit ensuite capable de l'identifier.

Malheureusement pour lui, Levine finit par être victime de son propre succès. Il faisait de si brillants investissements que certaines personnes — dont Bernhard Meier — décidèrent de lui emboîter le pas. Prenant le train en marche, ils se mirent à acheter ou à vendre chaque fois qu'il achetait ou vendait. Ce fait, conjugué à un taux de réussite anormalement élevé, finit par attirer l'attention. La SEC (Securities and Exchange Commission, l'équivalent américain de la Commission des opérations de Bourse en France), qui surveille impitoyablement les gros gagnants, s'intéressa à tous ces gens de plus près. Ses agents furent prompts à découvrir que Levine avait des complices dans d'autres maisons de courtage. Sitôt qu'ils mirent la pression sur lui, il choisit de sauver sa peau en livrant ses acolytes. Mais la SEC réussit à intimider certains employés de la Bank Leu à Nassau, leur offrit l'immunité en échange de certains renseignements, et les anciens amis de Levine lui rendirent la monnaie de sa pièce : ils le dénoncèrent.

Beno Ghitis-Miller devait subir un sort semblable. Cet agent de voyage de Cali, en Colombie, âgé de trente-deux ans, s'installa en Floride en 1980 pour monter un bureau de change du nom de Sonal. Il ouvrit un compte au nom de la société à la Capital Bank, dans le centre-ville de Miami et, dès les premiers mois d'exploitation de son affaire, prit l'habitude d'y déposer des sommes en espèces assez importantes, qui atteignaient à l'occasion le million de dollars.

À la fin du printemps, un homme nommé Victor Eisenstein entra d'un pas désinvolte dans la banque, se présenta comme l'agent de Beno — sa carte de visite précisait qu'il dirigeait une société appelée American Overseas Enterprises — et annonça qu'il ferait dorénavant lui aussi des dépôts sur le compte Sonal. Aussitôt dit, aussitôt fait.

En l'espace d'un mois, la banque annonça à Eisenstein qu'elle ne pouvait plus accepter ses liquidités. Apparemment, l'établissement commençait à avoir des soupçons sur l'honnêteté de ces singuliers clients. Eisenstein protesta, mais le directeur de l'agence déclara qu'il s'agissait d'une décision irrévocable. Et ce fut le cas, du moins jusqu'à ce que Beno court-circuite le directeur en s'adressant directement au président de la banque. Jusqu'alors, la Capital Bank prélevait 0,125 % des sommes versées par Sonal pour trier et compter chaque dépôt. Dans un souci de conciliation, le président de l'établissement consentit à maintenir le compte Sonal aussi longtemps que la société de change accepterait l'augmentation de cette commission à 0,5 %. Beno accepta.

Au cours des mois suivants, tandis que les dépôts d'espèces approchaient rapidement les 2 millions de dollars pièce, le directeur de l'agence exprima de nouveau son inquiétude. Mais elle n'avait rien à voir avec la qualité de ses clients. Il se demandait seulement si Beno et Eisenstein verraient un inconvénient à transférer leur compte dans une agence mieux équipée pour gérer de telles sommes. Ce qu'ils firent volontiers, déplaçant leurs avoirs vers le siège de Capital Bank, à North Bay Village. Ensuite, quand Beno apprit que la banque possédait des bureaux à louer à l'étage supérieur, il sauta sur l'occasion et transféra le siège de Sonal à North Bay Village.

Il ne fallut pas longtemps à Beno et Eisenstein pour effectuer à la banque des dépôts d'espèces de plusieurs millions de dollars, et ce trois ou quatre fois par semaine.

Prétendant tout ignorer de la vraie nature des affaires de Beno — il chercha même plus tard à se présenter comme un simple agent —, Eisenstein jugea bon de protéger ses arrières en s'enquérant par écrit de l'origine de tout cet argent liquide. Beno lui expliqua, dans une lettre amicale et directe, que les sommes en question provenaient de transactions de devises issues de l'importation et de l'exportation de produits agricoles et de matières premières, ainsi que de commissions de vente perçues à l'étranger par des hommes d'affaires colombiens. Il insistait pour dire que tout cela était parfaitement régulier et que, même s'ils manipulaient beaucoup de liquide, cet argent ne pouvait en aucun cas être confondu avec le fruit de ces opérations illégales « qui sont si à la mode de nos jours en Floride ».

Apparemment, personne ne releva l'ironie dans la référence de Beno à des « produits agricoles, matières premières et commissions de vente ».

Plus significatif encore, il semblerait que personne à la banque ne se soit donné la peine de monter un étage pour jeter un coup d'œil aux nouveaux bureaux de la Sonal. Si quelqu'un l'avait fait, il se serait sans doute demandé pourquoi une société qui manipulait de l'argent liquide, surtout s'agissant de sommes aussi considérables, ne possédait aucun dispositif de sécurité. Il n'y avait pas de porte blindée, pas de caméras vidéo, pas même un coffre-fort. C'est tout juste si l'on voyait quelques meubles.

En fait, à la Capital Bank, on appréciait la clientèle de Beno. Eisenstein et lui étaient raisonnablement sympathiques. Ils apportaient de grosses sommes. Et ils contribuaient à gonfler substantiellement le chiffre d'affaires de la banque, ce qui permettait au directeur d'avoir l'air d'un jeune loup plein d'avenir.

En huit mois, entre le 1er janvier et le 20 août 1981, Beno, Eisenstein et l'« équipe » de Sonal — trente-sept personnes d'origine hispanique, uniquement désignées par des surnoms

— déposèrent 240 millions de dollars à la Capital Bank. Cette somme incluait les 7 millions qu'ils y apportèrent dans les deux jours qui précédèrent la chute de Beno. Sonal effectuait des dépôts moyens de 1,5 million de dollars par jour quand les autorités américaines frappèrent du poing sur la table et fermèrent la société.

Plus ils sont gourmands, plus ils deviennent effrontés et, si on leur en laisse le temps, c'est leur gourmandise et leur impudence qui finissent par causer leur perte. La réciproque est également vraie. Les Français Henri et Charles Borodiansky — le père et le fils — surent se montrer un tout petit peu moins gourmands et un tout petit peu moins effrontés que Beno et Eisenstein. Du coup, ils s'en tirèrent un petit peu mieux.

Mais juste un tout petit peu.

Leur terrain de prédilection était celui de la fraude maritime en général et de l'affrètement de cargos fantômes en particulier. Au début des années quatre-vingt-dix, les Borodiansky prétendirent être en possession de quatorze conteneurs de whisky écossais Hennessy VSOP à vendre. Leur prix était raisonnable, aussi un grand magasin de Tokyo mordit-il à l'hameçon. Ses acheteurs envoyèrent une lettre de crédit de 3,3 millions de dollars à une société écran baptisée Mozambico Inc. Ltd, dont le siège était situé à une adresse de complaisance dans le centre de Londres.

Voyant que le cargo n'arrivait pas, les Japonais finirent par demander des renseignements à la police. Une enquête complète conduite par l'International Maritime Bureau (IMB) de Londres — l'Interpol des affaires maritimes — révéla que le fils, Charles, sous le pseudonyme de Manuel Martins Casimiro, avait négocié la lettre de crédit en juin par l'intermédiaire de la Banque Bruxelles Lambert, à Bruxelles. Ensuite, il avait transféré les fonds au Liechtenstein, à la V&P Bank, sur un compte ouvert par son père Henri, lequel avait choisi le pseudonyme de José Costa da Santos. Pendant les quelques semaines suivantes, un demi-million de dollars fut viré du Liechtenstein vers une banque luxembourgeoise. Le reste de la somme, ainsi que devait le découvrir l'IMB, avait été déposé sur un compte de la Commerzbank de Cologne, en Allemagne.

Il s'avéra que les Borodiansky opéraient dans ce secteur depuis plusieurs années. Sous les faux noms de Deck, Borod et da Silva (outre ceux qu'ils avaient utilisés pour l'arnaque Hennessy), ils avaient monté des sociétés écrans un peu partout en Europe. Il y en avait au moins quatre en Belgique, une aux Pays-Bas, une en Espagne, cinq en Grande-Bretagne, deux à Luxembourg, une à Hong Kong et quatre en Allemagne. On sait qu'ils ont vendu 2 000 tonnes de maïs fictif à destination de Dakar, pour 2,6 millions de dollars d'un fertilisant fictif à destination de la Chine, 6 000 tonnes d'acier fictif à destination du Vietnam, et 2 000 tonnes de ciment fictif à destination d'Aquaba, en Jordanie.

Quand l'IMB découvrit que les Borodiansky avaient payé comptant au moins un des navires, ses agents réussirent à localiser celui-ci et à le saisir. Mais encore fallait-il prouver que les hommes qui se faisaient appeler Casimiro, da Santos et da Silva étaient en fait les Borodiansky. Aussi l'IMB publia-t-il leur photo dans un magazine naval norvégien, accompagnée d'une demande de renseignements sur les activités des deux hommes. Un courtier maritime de Londres les identifia immédiatement et fut capable de fournir assez d'informations pour permettre à la police allemande de les retrouver.

Pour une raison ou pour une autre, les Allemands attendirent six jours avant de passer à l'action. Quand ils se décidèrent, ils arrêtèrent Charles Borodiansky. En revanche, son père s'était envolé. Et quand Charles mena la police aux trois coffres bancaires où, croyait-on, Henri et lui avaient caché près de 3 millions de dollars en espèces blanchies de frais, ces trois coffres étaient vides.

Il n'y a pas que les escrocs et les trafiquants qui lavent de l'argent.

Des entreprises le font également pour fuir l'impôt, flouer leurs actionnaires, contourner les lois sur le contrôle des changes et/ou soudoyer des clients potentiels.

Il y a quelques années, la Gulf Oil a ainsi transféré 4 millions de dollars par le biais des Bahamas pour corrompre des politiciens coréens et boliviens, tandis que, dans le même temps, la Lockheed Corporation blanchissait 25,5 millions de dollars par le biais d'une société de placement du Liechtenstein, utilisant des espèces et des chèques au porteur pour acheter des politiciens italiens. Lockheed s'appuya aussi sur le système de blanchiment mis sur pied par la maison Deak-Perera — à l'époque un important agent de change — pour corrompre des gouvernants japonais. Sur demande de Lockheed, Nicholas Deak injecta 8,3 millions de dollars dans son réseau de lessiveuses pour aider le constructeur à assurer une vente importante. Cet argent ressortit en fin de cycle sous forme de quinze paiements, d'une origine impossible à déterminer, adressés à... un prêtre espagnol de Hong Kong ! Celui-ci convoya lui-même l'argent dans ses bagages et dans des cageots à oranges pour le remettre aux « clients » de Lockheed à Tokyo.

Il y a aussi des personnes privées qui lavent des fonds.

Elles peuvent avoir besoin de cacher de l'argent, disons à une épouse en instance de divorce, ou peut-être simplement vouloir neutraliser une érosion de capital en investissant dans un pays où la fiscalité est moins lourde par l'intermédiaire d'une société écran. Le styliste italien Aldo Gucci a ainsi lavé plus de 11 millions de dollars, amassant cette somme à Hong Kong pour la maintenir hors d'atteinte du fisc américain.

On sait que les gouvernements s'adonnent aussi à ce genre de sport, que ce soit pour corrompre des terroristes ou armer des combattants de la liberté. Ce fut exactement le cas dans l'affaire de l'Irangate.

En novembre 1986, Ronald Reagan confirma enfin la rumeur fort répandue selon laquelle les Etats-Unis avaient clandestinement vendu des armes à l'Iran. Sa version initiale des événements consistait à dire que les ventes en question visaient à améliorer les relations avec ce pays, et non à obtenir la libération des citoyens américains maintenus en otages au Moyen-Orient par des terroristes. Mais cette version se changea bientôt en un aveu embarrassé : il s'agissait bel et bien d'échanger des armes contre les otages.

Bien qu'une partie du scandale demeure encore dans l'ombre le marché semble avoir été le suivant : les États-Unis, avec l'aide du roi Fahd d'Arabie Saoudite, fournissaient les Iraniens en armes en échange de paiements qui devaient ensuite être reversés aux rebelles « contras » nicaraguayens, antisandinistes, en violation flagrante d'une interdiction du

Congrès d'apporter aux « contras » quelque aide militaire que ce fût.

Quand William Casey, le directeur de la CIA, voulut trouver un moyen d'entamer le dialogue avec les Iraniens (la voie directe ayant été coupée par l'embargo militaire qui avait suivi la prise des otages américains à l'ambassade de Téhéran en 1979), il se tourna vers son vieil ami le roi Fahd, qui n'eut aucune peine à s'assurer les services du vendeur d'armes saoudien Adnan Khashoggi. Naguère présenté à tort comme l'homme le plus riche du monde — ce qu'il n'était pas, mais il ne fit jamais aucun effort pour le démentir —, Khashoggi était un intermédiaire professionnel, un courtier globe-trotter qui savait comment trouver un marché et prélever ensuite son pourcentage sur la transaction.

Avant longtemps, deux personnages apparurent dans le tableau de part et d'autre de Khashoggi : Manucher Ghorbanifar, un intermédiaire iranien qui, bien qu'ayant pris le chemin de l'exil en même temps que le shah, avait gardé des contacts de haut niveau avec le gouvernement révolutionnaire de son pays ; et Yaaccov Nimrodi, un Israélien ayant l'expérience du renseignement et de très importantes relations à Téhéran.

Entre ici en scène le lieutenant-colonel Oliver North, du corps des US Marines, directeur adjoint aux affaires politiques au Conseil national de Sécurité. À partir de la fin août ou du début septembre 1984 — initialement sous les ordres du conseiller national pour la Sécurité, Robert McFarlane, puis en collaboration avec son successeur, le vice-amiral John Poindexter —, North formula puis exécuta le plan.

À l'automne 1985, il avait convaincu les Israéliens de vendre à l'Iran 500 missiles antichars TOW, de fabrication américaine, la transaction étant assurée par Khashoggi. Quand les Iraniens payèrent Khashoggi, il préleva sa part, puis transmit le reste de la somme aux Israéliens. Ceux-ci payèrent North, qui répartit les fonds dans des banques suisses avant de les envoyer aux « contras ». Pour l'aider, North recruta Richard Secord, un général de l'US Air Force à la retraite, et l'associé en affaires de celui-ci, Albert Hakim, un Irano-Américain. Les trois hommes réussirent tellement bien qu'au début de 1986 ils étaient parvenus à acheter 2 000 missiles TOW à la CIA pour

12 millions de dollars et — toujours avec l'intervention de Khashoggi et de Ghorbanifar — à les revendre aux Iraniens pour 30 millions de dollars.

En Suisse, l'argent était blanchi par l'intermédiaire d'une société écran panaméenne, constituée par North sous le nom de Lake Resources. La présidente de Lake Resources était une comptable suisse du nom de Suzanne Hefti, qui travaillait aussi pour la firme Auditing and Fiduciary Services de Fribourg. Son entreprise était directement liée au Stanford Technology Trading Group International de Californie, contrôlée par Albert Hakim. À son tour, la filiale suisse de Stanford Technology était dirigée par un certain Jean de Senarclens, qui dirigeait également un cabinet d'expertise comptable genevois du nom de CSF.

Or le CSF jouait un rôle clé dans le cycle de lavage de l'Irangate.

Pour commencer, North transféra l'argent du compte suisse de Lake Resources vers un compte de CSF aux îles Caïmans. Ensuite, une filiale de CSF aux Bermudes câblait l'argent à l'Alban Values, société panaméenne dans laquelle CSF avait des intérêts. L'Alban Values l'envoyait à son tour à l'Amalgamated Commercial Enterprises, une société écran enregistrée à Panama mais propriété d'un transporteur aérien de Miami du nom de Southern Air Transport. Et c'était ce transporteur qui approvisionnait effectivement les « contras ».

On estime que, pour les seules années 1984, 1985 et 1986, plus de 50 millions de dollars ont suivi ce cheminement. À ceci près que les « contras » affirment n'avoir jamais reçu de telles sommes, tant s'en faut. Malgré les deux cent cinquante heures de témoignages entendus par le Comité du Sénat sur le scandale de l'Irangate, malgré les déclarations sous serment de vingt-neuf témoins et les quelque 250 000 pages de documents accumulés, il est peu probable que nous sachions un jour exactement jusqu'à quel point le gouvernement s'est joint aux professionnels du blanchiment pour faire évaporer une fortune.

Et puisque nous en sommes au thème des gouvernements blanchisseurs, le moment est venu de parler de l'assurance-vieillesse de certains dictateurs.

Les despotes de tout bord ont une nette tendance à se protéger contre l'éventualité d'une éviction prématurée du pouvoir en détournant de l'argent public de leur pays pour l'investir dans un environnement moins hostile. La plupart des chefs d'État les plus en vue du Moyen-Orient et d'Afrique ont des avoirs financiers en Suisse. C'est apparemment la tradition. Le shah d'Iran avait blanchi des sommes royales sur une série de comptes secrets afin de se constituer un confortable pactole pour ses vieux jours.

Ce fut aussi le cas de Ferdinand et d'Imelda Marcos aux Philippines. N'ayant jamais réussi à joindre les deux bouts avec le salaire présidentiel de 4 700 dollars par mois, le couple aurait amassé entre 5 milliards et 10 milliards de dollars dans diverses parties du monde ; l'essentiel aurait été blanchi à Hong Kong. Selon la Commission gouvernementale philippine originellement chargée de retrouver la trace de l'argent des Marcos, Ferdinand et Imelda ont utilisé au moins dix sociétés fantômes, enregistrées aux Philippines, à Hong Kong, à Panama et aux Antilles néerlandaises, pour transférer la moitié de leurs avoirs aux États-Unis, un tiers en Suisse et le reste en France, en Angleterre, en Italie, à Panama et en Australie.

Obsédé par le secret, Ferdinand Marcos déployait tous ses efforts pour construire un impénétrable réseau de fausses pistes autour de sa fortune volée. Par exemple, pour acheter trois immeubles à Manhattan, il faisait appel à trois sociétés par actions au porteur, enregistrées aux Antilles néerlandaises, chacune étant contrôlée par une société panaméenne différente, dont le capital était lui aussi constitué d'actions au porteur. En d'autres termes, quiconque détenait physiquement les actions était propriétaire de la société écran qui possédait l'autre société écran, et donc les immeubles.

À force de rendre la moindre transaction extraordinairement complexe, Marcos ne tarda pas à perdre la trace des noms qui allaient avec tel ou tel compte et des compagnies qui contrôlaient telle ou telle propriété.

Il a été accusé depuis d'utiliser la même formule pour aider des amis à financer leurs propres affaires : on a cité, par exemple, le rachat par l'acteur George Hamilton de l'ancienne demeure de Charlie Chaplin à Beverly Hills. Hamilton, après avoir nié ces allégations quand il fut porté plainte contre lui, revendit la maison à une société enregistrée aux îles Caïmans et contrôlée, d'après la rumeur, par la famille Khashoggi.

Les finances de Marcos créèrent un tel embarras international que même les Suisses, pourtant peu impressionnables, décidèrent de le lâcher. Les autorités helvétiques gelèrent près de 1,5 milliard de dollars sur des comptes bancaires utilisés par lui, le plus souvent ouverts sous des faux noms. Quatorze d'entre eux avaient été ouverts au bénéfice de diverses fondations.

Inutile de le préciser, Ferdinand et Imelda n'ont pas été les seuls à avoir cédé à la tentation de s'assurer un bas de laine pour leurs vieux jours. Les Ceausescu de Roumanie ont eux aussi accumulé des capitaux en Suisse, comme la plupart des dictateurs d'Amérique latine. Il en va de même pour des centaines d'anciens officiels communistes, dont beaucoup ont amassé des fortunes grâce au trafic de drogue.

L'un des cas les plus fragrants est celui d'Erich Honecker, l'ancien maître de l'Allemagne de l'Est. Ce n'est certainement pas une coïncidence si la Novum Handelsgesellschaft — société enregistrée à Berlin-Est et contrôlée par un communiste autrichien du nom de Rudolfine Steindling — transféra l'équivalent de 260 millions de dollars (1,3 milliard de francs) hors de RDA dans les quelques heures qui suivirent la chute du mur de Berlin en 1989. L'argent fut blanchi grâce à la Z-Laenderbank — connue sous le nom de Bank Austria — et à sa filiale zurichoise, qui s'appelait alors Bankfinanz. Si 150 millions de dollars furent finalement rapatriés vers des caisses du parti communiste à Vienne, 3 millions de dollars au moins en furent par la suite retirés en espèces.

Il semble que la plupart des dirigeants communistes aient eu l'habitude de mettre un petit quelque chose de côté à l'étranger. Juste au cas où Marx et Lénine auraient pu se tromper dans leurs prédictions...

# 3

## La main à la pâte

*On ne refuse pas un client sous prétexte que son argent n'est pas propre.*

Nicholas Deak

Vous avez sûrement déjà jeté un caillou dans une mare.

Les éclaboussures produites permettent de voir distinctement l'endroit où il a percuté la surface. Ensuite, il se met à couler, et l'eau se creuse de rides circulaires. Pendant un moment, il est encore possible de dire à quel endroit le projectile a sombré. Mais au fur et à mesure que celui-ci s'enfonce, les cercles vont s'estompant. Et quand notre caillou atterrit au fond de la mare, toute trace de son passage a depuis longtemps disparu de la surface. Lui-même risque fort d'être impossible à retrouver.

C'est exactement la même chose avec l'argent blanchi.

Le moment de l'immersion est celui où le blanchisseur est le plus vulnérable. Pour blanchir de l'argent sale, il faut obligatoirement l'introduire dans un cycle de lavage. Une fois que le papier-monnaie a été transformé en une série de chiffres sur un écran d'ordinateur, pouvant être transférés à volonté vers n'importe quel point du globe, on passe au stade où les remous en surface ont disparu, tandis que le caillou repose invisible dans la vase.

Partant de ce constat, le Congrès américain vota en 1970 une loi sur le secret bancaire, le Bank Secrecy Act, pour contraindre les banques, caisses d'épargne et autres institutions financières à signaler toute transaction en espèces d'un montant supérieur à 1 000 dollars à l'Internal Revenue Service (IRS), c'est-à-dire à l'administration des impôts.

Le plafond était trop bas. Malgré les mesures d'exemption prises pour le commerce de détail — chaque banque fut autorisée à définir un seuil plus élevé en fonction des besoins spécifiques de ses clients —, l'administration ne tarda pas à être inondée de déclarations. Et comme le fisc n'avait pas assez de fonctionnaires pour les éplucher toutes, la plupart d'entre elles se retrouvèrent à pourrir dans un entrepôt fédéral. En outre, il existe quantité d'activités légales autres que le commerce de détail qui mettent en jeu d'importantes sommes en liquide. Le respect de la réglementation faisait perdre tant de temps et paraissait tellement inutile que les principales banques, au bout de quelques semaines, prirent sur elles d'exempter de déclaration leurs meilleurs clients, quand elles n'oublièrent pas purement et simplement d'appliquer la loi.

Au fil des ans, cette loi devait néanmoins être étendue aux institutions financières non bancaires, comme les agences de voyages, les services de virement par télex, les organismes de crédit, les concessions automobiles, les cabinets d'assurance, les bureaux de change, les sociétés de courtage et d'escompte. Le plus insignifiant commerce de proximité était contraint de s'y soumettre dès lors qu'il vendait des mandats-poste. Deux ans plus tard, « toutes les activités commerciales » consommatrices d'espèces tombèrent sous le coup de la loi. De façon plus réaliste, le plafond passa de 1 000 à 10 000 dollars.

Bien que quarante-trois banques éminentes — dont la Chase Manhattan et la Bank of America — eussent été condamnées à verser des amendes d'un montant total de 20 millions de dollars, la réglementation sur les transactions en espèces était encore largement ignorée en 1985. C'est alors que l'administration décida de durcir le jeu en demandant des comptes à la Bank of Boston. Celle-ci fut accusée d'avoir sciemment violé le Bank Secrecy Act en omettant de signaler rien moins que 1 163 transactions en liquide d'un montant global de 1,22 milliard de dollars. Parmi les entreprises exemptées de déclaration par la Bank of Boston, les enquêteurs eurent beau jeu de souligner la présence de deux agences immobilières contrôlées par un parrain local.

Confrontée à des preuves accablantes, la Bank of Boston plaida coupable et reconnut même avoir omis de déclarer 110 millions de dollars supplémentaires. Elle se vit punir d'une amende de 500 000 dollars — un record pour l'époque.

L'administration enfonça encore le clou en s'attaquant à 60 autres banques. La Chemical Bank avoua 857 transactions non déclarées, d'une valeur totale de 26 millions de dollars. L'Irving Trust Company en admit 1 659 (montant : 292 millions de dollars), et la Manufacturers Hanover Trust 1 400 (montant : 140 millions). Reconnue coupable de 31 infractions à la loi, la Bank of New England se vit infliger une amende de 1,2 million de dollars. Puis vint le tour de la Crocker National Bank, condamnée à une amende de 2,25 millions pour se faire pardonner ses 7 877 infractions, lesquelles représentaient la modique somme de 3,98 milliards de dollars.

Instantanément, toutes les banques du pays apprirent à filer doux.

L'année suivante, le Congrès votait une autre loi, le Money Laundering Control Act, qui transformait le blanchiment d'argent sale en crime dès lors qu'il était associé à une autre activité criminelle. En d'autres termes, si quelqu'un a simplement envie de transférer des fonds d'une juridiction à l'autre en passant par des sociétés écrans, cela ne regarde que lui. Mais qu'un lien soit établi entre cet argent et un crime quelconque (délit d'initié, escroquerie, trafic de drogue, fraude fiscale, vol ou autre), et le blanchiment vient aussitôt alourdir la liste des chefs d'accusation. À l'époque, le gouvernement ne laissa planer aucun doute : il avait l'intention d'exploiter ce nouveau statut en tant qu'instrument de poursuites passe-partout et d'en faire une de ses armes favorites, aux côtés de la fraude fiscale et de l'association de malfaiteurs.

Quand le fondateur et ancien président de la Phar-Mor Inc., célèbre chaîne de drugstores à prix réduits, fut traduit devant un grand jury fédéral pour avoir escroqué ses investisseurs de 1,1 milliard de dollars et détourné de surcroît 1 million de dollars de son entreprise, la liste des charges se répartissait comme suit : 4 chefs d'accusation pour fraude télégraphique, 2 pour fraude bancaire, 2 pour fraude postale, 2 pour fausse déclaration fiscale, 1 pour association de malfaiteurs et... 118 pour blanchiment !

Quand Alex Daoud, ancien maire deux fois réélu de Miami Beach, fut accusé d'avoir reçu des pots-de-vin, un autre grand jury le mit en examen pour racket, extorsion et... blanchiment. Lorsque quatre dirigeants de l'United Mine Workers Union, un syndicat de mineurs de l'Indiana, furent accusés d'avoir puisé dans les caisses de l'organisme à hauteur de 720 000 dollars, on retint contre eux les charges de vol, de détournement de fonds, de fraude postale, de fraude fiscale, d'extorsion, de faux en écritures et de blanchiment. Quand le président de l'Arochem Corporation, dans le Connecticut, fut condamné pour avoir trempé dans une escroquerie contre une banque locale, les vingt-deux chefs d'accusation retenus contre lui incluaient la fraude télégraphique, la fraude bancaire, la transmission de fausses informations à un établissement bancaire, la participation à une opération criminelle et, encore une fois, le blanchiment.

Aujourd'hui, non seulement la loi américaine exige l'envoi à l'IRS (l'administration des impôts) d'un document baptisé CTR (Cash Transaction Report) pour toute transaction en espèces d'un montant supérieur à 10 000 dollars, mais les banques et autres institutions financières sont tenues de garder trace, pendant cinq ans, de toutes les transactions excédant 3 000 dollars.

Pour contourner l'obstacle, les blanchisseurs se sont naturellement empressés de restructurer leurs opérations de façon à ne jamais franchir le seuil fatidique des 10 000 dollars. Mais si une succession de dépôts de 9 500 dollars a toutes les chances d'attirer l'attention — la banque, dans la mesure où elle les détecte, doit également établir un CTR en cas de dépôts cumulés —, une série de transactions limitées à 600 dollars est quasi impossible à repérer. C'est ainsi qu'un blanchisseur a réussi à réinjecter 29 millions de dollars en espèces dans le système bancaire américain avant de les transférer en Équateur. Précisons toutefois que, pour arriver à ses fins, il avait dû opérer la bagatelle de 40 000 transactions.

Ouvrir un compte sous un faux nom est une autre méthode évidente pour contourner l'écueil du CTR. Aussi incroyable que cela puisse paraître, dans les affaires sur lesquelles les services fiscaux américains ont enquêté ces dernières années, on trouve des comptes ouverts aux noms de Marilyn Monroe, d'Abraham Lincoln, de James Bond, de Mae West et de Roger Rabbit !

Cela va sans dire, aucune loi n'interdit de déposer au guichet de sa banque 1 million en coupures usagées de 5 dollars. Mais quand la chose se produit, les autorités désirent savoir qui est l'auteur de ce dépôt et d'où vient l'argent.

En 1990, une nouvelle loi sur le contrôle du blanchiment dans les établissements de dépôt, le Depository Institution Money Laundering Amendment Act, est venue renforcer la panoplie du gouvernement en rendant la direction des banques directement responsable de la déclaration des transactions. En substance, il s'agissait de dire aux banquiers qu'ils prendraient de sérieux risques s'ils s'obstinaient à fermer les yeux sur des dépôts d'espèces douteux : le gouvernement s'attribuait désormais le droit de nommer un administrateur judiciaire à la tête de tout établissement convaincu de blanchiment.

Une fois ce système en place, les législateurs de Washington entreprirent de déterrer une vieille loi sur le racket et la corruption : le Racketeer Influenced and Corrupt Organizations Act (loi RICO), qui autorisait la saisie des fonds suspects en cours de recyclage — qu'ils proviennent du trafic de drogue ou d'autres crimes — et la confiscation de tous les biens issus de l'investissement de ces fonds. Cette loi permettait aussi à l'État d'infliger des amendes pouvant aller jusqu'au triple de la somme incriminée.

La procédure de poursuites classique, au niveau fédéral, autorise le procureur de l'État à mettre en examen, citer à comparaître et négocier une réduction des charges pesant sur un accusé en échange de sa coopération. Seules exceptions, pour lesquelles il doit obtenir l'aval du procureur général : les cas passibles de peine de mort et les affaires de racket, d'espionnage ou de blanchiment.

Aucun autre pays au monde ne fait tant d'honneurs au blanchiment.

Au Royaume-Uni, plusieurs lois visant expressément les blanchisseurs ont reçu l'assentiment royal. Mais aucune d'elles n'arrive à la cheville de la ligne dure adoptée par l'Amérique.

Le Drug Trafficking Offences Act de 1986, loi sur le trafic de drogues, a permis à la police d'enquêter sur les avoirs suspectés de provenir du commerce des stupéfiants, de les geler et, en cas de condamnation, de les confisquer. Cette loi a également élevé au rang de crime le simple fait d'aider un trafiquant à placer ou à utiliser des sommes acquises grâce à la drogue. En Grande-Bretagne, donc, est considéré comme un crime le fait de conserver ou de contrôler de l'argent issu du trafic de drogue, d'en disposer ou d'aider quelqu'un à l'investir.

Le Parlement a poursuivi sur sa lancée en 1987 avec le Prevention of Terrorism Act, qui a transformé en criminel toute personne ayant été au contact de fonds liés au terrorisme. En 1990, le Criminal Justice (International Cooperation) Act a permis de poursuivre quiconque dissimule, maquille, convertit, transfère ou déplace un avoir pour le mettre hors d'atteinte de la loi britannique, ou aide quelqu'un d'autre à le faire tout en sachant ou en soupçonnant que les fonds concernés sont issus du trafic de drogue. Plusieurs lois additionnelles — et tout particulièrement le Criminal Justice Act de 1993 — ont élargi la compétence des tribunaux afin de leur permettre de traiter les affaires de blanchiment comme des crimes en soi. Dans tous les cas, la meilleure ligne de défense consiste à prouver que vous ne saviez pas que vous aviez affaire à de l'argent sale et que vous ne l'avez soupçonné à aucun moment, ou, à la rigueur, que vous avez dûment fait part de vos soupçons aux autorités compétentes.

Les banques et autres institutions financières du Royaume-Uni étant tenues de signaler toute transaction fiduciaire suspecte, quel qu'en soit le montant, la bataille s'articule naturellement autour de la définition du mot « suspect ».

Si, voyant un client déposer un billet de 50 livres, le guichetier de telle banque britannique juge la transaction suspecte, il est tenu par la loi d'établir un CTR. Qu'un autre client dépose 500 000 livres en espèces sans que personne y voie rien d'anormal, et le dépôt ne sera pas signalé. Une banque anglaise peut toujours se défendre en prétendant que personne parmi son personnel n'a soupçonné quoi que ce soit.

Si vous demandez aux autorités britanniques pourquoi elles n'ont pas imposé un plafond quantifiable au-dessus duquel la déclaration serait obligatoire — 10 000 livres, par exemple —, voilà la réponse qui vous sera donnée : à quoi bon créer une meule de foin pour retrouver une aiguille ? En grattant un peu, vous découvrirez que l'exemple américain a conduit les services fiscaux du Royaume-Uni à estimer que le coût en main-d'œuvre d'une telle politique dépassait largement leurs moyens.

Quoi qu'il en soit, le contrôle des dépôts d'espèces est indiscutablement devenu une mode internationale.

Les Japonais ont imité les Britanniques en obligeant leurs banques à signaler les transactions en espèces douteuses. Ils sont même allés un peu plus loin en les contraignant à déclarer toute transaction interne en espèces d'un montant supérieur à 30 millions de yens (1,6 million de francs environ) et toute transaction internationale en espèces de plus de 5 millions de yens (265 000 francs). En outre, quand il s'agit d'argent lié à la drogue, le ministère public a le droit de fermer une banque ou toute autre institution financière pour délit de blanchiment.

L'Australie possède un système de déclaration des dépôts supérieurs à 10 000 dollars très proche de l'exemple américain — c'est le seul autre pays dans ce cas —, à un détail près : plutôt que d'expédier des quantités de formulaires à l'antenne du fisc locale, les banques et autres institutions financières sont reliées électroniquement à une agence centrale de traitement des CTR.

Les banques canadiennes signalent aussi les transactions suspectes, mais il s'agit d'un système institué par les banquiers eux-mêmes et strictement fondé sur le volontariat. Le gouvernement n'exige aucune déclaration.

La Communauté européenne a fait quelques pas dans la même direction en présentant une réglementation bancaire et une série de mécanismes de contrôle. D'entrée de jeu, cette réglementation déresponsabilise les banques en posant pour principe que la détection de l'argent sale n'est pas de leur ressort. Elle se contente d'encourager poliment les banquiers à chercher à mieux connaître leurs clients afin de compliquer la tâche des blanchisseurs ; de contribuer activement à l'application des lois en vigueur et d'aider les services de police dans leur lutte contre le blanchiment ; d'améliorer leurs systèmes de stockage d'informations afin que tout mouvement suspect puisse être rapidement détecté ; et de former leur personnel à repérer et à signaler les activités de recyclage d'argent sale.

La France possède un rigoureux système de déclaration des

transactions en espèces, conforme à la réglementation de l'Union européenne. Elle a même pris les devants en créant Tracfin, un service spécifiquement chargé de contrôler les dépôts d'espèces suspects.

Le client qui franchit les portes de la BNP ou du Crédit agricole avec une mallette pleine de billets doit s'attendre à être reçu par un professionnel qui lui posera toutes sortes de questions avant d'autoriser le dépôt. Selon la façon dont il parviendra à justifier l'origine de son argent, il sera soit éconduit, soit accueilli à bras ouverts. Il existe une troisième possibilité : que la banque accepte l'argent, mais qu'elle signale l'opération aux autorités comme un dépôt d'espèces suspect.

Dans ce cas, il appartient à Tracfin de mener une enquête préliminaire. En croisant toutes les informations disponibles sur ordinateur concernant le dépositaire des fonds, et notamment en épluchant la liste de ses partenaires financiers, les agents de Tracfin tentent de déceler un lien possible entre les espèces déposées et le narcotrafic. À la moindre connexion, même très vague, les magistrats associés à Tracfin confieront l'affaire à un autre juge afin de permettre la mise en place d'une enquête de police approfondie.

À leur tour, les Nations unies ont pris le train en marche. En 1988, une convention signée à Vienne proposait de faire du blanchiment un crime passible d'extradition. À cette occasion, quatre-vingts nations environ donnèrent leur accord de principe. Ce nombre représente largement moins de la moitié des pays-membres de l'ONU.

Cinq ans plus tard, seuls quatre pays avaient effectivement signé l'accord.

Parmi les réfractaires les plus notables, nous citerons le grand-duché du Luxembourg, le Liechtenstein, les Antilles néerlandaises, les îles Caïmans, Panama, l'Uruguay, la Hongrie, la Russie, le Pakistan et la Bulgarie.

Certes, aucun de ces systèmes de contrôle des transactions n'est parfait. Ils offrent tous des brèches assez larges pour laisser passer un fourgon blindé bourré de billets de banque. Mais avant leur adoption, laver d'énormes sommes d'argent sale était vraiment trop facile.

Au bon vieux temps, c'est-à-dire avant les CTR, les blanchisseurs n'avaient qu'à mettre en place à travers le pays un réseau de porteurs chargés d'alimenter une grande quantité de comptes en banque. Chacun de ces commis, connus dans le jargon du métier sous l'appellation de « schtroumpfs » — surnom donné par la police de Floride —, se voyait remettre une feuille de route quotidienne, un peu comme un facteur ou un livreur de journaux. Après avoir reçu des mains de son contact la livraison d'espèces du jour, le commis se mettait au travail sur un territoire bien défini : lundi le nord, mardi le sud, mercredi l'est et ainsi de suite. Si chaque porteur réussissait à déposer chaque jour 2 000 francs (somme insuffisante pour éveiller les soupçons) sur vingt comptes différents, et si chaque secteur était couvert par dix porteurs, 400 000 francs auraient été injectés dans le système bancaire à la fin de la journée. Cela représente 2 millions de francs par semaine et 104 millions par an... Un trafiquant de drogue californien s'est même vanté, après son arrestation, d'avoir des « schtroumpfs » capables d'acheter 2 000 chèques de caisse par jour et de les déposer, en quelques heures, dans 513 banques différentes.

Précisons pour ceux que cela intéresserait que le secret d'un bon « schtroumpfage », c'est sa vitesse. Pour déposer un maximum d'argent en un minimum de temps, les secteurs visés sont ceux où les agences bancaires sont proches les unes des autres et raisonnablement fréquentées. Les petites villes sont à écarter parce que les guichetiers se souviennent de leurs clients. Les agences désertes sont à écarter aussi : leurs employés ont trop de temps pour s'interroger sur un dépôt ou sur un visage familier. Le meilleur schtroumpfage se pratique dans les banlieues aisées, où l'on trouve suffisamment de banques avec juste ce qu'il faut de clients. En définitive, les grandes villes sont aussi peu propices que les petites. New York, Londres et Paris voient défiler très peu de schtroumpfs. Elles sont certes truffées de banques, mais les queues y sont bien trop longues.

Du moins les choses fonctionnaient-elles ainsi jusqu'à ce que les banques se rendent compte de ces manœuvres.

Aujourd'hui, les blanchisseurs se tournent plus volontiers vers des opérateurs financiers non bancaires, comme les bureaux de change — ou les *casas de cambio* qui pullulent le long de la frontière américano-mexicaine —, les réseaux de services financiers comme American Express ou le Western Union, les petites sociétés d'escompte ou de transfert de fonds par câble. Les casinos, traditionnellement l'institution financière extra-bancaire la plus utilisée pour laver l'argent sale, ont gardé les faveurs des blanchisseurs.

Industrie où le papier-monnaie est roi — un peu comme les agences bancaires des rues commerçantes —, les casinos offrent souvent des services qui ressemblent à ceux des banques. Ils troquent les chèques contre des espèces, changent des devises étrangères, proposent des coffres individuels et règlent des sommes considérables en chèques de caisse. Ils proposent aussi fréquemment des facilités de crédit : vous laissez votre argent en dépôt dans un casino et retirez une somme équivalente dans un autre casino, dépendant d'une autre juridiction.

Non seulement un établissement de jeu bien organisé est un lieu privilégié pour réduire le volume d'un butin (par exemple pour changer des coupures de 10 et 20 dollars en billets de 50 ou de 100), mais c'est aussi une source de revenus crédible. En principe au moins, il vous suffit d'entrer dans un casino, d'acheter pour 17 000 dollars de jetons, de jouer quelques heures, puis de repartir et d'annoncer au directeur de votre banque que vous venez de gagner les 500 000 dollars que vous souhaitez maintenant déposer. Bien sûr, vous risquez d'être obligé de prouver vos dires. Mais ce n'est pas un problème pour quelqu'un qui a des amis bien placés au sein de la direction du casino.

C'est encore mieux si vous possédez un établissement de jeu : vous n'avez même plus besoin de faire semblant de vous passionner pour la roulette. Il vous suffit d'ajouter votre butin aux recettes de la banque et de vous assurer que votre comptable l'inscrira bien dans la colonne des profits quand il remplira votre déclaration fiscale.

Parfaitement conscients de l'existence de cette alliance naturelle, nombre de gouvernements ont tenté d'instaurer des obstacles au blanchiment d'argent par les casinos. Selon la loi américaine, ils sont soumis aux mêmes exigences de déclaration que les banques. En outre, ils doivent établir un CTR chaque fois qu'une transaction fiduciaire douteuse s'effectue dans leurs murs.

Voilà pour la théorie. En pratique, néanmoins, les choses ne sont pas aussi simples.

Le casino le plus célèbre du monde se transforma en objet de controverse quand *Le Canard enchaîné* affirma qu'il avait servi de laverie de luxe pour certains caïds italiens. Citant pour preuve des extraits d'une lettre confidentielle adressée par six élus locaux à un conseiller du gouvernement monégasque, le journal satirique affirma que plusieurs truands notoires avaient été vus entrant dans l'établissement avec de grosses sommes en liquide, achetant d'importantes quantités de jetons, jouant tout juste quelques minutes et allant échanger la masse de jetons qui leur restait contre un chèque émis par le casino.

La Société des bains de mer, qui contrôle l'établissement, s'empressa de rejeter l'accusation. En revanche, la Principauté reconnut ouvertement qu'une enquête sur la SBM était en cours. Vers la même époque, diverses allégations — selon lesquelles les transactions immobilières en Principauté s'effectuaient souvent en liquide et que les banques y acceptaient de gros dépôts en cash sans les signaler — ne contribuèrent pas peu à mettre le prince Rainier dans l'embarras.

Une commission parlementaire française enquêtant sur les activités de la Mafia décrivit Monaco comme une des lessiveuses les plus prisées d'Europe. Elle évaluait à 12 milliards de dollars (60 milliards de francs) les dépôts d'espèces effectués en Principauté en 1992 ; l'essentiel de cette somme, disait-on, provenait de la Mafia.

Rainier, dont la patience a des limites (et qui n'a jamais eu l'habitude de plaisanter avec la criminalité dans son pays), exigea des mesures immédiates. Même si un groupe d'auditeurs indépendants ne tarda pas à laver la SBM de tout soupçon, les 18 membres du Conseil national s'empressèrent de resserrer la vis en matière de législation antiblanchiment. Ils votèrent une loi obligeant les banques, les compagnies d'assurances et les agents de change à signaler toute transaction suspecte et à communiquer l'identité des personnes impliquées.

Ils contraignirent également les administrateurs du casino à signaler tout achat de jetons pouvant provenir du trafic de drogue ou du crime organisé.

Une autre loi imposa de lourdes peines de prison à toute personne utilisant des fonds illégaux pour acquérir des biens immobiliers. Le prince Rainier admit également le principe d'une collaboration avec Tracfin afin que puisse être suivie la trace de l'argent sale. En revanche, il posa une limite très stricte à cette coopération en interdisant explicitement que soit transmise la moindre information financière aux autorités fiscales françaises.

En fin de compte, la différence entre ce qui est fait et ce qui pourrait être fait renvoie à une question classique : doit-on tuer la poule aux œufs d'or ? Il y aurait plus de 65 milliards de francs en dépôt dans les 40 banques monégasques.

Cela fait beaucoup d'argent pour un pays dont la population ne dépasse pas 30 000 habitants.

Au début de l'année 1993, le Trésor américain infligea à dix casinos d'Atlantic City une série d'amendes d'un montant global de 2,5 millions de dollars pour non-respect de la loi au cours des années 1985-1988. Les établissements incriminés étaient accusés d'avoir « sciemment omis » de signaler des transactions en espèces. Par réaction, ces mêmes casinos clament aujourd'hui haut et fort qu'ils ont fait le ménage chez eux et appliquent scrupuleusement la loi. Inutile de le dire, les fonctionnaires du Trésor restent sceptiques.

Les courses hippiques fournissent le même genre de possibilités.

Toute la stratégie des blanchisseurs, ici, repose sur le peu d'entrain manifesté par certains parieurs à l'idée de permettre à leur percepteur d'apprendre combien ils ont empoché. Un ticket gagnant peut se négocier, et certaines personnes ne demandent pas mieux que d'aider l'heureux turfiste à échapper à l'impôt en lui rachetant son ticket contre une somme en espèces. Les champs de courses américains sont infestés de ces « mouches » qui rôdent autour des caisses à la recherche de tickets gagnants à racheter.

Il existe une variation sur ce thème, venue d'Australie et connue dans les milieux du blanchiment comme « la méthode de Sydney ». Depuis des années, les blanchisseurs locaux offrent à certains jockeys jusqu'à 20 000 francs pour obtenir le nom d'un cheval gagnant sur lequel ils pourront miser de fortes sommes. Leurs gains sont ensuite perçus de la façon habituelle — par chèque —, ce qui leur confère une légitimité toute neuve.

On peut utiliser la même astuce pour acheter des billets de loterie, mais c'est déjà plus compliqué, parce que les gagnants ne sont à aucun moment rassemblés au même endroit. Mais quand la chose se fait, là encore, tout le monde y gagne — même le fisc. Le paiement du gros lot des loteries américaines s'étale en général sur une période de vingt ans. Ainsi, un prix de 10 millions de dollars équivaut à une rente annuelle de 50 000 dollars pendant les deux prochaines décennies. Du point de vue du blanchisseur, une telle rente vaut bien une valise bourrée de billets. Le gagnant originel empoche comptant la totalité de la somme gagnée — même si la lourde tâche de recycler tous ces billets repose désormais sur ses épaules —, et le blanchisseur transforme des millions de dollars sales en une masse d'argent parfaitement légale et soumise à l'impôt.

Nous touchons là un autre aspect de la contribution de Meyer Lansky à l'art du blanchiment. Instinctivement, il avait perçu et développé la complémentarité naturelle entre le crime organisé et les jeux licites. N'est-ce pas lui, après tout, qui déclara un jour que « le joueur chanceux n'existe pas. Il n'y a que des gagnants et des perdants. Et les gagnants, ce sont ceux qui contrôlent le jeu » ?

Arrêtons-nous au cas d'un personnage qui a su rester maître du jeu pendant très longtemps : Nicholas Deak, roi déchu du lessivage extra-bancaire.

En 1953, ce réfugié hongrois de quarante-huit ans aida son ami Kermit Roosevelt à blanchir des fonds pour la CIA quand les États-Unis se mirent en devoir de financer la destitution de Mossadegh, Premier ministre iranien, et le retour au pouvoir effectif du shah. Par la suite, il devait bâtir un empire constitué de la Deak and Co (la plus importante société de Bourse et de vente au détail de pierres précieuses des États-Unis) et de sa filiale Deak-Perera, premier courtier en devises et en or des États-Unis.

Nicholas Deak ne s'est jamais vanté, en revanche, d'avoir eu entre les mains la lessiveuse la plus performante du pays.

En 1984, la Commission sur le crime organisé du président Reagan publia un rapport, intitulé *The Cash Connection*, qui jetait pour la première fois une lumière crue sur l'étendue de la puissance de recyclage de Deak. Le 5 octobre 1981, par exemple, Humberto Orozco — professionnel, avec son frère Eduardo, du blanchiment d'argent issu de la drogue — se présenta au siège de la maison Deak-Perera, au 29, Broadway Avenue, avec des caisses en carton dont le poids total atteignait 116,5 kilos. Ces caisses étaient bourrées de billets de banque — en petites coupures de 50 dollars au maximum. Il fallut le plus clair de la journée pour compter un total de 3 405 230 dollars, qui furent ensuite déposés sur le compte d'entreprise numéro 3552 au nom de la société Dual International (Interdual).

Au cours des deux semaines suivantes, Orozco déposa chez Deak 999 980 dollars, puis 537 480, 879 000 et enfin 1 476 429 dollars. Avant la fin du mois, il rajouta encore 3,3 millions de dollars. Tout cet argent fut déposé en liquide sur le compte numéro 3552.

Quand les deux frères furent arrêtés, les enquêteurs découvrirent qu'ils s'étaient systématiquement servis de 11 banques new-yorkaises pour laver 151 millions de dollars. Mais en l'espace de seize mois, entre novembre 1980 et mars 1982, les deux tiers de leur magot — près de 100 millions — avaient été blanchis grâce à 232 dépôts non déclarés chez Deak-Perera.

En matière de contrôle, la City de Londres compte exclusivement sur la capacité d'autorégulation de la communauté financière. On n'y trouve aucun équivalent de la Securities and Exchange Commission (la SEC, Commission des opérations de Bourse américaine), qui dispose des pouvoirs d'une force de police : les Britanniques estiment apparemment qu'un gentleman est capable de balayer devant chez lui. Bref, au Royaume-Uni, les braconniers sont aussi gardes-chasse. Et si le marché de Londres est depuis des années une sorte de Far Wast, c'est largement dû à cet état de faits.

Entre 1974 et 1979, pendant les gouvernements travaillistes Wilson et Callaghan, le blanchiment d'argent a été élevé à une forme d'art par les opérateurs londoniens de la Bourse de commerce. Au contrôle des changes, instauré dans l'espoir bien naïf d'éviter l'évasion de capitaux, avaient été associées de lourdes taxes contribuant à l'établissement d'un régime fiscal tyrannique. Le but déclaré de Wilson était de « faire payer les riches ». Il aura surtout provoqué l'éclosion de toute une série de stratagèmes destinés à aider les Britanniques fortunés à mettre leurs capitaux hors d'atteinte des inspecteurs du fisc.

L'un des systèmes les plus audacieux fut mis au point par un petit opérateur nommé Michael Doxford. Installé dans un bureau dans le quartier chic de Mayfair, Doxford donnait l'impression d'être spécialisé dans ce qu'on appelle les *soft commodities* — denrées comme le sucre, le café, le soja ou le cacao. À l'époque, la spéculation sur ce genre de marchandises — on ne parlait pas encore de « marché à terme » — n'était ni plus ni moins qu'une sorte de roulette réservée aux nantis. En risquant une petite somme sur ce marché, vous gagniez en quelque sorte le « droit de City ». Ce type d'opération vous offrait le même genre d'émotion que le fait de parier 10 000 francs sur un cheval, sans pour autant vous obliger à affronter la promiscuité douteuse de l'officine d'un bookmaker.

Avec ses airs d'ancien élève de collège huppé et sa quarantaine bien avancée, Doxford évoluait très à son aise au milieu de la fumée des cigares des clubs pour gentlemen. Mis en contact avec des gens riches, il s'empressa de compatir à leurs angoisses. Il eut aussi suffisamment de flair pour sentir qu'il y avait une fortune à gagner en aidant ces gens à échapper aux griffes de M. Wilson. La Bourse de commerce, caractérisée par une quasi-absence de réglementation, était taillée sur mesure pour ce qu'il avait l'intention de faire.

Le prix du pétrole grimpait presque chaque jour, et les gros titres de la presse mondiale ne parlaient que du Golfe. Tout le monde s'y précipitait. On aurait dit une ruée vers l'or moderne. Les émirs du pétrole étant les meilleurs clients du moment, il était parfaitement naturel que M. L. Doxford ouvrît une filiale à Bahrein. Mais, à l'opposé de tous ces courtiers qui envoyaient dans le Golfe leurs vendeurs les plus agressifs, il plaça à la tête de son nouveau bureau un Anglais parfaitement docile. Quand tout fut en place, au lieu de courir derrière les pétrodollars, il partit à la chasse aux livres sterling.

Doxford proposa discrètement à ses riches relations de les aider à exporter leurs capitaux hors du Royaume-Uni et à les placer en Suisse. Pour prix du blanchiment, il réclamait une commission de 10 %. Selon l'un des policiers de la brigade de répression des fraudes qui enquêta sur cette affaire, Doxford ne tarda pas à avoir une liste de clients longue comme le bras.

Sachant que le goût britannique pour l'autoréglementation est parfois la meilleure invitation à la fraude — un gentleman, après tout, ne se permettrait pas de mettre en doute les motifs d'un autre gentleman —, Doxford fit tout bonnement correspondre à chacun de ses clients londoniens un autre client, « invisible » celui-là, à Bahrein.

La spéculation sur les *commodities* est un marché à somme nulle, ce qui signifie que vous ne pouvez acheter que si quelqu'un souhaite vendre, et vice versa. Parce que les opérateurs de ce marché négocient en tant que mandataires et non au nom de leurs clients, seul Doxford connaissait la véritable identité des bénéficiaires de chacune de ses transactions.

Dès qu'un de ses amis ouvrait un compte auprès de M. L. Doxford London, une série de télex et de lettres arrivait de M. L. Doxford Bahrein pour annoncer que tel cheikh local — cheikh fictif, qui par conséquent ne pourrait jamais être retrouvé par la police britannique — avait également effectué un dépôt auprès de la compagnie afin d'ouvrir un compte d'affaires.

Les clients étaient automatiquement répartis au sein de « syndicats discrétionnaires » — ce qui autorisait Doxford à opérer en leur nom. Il agissait en deux temps. Il achetait au cheikh et revendait à son ami londonien, puis rachetait à son ami pour vendre au cheikh. L'ami de Doxford perdait toujours, et l'ersatz de cheikh gagnait à tous les coups. En réalité, Doxford n'avait même pas besoin d'opérer vraiment sur le marché, aussi longtemps qu'il était capable de présenter une documentation d'aspect authentique.

Au bout d'un certain temps, un télex arrivait de Bahrein pour annoncer que le cheikh désirait fermer son compte. Muni d'une pile de paperasses au nom du cheikh, Doxford se rendait diligemment à la Banque d'Angleterre pour obtenir les documents qui allaient lui permettre de faire virer les profits du cheikh dans une banque suisse. Au même moment, son client britannique fermait son compte et recevait un bilan faisant état de pertes massives. Les autorités n'avaient aucun moyen de découvrir que le compte suisse du cheikh était en réalité détenu par le riche ami de Doxford.

Le système était parfaitement sûr, à tel point que la police ne le perça à jour qu'après la faillite de la compagnie. Si le parti travailliste était resté au pouvoir, Doxford aurait continué ses affaires. Mais l'une des premières mesures prises par Margaret Thatcher, à son installation au 10 Downing Street, fut d'abolir le contrôle des changes. Les riches clients de Doxford disparurent, et il finit par être poursuivi pour des dettes d'un montant supérieur à 45 millions de francs. Même ainsi, il aurait pu échapper à une condamnation pour blanchiment si l'un de ses employés n'avait pas été en instance de divorce : sa femme — qui savait comment fonctionnait le système — décida de le dénoncer pour se venger.

À la Banque d'Angleterre, la ligne officielle aujourd'hui est très proche de ce qu'elle était du temps de M. Doxford : l'autorégulation fonctionne très bien. Les autorités semblent n'attacher aucune signification au fait qu'entre 1987 et 1992 il n'y ait eu dans la City qu'une douzaine de condamnations pour délit d'initié, contre 75 aux États-Unis.

Les opérateurs financiers américains voient dans le Royaume-Uni un gigantesque système bancaire *offshore* — c'est-à-dire offrant la plupart des avantages des paradis fiscaux et bénéficiant d'un statut d'extraterritorialité. Et quand le Comité aux affaires intérieures de la Chambre des communes a demandé à la Banque d'Angleterre comment renforcer les lois contre le blanchiment, les gouverneurs ont rétorqué sans sourciller que les lois n'avaient pas besoin d'être renforcées.

Malheureusement, ni la Banque d'Angleterre ni aucune des diverses entités d'autorégulation qui ont vu le jour au milieu des années quatre-vingt n'ont été capables de modifier l'opinion des agents de la brigade de répression des fraudes qui opèrent sur le terrain. De leur point de vue, la City de Londres est une véritable passoire pour l'argent sale. Ayant remarqué que beaucoup des principaux noms de monde criminel britannique — des hommes et des femmes qui se sont fait la main au cours des années soixante-dix dans l'escroquerie et l'extorsion de fonds — ont bifurqué ensuite vers le trafic de drogue, ils en déduisent sans peine qu'il a dû se développer un réseau souterrain de blanchisseurs professionnels pour répondre à leurs besoins.

Ce ne sont pas les anecdotes qui manquent.

Après avoir erré en vain pendant de longues semaines dans la City sans réussir à éveiller l'intérêt des sources de financement classiques, un promoteur britannique désireux de mettre en chantier un vaste projet immobilier à l'étranger finit par trouver les fonds dont il a besoin. À un taux très compétitif, un intermédiaire lui propose un prêt consenti par une caisse de retraite enregistrée à Panama et disposant d'un bureau au Liechtenstein. Notre promoteur ne connaît pas l'identité de son mécène. Mieux encore, il n'en a cure. Il est même possible que le représentant de la caisse de retraite ne la connaisse pas davantage et s'en désintéresse comme lui. C'est un intermédiaire, dont le métier consiste à mettre en rapport des clients ayant besoin d'argent avec des clients ayant de l'argent à placer. Ce sont les commissions qu'il touche qui font vivre sa famille, pas la curiosité.

En 1988, quand James Edward Rose est arrêté par suite de l'importation en Angleterre de 13 tonnes de cannabis (valeur estimée : 335 millions de francs), la piste financière conduit les enquêteurs jusqu'à un vendeur d'assurances-vie qui, depuis 1986, aidait Rose à recycler ses profits par le biais de bons d'investissement à prime unique.

Agissant d'abord au nom d'un petit cabinet, puis pour une des plus grandes compagnies d'assurances du Royaume-Uni, notre vendeur accumulait les primes grâce à son habileté à vendre des portefeuilles d'investissement d'une valeur généralement comprise entre 50 000 et 250 000 livres sterling. Quand la direction de la compagnie qui garantissait les bons s'étonna de ce que la plupart des clients de son vendeur vedette le réglaient en espèces, on l'interrogea à ce sujet ; les versements en liquide cessèrent. L'argent n'en continua pas moins d'affluer, désormais sous forme de chèques émis par des sociétés fantômes. Au total, le vendeur réussit à recycler 1,5 million de livres sterling en bons d'investissement.

Il convient de préciser que ces exemples sont loin d'être isolés.

Autre cas : un courtier en *commodities* de la City, interrogé par Scotland Yard suite à des renseignements obtenus à l'étranger, a récemment admis recevoir chaque mois 1 million de dollars d'une source qu'il prétendait ne pas connaître. Le contrat était le suivant : tous les trente jours, il devait établir une documentation en bonne et due forme montrant comment son client avait perdu 100 000 dollars. Les faux bordereaux, accompagnés d'un chèque de 900 000 dollars, étaient ensuite envoyés au client en question. Pour sa peine, le courtier empochait les 100 000 dollars.

Autre cas : deux truands londoniens bien connus des services de police ont manipulé les cours de la Bourse pendant toutes ces dernières années. Ils opéraient par le biais d'une série de comptes ouverts dans une quinzaine de sociétés de courtage basées un peu partout en Grande-Bretagne, en Europe continentale et en Amérique du Nord. De façon typique, ces comptes étaient au nom de sociétés par actions au porteur disposant de bureaux au Royaume-Uni, dans les îles Anglo-Normandes et en Irlande. L'une d'elles se présentait comme un fonds commun de placement, dont la seule fonction était d'acheter des valeurs boursières. Quand le prix de l'action montait, elle revendait ses titres et réinvestissait immédiatement les bénéfices réalisés, toujours par le biais de sociétés *offshore,* dans l'achat de métaux, de *commodities* et de titres du gouvernement. Tout cela servait ensuite de caution pour l'obtention de prêts qui financeraient d'autres manipulations sur le marché des actions. Les profits étaient recyclés par le biais de l'écheveau de sociétés écrans et investis sur le marché des *commodities,* d'où ils ressortaient sous forme de revenus légaux et déclarés.

Dans ces deux cas que nous venons de citer, la création d'un labyrinthe de papier, le fait que les courtiers continuent de jouir du statut de mandataires, l'utilisation judicieuse des transferts de fonds par câble, et le relatif anonymat que procure l'énorme volume d'échanges opérés chaque jour de par le monde ont permis à des truands de transformer une petite partie d'une activité par ailleurs parfaitement légitime en une machine à laver des plus performantes, et ce sans grand risque de devoir un jour répondre de leurs actes devant la justice.

Même si la police parvient quelquefois à reconstituer le parcours de fonds suspects — prenons l'exemple d'une somme partie de Boston qui finirait par atterrir à Belfast après un passage par Londres —, elle n'a pratiquement aucune chance de réussir à identifier leur source.

Exemple pratique : on sait que NORAID, groupement de

sympathisants des républicains d'Irlande du Nord aux États-Unis, finance l'IRA avec la complaisance de certains courtiers de la City. Mais de là à mettre le doigt sur les transactions, à les faire cesser et à poursuivre les courtiers en question, il y a un gouffre.

# 4

# Les professionnels

*Il n'y a pas plus d'argent propre que d'argent sale. Il n'y a que de l'argent.*

Charlie « Lucky » LUCIANO

C'est l'histoire d'une bande de Canadiens qui avaient beaucoup d'argent à laver. Quand ils firent la connaissance d'Aldo Tucci, le toujours affable directeur de la City and District Savings Bank de Dollard des Ormeaux (Québec), il leur fallut un certain temps pour croire à leur bonne fortune.

Un directeur de banque bienveillant est le rêve de tous les blanchisseurs.

Aussi nos Canadiens ne tardèrent-ils pas à proposer à Tucci d'administrer six de leurs sociétés. Le directeur en fut si flatté qu'il s'empressa d'ouvrir plusieurs comptes destinés à recevoir leurs dépôts en espèces. Cette année-là, ces dépôts s'élevèrent à 13 millions de dollars.

Pour la satisfaction de ses nouveaux clients, et aussi pour les encourager à persévérer — il faut dire qu'en un seul jour du mois de juin 1981 la bande avait déposé 1,2 million de dollars en petites coupures —, Aldo Tucci prit des dispositions spéciales afin de permettre à ces gens si sympathiques de déposer leurs sacoches truffées de billets en passant par la porte de service. Tucci et ses nouveaux amis en vinrent à si bien s'entendre que, quand le banquier fut muté à Montréal, toute la bande lui emboîta le pas et fit transférer ses comptes dans sa nouvelle agence.

Par la suite, les truands cherchèrent à faire la conquête de tous les directeurs de banque de Montréal. L'un de ceux-ci, responsable d'une agence du centre-ville de la National Bank, finit par s'inquiéter des quantités de billets déposées par ses clients — entre novembre 1981 et octobre 1982, 14 millions de dollars entassés dans des valises ou de simples sacs en papier furent blanchis à travers son agence —, au point qu'il les pria d'avoir l'obligeance de rassembler leurs dépôts en liasses de 5 000 dollars. Naturellement, la bande ne fit aucune difficulté.

Il y a quelques années, à Londres, un jeune homme de vingt ans ouvrait un compte d'étudiant dans une banque en effectuant le dépôt minimal de 1 livre sterling. Pendant les quelques mois suivants, 500 000 dollars furent virés sur ce compte à partir de Genève, avant d'être presque aussitôt réexpédiés par câble en Indonésie. Ensuite, il ne se passa plus rien. En guise de cadeau d'accueil à l'étudiant, la direction de l'agence lui avait envoyé un cochon-tirelire et un album à colorier.

Un membre du personnel de la banque trouva étrange qu'un étudiant n'ayant qu'une livre en poche puisse recevoir un demi-million de dollars sur son compte ; il remplit donc consciencieusement un rapport de transaction suspecte. Mais lorsque les enquêteurs de la police britannique s'adressèrent aux trois établissements impliqués dans les transferts (une banque britannique, une suisse et une indonésienne), ils s'entendirent répondre sans détour que les banques sont liées à leurs clients par un sérieux devoir de réserve. Dans ces circonstances, à moins que la police ne soit en mesure de montrer de manière satisfaisante qu'il s'agissait d'une affaire de drogue, elle ne devait pas s'attendre à recevoir la moindre aide de leur part. Point final.

Quant à l'étudiant, il s'était évidemment volatilisé.

La confidentialité bancaire est souvent comparée au secret de la confession. À ceci près que, dans le droit anglais, ce dernier n'existe pas. Si un prêtre est appelé à témoigner devant un tribunal, il ne peut pas refuser de le faire en invoquant le secret de la confession.

La chose vaut également pour le journaliste qui refuse de nommer une source. Certes, il y a fort à parier que ni le prêtre ni le journaliste n'accepteront de jouer le jeu — il est même difficile d'imaginer un prêtre convoqué à la barre —, mais ni l'un ni l'autre n'a légalement le droit de refuser de témoigner.

La loi ne garantit pas davantage le secret médical. Supposons que vous alliez trouver un médecin pour lui demander d'extraire une balle de votre corps. La législation de la plupart des pays oblige celui-ci à signaler votre visite à la police. Il en va de même si vous avouez à un psychiatre que vous vous êtes déjà rendu coupable d'attentat à la pudeur sur un enfant et qu'il juge probable que vous récidiviez. Presque dans toutes les législations, le psychiatre est dans l'obligation d'avertir les autorités compétentes.

Une question se pose : si la loi ne reconnaît le droit au secret ni au prêtre, ni au journaliste, ni même au psychiatre, pourquoi les banques auraient-elles un tel privilège ?

La réponse est simple : elles ne l'ont pas, n'en déplaise à de nombreux banquiers qui s'imaginent le contraire. Du moins, elles ne l'ont ni aux États-Unis, ni au Canada, ni au Royaume-Uni, ni en Australie, ni en Nouvelle-Zélande, ni en France, ni dans aucun autre pays de la CEE. De plus en plus, les tribunaux obligent les banques à révéler sur leurs clients des informations naguère considérées comme inviolables.

Il existe cependant deux sortes de privilèges bien réels : les législateurs sont protégés par l'immunité parlementaire, et les avocats par le secret professionnel. D'ailleurs, ce n'est sûrement pas une coïncidence si un pourcentage impressionnant de parlementaires est également avocat de formation.

Le secret des informations échangées entre un avocat et son client est considéré comme un pilier essentiel de tout système juridique indépendant. C'est aussi l'explication fondamentale du fait que les avocats d'affaires sont les blanchisseurs idéaux.

Quand quelqu'un confie à son avocat la garde d'une somme d'argent, cet argent est ordinairement déposé sur son compte-client au cabinet. Ce compte est le reflet direct des services prêtés par un avoué à son client. Pour cette raison, dans n'importe quel cabinet juridique, toute information concernant les comptes des clients est considérée comme relevant de ce fameux secret professionnel qui protège pratiquement tous les aspects de la relation entre un avocat et son client.

La situation est légèrement différente en France, où les avocats n'ont pas nécessairement la même latitude que leurs homologues américains ou britanniques. Ceux-ci contrôlent les comptes de leurs clients. Les avocats français ont l'obligation de déposer au barreau local toute somme d'argent leur ayant été confiée. Dans la mesure où ils ne traitent pas directement avec une banque, il leur est plus difficile de se servir du secret professionnel pour déguiser des fonds blanchis par le truchement de ce genre de compte.

En revanche, ils sont tout à fait libres d'établir des liens d'affaires avec un avocat installé au Liechtenstein, en Suisse ou dans n'importe quel autre pays où le secret bancaire est de mise, et d'envoyer des fonds à cet avocat au nom de tel ou tel client sous le sceau du secret professionnel. L'avocat étranger, lui, n'est pas soumis à la législation française ; ce qui veut dire que le privilège du secret professionnel, combiné à la pratique clandestine de la banque, forme un double rempart infranchissable pour protéger les avocats français disposés à blanchir l'argent de leurs clients.

En d'autres termes, les avocats pratiquent le secret bancaire là où le secret bancaire n'existe pas.

Prenons le cas de cet avocat d'affaires de Vancouver, qui prélevait un pourcentage fixe sur les sommes qu'il recyclait. Entre mars 1985 et juillet 1987, il déposa 7,4 millions de dollars en espèces sur le compte de son client à l'agence locale de la BCCI (Bank of Commerce and Credit International), banque appelée à devenir tristement célèbre et dont nous aurons l'occasion de reparler. En dix-huit mois, à grand renfort de dépôts en espèces compris entre 56 000 et 396 000 dollars et toujours classés par liasses de billets de 20 et de 50 dollars, il convertit aussi 3,1 millions de dollars canadiens en devises américaines. Le jour où le directeur de l'agence lui posa des questions sur l'origine de tout cet argent, l'homme répondit qu'il était avocat, qu'il agissait pour le compte d'un client, et refusa d'en dire plus. Le directeur se hâta de le rassurer : il connaissait naturellement le devoir de secret professionnel qui lie tout avocat à son client. Quant à son argent, il restait le bienvenu.

Entre 1983 et 1987, un conseiller juridique britannique à la retraite, apparemment désireux d'arrondir ses fins de mois, racheta onze sociétés dans les îles Anglo-Normandes pour le compte d'un réseau de trafiquants de drogue. À l'abri de ce paravent, il investit 3 millions de dollars dans une société de placement sise sur l'île de Saint Kitts, dans les Antilles. Dès que lui-même et l'un de ses clients trafiquants eurent été nommés au conseil d'administration de celle-ci, il leur fut possible de transférer des fonds des îles Anglo-Normandes vers la société de placement, et ensuite de les redistribuer, déguisés en prêts, au sein d'un réseau de soixante sociétés légalement constituées en Amérique du Nord et en Grande-Bretagne.

En août 1988, James O'Hagan, avocat de Saint Paul, Minnesota, était membre associé d'un cabinet juridique local, Dorsey and Whitney, quand il apprit — sous le sceau du secret professionnel — que le conglomérat britannique Grand Metropolitan s'apprêtait à racheter Pillsbury, géant de l'industrie alimentaire américaine. Au cours des trois semaines suivantes, O'Hagan acheta semble-t-il un grand nombre d'actions de Pillsbury, tant et si bien que l'OPA menée par Grand Metropolitan lui permit d'empocher la coquette somme de 4,3 millions de dollars. Comme il avait apparemment déjà détourné 1 million de dollars du compte d'un de ses clients, il utilisa ce même compte pour blanchir les profits amassés grâce au délit d'initié, ce qui fut largement suffisant pour couvrir le « trou » initial. Depuis, O'Hagan a été mis en examen pour fraude boursière, fraude postale et blanchiment (cinquante-six chefs d'accusation au total).

Nous pourrions aussi parler de Gary Henden, avocat canadien devenu une légende vivante du blanchiment du côté de l'Ontario parce qu'il faisait livrer des colis bourrés de billets par un gamin de quinze ans à bicyclette. Pour une raison mystérieuse, cet enfant qui se présentait avec en moyenne 250 000 dollars en petites coupures n'éveilla jamais de soupçon chez les banquiers. La police montée fit plus tard remarquer à ceux-ci qu'ils auraient dû s'interroger. Ils répondirent que ce n'était pas leur affaire.

Pour le compte de trafiquants de drogue canadiens, Henden monta aux Antilles néerlandaises une société baptisée Antillean Management et ouvrit plusieurs comptes à son nom. Ensuite, il en créa une seconde, nommée Rosegarden Construction. Quand il trouvait une propriété à acheter, l'argent était câblé de la société antillaise vers la M&M Currency Exchange au Canada, autre société paravent fondée par ses soins. De là, la somme était reversée à la Cencan Investments Ltd. (encore une création de Henden), qui le prêtait à la Rosegarden. La Cencan émettait un chèque, déposé par Henden (en qualité d'avocat de la Rosegarden) sur un compte-client. Henden réglait ensuite le montant de l'achat de la propriété, mais enregistrait l'hypothèque en faveur de « Gary Henden, avocat d'affaires, par procuration ». Inutile de le dire, le montant de l'hypothèque n'était jamais reversé.

Henden devait finalement reconnaître qu'il avait lavé 12 millions de dollars en trois ans pour le compte d'un réseau de trafiquants. Selon la police, il serait plus exact de multiplier ce nombre par cinq. Et pourtant, si les enquêteurs n'avaient pas réussi à établir un lien direct entre les avoirs de Henden et le trafic de drogue, ils n'auraient jamais pu percer le rempart que le privilège du secret professionnel lui avait permis d'ériger.

Ce privilège est vigoureusement défendu.

En 1989, l'IRS (l'administration des impôts américaine) s'en prit aux avocats dont les clients réglaient leurs honoraires en espèces et leur rappela qu'ils devaient établir un CTR pour tout versement supérieur à 10 000 dollars. La même obligation était faite aux banques et à toutes les autres activités commerciales. En outre, l'IRS prit soin de rappeler que l'omission de déclaration était un crime. De manière significative, une catégorie particulière d'avocats protesta sur-le-champ : les criminalistes. Inutile de préciser qu'ils avaient de bonnes raisons à cela. Après tout, les trafiquants de drogue sont connus pour payer à peu près tout — avocat compris — en liquide.

Il se trouve qu'il est contraire à la loi pour quiconque, y compris pour un avocat, d'accepter sciemment de l'argent sale en guise de paiement. Et si la chose peut être prouvée, l'avocat en question risque, entre autres, la confiscation de ses honoraires. Mais parce que le mot clé est « sciemment », les défenseurs de criminels se gardent bien de demander à leurs clients d'où vient leur argent, et ceux-ci s'abstiennent de le leur préciser. De cette façon, la vertu de chacun est préservée.

Du moins en public.

En privé, beaucoup plus de billets passent de main en main que la plupart des avocats ne veulent bien l'admettre.

Demandez donc à ce cabinet international connu, contacté un beau jour par un monsieur désireux de lui confier l'achat d'un yacht de haute mer. Pour les membres du cabinet, c'était une occasion rêvée pour gagner de l'argent facile. Leur nouveau client leur donna pour consigne de trouver un bateau pour un prix compris entre 10 et 15 millions de dollars et promit aux avocats, en cas de satisfaction, de leur confier la procédure d'achat.

Alléchés par la perspective d'honoraires rondelets, les avocats contactèrent des revendeurs de yachts dans divers ports de plaisance de la Méditerranée. En quelques jours, l'un d'eux les rappela pour leur donner la description détaillée d'un yacht coté à 14 millions de dollars qui semblait correspondre aux vœux de leur client. Les avocats se dépêchèrent de prévenir celui-ci, qui décida presque instantanément que ce bateau était exactement ce qu'il lui fallait. « J'achète », dit-il.

Les négociations furent rapidement conclues, et toutes les dispositions légales nécessaires furent prises. Peu de temps avant la signature définitive de l'acte de cession, les avocats demandèrent à leur client sous quelle forme il comptait régler son achat.

Dans des circonstances normales, l'argent aurait été viré de la banque du client à celle du cabinet, où il serait resté en dépôt jusqu'à l'établissement de tous les documents nécessaires à l'officialisation de la vente ; à ce moment-là, le cabinet aurait transféré la somme de son compte à celui des avocats du vendeur. Mais apparemment, il ne s'agissait pas de circonstances normales : l'acheteur répondit à ses représentants qu'il avait l'intention de payer en espèces.

Les juristes furent légèrement surpris, car on ne voit pas tous les jours des transactions de 14 millions de dollars en liquide. Bien sûr, ils n'étaient pas sans savoir qu'il existe de par le monde des gens qui, traditionnellement, paient tout en liquide — c'est là une pratique courante dans certains États du Golfe —, mais, en l'occurrence, ils n'avaient pas affaire à un émir.

Les avocats s'inquiétaient à juste titre, mais pas pour la bonne raison. Ils redoutaient surtout de s'exposer à des taxes imprévues. Aussi se tournèrent-ils vers leur conseiller fiscal. Celui-ci examina toute l'affaire par le menu et conclut, à l'approche de la date fatidique, que le cabinet ne courait aucun risque sur le plan fiscal. Pour toute recommandation, il conseilla aux avocats d'engager des vigiles pour assurer le transfert des fonds jusqu'à la banque.

Apparemment, aucun de nos juristes ne fut effleuré par l'idée qu'il est pratique courante pour les blanchisseurs de tenter d'investir leurs espèces dans l'achat de biens de grand luxe, lesquels peuvent ensuite être légalement revendus n'importe où dans le monde.

Un dépôt de 14 millions de dollars en espèces n'aurait sans doute pas davantage éveillé les soupçons du banquier du cabinet. Il connaissait ses clients, avait confiance en eux, et pouvait logiquement croire qu'un cabinet juridique de ce niveau ne se laisserait jamais impliquer dans une transaction suspecte. De toute façon, même si le banquier avait eu envie de demander d'où venait l'argent, il savait trop bien que les avocats étaient tenus au secret professionnel.

Il ne restait plus qu'un détail pratique à régler : celui du transport des fonds.

Quand un employé du cabinet particulièrement soucieux des problèmes de sécurité lui posa la question, l'acheteur du yacht proposa un scénario détaillé pour le déroulement de la transaction. Ainsi qu'il l'expliqua, l'argent était dans un coffre de banque. Pour commencer, il fallait que les avocats louent le coffre immédiatement voisin du sien. Quand ce serait chose faite, il leur fixerait rendez-vous à la banque, ouvrirait son coffre en leur présence et en extrairait 14 millions de dollars, qu'il leur remettrait. Les avocats n'auraient plus qu'à entasser l'argent dans leur propre coffre et à lui donner un reçu en bonne et due forme. À ce moment-là, ajouta-t-il, il s'en irait. Dès qu'il aurait le dos tourné, ils seraient libres de faire ce qu'ils voulaient de l'argent.

L'avocat se précipita dans les bureaux de tous ses confrères pour leur demander s'ils n'avaient jamais entendu parler du délit de blanchiment.

À cet instant précis, les membres de ce cabinet juridique internationalement renommé furent saisis d'une vague de nausée collective.

L'affaire fut annulée sur-le-champ. Mais les avocats

n'avaient pris conscience du risque auquel ils s'exposaient qu'au dernier moment.

Aujourd'hui, aux États-Unis, les trois secteurs d'activités manipulant les plus grandes quantités d'espèces sont les concessions automobiles, les agences immobilières et... les cabinets juridiques.

Quand certaines nations ont décidé de surveiller de manière plus stricte les transactions fiduciaires illicites, les blanchisseurs ont été contraints de se mettre à la recherche de places financières plus « hospitalières » où le contrôle des devises est inexistant, où le secret bancaire est garanti et où personne ne se soucie de savoir qui dépose quoi.

Mettre une frontière entre un crime et son butin implique fréquemment une opération de contrebande. Il est vrai que des accords internationaux sont censés avoir amélioré la collaboration entre les polices des différents pays afin de déjouer ce genre de manœuvres transfrontalières. Mais rapportés à l'étendue du trafic qui continue de fleurir, les résultats de cette coopération sont négligeables. Tout se passe comme si, en matière de crime — et tout particulièrement de blanchiment —, la sphère de la loi s'arrêtait trop souvent à l'aéroport.

Glisser des billets de banque dans un préservatif qu'on avale ensuite, exactement comme pour la drogue, est une technique classique pour introduire des fonds quelque part. Mais jouer les « avaleurs » pour sortir de l'argent d'un pays — surtout s'agissant des États-Unis, où aucune loi n'interdit d'exporter autant d'argent que l'on veut — a quelque chose de relativement incongru. Et pourtant, les douanes américaines ont signalé au moins une tentative de ce genre en 1991.

Cette année-là, des agents de Kennedy Airport, à New York, interpellèrent une Ghanéenne suspecte à l'embarquement et lui demandèrent quelle somme d'argent elle emportait. « 9 000 dollars », répondit-elle. La fouille de ses bagages permit de découvrir 24 000 dollars en coupures de 100 dollars cachés dans des paquets de draps et à l'intérieur de bouteilles de shampooing. Les agents constatèrent par la suite qu'elle avait également ingurgité une douzaine de préservatifs remplis de billets. Elle en cachait six autres dans son vagin. Bref, la prise totale frôlait les 55 000 dollars.

Un homme d'affaires sud-africain employa une approche plus hardie. Ayant simulé une foulure à la cheville, il convainquit son médecin de lui plâtrer la jambe. Il avait réservé une place sur un vol Johannesburg-Londres et demanda à la compagnie de lui fournir un fauteuil roulant pour se rendre du comptoir d'enregistrement à l'appareil. Mais le jour de son départ, un coup de téléphone anonyme adressé aux douanes sud-africaines avertit celles-ci qu'un homme d'affaires à la jambe plâtrée s'apprêtait à exporter frauduleusement une importante somme d'argent.

Quand l'homme d'affaires se présenta au guichet de l'immigration avant de rejoindre la porte d'embarquement, il fut conduit à l'écart. Les agents manifestèrent le désir de le fouiller. Il refusa. Ils insistèrent. Il exigea d'appeler son avocat. Les supérieurs hiérarchiques des policiers intervinrent sans grand succès, et la polémique continua de faire rage bien au-delà de l'heure prévue pour le décollage. L'homme d'affaires ne voulait pas entendre parler de fouille corporelle. Quand son avocat arriva enfin, le vol était parti sans lui. L'homme menaçait à présent de poursuivre en justice tout ce qui bougeait. Son avocat réussit à le calmer en partie et à lui faire comprendre que les policiers étaient dans leur droit. Sans pour autant cesser de protester, il n'eut pas d'autre choix que de les laisser retirer son plâtre. Que croyez-vous qu'ils y trouvèrent ?

Absolument rien.

L'homme se remit à faire du scandale de plus belle. Il allait téléphoner à toutes ses relations au gouvernement. Les policiers se répandirent en excuses, rouges de confusion, mais cela ne lui suffit pas. Il ordonna à son avocat de prendre les noms de tout le monde et de porter plainte. Il avait l'intention de poursuivre l'État, et aussi la compagnie aérienne. Non seulement il voulait une indemnisation, mais il provoquait la bagarre. Bref, l'homme d'affaires causa un tel tapage que le lendemain, quand il revint à l'aéroport avec un nouveau plâtre copieusement garni de billets de banque, les agents des douanes et de l'immigration l'aidèrent eux-mêmes à monter dans l'avion.

La méthode des valises jumelles — l'une remplie d'effets personnels, l'autre de billets de banque — est plus classique, et surtout moins éprouvante pour les nerfs. À sa descente d'avion, le passeur récupère celle qui contient l'argent sur le tapis de livraison des bagages et franchit la douane. Si on l'arrête pour lui demander d'ouvrir sa valise, il s'exécute docilement et, affectant adroitement la surprise et l'horreur, s'exclame en découvrant les billets que cette valise n'est pas la sienne, même si elle lui ressemble comme deux gouttes d'eau. Sans cesser de clamer sa bonne foi, il revient vers le tapis à bagages en compagnie des agents pour leur montrer l'autre valise, celle qui contient ses vêtements et tout ce qu'il faut pour l'identifier. L'argent sera abandonné et passé par profits et pertes par les trafiquants.

Les passeurs d'argent professionnels — ceux qui en vivent exclusivement — sont des oiseaux rares. Mais les quelques spécialistes qui opèrent à plein temps sur ce marché sont, dit-on, aussi compétents que généreusement rétribués pour le mal qu'ils se donnent.

À ce jour, « Pancho » apparaît sans conteste comme un des meilleurs pratiquants de ce genre de sport.

Son plus gros coup ponctuel a consisté à faire disparaître 18 millions de dollars en petites coupures pour le compte d'un trafiquant de drogue de New York. Ayant négocié une commission de 10 %, frais non compris, Pancho s'arrange d'abord pour faire passer clandestinement l'argent des États-Unis au Canada. À cet effet, il n'hésite pas à prendre le volant et à partir lui-même en voiture pour Montréal, avec sa femme et ses deux enfants à bord. Tout ce joli monde franchit la frontière aussi facilement que n'importe quelle famille de touristes.

Ensuite, Pancho envoie des commis dans les aéroports, les gares, les bureaux de postes et les agences bancaires les plus fréquentés. Déguisés en touristes, ils ont pour mission d'échanger leurs billets de 20 et de 50 dollars contre des grosses coupures. Du fait de l'importance de la somme en jeu, cette seule opération dure presque un mois.

De Montréal, des passeurs professionnels sont ensuite envoyés à Londres. Ils emportent l'argent dans leur attaché-case et dans leurs poches. Ces passeurs sont soit des hommes seuls et impeccablement vêtus, soit des couples élégants se rendant ensemble à Londres. À l'aéroport de Heathrow, comme la plupart des autres hommes d'affaires et des touristes ordinaires, ils empruntent tranquillement la sortie « Rien à déclarer ».

Toujours à cause de l'importance de la somme, Pancho est obligé d'engager un grand nombre de passeurs. Pour éviter qu'ils ne soient reconnus, cette étape de l'opération est étalée sur plusieurs mois. En bon trafiquant, Pancho sait qu'aucun système n'est infaillible.

Les douanes s'appuient beaucoup sur le *profiling,* c'est-à-dire sur l'aptitude de leurs agents à repérer certaines caractéristiques communes à la plupart des passeurs. Cette méthode a été perfectionnée il y a des années par les douanes américaines, quand quelqu'un de relativement haut placé dans la hiérarchie eut l'idée de charger dans la mémoire d'un ordinateur toutes sortes d'informations apparemment sans lien les unes avec les autres, sinon le fait qu'elles concernaient toutes des voyageurs appréhendés alors qu'ils tentaient d'introduire dans le pays des biens illicites. L'ordinateur accoucha d'une liste de plusieurs dizaines de traits distinctifs — le profil type du contrebandier —, laquelle est aujourd'hui gravée dans l'esprit de tous les inspecteurs des douanes.

La plupart de ces traits caractéristiques découlent du simple bon sens.

Par exemple, une femme d'un certain âge extrêmement bien vêtue, voyageant seule et n'ayant rien à déclarer, sera presque systématiquement interceptée et fouillée parce que, d'après le *profiling,* c'est tout à fait le genre de personne qui a acheté quelque chose de cher pendant son voyage. Un couple tout aussi élégant d'une trentaine d'années qui tend spontanément à l'inspecteur une déclaration écrite passera probablement sans le moindre problème : toujours selon le *profiling,* cet homme et cette femme sont sans doute trop peureux pour se risquer à frauder. Un homme seul en costume froissé, muni d'un billet de classe affaires payé par son entreprise et n'ayant qu'un bagage à main — sans parler des valises qu'il attend anxieusement comme toutes les victimes du décalage horaire à répétition —, aura certainement moins de mal à franchir la douane qu'un Pakistanais borgne de 140 kilos portant dans ses bras une fillette blonde aux yeux bleus, même si celui-ci est impeccablement vêtu et voyage en première classe.

Pancho sait aussi qu'il faudrait qu'il commette une grave

erreur de jugement dans le choix d'un de ses porteurs de valise, que quelqu'un avertisse les douanes, ou encore qu'un agent reconnaisse un passeur qu'il aurait déjà vu arriver des États-Unis trois jours plus tôt, pour que les choses tournent mal. Dans l'ensemble, le sort joue plutôt en sa faveur.

À moins qu'il ne leur fournisse lui-même une bonne raison de suspecter quelque chose, il est très peu probable que les douaniers réussissent à intercepter l'argent.

Une fois les 18 millions de dollars en Angleterre, Pancho n'a aucun mal à les faire transporter par bateau vers les îles Anglo-Normandes, où ils sont déposés, grâce aux bons offices d'un ami banquier, sur quatorze comptes appartenant à des entreprises de Jersey. À peine l'argent se trouve-t-il en lieu sûr qu'il est de nouveau transféré, cette fois par câble, vers un minimum de vingt autres comptes disséminés tout autour du monde. Aux yeux du personnel de n'importe laquelle des banques concernées, ces mouvements témoignent simplement de la bonne santé des entreprises en question. En même temps, les transferts par câble éliminent toute possibilité de retrouver la trace des fonds. Après enquête, il semblerait qu'une partie de l'argent ait disparu au Luxembourg. Quant au reste, il serait tout bonnement évaporé...

Inutile de le dire, la contrebande professionnelle est un métier à haut risque. Mais le jeu en vaut parfois la chandelle. D'autant qu'afin de multiplier leurs gains certains trafiquants sont prêts à multiplier les risques en associant le trafic de drogue au blanchiment d'argent. Selon l'un d'eux — appelons-le John —, Gibraltar est l'endroit idéal pour tenter ce genre de coup double.

Parce que « le Rocher » grouille d'agents de constitution de sociétés — dont beaucoup sont connus pour ne pas poser trop de questions —, John affirme n'avoir eu aucun problème à y monter une firme d'import-export pour un peu moins de 1 000 francs. Ensuite, à l'aide de l'argent récolté grâce à la vente de drogue en Espagne, il achète du matériel électronique (chaînes hi-fi, téléviseurs, magnétoscopes, lecteurs de CD, téléphones, répondeurs, caméscopes et télécopieurs). Après avoir obtenu les autorisations d'exportation nécessaires au nom de sa compagnie, il embarque le tout sur un navire et traverse le détroit pour rallier Tanger, au Maroc. Là, ayant dûment acquitté les droits d'importation au nom de l'entreprise, il revend son matériel. Avec l'argent gagné, il rachète de la drogue — rien n'est plus simple au Maroc —, qu'il fait pénétrer en Espagne. Le produit de la vente de cette drogue est ensuite reversé à Gibraltar sur le compte de sa société, comme s'il s'agissait des bénéfices réalisés grâce à la vente du matériel électronique au Maroc.

C'est le trafic de stupéfiants qui, bien sûr, comporte les plus gros risques. Mais en raison de ses liens historiques, culturels et linguistiques avec l'Amérique centrale et l'Amérique du Sud, l'Espagne est une porte d'entrée naturelle pour les drogues latines en Europe. En outre, le détroit de Gibraltar est l'une des voies royales de la contrebande africaine en direction de l'Europe. Au début de 1993, par exemple, deux réseaux (surnommés Mufa et Everest) opérant à partir de Ceuta, enclave espagnole en Afrique du Nord, ont été démantelés par les douanes ibériques. Selon celles-ci, au cours des trois années précédentes, ces réseaux avaient importé en Espagne au moins 100 tonnes de haschisch marocain, dissimulées essentiellement dans des camions de transport de fleurs fraîches. Les profits réalisés — estimés à 220 millions de dollars — ont été blanchis dans sept banques différentes à Ceuta, au Maroc et en Espagne.

C'est sans doute triste, mais les trafics sont si nombreux en Espagne que la police est tout simplement débordée. Et la perspective de multiplier par trois ou quatre un investissement de 5 millions de dollars — avec l'avantage additionnel de pouvoir blanchir soi-même son butin — suffit à convaincre des gens comme John qu'il vaut la peine de prendre des risques calculés.

Cela dit, Pancho et John restent des exceptions. La grande différence entre ces gens-là et un trafiquant amateur, c'est qu'ils sont conscients des risques du métier et ont trouvé des moyens pour les minimiser. En matière de contrebande, la règle de base est : attention aux détails ! Une leçon capitale, que plus d'un apprenti trafiquant aura apprise à ses dépens.

Un homme d'affaires de Fort Lauderdale (Floride), doté d'un brevet de pilote, a bien cru un moment être devenu un vrai caïd, simplement parce qu'il avait eu la riche idée de faire au noir des heures supplémentaires en tant que blanchisseur volant. Il se mit à gagner tant d'argent, et si rapidement, qu'il dut bientôt songer à changer d'appareil. De son point de vue, ce n'était pas seulement un investissement capable de lui permettre de transporter plus lourd, plus loin ou plus vite ; il y voyait essentiellement une occasion unique de s'offrir un jouet fabuleux.

Bref, il se paya un Leerjet.

Aux États-Unis, il y a bien sûr une foule de gens qui pilotent leur propre avion. Mais si vous remettez régulièrement aux contrôleurs aériens de Fort Lauderdale un plan de vol précisant que vous vous rendez aux Bahamas et que ces mêmes contrôleurs suivent tout aussi régulièrement votre trace jusqu'à Panama, il n'y a vraiment pas de quoi être surpris si les autorités viennent un jour vous poser des questions.

La parade habituelle consiste à établir son plan de vol étape par étape. Vous déclarez aller de Fort Lauderdale à Nassau (Bahamas). Une fois arrivé à Nassau, vous établissez un nouveau plan à destination de Caracas. Au Venezuela, vous déclarez votre intention de vous rendre au Costa Rica. Du Costa Rica, si vous avez envie de rallier Panama, il ne faut pas vous gêner : il y a fort à parier que les autorités américaines auront depuis longtemps perdu votre trace. Mais notre brave pilote de Fort Lauderdale, lui, préférait mettre directement le cap sur Panama City.

Plusieurs voyages effectués en un laps de temps très bref mirent la puce à l'oreille tant des douanes que de la DEA (Drug Enforcement Administration). Un matin, alors qu'il s'apprêtait à repartir pour un tour, un contrôle eut lieu. La fouille de son avion permit de trouver 5,5 millions de dollars en espèces. Quand la police perquisitionna à son domicile, elle y découvrit pour près de 20 millions de dollars de drogue et une petite cache d'armes contenant notamment une mitraillette. Non seulement le pilote fut arrêté, mais son nouveau jouet fut confisqué.

C'est bien connu, les compagnies aériennes coopèrent fréquemment avec les services de répression du trafic. Les équipages arrivant à Miami sur des vols en provenance de pays où le trafic de drogue est important (Colombie, Pérou, Équateur, Venezuela) se voient offrir par les douanes américaines une prime en espèces s'ils désignent les passagers qui n'ont rien bu ni rien mangé pendant le vol. La plupart des voyageurs éprouvent le besoin de consommer quelque chose sur un vol de quatre heures, à moins qu'ils n'aient une bonne raison de s'abstenir — par exemple, un estomac bourré de préservatifs remplis de drogue.

On fait moins de publicité au fait qu'il est demandé aux compagnies de surveiller elles-mêmes les voyageurs effectuant fréquemment des parcours inhabituels. Quelqu'un qui partirait chaque semaine de Chicago à destination des Bahamas, rallierait ensuite les îles Caïmans, puis Cali, en Colombie, avant de refaire étape aux Bahamas pour rallier Miami, n'a aucune chance de passer longtemps inaperçu. La compagnie aérienne transmettra aux autorités tout ce qu'elle sait à son sujet.

La possession d'une agence de voyages est un bon moyen de contourner cet obstacle. Le blanchisseur paie ses propres billets vierges en espèces et les remplit comme il l'entend. Rien ne l'oblige à arriver à Miami sur un vol en provenance de Cali. Il peut fort bien émettre un billet Bogota-Rio sous un pseudonyme, puis un Rio-Paris sous un autre nom, un Paris-Londres sous un troisième nom et un Londres-New York sous sa véritable identité. De cette façon, non seulement il brouille les pistes, mais il évite aussi de pénétrer aux États-Unis en provenance d'un pays suspect.

Les agences de voyages présentent l'avantage substantiel de fournir des machines à laver idéales. Les frères Orozco, pour une bonne part responsables du scandale qui entoura la fermeture de la maison Deak-Perera, l'ont assez prouvé en devenant propriétaires à New York d'une agence du nom de Calypso Travel. Ils profitèrent de cette couverture parfaitement respectable pour ouvrir un compte à la Chase Manhattan Bank. La banque accepta d'inscrire Calypso Travel sur sa liste de clients exemptés de CTR. En trois occasions au minimum, les Orozco effectuèrent, au nom de l'agence, des dépôts en espèces d'un montant total de 150 000 dollars. La banque finit par leur retirer leur exemption de CTR, mais cela n'avait strictement rien à voir avec leurs activités de blanchiment. La mesure ne faisait qu'obéir à une procédure administrative interne.

Un gang corse opérant dans la région de Marseille eut un jour l'idée originale de laver son argent sale par le biais de plusieurs cliniques de chirurgie esthétique, où des Françaises et des Italiennes fortunées payaient le prix fort pour se faire arranger le portrait. Les Corses n'eurent aucun problème à trouver des médecins prêts à truquer leurs comptes et à gonfler les recettes de leur établissement grâce à l'argent du trafic de drogue.

Un autre gang français, parisien celui-là, lavait ses fonds sur le marché européen des pur-sang. Les truands enregistraient leurs chevaux de course auprès des clubs hippiques, puis faisaient appel à des professionnels pour les mettre en vente. Les chevaux étaient rachetés par d'autres membres du gang. On changeait leur nom après chaque transaction et ils étaient remis sur le marché. Quand les instances de contrôle, méfiantes, demandaient à voir l'un ou l'autre de ces chevaux fantômes, on leur répondait que la pauvre bête, malheureusement, était morte.

Partout dans le monde, de plus en plus de criminels font appel à des professionnels en col blanc pour la gestion de leurs intérêts financiers. Ils y ont d'autant plus intérêt que, sous leurs airs respectables, ces spécialistes de la finance — moyennant une commission variant entre 4 % et 10 % — sont en général parfaitement compétents pour manipuler des systèmes de blanchiment hautement sophistiqués.

Cette alliance est particulièrement utile en matière de trafic de stupéfiants : ceux qui manipulent la drogue n'ont plus à se soucier d'écouler l'argent, et ceux qui manipulent l'argent n'ont aucun contact avec la drogue.

Pour bien des gens, le blanchiment constitue un à-côté hautement lucratif. Tel politicien de Georgie s'improvise blanchisseur parce que cela semble être la façon la plus facile de financer une hypothèque de 850 000 dollars ; tel homme d'affaires californien se laisse tenter parce que le recyclage de 1,1 million de dollars par le biais des comptes de son entreprise lui permet d'empocher 77 000 dollars pratiquement sans lever le petit doigt ; quant à Richard Silberman, collecteur de fonds de Jerry Brown pour la campagne présidentielle de 1980, il a récemment admis devant un agent du FBI qu'il avait gagné beaucoup d'argent facile en tant que blanchisseur pendant vingt ans.

À New York, Eddie Antar, propriétaire de la célèbre chaîne de magasins Crazy Eddie, qui vendait du matériel électronique à prix réduit avant de faire faillite, s'est lancé dans le blanchiment parce que c'était le meilleur moyen de faire grimper le cours de ses actions. Pendant plusieurs années, il a pompé du liquide dans les caisses de ses magasins. L'argent était évacué dans des sacs en papier, stocké quelque temps dans un coffre de banque, puis déposé sur un compte secret en Israël. À partir de là, il était recyclé par l'intermédiaire d'une banque panaméenne avant de revenir vers les magasins Crazy Eddie sous forme de chèques payables à l'entreprise. Ces ventes fictives venaient artificiellement gonfler les recettes de la chaîne, ce qui permettait de maintenir le cours de ses actions à un niveau élevé. Un beau jour, Eddie Antar vendit tous ses titres et empocha la bagatelle de 74 millions de dollars.

L'argent facile... C'est indubitablement la motivation qui poussa trois frères à transformer leur concession automobile de Washington, D.C., en lessiveuse pour le compte de trafiquants de drogue. D'importantes sommes en liquide y étaient divisées en parts plus modestes — sans jamais dépasser le seuil fatidique des 10 000 dollars —, puis déposées sur les comptes bancaires de la société, accompagnées de fausses factures de vente.

Quelques mois après la découverte du pot aux roses, les agents fédéraux arrêtèrent dix-neuf personnes dans onze concessions automobiles de la région de Washington, où des trafiquants de drogue avaient acheté ou commandé quatre-vingt-cinq voitures payables en espèces. Les vendeurs avaient promis de livrer les véhicules avec de faux papiers et un faux certificat d'assurance afin que personne ne puisse remonter jusqu'aux trafiquants.

Ces arrestations furent le résultat d'une enquête de deux ans, au cours de laquelle deux agents infiltrés achetèrent des voitures — dont une Jaguar Sovereign à 48 000 dollars, pour un montant total de 1 demi-million de dollars en espèces. Non seulement les vendeurs virent de leurs yeux les sacs bourrés de billets des faux trafiquants et acceptèrent les pourboires de 1 500 dollars qu'on leur offrait pour falsifier les papiers des voitures, mais ils furent informés par les agents de ce que ces voitures allaient être utilisées pour transporter de la drogue et récompenser les plus fidèles collaborateurs du réseau.

Il s'agit là de sommes ridicules si on les compare à une récente affaire survenue à Cranston (Rhode Island). Stephen Anthony Saccoccia, sa femme Donna et sept de leurs employés de la Trend Precious Metals Company et de la Saccoccia Coin Co. furent arrêtés par les autorités fédérales et mis en examen pour répondre de près de cent charges de blanchiment et de faux en écritures comptables.

En 1973, après l'arrêt de ses études secondaires, Saccoccia ouvrit une petite échoppe d'achat et de revente de pièces de monnaie. Il débuta dans le métier en recelant de l'or et des pièces anciennes apportées par ses amis adolescents, lesquels les avaient généralement volées à leurs parents. En 1985, il plaida coupable dans une affaire de fraude fiscale. Peu après sa sortie de prison, en 1988, il commença à blanchir des fonds pour une famille de la Mafia locale. Mais ce n'est que quelques années plus tard qu'il franchit le pas en montant un réseau de recyclage destiné à laver l'argent des deux cartels rivaux de Medellin et de Cali. Ce serait le seul blanchisseur, dit-on, à avoir pu faire affaire avec les deux organisations en même temps.

L'argent de la drogue était collecté dans des bijouteries paravents à New York et à Los Angeles, caché dans des caisses destinées au transport de l'or et expédié vers les bureaux de Saccoccia à Rhode Island, à New York et en Californie. Celui-ci se chargeait de convertir les espèces en chèques de caisse, qu'il déposait ensuite sur les comptes de diverses sociétés. Tout un arsenal de fausses factures et de faux reçus permettait de justifier la soudaine hausse de son chiffre d'affaires. Les fonds étaient prestement transférés par câble à l'étranger, et plus précisément en Colombie, par le biais d'un réseau de sociétés fantômes.

Saccoccia prélevait une commission de 10 %. Selon un rapport d'enquête, en moins de quinze mois d'activité, ses complices et lui ont réussi à laver 200 millions de dollars pour le compte des cartels colombiens ; les autorités fédérales estiment quant à elles qu'il aurait recyclé au moins 750 millions de dollars. En mai 1993, il passa en jugement pour blanchiment et association de malfaiteurs. Contraint de verser une amende de 15,8 millions de dollars, il vit son patrimoine confisqué à hauteur de 136,3 millions de dollars et fut condamné à six cent soixante ans de prison ferme.

Saccoccia, à l'évidence, ne manquait pas d'audace. Mais en matière de blanchiment, la palme du culot revient sans conteste à un rabbin pas tout à fait comme les autres.

Abraham Low, membre du clergé judaïque ultra-orthodoxe de Los Angeles, fut arrêté par le FBI au début de 1993 après la mise au jour d'une opération de blanchiment de 2 millions de dollars — promptement baptisée « la filière sainte ». Avec Alan Weston, médecin de Hollywood, et Bernadette Chandler — une femme que le FBI ne connaissait jusque-là que sous le sobriquet de Charlie —, Low fut placé en détention préventive après avoir accepté de laver une somme prétendument issue du trafic de drogue pour le compte d'un policier infiltré. Apparemment, sa synagogue souffrait de sérieuses difficultés financières : la congrégation avait perdu 18 millions de dollars à cause d'une série d'investissements désastreux promus par Low.

Le FBI avait croisé son nom pour la première fois lors d'une enquête sur une affaire d'escroquerie aux chèques volés. En septembre 1991, l'épouse de Low était entrée dans une banque pour y troquer un chèque de caisse de 500 000 dollars contre quatre chèques de moindre valeur. Quand la banque découvrit que le chèque originel avait été volé et falsifié, elle appela la police. Les enquêteurs s'aperçurent que Low combinait des chèques de caisse volés dans une banque de Los Angeles West avec de faux documents de prêt pour justifier la provenance des fonds qu'il blanchissait. Le rabbin avait accès aux comptes bancaires de diverses organisations de charité — d'où le surnom de « filière sainte » —, par l'intermédiaire desquels il pouvait blanchir des sommes importantes en liquide.

Bernadette Chandler entra en scène quand Low lui racheta pour 30 000 dollars un chèque de caisse — volé — d'un montant de 500 000 dollars et deux bagues serties de diamants. Après que Chandler eut organisé une opération de blanchiment de 1,5 million de dollars avec un agent du FBI infiltré, Low et Weston se vantèrent de pouvoir fournir le même genre de service. Un autre agent, se faisant passer pour un trafiquant de drogue nommé « Ronnie », leur fut présenté par un indicateur du FBI. Low et Weston lui offrirent l'accès à leur lessiveuse et l'assurèrent qu'ils étaient capables de laver chaque semaine des sommes substantielles. Low ébaucha même une description du système et expliqua que l'argent, remis à des membres de confiance de la congrégation — des diamantaires, en l'occurrence —, serait blanchi à travers les comptes des organisations de charité qu'il contrôlait avant d'être câblé n'importe où dans le monde. « Ronnie » fit mine de consentir à mettre Low et Weston à l'épreuve et posa 10 000 dollars sur la table. Au moment précis où le marché fut conclu, le FBI intervint.

L'histoire du rabbin blanchisseur a le mérite de prouver de façon irréfutable que, de nos jours, les manipulateurs d'argent sale ne correspondent plus au cliché du truand habituel.

On est loin des gangsters à chemise noire et cravate blanche qui cachent une mitraillette sous leur manteau. Les blanchisseurs ne doivent pas davantage être confondus avec les dealers de rue, qui sont fréquemment de jeunes Noirs aux États-Unis. En général, leur casier judiciaire est vierge. Le plus souvent, ce sont des gens qui n'avaient jamais approché le monde du crime, mais qui n'ont pas su résister à la tentation de l'argent facile et se sont mis à tricher sans pour autant se salir les mains. Pour le compte de leurs amis trafiquants, contrebandiers, escrocs, preneurs d'otages, marchands d'armes, terroristes, racketteurs et fraudeurs, ces gens-là ont fait du blanchiment l'élément le plus sophistiqué du crime organisé.

Ces membres distingués de l'élite blanche ont transformé le recyclage d'argent sale en une industrie financière en plein essor.

# 5

# Sang et cigarettes

*Les truands disposent d'une telle avance que nous n'arrivons jamais à refermer complètement le cercle.*

Département de Justice américain

David Wilson était un pigeon idéal.

Un tantinet trop crédule et en même temps un petit peu trop enclin à la cupidité, c'était le genre d'homme qui est toujours prêt à se jeter à corps perdu dans la première magouille venue, pourvu qu'elle offre la perspective d'un enrichissement rapide.

Né en Angleterre en 1944, Wilson avait entrepris des études de comptabilité qu'il interrompit sans avoir obtenu son diplôme. Après être passé par une série d'emplois dans l'East Lancashire, il s'établit à son compte en tant que conseiller financier. N'étant pas expert-comptable agréé, il n'était pas autorisé à certifier des écritures ; il vivait donc essentiellement des déclarations fiscales qu'il préparait pour de petites entreprises et s'investissait dans tous les « coups » financiers à sa portée.

Foncièrement, David Wilson était un homme honnête. Les gens du Lancashire qui le connaissaient l'appréciaient. Ceux qui lui avaient confié la tenue de leurs livres de comptes en disaient également du bien. Plus important encore, la police n'a jamais pu retrouver la moindre trace de sa participation personnelle dans quelque activité criminelle que ce soit. Mais parce qu'il n'était pas au-dessus des tripotages comptables douteux — enthousiaste des paradis fiscaux *offshore*, il était également toujours disposé à montrer à ses clients comment alléger leurs impôts personnels en puisant dans les caisses de l'entreprise —, il ne fallut pas très longtemps pour que sa route croise celle de malfaiteurs intelligents, disposant de relations.

Son seul péché fut sans doute d'avoir surestimé son habileté, son intelligence et son talent, ou pire, d'avoir compromis l'avenir des siens en risquant ses propres fonds dans l'espoir d'accéder à un bien improbable Eldorado.

Dans de telles conditions, il n'est pas surprenant qu'il ait cru flairer l'affaire de sa vie en entendant parler d'un stock de cigarettes Marlboro en vente sur le marché parallèle.

David Wilson était un pigeon idéal.

Mais il ne méritait pas pour autant d'être exécuté.

Le colonel Hector Moretta Portillo occupait un poste priviligié dans l'armée mexicaine. En tant que parent de l'ex-président du Mexique, il était membre accrédité de la délégation de son pays aux Nations unies. C'était un homme trapu — un mètre soixante-cinq —, à la moustache et aux cheveux noirs. Un uniforme chamarré complétait le tableau.

Il avait eu l'infortune, à un moment donné de sa carrière, d'être assassiné d'une balle dans la tête alors qu'il passait ses vacances chez le ministre de l'Intérieur mexicain, sur l'île de Cozumel. Selon la presse, son corps avait été retrouvé dans la piscine et l'assassin s'était enfui.

Quelques années après son assassinat, il reparut à Saint-Domingue sous les traits du colonel Gomez, officier de l'armée de la République dominicaine et parent de l'ancien président de ce pays.

Lorsque, vers la fin de 1990, sa trajectoire croisa celle de Wilson, il était redevenu Hector Portillo ; plus vivant que jamais, il habitait New York.

Connu pour avoir utilisé plus de trente pseudonymes, notre homme avait été arrêté à Saint-Domingue en 1988 après que les autorités eurent découvert son dernier stratagème, destiné à vendre du sucre qui n'existait pas. Interrogé, il finit par avouer qu'il s'appelait en réalité Michael Austin Smith. Sans doute n'avait-il jamais été aussi proche de la vérité : tel était bien son nom, même si ce n'est pas celui sous lequel il était né. À son arrivée dans ce bas monde, à Brooklyn (New York), en 1955, il s'appelait Michael Sporn. Un jour, il avait tout bonnement renoncé à ce patronyme pour adopter celui d'Austin, et ce avec autant de facilité qu'il était capable de passer de l'accent new-yorkais au parler hispanique. Linguiste émérite, il maîtrisait couramment l'espagnol et était amplement en mesure de reproduire les intonations que n'importe qui s'attendrait à trouver chez un colonel mexicain moyen.

Établi à New York, donc, Portillo — qui par le passé avait monté diverses arnaques portant sur de l'or, des obligations ou du whisky — préparait un nouveau coup. Cette fois, c'étaient les cigarettes Marlboro.

Marchandise idéale pour un escroc, les cigarettes Marlboro ont un nom universellement reconnu ; elles sont très facilement et très fréquemment vendues et rachetées en dehors des circuits de distribution normaux du fabricant. Outre que la popularité de sa marque en fait une cible privilégiée sur le marché de la contrefaçon, la compagnie Philip Morris produit ses cigarettes à l'échelle mondiale, et d'énormes stocks de Marlboro authentiques circulent en permanence autour du monde à travers toutes sortes de canaux de vente en gros — telle société publique en situation de monopole dans son pays s'aperçoit qu'elle en a acheté trop et cherche à revendre le surplus, telle cargaison volée doit être écoulée, tel intermédiaire en acquiert une très importante quantité à un prix avantageux et souhaite s'en débarrasser rapidement, tel négociant tombe en faillite et son stock doit être revendu pour rembourser ses créanciers. En résumé, pour une infinité de raisons, le monde du commerce international est inondé de marchandises de toutes sortes — du pétrole à la poitrine de porc en passant par le bois de construction, les céréales, l'acier, les boîtes en carton, les cassettes audio et les cigarettes — vouées à être revendues sur le marché parallèle.

Dans de nombreux pays du tiers-monde et plus encore dans ceux de l'ex-URSS, les Marlboro jouent un rôle particulièrement éminent dans la mesure où elles servent de monnaie d'échange. Quelques caisses de Marlboro sont souvent la cerise sur le gâteau qui permet de décrocher un marché. En Russie, par exemple, où personne ne veut plus entendre parler de roubles, tout se négocie premièrement en dollars, et ensuite en Marlboro. À dire vrai, le meilleur moyen de trouver un taxi dans les rues de Moscou consiste aujourd'hui à agiter ostensiblement un paquet rouge et blanc, signe que vous avez quelque chose de valable à offrir au chauffeur, même s'il ne fume pas.

On en revient à la vieille plaisanterie du soldat qui vend son unique paquet de Marlboro à un autre soldat pour 1 dollar. Le deuxième soldat le revend à un troisième pour 2 dollars. Le troisième le revend au quatrième pour 3 dollars, et ainsi de suite, jusqu'à ce que le prix du paquet atteigne 15 dollars. Le soldat qui vient d'acheter le paquet l'ouvre et se met à fumer. Tous les autres le regardent bouche bée. « Qu'est-ce qu'il y a ? » demande-t-il entre deux bouffées. Le premier soldat lui montre le paquet en riant : « Ces cigarettes-là ne sont pas faites pour être fumées. Elles servent à acheter et à vendre. »

Portillo savait ce qu'il faisait quand il choisit de se lancer dans la vente de Marlboro. Il avait l'intention de mettre l'équivalent de 100 conteneurs en vente sur le marché parallèle, et savait que des milliers d'intermédiaires seraient intéressés. Soit dit en passant, 100 conteneurs représentent une monstrueuse quantité de cigarettes : on compte 20 cigarettes par paquet, 10 paquets par cartouche, et 50 cartouches par caisse. Un conteneur de 15 mètres peut contenir 960 caisses, soit 9,6 millions de cigarettes. Multipliez ce nombre par 100, et vous voilà à la tête de 960 millions de cigarettes, ou de 48 millions de paquets — quantité suffisante pour approvisionner la totalité du marché russe pendant quatre mois.

Dans le but de mettre sa cargaison en vente, Portillo s'y prit de la même façon que les autres opérateurs du marché parallèle des marchandises, à un tout petit détail près : ses conteneurs bourrés de cigarettes n'existaient pas.

Pour que ce genre d'escroquerie fonctionne, il est indispensable que son auteur produise ce que les criminologues appellent une « preuve de réalité ». En d'autres termes, vous n'arriverez jamais à vendre *La Joconde* à quelqu'un qui sait pertinemment qu'elle est exposée sous haute surveillance sur un mur du Louvre. Condition de base, donc, le produit mis en vente doit être crédible. C'est pourquoi Portillo avait choisi les Marlboro.

En même temps, le vendeur doit faire croire à tout le monde qu'il a bel et bien accès au produit. Pour convaincre les plus sceptiques, Portillo avait mitonné plusieurs variantes d'une même histoire. Selon l'une d'elles, plusieurs fabriques de cigarettes au Mexique, fermées par Philip Morris, avaient été réactivées clandestinement pour produire des Marlboro destinées au marché nord-américain. Une version légèrement différente faisait état de contrefaçons pures et simples, savamment mises au point dans des usines dépourvues de tout lien avec Philip Morris. Quant à la troisième version, elle disait ceci : grâce à ses relations au sein du gouvernement mexicain, Portillo avait réussi à acquérir ces cigarettes sous le manteau et cherchait à présent à s'en débarrasser aussi vite et aussi discrètement que possible. Quelle que soit la version fournie, le colonel n'avait pas son pareil pour la défendre en produisant divers documents d'aspect officiel prouvant qu'une montagne de cigarettes l'attendait bel et bien au Mexique.

Enfin, les clients éventuels doivent s'imaginer qu'ils vont faire une belle affaire. Un bon escroc sait bien que, lorsque un spéculateur se croit sur le point de réaliser de juteux profits pour une mise de fonds modeste, la moitié de sa cervelle cesse aussitôt de fonctionner. Or c'est justement cette moitié-là qui devrait avertir tous les spéculateurs que, quand une chose est trop belle pour être vraie, c'est généralement le cas.

Afin de flatter la cupidité de ses interlocuteurs et de leur laisser toute latitude pour s'imaginer qu'ils allaient amasser d'énormes bénéfices sur son dos, Portillo leur fit part de son intention de vendre chaque conteneur au prix défiant toute concurrence de 160 000 dollars.

Les marchandises en général, qu'elles soient à vendre dans la pénombre de ces marchés parallèles ou sur le marché officiel, se vendent et s'achètent au moyen de lettres de crédit. Selon ce système universellement accepté, la banque de l'acheteur garantit le paiement de la somme convenue à celle du vendeur, sans pour autant que l'argent change de mains avant la livraison de la marchandise. L'acquéreur dépose donc la somme à sa banque, qui la retient et s'engage par écrit à la reverser à la banque du vendeur dès que celui-ci aura livré sa cargaison. Tout le système repose sur la confiance mutuelle entre les deux banques ; en effet, quand une cargaison de grande valeur est en jeu, on ne voit pas pourquoi l'acheteur et le vendeur se feraient confiance *a priori*.

Par expérience — on se rappellera l'échec de la vente de sucre fictif —, Portillo savait qu'une série de documents très spécifiques étaient requis, non seulement pour faire croire à l'existence des cent conteneurs, mais pour inciter ses proies à payer. En l'occurrence, il lui fallait donc fournir : des connaissements (contrats de transport maritime d'une marchandise) définissant la marchandise de façon adéquate ; un certificat d'inspection, pour garantir que la cargaison décrite par les connaissements était embarquée sur un navire prêt à prendre la mer pour rallier le port convenu pour la livraison ; un certificat de fraîcheur, spécifique à l'industrie du tabac, permettant à l'acheteur de s'assurer que la date limite de vente n'était pas dépassée ; et un certificat d'assurance pour protéger la cargaison.

Pour quelqu'un comme Portillo, se procurer de faux certificats ne posait aucun problème. Il était en cheville avec des spécialistes capables de falsifier n'importe quoi, passeports compris. Mais les documents de transport maritime stipulent toujours le nom du navire transporteur. Et les allées et venues d'un navire et de sa cargaison sont facilement vérifiables par n'importe quel investisseur. Aussi, pour viabiliser son escroquerie, Portillo décida qu'il avait besoin d'un navire.

C'est à ce stade que David Wilson entra en scène.

Dans la plupart des secteurs d'activités, les acteurs voués à se rencontrer finissent par se rencontrer, ou du moins savent-ils comment se trouver. Portillo avait besoin d'un comptable en Europe, de préférence en Angleterre à cause de la langue, pour fonder une société et l'aider à acheter un navire. Quelqu'un, parmi ses peu scrupuleuses relations, connaissait un client de Wilson tout aussi peu scrupuleux, et ce fut par l'intermédiaire de ces gens que les deux hommes se trouvèrent un beau jour face à face.

Ils formaient un couple parfait. D'emblée, Portillo sentit que Wilson était un de ces hommes toujours disposés à se lancer dans une bonne affaire, un de ces hommes chez qui la cupidité a toujours une longueur d'avance sur le bon sens. Bref, le parfait gogo ! Et Portillo n'eut aucun mal à le convaincre que le gâteau était tellement énorme qu'il allait pouvoir s'en mettre plein la panse.

Animé par la perspective d'une fortune facilement acquise, Wilson acheta une société du nom d'Alamosa Ltd. sur l'île de Man, l'enregistra à l'adresse de son cabinet du Lancashire et se mit à la recherche d'un investisseur désireux de financer un navire. Il finit par le trouver en Norvège, où un homme intéressé aux affaires maritimes accepta de mettre sur la table 1,6 million de livres sterling (plus de 13 millions de francs) pour l'achat du *Gregory,* un vraquier de 3 400 tonneaux construit en 1970.

Sur le papier, tout le monde faisait une excellente affaire. Le navire serait acheté par Alamosa, puis transféré au nom de la Wilson Overseas Ltd., holding enregistré par les soins de notre comptable aux Bahamas. En raison de son apport, le Norvégien serait actionnaire majoritaire de la Wilson Overseas, ce qui lui garantissait le contrôle du navire. En prime, Portillo était prêt à lui céder gratis un conteneur de Marlboro pour dix achetés. Tout compte fait, il s'avéra qu'en achetant la totalité de la cargaison le Norvégien pouvait récupérer l'intégralité de la mise investie dans l'achat du navire, lequel, finalement, ne lui aurait rien coûté.

Une fois que tous les papiers eurent été signés, Wilson rebaptisa le navire *Lisa Marie,* du prénom de la plus jeune de ses filles.

De la façon dont Portillo avait organisé les choses, un rempart inviolable le protégeait de ses clients potentiels. Aucun d'eux ne traitait directement avec lui. Ils passaient tous par des agents. Le jour où l'un de ces agents — auxquels il promettait une grasse commission sur la vente de chaque conteneur — lui demanda pourquoi il ne vendait pas ses conteneurs lui-même, il répondit qu'en raison de ses liens avec le gouvernement mexicain son nom ne devait pas apparaître. C'était plausible. Mais la vérité était légèrement différente : le monde regorgeant de ces intermédiaires qui gagnent leur vie en opérant sur les marchés parallèles, Portillo n'avait aucune raison de s'exposer personnellement.

Ses agents ne pouvaient pas davantage le contacter directement. Ils disposaient d'un numéro de téléphone à New York, mais chaque fois que l'un ou l'autre le composait, une voix aimable leur répondait que le colonel Portillo était absent et leur demandait s'ils souhaitaient laisser un message. Portillo rappelait toujours très vite, mais le numéro new-yorkais s'avéra par la suite être tout bonnement celui d'une agence de télésecrétariat.

Ayant réalisé que le gros des profits irait aux agents, Wilson convainquit Portillo de le laisser vendre quelques conteneurs et ne tarda pas à dénicher un client nommé James McMillan. Écossais installé à Houston (Texas), McMillan paya d'avance près de 350 000 dollars en liquide — il ne fut pas question de lettre de crédit — pour l'achat de deux conteneurs. Alamosa Ltd. utilisa ces fonds pour adapter la *Lisa Marie* au transport de conteneurs. Seul problème : une fois les travaux terminés, il apparut que le navire ne pourrait jamais embarquer cent conteneurs, mais quatre-vingt-dix au grand maximum.

Ce détail ne parut pas inquiéter les agents de Portillo, qui réussirent à vendre plusieurs fois la cargaison du navire. Savaient-ils ou non que les cigarettes n'existaient pas ? Nous entrons ici dans le domaine de la conjecture. Certains ont sans doute flairé ce qui se tramait — après tout, ils sont payés pour garder l'oreille collée au sol —, en constatant qu'il y avait brusquement bien trop de Marlboro disponibles sur le marché parallèle.

Encore une fois, si l'un ou l'autre de ces agents s'est douté de quelque chose, cela ne l'a pas empêché de dormir. Simples intermédiaires, la plupart d'entre eux estimaient sans doute que l'existence ou non des cigarettes et le nombre réel de conteneurs étaient le problème de l'ami Hector, pas le leur.

À présent qu'il avait un navire, Portillo put aborder la question de l'assurance. Toujours grâce à son réseau de relations, il fut présenté à un fils de famille, image typique de l'« ancien élève de collège huppé » si terriblement britannique, qui avait travaillé pour la Lloyd's, en avait été renvoyé et était ouvert à n'importe quel projet douteux. Ce fut lui qui fournit à Portillo tous les papiers d'assurance nécessaires.

Les connaissements ne posèrent aucune difficulté (les faux étaient faciles à réaliser) ; en revanche, pour obtenir les certificats de fraîcheur, Portillo avait besoin des services d'une compagnie d'expertise maritime. La solution la plus simple fut d'en inventer une, qu'il baptisa Sealand Maritime Surveyors (SMS). Comme la *Lisa Marie* était en cours de révision dans un chantier naval de Miami, Portillo décida d'y localiser également la SMS. Ou plutôt, il lui donna une adresse à Miami et un téléphone qui semblait être un numéro de Miami. En réalité, grâce à la technologie et à la diversité des services aujourd'hui offerts par certaines compagnies de téléphone, Portillo fit établir un système de renvoi d'appel : chaque fois que quelqu'un composait le numéro de la SMS, l'appel était automatiquement transféré vers le poste d'un Anglais qui répondait en espagnol. Si l'on excepte le jour où, l'un de ses correspondants s'étant enquis du climat, l'Anglais en question commit une gaffe monstrueuse en répondant qu'il faisait beau alors même que Miami essuyait un véritable déluge, personne ne semble avoir jamais douté d'avoir affaire à un responsable de la Sealand Maritime Surveyors, en Floride.

Pour appâter ses clients, Portillo avait prétendu que les cent conteneurs attendaient la *Lisa Marie* à Veracruz, au Mexique. Mais le 12 novembre 1991, une série de documents furent émis, lesquels montraient que cinquante conteneurs avaient déjà été embarqués à Miami. Et lorsqu'elle prit la mer onze jours plus tard, au lieu de rallier le Mexique pour prendre livraison du reste, la *Lisa Marie* fut enregistrée comme mettant directement le cap sur Hambourg avec une cargaison de cigarettes.

Puis arriva une autre liasse de documents. Ceux-là, datés du 3 décembre 1991, attestaient que la *Lisa Marie* avait chargé à son bord trois conteneurs de Marlboro... mais se trouvait toujours à quai à Miami.

La confusion de David Wilson se transforma vite en suspicion.

Pour protéger ses propres clients, il avait inséré dans leurs contrats une clause selon laquelle les lettres de crédit ne pouvaient être échangées tant que n'aurait pas été réalisée une inspection complète de la cargaison dans le port d'arrivée. Sans doute pensait-il que cela suffirait à les mettre à l'abri. Et pourtant, quelque chose sonnait faux dans cette affaire.

Hélas pour Wilson, ses soupçons devaient peu à peu virer au cauchemar.

Après avoir réglé comptant les deux conteneurs achetés à Wilson, James McMillan s'était lui aussi pris au jeu et tentait de jouer les agents au service de Portillo. Dans l'espoir de pousser un groupe d'investisseurs à l'achat de tout ou partie des cinquante conteneurs censés cingler vers Hambourg, il prit date pour une réunion de clients potentiels le 2 décembre à l'hôtel Hilton de Rotterdam.

Son idée consistait à réunir tout ce joli monde entre quatre murs et à se lancer dans un grand numéro de vendeur. Pour appâter les investisseurs, il leur avait fourni copie des documents du 12 novembre montrant que le navire avait déjà quitté Miami. Mais l'un d'eux, pressentant qu'il s'agissait d'une de ces histoires trop belles pour être vraies, eut le bon sens de se tourner vers un spécialiste.

C'est ainsi qu'il transmit la documentation à l'International Maritime Bureau (IMB). À sa grande déception, le directeur de l'IMB confirma ses soupçons.

Ancien commissaire central de la police du port de Londres, Eric Ellen avait passé sa vie à lutter contre la fraude navale. Expert mondialement reconnu en la matière, il repéra sur-le-champ ce qui clochait. D'après le connaissement du 12 novembre, les conteneurs chargés à bord de la *Lisa Marie* étaient numérotés de 440001 à 440050. Certes, les conteneurs sont fabriqués en série, et chacune de ces séries porte un numéro ; mais comme les conteneurs passent leur temps à voyager autour du monde, passant d'un cargo à l'autre pour transporter des marchandises différentes, il est aussi difficile de trouver cinquante conteneurs dont les numéros se suivent sur un même navire que de dénicher, dans un embouteillage, une file de cinquante voitures dont les numéros d'immatriculation se suivraient.

À vrai dire, « difficile » est un euphémisme. La présence de cinquante conteneurs à numéros de série consécutifs sur un même navire est une impossibilité virtuelle.

Ellen le savait et le signala. La police néerlandaise fut avertie et fit irruption au beau milieu de la réunion organisée par McMillan.

Pour sa défense, l'Écossais déclara qu'il n'agissait qu'au titre d'agent. Il jura avoir cru dur comme fer à l'existence de la cargaison et rappela à la police qu'il avait réglé d'avance le prix de deux conteneurs à titre personnel. « Si vous ne me croyez pas, ajouta-t-il, demandez donc à David Wilson. »

McMillan fut maintenu en détention jusqu'à ce qu'un magistrat néerlandais puisse enfin interroger Wilson en Grande-Bretagne. La rencontre eut lieu le 3 mars 1992 ; ayant entendu ce que Wilson avait à dire, le juge libéra McMillan dès le lendemain.

En apprenant l'arrestation de McMillan, Wilson avait exigé de savoir où se trouvait le navire. Son partenaire norvégien avait eu la même réaction. Portillo s'efforça de les rassurer en expliquant comment, à la dernière minute, il avait décidé que le navire, au lieu de se rendre directement en Europe, ferait d'abord escale à Hong Kong pour y livrer quelques conteneurs. Curieusement, Portillo tenta de faire croire à Wilson et au Norvégien que plutôt que d'emprunter le canal de Panama pour rejoindre l'océan Pacifique, la *Lisa Marie* avait choisi la route la plus longue, via l'Afrique du Sud et le cap de Bonne-Espérance.

Étant donné qu'il ne demandait pas mieux que de le croire, Wilson aurait pu avaler cette histoire. Mais sur ces entrefaites, il reçut un coup de téléphone angoissé du capitaine de la *Lisa Marie*. Dans l'impossibilité de joindre Portillo par le biais de son service de secrétariat new-yorkais, il appelait pour parler à Wilson d'une histoire d'eau de mer qui avait envahi le système de refroidissement du moteur. Bref, il allait tenter de rallier Puerto Cabello, au Venezuela, pour y effectuer les réparations nécessaires.

En état de panique absolue, Wilson et le Norvégien sautèrent dans le premier vol à destination de l'Amérique du Sud. La *Lisa Marie* était bien là, aucun doute, et cinquante conteneurs étaient solidement arrimés sur ses ponts. Mais lorsque les deux hommes ordonnèrent à l'équipage de les ouvrir, ils découvrirent qu'ils étaient — tous — vides.

Immédiatement, Wilson prit des dispositions pour empêcher le navire de quitter Puerto Cabello, et aussi — c'est significatif — pour prévenir ses clients qu'ils avaient été roulés dans la farine. À la mi-février 1992, cependant, certaines personnes commencèrent à penser que David Wilson avait tout fait pour saboter l'affaire montée par Portillo.

Trois semaines plus tard, dans la nuit du 5 mars, deux hommes aux traits dissimulés sous des cagoules de ski se glissèrent par effraction chez David Wilson, s'emparèrent de lui, lui nouèrent les mains derrière le dos, le conduisirent jusqu'au garage et, à bout portant, lui logèrent deux balles dans la tête.

David Wilson ignorait encore bien des choses quand il était arrivé au Venezuela, cherchant la *Lisa Marie*.

Il ignorait que Puerto Cabello est un des principaux ports de transit de la cocaïne colombienne.

Il ignorait que plusieurs services de police disposaient de sérieux indices tendant à prouver l'existence de contacts entre Portillo et certains trafiquants colombiens.

Il ignorait que Portillo avait d'ores et déjà décidé de le doubler.

Pour répartir les risques, le colonel avait acheté un deuxième navire — la *Wei River* — dans l'intention de répéter l'opération Marlboro, mais sans Wilson. Parmi ses nouveaux clients, un acheteur basé en Grèce avait accepté d'acheter cinq conteneurs de cigarettes pour un petit peu moins de 1 million de dollars. Portillo lui fournit toute la documentation nécessaire pour qu'il croie que la cargaison avait été chargée à bord de la *Wei River* à Houston, et que le navire s'apprêtait à mettre le cap sur la Hollande dès le 24 février. En réalité, la *Wei River* se trouvait en cale sèche dans un chantier de Houston.

Portillo ne tarda pas à se dire que si son idée fonctionnait aussi bien avec deux navires, rien ne l'empêchait d'augmenter ses gains avec l'aide d'un troisième cargo. Il se débrouilla donc pour acheter l'*Infanta* et pour fournir à ses agents — qui à leur tour retransmirent aux investisseurs — une série de documents identiques pour chaque navire, portant description d'une cargaison tout aussi identique.

Peu de temps après, il utilisait aussi les noms de six autres navires — dont il ne savait strictement rien, comme s'il se contentait de les choisir au hasard — et produisait les faux papiers nécessaires pour prouver que les conteneurs étaient pleins et bien en route.

Étant donné les dizaines de millions de dollars en jeu, Portillo n'avait pas l'intention de laisser quiconque se mettre en travers de sa route. Wilson pouvait être réduit au silence. Quant à la police, Portillo avait une foi inébranlable en l'absence de véritable coopération internationale entre les services spécialisés des différents pays. Et sur ce plan, fondamentalement, il avait raison. Il allait s'écouler des mois avant que les autorités compétentes en Europe et aux États-Unis — qui avaient pourtant toutes, à un moment ou à un autre, été alertées de l'escroquerie — ne commencent à échanger des notes. Et même ainsi, plus d'un service rechignerait à partager toutes ses informations avec les autres.

À terme, Portillo le savait, son stratagème — comme les Marlboro — atteindrait sa date limite de vente. Il ne pourrait plus contrôler très longtemps la pression croissante de ses clients déçus — et de ses agents perpétuellement sur le branlebas. Ses excuses plausibles et sa chance allaient forcément se tarir.

Un agent californien vendit pour 1,6 million de dollars de cigarettes fantômes à un homme d'affaires de Hong Kong. Un mois plus tard, alors que la cargaison n'était toujours pas arrivée, ce client refusa d'être tourné en bourrique plus longtemps et changea de ton, laissant de côté sa courtoisie habituelle, il se fit menaçant. Heureusement pour Portillo, l'agent californien fut assez habile pour retourner la situation à son avantage et vendre à l'homme d'affaires 800 000 dollars de cigarettes supplémentaires.

Vers la même époque, un autre investisseur porta à son banquier tous les documents qui lui avaient été confiés par un agent afin que soit établie une lettre de crédit. Après avoir étudié le tout, le banquier déclara sans détour y avoir décelé rien moins que quarante erreurs flagrantes, ce qui prouvait sans l'ombre d'un doute qu'il s'agissait de faux papiers. Le client ne voulut rien entendre. Plusieurs cadres de la banque tentèrent avec force arguments de le convaincre, en vain. Il insista pour que le paiement soit effectué. Ce qui fut fait.

Afin d'éviter le jour fatidique du jugement dernier, Portillo décida de se couvrir grâce à l'excuse parfaite : un naufrage. Et toutes sortes de raisons portent à croire qu'il envisageait de sacrifier la *Lisa Marie*.

Selon une théorie très plausible, les cinquante conteneurs

vides transportés jusqu'à Puerto Cabello auraient dû y être remplis de drogue — ou d'armes — que Portillo entendait transborder sur un autre navire en haute mer, quelque part au large de l'Afrique du Sud. Une fois ses conteneurs vides, la *Lisa Marie* devait se saborder.

Entre les profits amassés grâce aux cigarettes, l'argent qu'il pouvait retirer de la vente de drogue et/ou d'armes, plus l'indemnisation que lui verserait sa compagnie d'assurances pour la perte du cargo, Portillo pouvait espérer vivre à l'abri du besoin jusqu'à la fin de ses jours. À ce stade-là, rien n'empêcherait le colonel mexicain de se volatiliser : de toute façon, il n'avait jamais existé. Sans doute ressusciterait-il un jour sous un autre nom — celui du cousin d'un troisième président, qui sait ? — pour se lancer dans l'élaboration d'une nouvelle arnaque.

Quels qu'aient été les plans de Portillo, il aurait pu s'en tirer à très bon compte si David Wilson n'avait pas été assassiné.

Dans une existence antérieure, Hector Portillo — qui s'appelait alors Michael Smith Austin — aurait été, dit-on, en contact avec le Pentagone. On dit également — là encore, il s'agit de sources que l'on qualifie généralement de « bien informées » — qu'il aurait même tenté, à un moment donné, de décrocher un contrat de défense en tant que fournisseur de l'industrie aérospatiale.

Bien plus tard, après son arrestation sous l'identité de Portillo, Austin devait déclarer aux agents du FBI qu'il avait eu et avait toujours des contacts à la CIA.

Cela va sans dire, ni le Pentagone ni la CIA n'ont admis publiquement connaître ce personnage.

Il n'en reste pas moins que, selon sa version des faits, ses liens avec la CIA seraient le fruit du rôle mineur qu'il aurait joué — cette fois sous les traits du colonel Rodriguez, officier de l'armée nicaraguayenne — dans l'affaire de l'Irangate.

Un colonel Rodriguez figurait bel et bien sur la liste des Nicaraguayens impliqués dans l'Irangate, ainsi que l'ont révélé les auditions du Sénat. Ce qui est tout aussi sûr, c'est qu'à l'occasion d'un programme de télévision diffusé aux États-Unis sur l'Irangate, un homme affirmant être le colonel Rodriguez susnommé fut présenté à la caméra. Il ne ressemblait en rien à Portillo, mais cela ne veut pas forcément dire grand-chose. Cet homme pouvait aussi bien être que ne pas être le colonel Rodriguez. Ce qu'on sait, en revanche, c'est que, quand Portillo — sous le nom du colonel Gomez — fut arrêté en République dominicaine en 1988, il avoua, entre autres, être un escroc et un faussaire. Dans de telles conditions, on aurait pu s'attendre à ce qu'il soit mis en examen et jugé. On aurait pu également croire, suite à ses aveux, qu'il serait condamné à une peine de prison ferme en République dominicaine. Et cependant, à la toute dernière minute, les autorités dominicaines préférèrent le relâcher.

L'explication officielle de sa remise en liberté mentionnait une « instruction du pouvoir judiciaire ». Personne ne sait au juste ce que cela veut dire. Le pouvoir judiciaire n'a jamais daigné s'expliquer sur le sujet. Portillo a affirmé de son côté avoir dû verser un pot-de-vin de 1 million de dollars pour prix de sa liberté. Toutefois, à d'autres moments, il a opté pour une autre version des faits. Selon lui, des amis haut placés dans l'administration américaine auraient arrangé sa libération pour services rendus dans l'affaire de l'Irangate.

Même si Portillo a bel et bien des liens avec la CIA — et plus on en apprend sur l'Agence, plus on s'aperçoit qu'avec elle tout est possible, et en particulier les affiliations les plus invraisemblables —, il est peu probable que ces liens lui soient d'un grand secours cette fois-ci. La police du Lancashire a ouvert une enquête sur le meurtre de David Wilson au matin du 6 mars ; et au fur et à mesure que le dossier s'épaississait et gagnait en complexité, un nombre croissant d'enquêteurs a été mobilisé. À un moment donné, et pendant une période de près de six mois, on a pu compter plus de cent agents travaillant à temps complet sur cette seule affaire.

Le 15 juillet, soit dix-sept semaines après l'assassinat de David Wilson, Hector Portillo était arrêté à New York alors qu'il s'apprêtait à payer comptant — et en espèces — les 3,2 millions de dollars demandés pour un appartement de la Trump Tower.

En février 1995, l'homme qui se faisait passer pour le colonel Portillo — Michael Austin, trente-neuf ans — fut condamné par un tribunal britannique à la prison à vie pour avoir commandité l'assassinat de David Wilson.

L'escroquerie aux Marlboro aurait bien pu lui rapporter plusieurs centaines de millions de dollars.

Certains indices suggèrent que chacun des cent conteneurs dont Portillo prétendait disposer aurait été vendu jusqu'à cinq fois. Après tout, ses agents avaient recruté des clients en Bulgarie, en Pologne, en Italie, au Danemark, aux États-Unis, à Hong Kong, en Autriche, en Suède, en Grèce, en Russie — dont un client prétendait représenter l'armée Rouge —, aux Émirats arabes unis, en Chine, aux Pays-Bas, en Grande-Bretagne, en Allemagne, en Belgique, en France, en Australie, à Singapour, à la Jamaïque et aux Bermudes !

Afin de gérer tout cet argent qui rentrait à flots, Wilson avait ouvert des comptes bancaires — au nom d'Alamosa Ltd. — dans plusieurs pays. Il avait effectué des transferts de fonds en Suisse, en Belgique, aux Pays-Bas, au Luxembourg, en Allemagne et en Grande-Bretagne. Le compte le plus important était celui de la Bank of Greece de Rotterdam. Mais le plus actif, au nom d'un holding enregistré à Saint Kitts (Antilles), avait été ouvert au Crédit suisse de Zurich. L'essentiel du butin finissait par y atterrir.

Trois semaines avant l'assassinat, précisément au moment où David Wilson commençait à menacer de tout faire capoter, Portillo prit des dispositions pour faire sortir l'argent de Suisse. En particulier, il contacta et recruta une organisation de blanchiment professionnel opérant à partir du Royaume-Uni.

Moyennant commission, ce réseau est capable de transférer n'importe quelle somme d'argent n'importe où. Il dispose d'un système bancaire clandestin complet, maîtrise tous les aspects du recyclage d'argent sale, et assure en outre pour ses clients toute une gamme de services parallèles, comme la fourniture de faux (passeports et papiers en tout genre), de drogues et d'armes.

Son tableau de chasse est impressionnant. On sait, par exemple, qu'il y a quelques années des membres de ce groupement ont vendu pour 6 millions de dollars d'armes à la Sierra Leone, dont le gouvernement fut peu de temps après renversé par un coup d'État. La livraison, de ce fait, ne fut jamais effectuée. L'argent des armes, frais déduits, fut remboursé à un officier dont la mort fut annoncée quelques jours plus tard par la presse. Le même officier est réapparu depuis en Europe, où il vit toujours sur l'argent des armes.

Nous avons de bonnes raisons de penser que Portillo s'était assuré la collaboration de ce réseau, quelle que soit la nature du trafic qu'il s'apprêtait à opérer à partir de Puerto Cabello, et notamment qu'il envisageait de faire appel à ses services pour le sabordage de son navire.

On sait qu'un jour ou deux après l'envol de David Wilson pour le Venezuela, Portillo chargea l'un de ses amis de pourvoir à l'hébergement de sept à neuf personnes pour une nuit à Zurich.

On sait aussi que ces sept à neuf personnes se rendirent ensuite de Zurich à New York et qu'au moins trois d'entre elles arrivèrent par le même vol. Après avoir débarqué dans le sinistre hall des arrivées de l'aéroport JFK, les trois hommes empruntèrent chacun une file différente pour franchir la douane. Ainsi que l'exige la loi américaine, tous trois déclarèrent être porteurs d'espèces. Les formulaires adéquats furent remplis et, parce que la seule obligation faite à quiconque introduit dans le pays plus de 10 000 dollars en espèces consiste à déclarer la somme, nos commis voyageurs furent ensuite libérés.

À eux trois, ils avaient déclaré un total de 700 000 dollars. Mais personne, aux douanes de Kennedy Airport, ne remarqua que trois déclarations d'importation d'une forte quantité d'espèces avaient été effectuées à l'arrivée du même vol. En fait, ce ne fut que lorsque les autorités britanniques demandèrent certains renseignements aux douanes américaines que celles-ci s'aperçurent de la chose.

Quoi qu'il en soit, ce n'est pas le transport de 700 000 malheureux dollars de Zurich à New York qui fait de cette affaire une histoire de blanchiment d'argent sale.

Il reste une zone d'ombre.

Personne ne sait au juste quelle somme d'argent Portillo a réussi à rafler. Seule une relativement petite quantité a été retrouvée. S'il a gagné des dizaines de millions de dollars, personne n'a encore été capable de repérer leur trace. D'après les autorités américaines, Portillo — alias Austin, né Sporn — n'affichait pas le train de vie d'un multimillionnaire. Et pourtant, quatre sources officieuses ont confirmé qu'à un moment donné son compte principal au Crédit suisse a abrité entre 80 et 90 millions de dollars.

D'autres émettent de sérieux doutes, qui se sont eux aussi intéressés de près à cette affaire. Ce qu'on sait, c'est que les sommes officiellement déclarées volées — par les victimes ayant porté plainte — s'élèvent à un montant de 20 millions de dollars. Mais plusieurs personnes proches de l'affaire sont persuadées qu'il y avait beaucoup plus.

La question est double : Combien y avait-il ? Qu'est-il advenu de tout cet argent ?

Nous sommes en droit de supposer que l'écart entre la somme citée par les quatre sources précédemment évoquées et celle qui a été déclarée perdue par les victimes s'explique entièrement par un principe simple : un certain nombre de victimes n'auraient pas porté plainte parce qu'elles n'avaient aucun moyen de justifier légalement l'origine des fonds investis dans l'affaire.

Ce sont des choses qui arrivent fréquemment quand on veut jouer au plus malin.

C'est aussi une constante de l'industrie du blanchiment.

Nous suggérons ici une hypothèse : Portillo jouait sur deux tableaux. Il escroquait certaines personnes tout en offrant à d'autres — formant une clientèle très spécifique — le moyen de laver des quantités substantielles d'argent sale.

Il ne s'agirait pas simplement d'un joli coup qui aurait tourné au vinaigre par suite d'un meurtre, mais d'une opération de blanchiment à grande échelle, d'une machine à laver géante destinée à satisfaire aux exigences d'acteurs économiques de premier plan.

Portillo a dépouillé autant qu'il a pu ses investisseurs et blanchi autant de fonds qu'il a pu pour le compte de ses clients « poids lourds ». Au terme du cycle de lavage, leur argent réapparaissait propre. Sous quelle forme ? Nous n'en savons rien. Peut-être sous celle de véritables cigarettes achetées au marché parallèle, d'une fausse indemnisation d'assurance concernant quelque cargo fictif, ou tout bonnement de chiffres voyageant d'un compte numéroté à l'autre.

Si c'était une simple arnaque, où est passé l'argent ?

En revanche, si l'on considère l'ensemble de cette affaire

comme une gigantesque opération de blanchiment extraordinairement bien conçue, on comprend mieux pourquoi personne n'a retrouvé la trace des 20 à 90 millions de dollars manquants.

Et si vous voulez notre avis, il est peu probable que quelqu'un la retrouve un jour.

# 6

# L'embarras du choix

*La « moralité » de nos clients n'est pas notre affaire.*

Un banquier d'Hong Kong

Il est tout à fait possible d'acheter des sociétés « clés en main », enregistrées dans des endroits dont la plupart des gens n'ont jamais entendu parler, auprès d'agents spécialisés qui les vendent comme on vendrait n'importe quel produit d'épicerie.

Ces agents en ont toujours quelques-unes en stock pour les achats « sur le pouce ». Le changement de propriétaire ne prend pas plus de temps qu'il n'en faut pour remplir un formulaire. Et pour faciliter la vie de leurs clients, la plupart de ces intermédiaires — comme presque tous les bons épiciers — acceptent les cartes de crédit.

Juridiquement parlant, une société est une entité propre, au statut bien défini, fondée pour atteindre certains objectifs : le plus souvent, mais pas exclusivement, il s'agit de gérer une affaire quelconque. Parmi les autres objectifs possibles, nous citerons l'acquisition d'actifs, l'accès à certains contrats et à certaines formes d'endettement. Dans une société à responsabilité limitée, les dettes assumées par l'entreprise n'engagent personnellement ni ses dirigeants, ni ses actionnaires, ni ses usufruitiers.

Toute société doit disposer d'un siège social déclaré, mais il n'est pas nécessaire que celui-ci se trouve là où la société a effectivement ses activités. En revanche, c'est à l'adresse du siège que seront envoyés les actes judiciaires, notifications et autres communications légales.

Toute société doit aussi fournir la liste de ses dirigeants. Mais les directeurs ne sont pas nécessairement les actionnaires. Bien souvent, dans le cas des sociétés *offshore,* ce sont de simples résidents, payés pour apposer sur leur porte une plaque de cuivre au nom de la société et leur signature au bas du bilan annuel. Ces directeurs ne savent pas toujours qui possède vraiment la compagnie, dont les parts peuvent se présenter sous forme de titres « au porteur » ; dans ce cas, la personne qui détient ces titres possède également la société.

Lors de la constitution d'une compagnie, un capital autorisé est déclaré. Il représente la valeur nominale des parts multipliée par le nombre maximal de parts que la société est autorisée à émettre conformément à sa charte constitutive. En d'autres termes, rien n'empêche une compagnie de s'autoriser à émettre un million de titres de 10 dollars de valeur nominale, et de déclarer ainsi un capital autorisé de 10 millions de dollars. Une telle ribambelle de zéros fait sans doute impression sur les cartes de visite, mais elle ne signifie strictement rien : une société au capital autorisé de 10 millions de dollars peut parfaitement n'avoir émis que deux titres d'une valeur totale de 2 dollars.

Les sociétés clés en main sont affublées de noms souvent parfaitement anodins, comme Acme Trading ou Ajax Holdings, mais qui peuvent aussi avoir une résonance vaguement familière : Kingfisher International, société irlandaise non résidente, n'est pas forcément liée à Kingfisher PLC, propriétaire de la chaîne de grands magasins Woolworth ; Casenove de Vries Financial Brokers, société panaméenne, n'a sans doute aucun rapport avec l'agent de change international Cazenove ; quant à la Hilton Construction Inc. du Delaware, ce n'est probablement pas une filiale de la chaîne d'hôtels du même nom. Naturellement, nous connaissons trop bien le pouvoir du mot « diffamation » pour suggérer qu'une telle similarité pourrait être autre chose qu'involontaire.

Signalons aussi qu'une « société commerciale » ne s'adonne pas forcément au commerce, qu'une « société financière » ne fait pas obligatoirement dans la finance et qu'un « holding » peut ne rien contrôler du tout. La London-New York Financial Exchanges Ltd., déclarée aux îles Vierges britanniques, n'a pas nécessairement pour terrain d'action le marché financier entre Londres et New York ; Piccadilly Properties Ltd. (Delaware) n'a sans doute aucune activité immobilière dans le centre de Londres ; pas plus que Palm Beach Management Inc. (Panama) n'a forcément quelque chose à voir avec la Floride. Les lettres « RE » à la fin du nom d'une société *offshore* ne signifient pas automatiquement qu'elle opère dans le secteur de la réassurance ; l'expression « fonds commun de placement » n'implique pas obligatoirement que la compagnie ait des fonds à placer ; et les mots *trust company* ne veulent pas forcément dire qu'on a affaire à une banque.

Ces sociétés clés en main sont souvent associées à la notion de « paradis fiscal ». On compte environ cinquante paradis fiscaux *(onshore* ou *offshore)*, éparpillés un peu partout dans le monde, du Luxembourg et de Monaco en Europe aux îles de Nauru et de Vanuatu, perdues au beau milieu du Pacifique. Mais au fur et à mesure que des paradis connus comme Monaco durcissaient leur législation, les blanchisseurs ont découvert d'autres havres financiers, comme Saint-Marin ou Chypre.

La minuscule république de Saint-Marin, nichée au cœur même de l'Italie, a fini par attirer l'attention de la commission anti-Mafia italienne. Le secret bancaire y est absolu, tout comme il l'était en Suisse il y a quelques années.

Quant à l'île de Chypre, située à quelques encablures de la Turquie et de la Syrie et politiquement divisée en deux, l'enregistrement de sociétés *offshore* y a doublé en moins d'un an, et les services de répression américains n'ont pas hésité à accuser les deux gouvernements cypriotes d'écouler de l'argent sale. Sur-le-champ, le gouvernement de la République turque du Nord de Chypre a rétorqué que des trafiquants russes fournissaient illégalement en armes les Cypriotes de la zone grecque, dénonçant au passage une douzaine de banques *offshore* établies dans la partie grecque de l'île et spécifiquement conçues pour le blanchiment. À titre de riposte, le gouvernement grec s'est plaint de ce que les blanchisseurs basés en Turquie utilisaient le nord de l'île pour faire tranquillement leur lessive. Cette accusation s'est d'ailleurs trouvée confortée quand un groupement international d'action contre le blanchiment a désigné la Turquie comme la nation ayant le moins progressé dans la lutte contre le blanchiment au cours des cinq dernières années.

Pour de nombreux Européens, et tout particulièrement pour les Britanniques, la notion de paradis fiscal *offshore* fait penser sur-le-champ aux îles Anglo-Normandes (Jersey et Guernesey), ainsi qu'à l'île de Man, située en mer d'Irlande. Dépendances de la Couronne, ces territoires ont un gouvernement et une constitution propres. La réglementation bancaire découle des lois locales, les compagnies clés en main y sont bon marché et les candidats administrateurs ne manquent pas.

Les autorités déclarent fièrement que les mesures destinées à combattre le blanchiment ont été renforcées ces dernières années : sans doute leurs îles ont-elles été célèbres pour leur empressement à blanchir l'argent sale, mais tel n'est plus le cas. Ce que les autorités veulent dire, c'est que, si quelqu'un se présente dans une banque avec une valise bourrée de billets, il doit désormais convaincre ses interlocuteurs que son argent n'est pas d'origine douteuse.

Il est exact que sur l'île de Man les banques sont aujourd'hui tenues de signaler tout dépôt en espèces de plus de 25 000 livres sterling (environ 210 000 francs). Et même si la Financial Supervision Commission britannique n'intervient pas directement, elle enregistre ce genre de transactions. Tout ce que se disent les banques et la FSC est censé être strictement confidentiel, mais les autorités de l'île de Man sont tellement chatouilleuses dès qu'on parle de blanchiment — d'autant plus que la connexion est vite faite avec le trafic de drogue — que l'on sait qu'elles échangent des informations avec les services du Royaume-Uni.

Bien sûr, on vend toujours des sociétés constituées de titres au porteur sur l'île de Man, et les administrateurs s'y recrutent on ne peut plus facilement. Or il ne nous paraît pas excessif de dire qu'un administrateur qui accepte de transférer des fonds vers une banque *offshore* — ou à partir d'une banque *offshore* — sur instruction de quelqu'un qu'il n'a jamais vu s'expose au risque d'être complice d'une opération de blanchiment. Heureusement pour lui, aux yeux du juge, une seule chose compte : a-t-il agi sciemment ? Diverses indications récentes permettent d'affirmer que des sommes considérables continuent de transiter par ces paradis fiscaux à un moment ou a un autre de leur cycle de lavage. L'île de Man et les îles Anglo-Normandes sont des filières utilisées depuis longtemps par les blanchisseurs, parmi lesquels on compte des personnages aussi en vue que Jean-Claude Duvalier, dit « Bébé Doc ».

En septembre 1986, huit mois après que l'ex-président à vie de Haïti eut été contraint à un exil doré sur la Côte d'Azur, ses avocats déposèrent 41,8 millions de dollars en bons du Trésor canadien sur le compte de leur client dans une agence de Toronto de la Royal Bank of Montreal. Quelques jours plus tard, ces bons étaient transférés à la Hongkong and Shanghai Bank, toujours à Montréal, sur le compte d'une société enregistrée à Jersey.

Les représentants de Duvalier séparèrent ensuite l'argent et les titres — ruse classique pour brouiller les pistes — en expédiant ces derniers vers un coffre de banque à Londres, tandis que la somme correspondant aux bons du Trésor était virée vers une autre banque de Montréal.

Deux mois plus tard, les bons étaient transférés sur un compte de la Royal Trust Bank of Jersey, filiale de la Royal Trust Company canadienne. Histoire de compliquer davantage les choses, le compte en question faisait partie d'un ensemble plus vaste géré par la Manufacture Hanover Bank of Canada, dont les bureaux à Toronto étaient utilisés par la Royal Bank of Montreal. Peu après, l'argent fut câblé à Jersey sur deux comptes de la Royal Trust Bank, ouverts au nom d'une société écran locale, Boncardo Ltd.

Propriétaire invisible de Boncardo Ltd., Duvalier se servait à sa guise des chèques au porteur émis par la société. Ce système fonctionna pendant plus d'un an, jusqu'en février 1988, quand la police française, sur requête du gouvernement haïtien, effectua une perquisition à la villa de Bébé Doc et y confisqua des papiers confidentiels qui devaient mener à la découverte des deux comptes de Jersey.

Les agents de Duvalier se hâtèrent de faire sortir l'argent de Jersey pour le mettre en lieu sûr sur les comptes suisses de deux sociétés écrans panaméennes, Minoka Investments et Modinest Investments. Une semaine plus tard environ, 30,8 millions de dollars furent transférés par câble du Crédit suisse à la Royal Bank of Montreal. Des bons du Trésor canadien furent achetés et un agent de Duvalier en prit possession. Pour tous ceux qui avaient espéré retrouver la trace de la fortune détournée par Duvalier, la piste s'arrêtait là. Les bons du Trésor furent déposés dans deux banques voisines, mais n'y restèrent pas longtemps. Comme le cercle se refermait en France autour de Duvalier, il fut décidé que son argent serait plus en sûreté ailleurs : il fut expédié au Luxembourg.

C'est alors que le destin intervint pour donner à Bébé Doc un coup de pouce salutaire.

Le gouvernement qui lui avait succédé avait gelé tous ses avoirs, mais ce gouvernement devait être à son tour renversé en septembre 1988 par un coup d'État dirigé par le général Prosper Avril. Arrivé au pouvoir, Avril laissa se déliter la procédure entamée contre Duvalier, renonçant à récupérer ce qui pouvait rester des 41,8 millions de dollars originels.

À Jersey, on se contente de hausser les épaules : quelqu'un a-t-il seulement enfreint la loi dans cette affaire ? Au Royaume-Uni, le délit de blanchiment ne s'applique qu'à l'argent de la drogue ou des organisations terroristes. En outre, il n'existe aucune loi interdisant les mouvements d'argent d'une juridiction à l'autre, quand bien même ces mouvements auraient pour unique finalité d'empêcher un tiers de retrouver l'argent. Mais au bout du compte, les autorités de Jersey sont bien forcées d'admettre qu'il n'y a aucun moyen sûr de savoir qui blanchit quoi et pour le compte de qui.

On obtient des réponses tout à fait semblables à Guernesey, l'île voisine. « Pas de ça chez nous », y répète-t-on à l'envi. La seule mention du mot *offshore* fait tiquer les responsables. Apparemment, ils préfèrent de loin l'expression plus flatteuse de « centre financier ».

Quoi qu'il en soit, 14 000 sociétés à responsabilité limitée y sont enregistrées, soit dix fois plus par habitant qu'au Royaume-Uni. Mais à la différence du Royaume-Uni, les compagnies ne sont tenues de fournir aux autorités de Guernesey que la liste de leurs directeurs et celle de leurs actionnaires. Elles n'ont pas à présenter leurs comptes annuels. Rien ne les oblige à donner le nom de leurs usufruitiers.

Il faut bien qu'elles aient quelques attraits : sinon, comment expliquer que les banques d'une île naguère uniquement connue pour son cheptel bovin soient aujourd'hui assises sur un trésor de 27 milliards de livres sterling (plus de 225 milliards de francs) ?

Avec des mises d'un tel niveau, personne n'a besoin de rappeler aux législateurs locaux que s'ils manifestaient la moindre velléité de renforcer les contrôles, tout l'argent de l'île s'envolerait aussitôt vers Jersey.

Naturellement, on tient le même genre de raisonnement à Jersey, et sur l'île de Man. Les trois gouvernements nient avec véhémence que la présence de structures de recyclage explique le caractère florissant de l'économie locale. Il est vrai que ce qui, pour certains, apparaît comme une machine à laver n'est rien de plus, pour d'autres, qu'une institution financière offrant une gamme complète de services.

Vers la fin du mois de février 1993, la police colombienne annonçait la saisie de 5,9 millions de dollars et l'arrestation de 250 personnes au terme d'une opération de quinze mois menée contre le narcotrafic et le blanchiment de l'argent noir. Or cette somme représentait une goutte d'eau dans l'océan ; quant aux arrestations, bien qu'impressionnantes par leur nombre, elles n'incluaient aucun membre important de l'un ou l'autre des cartels. Toutefois, en obtenant l'accès à 900 comptes ouverts dans les cinq plus grandes banques du pays, les autorités parvinrent à suivre la trace de l'argent des cartels à travers un réseau de sociétés d'import-export fantômes et de bureaux de change établis dans seize pays. Parmi les plus significatifs, nous citerons l'ex-Yougoslavie, le Pakistan, la Russie, l'ex-Tchécoslovaquie, la Hongrie et la Bulgarie.

Un système bancaire parallèle fonctionne toujours dans l'ex-Yougoslavie ; il offre des taux d'intérêt incroyablement élevés (10 % à 15 % par mois), bien supérieurs à ceux qui se pratiquent partout ailleurs en Europe. On estime que l'une des banques concernées, la Jugoskandic, gère quatre millions de comptes d'épargne et dispose de réserves en devises de 2 milliards de dollars. Offrir de tels taux d'intérêt sur des dépôts en devises coûte cher. Loin de nous l'idée de suggérer que la Jugoskandic est impliquée dans quoi que ce soit d'illégal ; mais certaines banques privées de la région sont connues pour réinvestir leurs dépôts en devises — au nom du socialisme — dans le trafic de drogue, lequel à son tour permet de financer les armes nécessaires à la guerre civile. L'argent est blanchi par le biais de sociétés écrans autrichiennes. Ce jeu s'appelle « commerce triangulaire ». La société écran achète en Hongrie ou en Bulgarie un produit — ici, des armes — destiné à être livré au Monténégro ou en Serbie. La transaction a toutes les apparences de la légalité, et, grâce au secret bancaire très strict qui existe toujours en Autriche, les autorités n'ont aucun moyen de prouver qu'il y a eu violation de l'embargo imposé par l'ONU.

Les Albanais sont eux aussi en train d'entrer dans la danse. Certaines bandes originaires de la province serbe du Kosovo introduiraient des armes de contrebande en Europe occidentale et réinvestiraient les profits ainsi réalisés pour acheter d'autres armes dans la perspective d'un éventuel soulèvement antiserbe. L'argent, dit-on, serait blanchi au Moyen-Orient, et notamment au Liban, la « lessiveuse du moment ».

Avant de traverser les quinze années de guerre civile qui ont laminé son économie, le Liban était connu comme « la Suisse du Moyen-Orient ». Aujourd'hui, tandis que le pays se reconstruit, le secret bancaire apparaît telle une relique du « bon vieux temps ». Ce principe est considéré comme la pierre angulaire « intouchable » de l'industrie financière renaissante de Beyrouth, et les officiels vont jusqu'à affirmer qu'il n'y a aucun besoin de limiter le secret bancaire, dans la mesure où le blanchiment n'existe pas au Liban. Si l'on en croit la banque centrale, qui prétend exercer un étroit contrôle sur le taux de croissance des dépôts bancaires, le marché libanais est si restreint que toute opération de blanchiment y serait aisément repérée. Ce ne fut certes pas le cas pendant la guerre civile, quand la plupart des narcotrafiquants et des blanchisseurs du monde arabe étaient basés à Beyrouth. Naturellement, depuis lors, la communauté internationale a contraint le gouvernement à sévir. Mais voter des lois priant les banques de s'informer sur leurs clients est une chose ; quant à supprimer complètement le camouflage du secret bancaire derrière lequel les fraudeurs et autres trafiquants d'armes ou de drogue trouvent toujours le moyen de s'abriter, c'est une autre histoire.

Récemment, le gouvernement panaméen a admis que des trafiquants opérant à partir de la République tchèque avaient tenté de fournir des armes aux Bosniaques pour un montant total de 21 millions de dollars (26 800 mitrailleuses, 128 000 chargeurs, 5 000 pistolets et 17 millions de balles) en utilisant Panama comme troisième sommet du triangle. Dans ce cas précis, les armes n'ont pas été livrées. Les trafiquants ont joué de malchance. Mais la route suivie par les fonds versés en guise de paiement a permis de voir apparaître la trace de toute une série d'opérations similaires qui, elles, ont été menées à bien.

Aussi longtemps qu'il y aura des pays tiers disposés à recycler des fonds, l'échec de ce genre de transaction restera l'exception.

Au Pakistan, par exemple, les banques acceptent avec joie les gros dépôts en liquide. En même temps que le contrôle des changes était aboli en 1991, permettant aux institutions financières de proposer à leurs clients des comptes en devises, un décret présidentiel venait garantir le secret bancaire à une échelle sans précédent. La banque centrale donna même comme instruction aux banquiers de ne poser aucune question sur les dépôts fiduciaires en monnaie étrangère. Depuis lors, le Pakistan est inondé de milliards de dollars.

Cette situation est encore exacerbée par le fait que le pays contrôle la région la plus féconde du « Croissant d'Or », région de culture du pavot à cheval sur le Pakistan, l'Afghanistan et l'Iran. Près de 70 % de l'héroïne la plus pure du monde sont expédiés en Europe à partir du Pakistan.

La culture du pavot est l'activité principale des paysans pakistanais des montagnes de Mahaban, qui bordent la province de la frontière du Nord-Ouest, et ce depuis le XIXe siècle : les colons britanniques l'y ont imposée pour profiter du droit qui leur était accordé d'exporter l'opium. Avec sa terre souple, ses pentes abruptes et ses précipitations optimales, la région se prête divinement à cette forme de plantation, d'autant plus que les gens de Pushton ont toujours eu le culte de la terre. En outre, les possibilités d'activités non agricoles sont rares.

Les trafiquants du village de Gandaf (le Medellin pakistanais) n'ont que peu d'efforts à faire pour convaincre les paysans de consacrer leurs minuscules lopins de terre à la culture du pavot, laquelle rapporte dix fois plus à l'hectare que ce qu'ils pourraient espérer gagner en plantant du tabac ou des fruits.

Gros fournisseur de matière première, le Pakistan dispose aussi de nombreux laboratoires pour raffiner la drogue et offre toutes sortes de facilités bancaires aux trafiquants : ce pays est sur le point de s'imposer comme une puissance extrêmement dangereuse dans une région du monde déjà instable.

Au sein de l'ex-URSS, l'effondrement d'un système de contrôle draconien, les pénuries alimentaires continuelles, l'hyperinflation et le sentiment de désespoir général qui s'est ensuivi ont entraîné une augmentation massive de toutes les formes de criminalité.

Les devises étrangères sont considérées par le peuple comme le seul antidote à un pessimisme d'ailleurs bien compréhensible. Elles représentent non seulement un moyen d'accéder au marché noir local, mais aussi la clé des marchés libres du monde entier. Dans ce cas précis, le « bon » argent a évincé le « mauvais ». D'un bout à l'autre de l'ancien bloc communiste, les monnaies locales sont dénuées de valeur. Personne ne veut entendre parler de roubles, de korun, de forints, de leva ou de zlotys. Aussi, pour récupérer des dollars, l'Europe de l'Est s'est transformée en une gigantesque lessiveuse.

Le gouvernement tchèque de Prague, par exemple, a agréé 150 nouvelles banques en 1990 — un record. La plupart, sinon toutes, n'étaient rien d'autre qu'une plaque de cuivre fixée sur un mur de bureau. Il faut dire que la République tchèque n'a pas de brigade de répression des fraudes.

La Pologne offre un exemple encore plus saisissant. En public, les responsables clament leur ambition de faire de leur pays l'Espagne de l'Europe de l'Est, en offrant aux industriels occidentaux une main-d'œuvre abondante et bon marché ainsi qu'une solide infrastructure agro-industrielle. En privé, ces mêmes responsables ont désespérément besoin de devises et se sont lancés dans le blanchiment à grande échelle.

La Pologne d'aujourd'hui est un pays où les hommes d'affaires se promènent plus souvent qu'à leur tour avec une mallette bourrée d'espèces. Les cartes de crédit et les chèques sont rares. Ce pays dispose d'un environnement politique assez stable, d'une monnaie nationale convertible et d'une infrastructure permettant de transférer des fonds à l'étranger. En même temps, la Pologne est l'otage d'un système financier obsolète — près d'un tiers des échanges, dit-on, s'effectuent dans le cadre de l'économie informelle — ; les banques n'ont pas encore appris à coopérer, leurs dirigeants sont naïfs et inexpérimentés, et les mécanismes de contrôle légaux sont inopérants.

En d'autres termes, la Pologne d'aujourd'hui est un pays de rêve pour les blanchisseurs.

Selon l'hebdomadaire *Polityka,* nombre d'institutions financières parmi les plus importantes du pays ouvrent volontiers leurs portes aux blanchisseurs parce qu'elles manquent de capital et sont inefficaces dans le recouvrement de leurs vieilles créances ; aussi voient-elles dans cette stratégie le plus sûr moyen de revenir à l'équilibre. Les banques polonaises ont accueilli à bras ouverts l'argent des cartels colombiens. Même chose pour les barons de la drogue turcs et l'Organisation de libération de la Palestine (OLP). Il y a quelques années, près de 450 millions de francs issus des caisses de l'OLP ont été déposés à la Banque de Varsovie. Ils n'ont pas été revus depuis.

Sous la houlette de Lech Walesa, le gouvernement a tenté de faire cesser cet état de choses en faisant adopter en 1992 une loi obligeant les banques à signaler l'identité de tout client déposant plus de 12 500 dollars. Comme l'a fait remarquer un banquier de Varsovie : « Autant demander à toute la population de siffler à l'unisson une symphonie de Paderewski. »

La Hongrie n'est pas mieux en point ; sa situation est peut-être même pire, car elle dure depuis plus longtemps. Le secret bancaire y est impénétrable. Personne n'a accès à la moindre information, quelles que soient les circonstances.

Parlons maintenant de la Bulgarie.

Lorsque le gouvernement de Sofia annonça la mise en vente de 1 600 entreprises publiques, il s'empressa de préciser qu'à la différence de ce qui avait pu se passer dans d'autres pays de l'Est il ne serait accepté aucun paiement sous forme de titres ou de chèques : toutes ces entreprises seraient vendues contre espèces sonnantes et trébuchantes. Avertis par des conseillers européens et américains qu'une telle façon de procéder risquait d'attirer tous les blanchisseurs d'argent sale de la planète, les Bulgares répondirent qu'ils sauraient les effaroucher en demandant à tous leurs investisseurs de déclarer l'origine des fonds dont ils disposaient. Comme si un narcotrafiquant colombien était prêt à reconnaître que les 50 millions de dollars qu'il mettait sur la table pour racheter Balkan Airlines provenaient de ses dernières ventes de crack !

L'embargo des Nations unies contre la Yougoslavie n'a pas peu contribué à transformer les parrains du crime organisé bulgares (lesquels n'ont pas coutume de laisser filer d'aussi belles occasions) en hommes d'affaires extrêmement prospères. La fraude règne en maître, le blanchiment est partout. Selon le ministère de l'Intérieur, la Bulgarie serait actuellement en proie à la pire épidémie de criminalité qu'elle ait connue au cours de ce siècle. Pour mémoire, précisons que la Bulgarie a été un des premiers pays de l'Est à percevoir les avantages du blanchiment. Déjà, sous la férule de Todor Živkov (premier secrétaire du parti communiste de 1954 à 1989), l'État vendait de la drogue, lavait ses profits par le biais de compagnies écrans ayant accès aux banques suisses, puis réutilisait cet argent pour alimenter un important réseau international clandestin de trafic d'armes.

La principale vitrine commerciale de Živkov était la Kintex, société publique d'import-export. Fondée en 1968, celle-ci était exclusivement gérée par le KDS (service de sécurité bulgare). Elle vendait de l'héroïne et de la morphine-base aux trafiquants turcs, gros fournisseurs du juteux marché d'Europe occidentale. L'argent ainsi récolté était réinvesti dans le commerce des armes. Transformer la drogue en armes n'eut bientôt plus aucun secret pour la Kintex : dès les années soixante, elle fournit aux Nigérians les armes nécessaires pour mater la guerre civile au Biafra ; à partir de 1975, elle équipa diverses milices chrétiennes au Liban ; en violation de plusieurs embargos, elle vendit des fusils à l'Afrique du Sud ; et pendant plus de vingt ans, elle fut le premier fournisseur d'armes de l'OLP. En récompense de ses efforts, on estime que l'État bulgare a amassé pendant cette période jusqu'à 2 milliards de dollars par an.

L'étroitesse des liens de la Kintex avec le crime organisé occidental n'a été mise en lumière qu'au début des années quatre-vingt. Lors d'une descente dans un laboratoire de la Mafia de la province de Trapani, à la pointe ouest de la Sicile, la police italienne découvrit tout un appareillage bulgare ainsi que de la morphine-base originaire de ce pays. À lui seul, ce laboratoire était capable de raffiner 4,5 tonnes d'héroïne par an ! Au prix de gros de l'époque, cette montagne de drogue représentait 1,125 milliard de dollars. Au cours des quelques années suivantes, pas moins de quinze autres laboratoires furent démantelés en Sicile et en Italie continentale ; la plupart recelaient soit du matériel, soit des matières premières bulgares.

À cette époque, la CIA avait réuni des preuves suffisantes quant au rôle joué par la Kintex sur la scène du narcotrafic international. Suite aux protestations officielles de l'administration Reagan, Živkov, dans l'espoir d'amadouer les Américains, lança sa police aux trousses de tous les trafiquants à la petite semaine de Bulgarie. Des tonnes de marijuana furent saisies, et le gouvernement se fit un plaisir de clamer que les réseaux de trafic avaient été démantelés. Quant à la Kintex, elle opérait toujours.

Cinq ans plus tard, les protestations américaines n'ayant jamais cessé, la Kintex devint décidément trop embarrassante. Aussi Živkov décida-t-il de la désactiver. À la place, il créa une société publique d'import-export du nom de Globus, laquelle lui ressemblait comme deux gouttes d'eau. Le KDS était toujours aux commandes. Et ses objectifs premiers restaient le trafic de drogue, le trafic d'armes et le blanchiment. Dans les faits, seul le nom de la compagnie avait changé.

C'est alors qu'entra en scène la Shakarchi Trading Company.

Son père fondateur, Mamoud Shakarchi, était un riche banquier libanais ; afin de sauver sa famille, ses biens et sa personne de la guerre civile qui avait éclaté dans son pays, il s'était exilé en Suisse ; là, il avait fondé la Shakarco, une compagnie d'import-export. Ses deux fils, Mohamed et Marwan, ne tardèrent pas à mettre le pied à l'étrier, et, en 1980, Mamoud décida de scinder la compagnie en deux. Marwan garda le nom de Shakarco, tandis que Mohamed appelait sa société nouvellement constituée Shakarchi Trading Company.

Selon plusieurs sources, jusqu'à sa mort en 1985, Shakarchi père était connu dans certains cercles comme « *Le Blanchisseur* [1] ». À dire vrai, il avait fait l'objet de diverses enquêtes de la part des autorités américaines et européennes : celles-ci le

1. En français dans le texte. *(N.d.T.)*

soupçonnaient fort de recycler par l'intermédiaire de la Suisse des fonds perçus en Turquie par la Kintex/Globus ainsi que des narcodevises siciliennes, avant de rapatrier le tout en Bulgarie. Mais Mamoud Shakarchi a toujours nié toute participation à ce genre d'activités. Plus tard, des enquêteurs américains et suisses s'étant intéressés à une énorme opération de blanchiment menée à partir de Los Angeles en direction de l'Europe, une des pistes empruntées par l'argent les conduisit tout droit à la Shakarchi Trading Company, et les soupçons qui avaient longtemps pesé sur Mamoud Shakarchi se reportèrent aussitôt sur son fils Mohamed. Une question s'imposa d'elle-même : Mohamed avait-il repris à son compte la laverie familiale ? Tel père, tel fils, dit-on : lui aussi s'empressa de rejeter en bloc toutes les accusations. Mais sa position était plus difficile à tenir.

En février 1987, la police suisse saisissait 100 kilos d'héroïne turque, trafic ayant des liens évidents avec la Mafia sicilienne. Les enquêteurs réussirent à établir que l'argent ayant servi à financer la poudre était passé de Bulgarie en Suisse et avait été blanchi par la Shakarchi Trading Company. Au moins 1,3 milliard de francs suisses — tout juste moins de 1 milliard de dollars, soit 5,35 milliards de francs — avait été recyclé grâce à trente et un dépôts effectués sur le compte de la Shakarchi Trading Company à l'Union de banques suisses de Lugano.

Mohamed Shakarchi continua un temps de tout nier en bloc. Cependant, à un moment donné, alors que le cercle se refermait autour de lui, il fut contraint de reconnaître qu'il était arrivé à sa famille de blanchir des fonds, mais uniquement pour le compte de la CIA.

À l'en croire, sur une période de sept ans — de 1981 à 1988 —, une société écran de la CIA du nom d'Argin Corporation aurait lavé 25 millions de dollars par le biais de sa compagnie, dans le but de soutenir les rebelles afghans dans leur lutte contre les Soviétiques.

Naturellement, la CIA répondit aux affirmations de Mohamed par une succession de démentis. Du moins jusqu'en 1989, année où l'ambassadeur américain en Suisse émit un communiqué confirmant les liens de Shakarchi avec l'agence.

La même année, le Département d'État américain donna libre cours à son indignation en accusant explicitement trois centres financiers internationaux de s'être vendus au diable.

Brandissant un rapport intitulé *International Narcotics Control Strategy Report*, l'administration Bush montra du doigt les Bahamas, devenues selon elle le plus grand centre de transit pour la cocaïne et la marijuana destinées au marché américain, et accusa les autorités locales d'avoir laissé leur pays devenir un important centre de blanchiment d'argent noir. Elle accusa aussi Hong Kong d'être devenu non seulement la plaque tournante du blanchiment de la ceinture pacifique, mais aussi le plus grand centre de transit pour l'héroïne de l'Asie du Sud-Est. Enfin, l'administration Bush reprocha à Panama d'être resté le principal refuge des blanchisseurs opérant pour le compte des narcotrafiquants d'Amérique du Sud.

La publication de ce rapport fit la une des journaux.

Un document autrement plus révélateur, mais qui en revanche passa inaperçu, fut mis en circulation dans les cercles proches de la DEA (Drug Enforcement Agency, agence américaine de lutte contre la drogue). Explicitement confidentiel, il élargissait amplement la perspective en désignant dix-huit « canaux et dépôts » majeurs pour les fonds issus du narcotrafic. La liste des principales laveries du monde comprenait Hong Kong, le Liechtenstein, le Luxembourg, les îles Anglo-Normandes, Andorre, la Suisse, Singapour, les Émirats arabes unis, les îles Caïmans, le Mexique et Panama. Quatre villes américaines étaient également citées : New York, Los Angeles, Miami et Houston. Plus au nord, la DEA pointait également un doigt accusateur sur Montréal, Toronto et Vancouver.

La présence d'Hong Kong sur une telle liste ne surprendra personne.

Depuis que la presqu'île et les 237 îles qui forment Hong Kong ont été cédées à la Grande-Bretagne à titre de réparation après la guerre de l'opium de 1842, cette colonie de la Couronne s'est imposée comme un des plus grands centres mondiaux du commerce et de la contrebande.

Aujourd'hui, grâce à l'aviation, aux communications électroniques et à la mystique de l'Orient, Hong Kong est devenu un centre financier de pointe. C'est à la fois un grand marché pour l'or, un grand marché pour les diamants, et une importante place boursière qui ressemblerait plus à Las Vegas qu'à Wall Street. C'est un véritable paradis pour les sociétés écrans, où une foule de prête-noms préfèrent tapisser leurs murs de plaques de cuivre plutôt que de papier peint. Depuis toujours, les trafiquants d'armes, les contrebandiers et les gangs organisés se servent d'Hong Kong pour laver leurs fonds sales. Les Chinois n'échappent pas à la règle, surtout depuis la Longue Marche de Mao.

Cependant, même Hong Kong n'avait jamais rien vu de tel que la surchauffe provoquée par l'arrivée des marchands d'héroïne. À peine le secret bancaire eut-il été renforcé et les mesures de régulation financière assouplies que le marché de la drogue explosa, engendrant une prospérité sans précédent. Entre 1978 et 1981, les prix de l'immobilier furent multipliés par quatre. Les banques croulaient sous les devises.

Un vrai Disneyland de l'argent noir !

Cette bulle de prospérité aurait pu aisément éclater le jour de 1982 où les Britanniques acceptèrent de rendre Hong Kong aux Chinois en 1997. D'ailleurs, certains affirment que c'est bel et bien ce qui s'est passé. Les financiers d'Hong Kong prirent peur. Nul ne pouvait prédire à quoi ressemblerait le monde quinze ans plus tard ; 1997 paraissait désagréablement proche. Brusquement, les capitaux mirent le cap à l'ouest et trouvèrent pour l'essentiel refuge sur les marchés immobiliers américain et canadien. La situation ne fit qu'empirer au cours des quelques années suivantes. Ceux qui avaient de l'argent étaient prêts à tout pour le faire sortir. Ceux qui n'en avaient pas voulurent vendre tout ce qu'ils possédaient pour amasser un vague pécule. Les prix se mirent à dégringoler.

C'est alors que la loi de l'offre et de la demande intervint pour renverser la vapeur.

En s'implantant à Hong Kong pour répondre à la demande de tous ceux qui souhaitaient évacuer leurs capitaux, les banques occidentales établirent sans le vouloir l'infrastructure qui allait permettre une renaissance. Avec les prix au plus bas et une masse d'argent noir toujours disponible, toutes sortes d'opportunités commerciales ne tardèrent pas à se manifester. Pékin sut émettre au moment opportun les signaux nécessaires pour convaincre les banquiers occidentaux que les affaires, sous la tutelle communiste, ne seraient pas moins florissantes que dans une économie capitaliste. Ces banquiers changèrent tout bonnement d'avis quant à la perspective, *a priori* si effrayante, d'une mainmise chinoise dès 1997. Tout à coup, ils décidèrent qu'ils se trouvaient au bon endroit au bon moment, et qu'il était plus que temps de miser sur un avenir prospère. Et tandis que les capitaux locaux continuaient de s'expatrier en masse, l'argent étranger se mit à entrer à flots. L'Hong Kong nouveau qui a surgi des cendres du krach de 1982 est aujourd'hui le troisième centre financier du monde, après New York et Londres. Les compagnies écrans y sont en général moins onéreuses qu'en Europe ou qu'aux Antilles. Les banquiers sont censés s'informer auprès de leurs clients sur l'origine des fonds déposés, mais rares sont ceux qui se donnent cette peine. Pourquoi le feraient-ils ? Plus de 400 banques sont installées sur place. Il est évident qu'Hong Kong est un marché demandeur, au point que le volume de dollars en petites coupures circulant dans la région dépasse le volume total des échanges de devises de n'importe quel pays européen.

Juste de l'autre côté du delta de la rivière des Perles se dresse la colonie portugaise de Macao, sorte de petit frère d'Hong Kong qui aurait mal tourné. Sans doute est-ce à Macao que Las Vegas ressemblerait si c'était Genghis Khan, et non Colomb, qui avait découvert le Nouveau Monde.

Macao tire près de 80 % de ses revenus annuels du milliard de dollars engendré par une industrie du jeu monopolistique et contrôlée depuis Hong Kong — cette industrie permet de blanchir chaque année des centaines de millions de dollars. Non seulement les gangs chinois ont une présence marquée à Macao, mais le gouvernement de Corée du Nord y maintient un bureau consulaire, profitant sans vergogne du système bancaire occidentalisé — et hautement cachottier — de la colonie.

Malgré la perspective d'un retour dans le giron chinois en 1999, les affaires ne donnent guère de signe d'attiédissement. Selon la réglementation édictée par les Portugais, les banques de la colonie sont censées relever l'identité de toute personne impliquée dans une « transaction significative » ; par ailleurs, toute « participation involontaire à une opération de blanchiment ou à une autre forme d'activité criminelle doit être soigneusement évitée ». Mais les Portugais se sont bien gardés d'aller plus loin. Ils ne veulent surtout pas froisser les Chinois.

En fait, personne ne semble avoir très envie de faire des vagues à Hong Kong et à Macao — les Chinois moins que quiconque. Il faut dire qu'ils tirent la moitié de leurs revenus en devises d'Hong Kong. Du coup, les affaires continuent. Peut-être l'idée consiste-t-elle à offrir aux Chinois une paire de diamants tellement magnifiques qu'ils n'y regarderont pas à deux fois. L'essentiel des fonds blanchis à Hong Kong et à Macao étant d'origine étrangère, tout le monde a intérêt à ce que les coffres restent bien remplis : c'est le meilleur moyen de garantir le maintien du *statu quo.* Avec tout cet argent misé sur l'avenir, on comprendra sans peine pourquoi les blanchisseurs sont soucieux de stabilité politique : ils cherchent à s'assurer que les Chinois ne leur feront pas ce que Fidel Castro et ses camarades ont fait à Meyer Lansky en 1959.

La stabilité politique n'est pas un problème pour le plus proche voisin des États-Unis.

À première lecture, il peut paraître surprenant de trouver le nom du Canada sur la liste noire de la DEA. Et pourtant, ce pays est décrit par les douanes américaines comme un paradis pour les blanchisseurs. Et à y regarder de plus près, c'est fou ce que le Canada correspond précisément à l'évangile *offshore* selon saint Lansky.

Démocratie solidement établie, le Canada dispose d'une infrastructure bancaire saine, de moyens de communication hautement avancés et d'un accès on ne peut plus facile au premier marché mondial en matière de consommation de drogue. La frontière américano-canadienne, qui s'étire sur 8 000 kilomètres, est la plus longue frontière non défendue du monde. Dans sa majeure partie, elle n'est même pas surveillée ; et là où l'on trouve des postes de douane, l'essentiel du flot de véhicules — du moins en ce qui concerne les citoyens américains et canadiens — passe sans encombre. La seule chose qui s'arrête sans équivoque à la frontière, c'est le rayon d'action de la loi américaine.

De temps en temps, quand la chance leur sourit, les douaniers de l'un ou de l'autre pays arrêtent quelqu'un qui tentait de passer quelque chose en contrebande. Il y a quelques années, les Canadiens ont ainsi intercepté deux blanchisseurs mexicains qui cherchaient à franchir la frontière à Surrey, en Colombie britannique. Parce qu'ils étaient vraiment très loin de chez eux et ne ressemblaient pas à des touristes moyens, on leur demanda d'ouvrir le coffre de leur voiture. Ils s'exécutèrent, et un douanier particulièrement observateur remarqua que la roue de secours était différente des autres. Ayant retiré le pneu, il trouva 800 000 dollars à l'intérieur.

Mais c'est l'exception. Équipée d'une roue de secours à la bonne taille, une voiture immatriculée à New York, occupée par un jeune couple américain bien mis se dirigeant vers le nord de l'Ontario avec des paires de skis fixées sur la galerie un vendredi en fin d'après-midi n'aura sûrement aucun problème pour passer — à moins qu'on soit en plein mois de juillet.

Avant 1989 — quand le blanchiment est enfin devenu un crime au Canada —, personne ou presque ne s'inquiétait de l'origine des dépôts en espèces. Le gouvernement Mulroney a bien tenté de changer les choses en introduisant un système de déclaration des transactions, mais ce système n'est pas coercitif : les banques ont volontairement accepté d'interroger leurs clients sur l'origine de leurs fonds. Et dans la mesure où elles ne risquent aucune poursuite en cas d'omission, il leur arrive d'« oublier ».

Les banques canadiennes combinent le laxisme qui découle de tout système de contrôle volontaire à une industrie de services financiers à la fois moderne et internationalement implantée ; dans ces conditions, il n'est pas surprenant de constater que ces banques affichent une présence commerciale massive dans les paradis fiscaux, par exemple aux Antilles.

Bruce « Peewee » Griffin, trafiquant de drogue condamné en Floride, avait des relations étroites avec la filiale de Nassau (Bahamas) de l'une des plus importantes institutions financières du Canada, la Bank of Nova Scotia (appelée aussi Scotiabank). Selon le FBI, entre 1975 et 1981, il aurait blanchi plus de 100 millions de dollars par l'intermédiaire de la Scotiabank, dont un quart sur une période de quatre mois en 1979. Il y disposait de plusieurs comptes, tous ouverts au nom de sociétés écrans enregistrées aux Bahamas. Pour brouiller les pistes, il faisait ensuite transférer l'argent à la Scotiabank des îles Caïmans, sur un compte ouvert au nom de Cobalt Ltd., une société écran locale. De là, les fonds étaient expédiés vers le siège new-yorkais de la banque avant d'être disséminés au sein de plusieurs compagnies américaines contrôlées par Griffin. Quand le trafiquant fut finalement inculpé en 1983 avec cent de ses complices, son patrimoine incluait notamment des voitures et des bateaux de course, ainsi qu'un ranch au Texas où il élevait des chevaux.

L'affaire ayant fait l'objet d'une ample couverture de presse à l'époque, la Bank of Nova Scotia fut montrée du doigt pour avoir accepté sans broncher tous ces dépôts en espèces et négligé les pratiques bancaires normales. Entre autres, elle maintenait sciemment des archives minimales pour cacher l'identité de ses dépositaires. Qui plus est, les employés de la Scotiabank aux Antilles acceptaient souvent de leurs clients — en échange de leur compréhension — des pourboires pouvant s'élever à plusieurs milliers de dollars. En 1984, un tribunal fédéral de Miami condamna la Scotiabank à verser une amende de 1,8 million de dollars pour avoir refusé de transmettre à un grand jury fédéral les informations réclamées par celui-ci.

L'un des associés de Griffin était un avocat bahaméen du nom de Nigel Bowe. C'est Bowe qui avait présenté Griffin au Premier ministre des Bahamas, Lynden Oscar Pindling. Peut-être n'est-ce pas une simple coïncidence si M. Pindling avait confié la gestion d'une partie de son capital à la Bank of Nova Scotia. À l'époque, soupçonné de recevoir chaque mois 100 000 dollars en pots-de-vin de la part des narcotrafiquants, il faisait l'objet d'une enquête ; il faut dire que M. Pindling devait une part non négligeable de son succès à l'homme qui, ami et mentor à la fois, l'avait aidé à accéder au pouvoir : un certain Meyer Lansky.

# 7

# Sous le soleil des îles

*Nous n'avons aucune ressource naturelle, et il faut bien vivre.*
Nelson Oduber, Premier ministre d'Aruba

L'absence de rue Meyer-Lansky dans le centre de Nassau, aux Bahamas — ou dans celui de toute autre capitale des Caraïbes —, devrait presque être considérée comme le fruit d'une authentique injustice historique.

Lansky n'a pas seulement bâti l'infrastructure financière du crime organisé de l'après-guerre, il a ouvert les yeux des Antillais — sans parler de leurs portefeuilles, de leurs coffres-forts et de leurs comptes bancaires secrets — sur les avantages qu'ils avaient à tirer du statut de paradis fiscal. Il n'a pas peu contribué à montrer aux dirigeants de ces îles-nations comment mettre sur pied la première batterie de machines à laver du monde.

Que les responsables en question veuillent bien l'admettre ouvertement ou non, ils sont liés à Lansky par une énorme dette de reconnaissance.

Les Antilles sont habitées par 31 millions de personnes, dont deux tiers environ ont l'espagnol pour langue maternelle ; 20 % parlent français ou créole. Séparées par la mer, la culture, l'histoire et la politique, ces îles sont tout sauf homogènes. Il est plus facile de rallier la Barbade à partir de New York que de Curaçao. Le chemin le plus rapide pour aller de Kingston (Jamaïque) à Saint-Domingue (République dominicaine) passe par Miami. Parmi les caractéristiques communes à la plupart de ces îles, on note le fait qu'elles sont généralement considérées comme le jardin de l'Amérique. À la fin de la Seconde Guerre mondiale, le sucre était la principale ressource de la région, et les États-Unis son premier client. Depuis, les exportations sucrières n'ont cessé de décliner, ainsi que les revenus tirés du pétrole et de la bauxite. Mais les îles sont toujours le jardin de l'Amérique. Les États-Unis restent leur premier client. À cette différence près qu'aujourd'hui c'est surtout de la drogue que les Yankees achètent.

Ce n'est pas une coïncidence si le clan Caruana-Cuntrera, la puissante famille sicilienne qui contrôle le crime organisé au Venezuela, a décidé d'investir massivement sur le marché immobilier antillais. Après que Pasquale, Paolo et Gaspare Cuntrera eurent été arrêtés chez eux à Caracas en septembre 1992 — au titre d'un mandat d'arrêt pour trafic d'héroïne vieux de dix ans —, ils furent extradés vers l'Italie. Connus pour avoir commandé un important réseau international de blanchiment et soupçonnés d'être à l'origine de l'assassinat d'un juge et d'un procureur siciliens en 1992, ils ont laissé derrière eux une organisation qui, dit-on, possède les deux tiers des terrains et contrôle les deux tiers de l'économie d'Aruba — île touristique située à 70 kilomètres de Curaçao, tout près de la côte vénézuélienne.

Aruba est aussi le foyer du cartel de La Costa, dont on dit qu'il serait la troisième organisation au monde de trafic de cocaïne après les cartels de Cali et de Medellin. Il a eu droit aux projecteurs de l'actualité quand seize de ses membres ont été inculpés de racket, de trafic de drogue et de blanchiment à Miami. Ce cartel est soupçonné d'avoir importé 80 tonnes de cocaïne et 125 tonnes de marijuana aux États-Unis — générant un bénéfice estimé à 800 millions de dollars — entre 1980 et 1993, date de la mise en examen de son chef, Randolph Habibe. Habibe a également été accusé d'une tentative ratée de libérer un membre du cartel, José Rafael « El Mono » Abello, qui purge actuellement une peine de trente ans pour trafic de drogue en Oklahoma. Pour donner une idée des moyens dont disposent de tels groupes, précisons que le projet d'évasion conçu par Habibe devait coûter 20 millions de dollars.

Si des îles comme Aruba sont vulnérables à des gangs

comme les Caruana-Cuntrera ou les La Costa, c'est parce qu'un petit gouvernement formé de simples citoyens est bien mal armé pour lutter contre des syndicats du crime internationaux. Leur économie, fondée sur le tourisme, fait un grand usage d'espèces ; on la dirait taillée sur mesure pour tous les gens qui ont de l'argent à cacher. Les Caruana-Cuntrera n'ont eu aucune peine à s'emparer d'une bonne partie des richesses de l'île en commençant par contrôler casinos et hôtels. Et ce que les Caruana-Cuntrera et les La Costa ont fait à Aruba, d'autres l'ont réussi à Bonaire, à Curaçao ou à Saint-Martin.

Les îles les plus vastes, qui incluent la Jamaïque, Haïti et la République dominicaine, font office de « porte-avions » (c'est l'expression en usage à la DEA) : la cocaïne y fait escale avant de s'envoler de nouveau pour les États-Unis.

Bien que la coca ne pousse pas aux Antilles, les navires et avions qui transportent la nouvelle épice depuis l'Amérique du Sud y transitent. Même chose pour l'argent généré par le trafic. La République haïtienne, en particulier, a été montrée du doigt par un rapport confidentiel du Sénat américain en 1993. Ce rapport accusait nommément le chef de la police de Port-au-Prince, le lieutenant-colonel Michel François — numéro deux dans la hiérarchie militaire — d'empocher personnellement chaque année plus de 100 millions de dollars en pots-de-vin versés par les narcotrafiquants. Ce document de trois pages, compilé à partir de dossiers de la CIA et de témoignages divers, souligne que plus de 1 000 Colombiens seraient « stationnés » en Haïti, pour la plupart sous l'autorité directe de Fernando Burgos Martinez, trafiquant colombien ouvertement installé sur place depuis 1984. Burgos Martinez est décrit par le rapport comme l'intermédiaire qui assure mensuellement la réception et la réexpédition d'une tonne ou plus de cocaïne pour le compte des cartels colombiens. Selon certaines estimations, son chiffre d'affaires annuel tournerait autour de 200 millions de dollars. D'autres vont jusqu'à parler de 500 millions.

Les dessous-de-table versés aux membres du gouvernement lui garantissent l'accès à l'aéroport de Port-au-Prince. « Haïti était notre parking », aurait déclaré un ex-employé de Burgos Martinez cité par le rapport américain.

Dans certains pays à vocation plus touristique, comme la

Jamaïque, les autorités refusent avec véhémence d'être mises dans le même panier. Redoutant sans doute les effets qu'une image mafieuse pourrait avoir sur le tourisme, elles soutiennent qu'on a tort de prétendre que les Caraïbes sont envahies par l'argent de la drogue. Ironie du sort, la Jamaïque est la seule île de la région à disposer de plantations de marijuana substantielles.

Avant l'arrivée de Castro, les Cubains étaient les grands entrepreneurs des Antilles. Dans bien des domaines, ils le sont restés, à ceci près que leurs affaires sont désormais installées en République dominicaine, à Porto Rico et à Miami (ville à 40 % cubaine). Ayant sacrifié à l'idéologie une part considérable de ses revenus extérieurs, Castro a tenté d'arranger les choses en instaurant une sorte de port franc destiné à accueillir les chargements de drogue qui traversaient le golfe du Mexique avant de rallier les États-Unis.

Les premiers rapports américains sur la participation cubaine au trafic de drogue remontent à 1960, mais ils étaient largement dénués de fondement. Dix ans plus tard, alors que les rumeurs se multipliaient, il n'y avait pas encore la moindre preuve pour les étayer. En 1982, en revanche, un tribunal d'instance américain inculpa quatre officiels cubains de tentative de trafic de drogue en direction des États-Unis ; l'enquête montrait en détail comment Castro avait offert sa protection aux cartels colombiens, moyennant finance. Le *Wall Street Journal* annonça en 1984 que les Colombiens lui versaient jusqu'à 500 000 dollars par chargement pour avoir le privilège de traverser les eaux territoriales cubaines, ce qui multipliait leurs chances d'échapper aux garde-côtes et aux douaniers américains.

Pour lutter contre la filière cubaine, les États-Unis ont décidé de mettre la pression sur les compagnies de navigation, qui sont bien souvent, il faut le dire, les victimes innocentes des narcotrafiquants. Quand les Américains découvrirent de la marijuana à bord d'un cargo de l'Evergreen Line, ils condamnèrent cette compagnie allemande à une amende de 29 millions de dollars, en conséquence de quoi celle-ci cessa d'importer des produits jamaïcains vers les États-Unis.

Les liens éventuels de Castro avec le trafic de cocaïne ont de nouveau fait la une des journaux durant l'été 1989, quand le général cubain Arnaldo Ochoa Sanchez — numéro trois du régime après Fidel et son frère Raoul — a été arrêté pour trafic de stupéfiants.

Ochoa fut jugé lors d'un procès télévisé à grand spectacle en compagnie de treize autres officiers supérieurs et fonctionnaires civils, tous accusés de s'être adonnés à la vente de drogue. Ces hommes avaient gagné de coquettes sommes en Angola, profitant de leur participation à la force expéditionnaire cubaine en Afrique pour rapporter illégalement au pays de l'or, des diamants et de l'ivoire. Cette force expéditionnaire, selon l'accusation, avait également trempé dans le commerce de la drogue. Ce que personne n'affirma en public, en revanche, c'est que six des accusés, Ochoa en tête, avaient investi une partie de leur argent dans une tentative infructueuse de renverser les frères Castro. Ces six-là furent condamnés à mort et sommairement passés par les armes dès la fin du procès.

Les agents secrets américains s'empressèrent de renouveler leurs contacts clandestins à Cuba.

Il leur fallut près de deux ans pour être enfin récompensés de leurs efforts.

L'homme qu'ils parvinrent à faire parler, et qui fournit des preuves irréfutables, était le major Luis Galeana, de l'armée cubaine. En octobre 1991, tandis que son vol à destination de Moscou faisait une escale technique à Madrid, Galeana passa à l'Ouest et remit son sort entre les mains des agents américains de la DEA qui l'attendaient juste derrière les portes du salon de transit de l'aéroport de Barajas. Deux jours plus tard, il était en lieu sûr dans une cache bien gardée de la région de Washington, DC.

Rattaché au ministère de l'Intérieur cubain, Galeana était en possession d'informations — étayées par une demi-douzaine de microfilms — qui décrivaient par le menu deux ans de transferts de cocaïne effectués entre Cuba, le Texas et la Louisiane avec la bénédiction de Castro.

Précisément les opérations de trafic que Castro avait tenté d'imputer à Ochoa.

Les Américains comprirent qu'avec la fin des subsides russes Castro avait besoin d'accroître son commerce extérieur afin d'éviter la désintégration totale de l'économie cubaine. Mais ses options étaient cruellement limitées. Aussi s'était-il tourné vers la drogue, marchandise plus qu'accessible pour lui grâce à ses contacts en Amérique latine. La proximité des États-Unis représentait un atout supplémentaire.

Dans le même temps, Castro essaya de monnayer les quelques secrets militaires que ses alliés russes avaient bien voulu lui faire partager. Non seulement il soutint Saddam Hussein dans la guerre du Golfe, mais il offrit également ses services à l'Iran qui souhaitait développer sa technologie atomique. Apparemment, il aurait aussi approché les Chinois et les Coréens du Nord pour leur proposer de les aider à développer leur capacité nucléaire en échange de pétrole.

Castro a longtemps bénéficié des conseils de Robert Lee Vesco, spécialiste de la finance internationale, blanchisseur et recherché par la police américaine.

Condamné pour escroquerie, ce colosse moustachu avait fui les États-Unis en 1972 avec ce qui restait des 224 millions de dollars volés aux clients de la Bernie Cornfeld's International Overseas Services. Il se rendit d'abord au Costa Rica, où il reçut la protection des présidents Jose Figueres et Daniel Oduber. Il mena un temps la belle vie à San Jose, toujours protégé par l'État pendant qu'il investissait 13 millions de dollars dans des chaînes de radio et de télévision, un journal et un hôtel. Mais le tapis rouge lui fut retiré quand Rodrigo Carazo fut élu président en 1978. Aussi choisit-il de s'installer aux Bahamas où, à l'instar de son prédécesseur Meyer Lansky, il offrit son appui à Lynden Pindling. Sa contribution la plus notable au bien-être de l'humanité durant son séjour fut le rôle de négociateur qu'il joua dans l'expédition de chargements de cocaïne colombienne vers les États-Unis. Par la suite, ses relations avec le Premier ministre ayant tourné à l'aigre, Vesco revint au Costa Rica. Il n'y resta que peu de temps avant de gagner le Nicaragua.

En 1983, il reparut à Cuba, où Castro avait accepté de l'accueillir à la demande de Figueres.

Selon la légende, il aurait offert à Castro 1 milliard de dollars pour éviter d'être extradé vers les États-Unis. Mais tous ceux qui se sont penchés sur son cas estiment ce montant très exagéré : Vesco n'a jamais possédé une telle somme. Il se vit cependant offrir une villa à La Coronela, le quartier le plus chic de La Havane, avec champagne et langoustes à volonté, et ce en un temps où les Cubains ordinaires devaient se contenter de riz et de haricots. On lui affecta également une équipe de gardes du corps, à l'évidence autant pour le protéger que pour l'empêcher de s'enfuir. Il fut autorisé à fréquenter le club de golf le plus huppé du pays, où il côtoyait la fine fleur du monde diplomatique, à envoyer ses enfants à l'École internationale, à donner de somptueuses réceptions, à investir dans le sucre et le tabac, à construire une série de villas de front de mer, à spéculer sur le café, et enfin à monter une énorme opération de blanchiment à partir de Cayo Largo, au sud de Cuba.

À la grande surprise du ministère de la Justice américain — et probablement à la sienne —, Vesco a été arrêté le 1er juin 1995 et accusé par Castro d'être un « agent provocateur » au service de gouvernements étrangers qui n'étaient pas nommés.

Certains diplomates américains en poste à La Havane ont été informés que Cuba envisageait de livrer l'escroc. Du côté de Washington, où la rumeur de la disgrâce de Vesco s'est aussitôt répandue, on s'est pris à espérer que Castro avait enfin compris qu'il compromettait sérieusement ses chances de réconciliation avec les États-Unis en protégeant leurs criminels. Outre sa condamnation originelle de 1976, Vesco avait été condamné en 1989 par un grand jury pour tentative d'importation de cocaïne aux États-Unis. Et dans la mesure où Cuba coopérait plus ou moins avec la DEA depuis 1993 afin d'effacer son image de repaire de narcotrafiquants (selon le FBI, l'île abriterait actuellement 91 criminels ayant fui la justice américaine), Vesco serait enfin devenu un personnage trop encombrant.

Avant sa mort, survenue plus tôt dans l'année, Bernie Cornfeld avait prédit que le jour viendrait où Vesco deviendrait tout simplement inutile, et qu'à ce moment-là Castro lui tournerait le dos sans la moindre cérémonie. Sans doute a-t-il éclaté de rire dans sa tombe.

Mais Castro aura tout de même mis treize ans à réagir. Et pendant toutes ces années, Vesco a eu amplement le temps d'aider les Cubains à contourner l'embargo américain et de les conseiller sur les meilleurs moyens de gérer un conglomérat international de narcotrafic.

Selon les révélations faites par Galeana aux États-Unis —

lesquelles permirent de clarifier un certain nombre de points, concernant notamment le rôle de Vesco —, Castro aurait été profondément impressionné par la façon dont les États-Unis ont capturé, puis condamné le général Noriega. En outre, il serait plus qu'indigné par la trahison de Carlos Lehder Rivas, ex-baron colombien de la coca et membre fondateur du cartel de Medellin, avec qui Fidel avait personnellement négocié des accords de transit en 1987 : celui-ci a en effet accepté de témoigner contre ses anciens complices.

Jusqu'à la défection de Galeana, Castro pouvait s'abriter derrière la confession du général Ochoa, selon laquelle ses complices et lui s'étaient lancés dans le trafic de drogue vers les États-Unis « pour notre profit personnel, et ce à l'insu et sans l'approbation de nos supérieurs au sein du gouvernement cubain ».

Si quelqu'un, à l'époque, avait cru à la véracité des aveux d'Ochoa, ce qui est peu probable, les révélations de Galeana ont dû le faire changer d'avis. Notre transfuge décrivit en détail la façon dont était exploité l'espace territorial cubain — tant maritime qu'aérien —, l'assistance fournie aux trafiquants par l'armée en matière de ravitaillement et de maintenance, la couverture radar et les renseignements issus du réseau militaire de communications dont ils bénéficiaient. Galeana évoqua également le rôle substantiel joué par la marine et l'aviation cubaines.

La mise sur pied d'une telle organisation est impensable dans le cadre d'une dictature comme Cuba sans la connaissance expresse soit de Fidel, soit de son frère Raoul (ministre de la Défense), soit des deux à la fois.

À l'appui des informations fournies par Galeana, un plan fut élaboré pour accélérer la chute de Fidel. On envisagea, à un niveau très élevé de l'administration Bush, d'inculper Castro de trafic de drogue et de blanchiment — exactement comme cela avait été fait pour Noriega — et de faire ensuite le nécessaire pour divulguer la nouvelle à Cuba. Parmi les officiers de haut rang de l'armée cubaine, lesquels vivaient dans la terreur depuis l'exécution d'Ochoa et de ses amis, il s'en trouverait bien quelques-uns pour fomenter un coup d'État et forcer Castro à l'exil.

Au bout du compte, ce plan fut rejeté par la Maison-Blanche pour des raisons qui n'ont jamais été divulguées.

C'est la règle, plutôt que l'exception, d'entendre les politiciens antillais dire que la drogue est davantage un problème de demande qu'un problème d'offre. Or l'essentiel de la demande vient des États-Unis. La plupart de ces dirigeants vous diront qu'ils s'inquiètent de voir l'économie de leurs îles déstabilisée par un facteur — la consommation de stupéfiants aux États-Unis — sur lequel ils n'ont aucun contrôle. En d'autres termes, le grand et puissant voisin, qui jusque-là avait toujours été perçu comme le garant de la sécurité des Antilles, est devenu une grave menace.

Cette argumentation peut paraître séduisante, mais les mêmes politiciens ont jusqu'ici montré bien peu d'empressement à risquer l'isolement total en adoptant une position plus saine. Ils ont remplacé le sucre par des sociétés clés en main, ils ont accordé à tour de bras des autorisations permettant d'opérer dans le secteur de la banque ou de l'assurance. Ils se sont efforcés de faciliter la vie des investisseurs étrangers en leur offrant sur un plateau une légion de prête-noms ; le secret bancaire ; la libre circulation des devises ; un minimum de stabilité politique ; et un accès — physique et électronique — facilité par un réseau de communications moderne, une profusion de télécopieurs et des aéroports offrant des vols réguliers vers les États-Unis et l'Europe.

De leur point de vue, c'est une question de survie.

Il y a quelques années aux Bahamas, le ministre des Finances a créé le Secrétariat aux services financiers pour « recenser et encourager toutes les formes d'investissement et de services financiers ».

En clair, les Bahaméens sont prêts — moyennant rémunération — à fournir tous les types de services financiers requis par ceux qui ont de l'argent à cacher. Dans la même perspective, la loi sur les sociétés internationales (International Business Companies Act) votée en 1990 n'a pas tardé à être surnommée « loi de l'enregistrement express ». En moins de vingt-quatre heures, et pour 100 dollars à peine, il est possible de devenir l'heureux propriétaire d'une compagnie bahaméenne au nom tout ce qu'il y a d'européen, comme British

Mercantile Financial Asset Management Holdings, par exemple ; rien n'interdit à cette société d'avoir pour seuls actifs les titres de propriété au porteur d'une autre compagnie clés en main, laquelle de son côté peut contrôler des comptes en banque partout dans le monde.

Afin d'étayer notre propos, voici la retranscription mot pour mot d'un dialogue téléphonique que nous avons eu avec un agent bahaméen :

— J'aurais besoin d'acheter une société, et je vous serais reconnaissant si la chose pouvait se faire aussi vite et aussi discrètement que possible.

— Cela ne pose aucun problème, monsieur.

— J'ai consulté la liste des noms de sociétés disponibles, mais aucun ne me convient vraiment.

— Ce genre de chose s'arrange facilement. Dès que vous aurez acheté la société, nous ferons une demande de changement de nom, et vous pourrez la rebaptiser comme vous voudrez, à condition que ce nom ne soit pas déjà enregistré.

— J'aimerais qu'il puisse évoquer quelque chose comme une banque commerciale.

— Aucun problème.

— Peut-être pourrais-je l'appeler Manhattan County First Fiduciary Trust ?

— Nous nous ferons un plaisir de vérifier la disponibilité de ce nom, ou d'un autre de votre choix, de manière à servir au mieux vos intérêts.

— Pourriez-vous également m'introduire auprès d'un banquier assez aimable pour s'accommoder de toutes les opérations que j'aurai besoin d'effectuer, dépôt d'espèces compris ?

— Bien sûr.

Cette réponse ne surprendra personne. Les Antilles sont réputées abriter une nombreuse population de banquiers qui ne posent aucune question en cas de gros dépôts en liquide. Ils sont censés en poser. Mais entre ce que les gens sont censés faire et ce qu'ils font effectivement pour gagner leur vie, il y a souvent un gouffre.

Rien ne saurait illustrer plus clairement notre propos que l'ouverture, il y a quelques années, de la filiale d'une banque internationale au bout d'une piste d'atterrissage de l'aéroport de l'île d'Anguilla. Cette agence a fermé depuis — le stratagème était un peu gros, même pour les Antilles —, mais elle a fait d'excellentes affaires pendant des années grâce à une clientèle de pilotes d'avions privés qui faisaient escale à Anguilla pour effectuer des dépôts d'espèces avant de redécoller aussitôt. À la limite, ils n'avaient même pas besoin de couper le moteur de leur appareil. Une sorte de banque *drive-in* à l'antillaise...

Les truands n'ont plus besoin d'attaquer les banques. Ils préfèrent les acheter.

Saint Kitts et Nevis sont deux îlots anglophones de l'archipel Sous-le-Vent, situé à quelque 2 000 kilomètres au sud-est de Miami. Étapes appréciées sur le circuit des croisières, ces îles ont toujours eu une économie fondée sur le tourisme, la canne à sucre, le coton et l'ananas. Mais ces dernières années, leurs 44 000 résidents ont fini par comprendre qu'ils pouvaient gagner beaucoup plus gros en vendant des banques.

L'une de ces institutions financières clés en main — c'est ainsi que la décrivait la brochure publicitaire d'une firme canadienne de Colombie-Britannique — est une entité baptisée Keystone Bank Ltd. Selon le prospectus, elle serait enregistrée au sein de la « souveraineté ecclésiastique exonérée d'impôts du dominion de Melchizedek ». Où se situe exactement ce dominion, la brochure ne le précise pas. Franchement, on aurait été en droit de s'attendre au choix d'un nom moins suspect. Quoi qu'il en soit, la possession de la Keystone Bank Ltd. permet d'obtenir en prime une société financière, la Keystone Trust Company, qui semble être son principal actif.

Pour la modique somme de 15 000 dollars — payables à la firme canadienne —, vous pouvez devenir l'heureux propriétaire d'une pile de certificats officiels qu'il ne vous reste plus qu'à faire encadrer, ainsi que d'une plaque de cuivre fixée sur la porte d'un quelconque administrateur installé à Saint Kitts.

La banque ayant son siège à Nevis, aucun bilan annuel n'est exigé de la société financière. Les directeurs, actionnaires et mandants peuvent être de n'importe quelle nationalité et résider n'importe où. La valeur des actions est établie sans contrôle, et les titres au porteur sont autorisés. Une société peut faire office de directeur ; les réunions d'actionnaires ne sont pas obligatoires. Rien n'empêche la société financière de fusionner avec d'autres corporations et d'administrer la Keystone Bank Ltd.

En bref, pour 15 000 dollars plus une redevance annuelle de 450 livres (moins de 4 000 francs) payable au gouvernement local, vous pourriez disposer de votre banque personnelle et y déposer tout l'argent liquide que vous voudrez.

Et n'allez pas croire que ce soit un simple fantasme de blanchisseur. C'est une banale réalité.

D'un bout à l'autre des Antilles, une foule d'agents sont en permanence à l'affût de banques à acheter. L'un d'eux, Jérome Schneider, de la WFI Corporation (Californie), les revend lors de séminaires organisés aux quatre coins des États-Unis. Son argumentation s'appuie sur le fait indéniable qu'un investisseur possédant sa propre banque *offshore* « gagne en pouvoir et en influence ». Pour moins de 10 000 dollars, il offre à ses clients « une banque internationale privée complète et déclarée aux Caraïbes, une filiale administrative aux Bahamas, plus la mise en relation avec un service professionnel d'administration, toujours aux Bahamas ».

Le rôle de Schneider s'arrête à l'instant où la banque est vendue à un client. La WFI ne gère aucun actif, pas plus qu'elle ne fournit de services administratifs aux compagnies qu'elle vend. Aussi, lorsqu'il s'avéra qu'une certaine Daisy Johnson Butler, de Houston (Texas), qui avait acheté à Schneider une société du nom d'European Overseas Bank — enregistrée à la Grenade — s'en était ensuite servie pour escroquer soixante de ses investisseurs de 1 million de dollars, Schneider put en toute innocence lever les bras en signe d'impuissance et déclarer qu'il n'avait rien à voir dans cette affaire. À dire vrai, il alla même jusqu'à affirmer que dès qu'il avait eu vent des malversations de Daisy Johnson Butler, il s'était empressé de contacter les autorités de la Grenade pour demander le retrait du registre de la banque.

L'activité de Schneider consiste à sillonner les Antilles pour rencontrer des autorités acceptant de lui vendre, en gros, des chartes bancaires. En dix-sept ans, on estime qu'il en aurait ainsi acheté et revendu près de 1 000.

Un de ses terrains de chasse favoris — situé à un saut de puce de Saint Kitts — est la minuscule dépendance britannique de Montserrat. Lorsque les autochtones ont découvert que le marché des licences bancaires était en plein essor, il se sont lancés dans les affaires à leur tour et n'ont pas tardé à être envahis par une armée de blanchisseurs désireux de laver des fonds. À un moment donné, cette île tout juste peuplée de 12 000 habitants est allée jusqu'à abriter 350 banques dûment enregistrées.

Certaines d'entre elles arboraient un nom vaguement familier : Chase Overseas Bank Ltd., Deutsche Bank (Suisse) Ltd., Fidelity Development Bank Ltd., Manufacturers Overseas Bank Ltd., Prudential Bank and Trust Ltd... On y trouvait même une banque appelée World Bank ! Bien sûr, ces établissements n'ont jamais été autre chose que des plaques de cuivre sur un coin de porte. Précisons cependant que ce n'était pas tout à fait le cas de la Zurich Overseas Bank : selon l'inculpation émise par le Département de Justice américain à l'encontre de plusieurs courtiers de Detroit, qui avaient acheté la Zurich Overseas à la WFI, cette banque aurait bel et bien disposé d'un siège physique, sous forme d'une table réservée au bar Chez nous de Plymouth.

Les banques de Montserrat avaient néanmoins suffisamment d'atouts pour attirer les blanchisseurs panaméens, qui mirent la main sur plusieurs d'entre elles afin de recycler l'argent des cartels colombiens et de leur ancien président Manuel Noriega. Elles eurent aussi l'heur de plaire aux agents du Mossad (service secret israélien), lesquels en achetèrent une et s'en servirent pour blanchir les fonds gagnés lors d'une vente d'armes aux barons colombiens de la cocaïne, au milieu des années quatre-vingt.

Apparemment, elles plurent aussi à Robert Graven, alias frère Eduardo, de l'Église des Cercles de lumière. Basé à Montserrat et se prévalant de la noble ambition de venir en aide aux enfants affamés du monde, il réussit à persuader 30 000 Américains de lui verser un total de 3 millions de dollars sur un compte de la First American Bank, établie sur l'île. Avec l'aide de la police britannique, le FBI finit par prouver que la banque en question appartenait à Robert Graven — c'est-à-dire à frère Eduardo, dont l'unique mission consistait à se remplir les poches. Depuis, il a été condamné pour escroquerie par un tribunal de Philadelphie.

Ces établissements étaient tellement recherchés qu'une

sorte de commerce de banques en gros a fini par se créer à Montserrat. Récemment, la situation ayant échappé à tout contrôle, la Grande-Bretagne a été forcée de prendre des mesures exceptionnelles en amendant la constitution de Montserrat. Les politiciens locaux se sont retrouvés privés du contrôle de l'industrie financière, placée sous l'autorité directe du gouverneur nommé par Sa Majesté. La première mesure prise par celui-ci a d'ailleurs consisté à révoquer 311 licences bancaires.

Les blanchisseurs ont été contraints de déménager. Mais ils n'ont jamais besoin d'aller bien loin. C'est un fait communément admis : tout paradis *offshore* prenant le risque d'effaroucher les gens qui ont des dollars à cacher commet un suicide économique.

Les îles Vierges britanniques sont au nombre de trente-six ; elles portent des noms comme Tortola, Virgin Gorda, Anegada et Jost Van Dyke, et se dressent au-dessus des eaux bleues au nord-est de Porto Rico et à l'ouest des îles Sous-le-Vent. La population permanente, d'environ 12 000 habitants, est culturellement proche de la Grande-Bretagne, mais constitutionnellement indépendante. Plus important, cette population est liée par une étroite interdépendance à ses voisins du sud : les habitants des îles Vierges américaines. À tel point que le dollar lui sert de monnaie officielle.

Le climat est idéal, les autochtones parlent anglais. C'est pourquoi, dès qu'un jeune comptable irlandais nommé Shaun Murphy eut entendu parler des îles Vierges britanniques — et eut senti les possibilités qu'elles offraient pour un petit blanchisseur comme lui —, il se figura que son tour était venu.

Homme aux manières affables et au ton doux, il y ouvrit un petit cabinet de création de compagnies clés en main ; il s'employa aussi à aider certaines personnes à cacher des fonds. À l'origine, quand un client venait trouver Murphy avec une certaine somme à laver, celui-ci faisait parcourir à son argent un cycle relativement simple. Il créait une société pour son client aux îles Vierges, ouvrait un compte au nom de cette société dans une banque britannique installée sur l'île de Man et y déposait les fonds. Ensuite, il créait une deuxième société, ouvrait un compte à son nom dans une filiale de banque suisse à Panama et y faisait transférer l'argent par câble. L'étape suivante consistait à fonder une troisième compagnie, disposant celle-là d'un compte aux îles Vierges. De là, l'argent pouvait être câblé à son client n'importe où dans le monde.

Cette méthode en valait une autre. Et pourtant, au bout d'un certain temps, Murphy commença à trouver que son système n'était pas assez complexe. Aussi décida-t-il d'offrir à ses clients un meilleur service en multipliant les fusibles ; il s'agissait de rendre leur argent virtuellement impossible à suivre à la trace.

Ayant fixé une grande carte du monde au mur de son bureau, il pouvait passer des heures à la contempler, bien calé dans son fauteuil pivotant, et à noter des noms de lieux exotiques où il allait pouvoir ouvrir des comptes. Pour un seul de ses clients, il créa quarante sociétés et ouvrit quatre-vingt-dix comptes bancaires dans quarante endroits différents. Ce même client devait un jour lui jeter une grosse valise Samsonite garnie de billets depuis un avion volant en rase-mottes. Il fallut deux jours à une banque locale pour compter les 2,3 millions de dollars qu'elle contenait.

Plus Murphy arrivait à rendre ces transactions complexes, plus il était satisfait. Sa propre société, Offshore Formation, ne lui appartenait pas directement. Elle était contrôlée par deux autres compagnies : Romulus, qu'il possédait secrètement, et Remus, propriété secrète de son ami Cyril Romney — lequel se trouvait être également le Premier ministre des îles Vierges britanniques.

Devenu un blanchisseur sophistiqué et plein de relations, Murphy ne tarda pas à avoir des clients comme Ben Kramer, qui, associé à son père Jack, était un fabricant de vedettes très en vue de North Miami.

Ben Kramer était aussi un gros bonnet de la cocaïne.

Habitué de la course de hors-bord Miami-Bimini, Kramer avait mis au point un système presque parfait pour faire entrer de la drogue aux États-Unis. Il engageait trois bateaux dans la course, et l'un d'eux tombait invariablement en panne. L'engin de Kramer restait à la traîne, titubant sur les flots, pendant que les autres concurrents basculaient derrière la ligne d'horizon. Dès qu'il n'y avait plus personne dans les parages, un autre bateau, chargé de drogue celui-là, rejoignait le hors-bord immobilisé, et son équipage se mettait aussitôt en devoir de transborder sa cargaison. Une fois l'opération terminée, le bateau d'assistance de l'écurie Kramer arrivait à son tour sur les lieux pour remorquer le hors-bord défectueux jusqu'à Miami.

Ces machines de compétition, réglées au millimètre, tombent en panne très fréquemment. Aussi personne ne s'étonnait-il de voir un des bateaux de Kramer hissé hors de l'eau et chargé sur un camion. En cinq ans, Ben Kramer a introduit aux États-Unis une quantité de cocaïne représentant 200 millions de dollars grâce à ses bateaux.

En bon professionnel — de la comptabilité, pas du narcotrafic —, Shaun Murphy fonda deux sociétés écrans pour les Kramer. L'une était censée confectionner des vêtements — elle avait même une adresse sur Saville Row —, mais n'existait pas en réalité. L'autre, enregistrée aux Antilles néerlandaises, fut baptisée Lamborghini. Elle ne fabriquait pas de moteurs, mais Murphy et Kramer se gardaient bien de le dire, surtout à ceux qui avaient l'air de s'imaginer que c'était le cas.

Murphy avait délibérément choisi deux sociétés d'apparence parfaitement légitime, afin que Kramer puisse les utiliser comme sponsors officiels de son écurie de course. L'argent de la drogue était réinjecté dans ces compagnies, lesquelles finançaient les bateaux, les bateaux finançaient les importations de drogue, et les importations de drogue finançaient les compagnies. À un moment donné, Murphy acheta aussi pour Kramer une concession de location de voitures en Floride et des biens immobiliers à Los Angeles.

En même temps, il ouvrit une société du nom de Cortrust au Liechtenstein. Kramer s'empressa de verser sur les comptes de Cortrust des fonds issus du trafic, lesquels lui revinrent tout aussi vite, dûment filtrés par le biais de plusieurs sociétés écrans, sous forme de prêts destinés à la construction d'un port de plaisance tout neuf et au financement de bateaux plus gros.

Indépendamment des affaires qu'ils menaient avec Murphy, les Kramer se retrouvèrent impliqués dans l'enquête qui suivit le meurtre de Don Aranow, constructeur des célèbres horsbord *Cigarette* et *Blue Thunder.* Pour les Kramer, c'était le commencement de la fin.

Murphy, lui, tomba suite à un incident sans le moindre rapport avec ce qui précède. Son nom ayant été cité dans une investigation financière qui allait déboucher sur l'affaire du célèbre hold-up du dépôt de la Brinks à Heathrow, la police britannique vint lui demander des comptes, et il se mit aussitôt à table. Les enquêteurs comprirent sur-le-champ qu'il avait de gros clients aux États-Unis et, après avoir entendu ce qu'il avait à dire sur l'affaire de Heathrow, ils le « prêtèrent » aux Américains.

Non seulement Murphy raconta à la DEA tout ce qu'il savait sur les Kramer, mais il aida les agents américains à obtenir l'inculpation de soixante-dix autres trafiquants et blanchisseurs. À dire vrai, la DEA en vint à tellement l'apprécier qu'elle passa trois ans à l'interroger. En guise de remerciement, il reçut 200 000 dollars ainsi qu'une identité toute neuve, et partit refaire sa vie dans une région presque aussi belle que les îles Vierges britanniques : le bassin méditerranéen.

Anguilla... 91 kilomètres carrés de sable et d'hôtels au cœur des Antilles. La pêche et le tourisme sont les deux mamelles de l'économie. Colonie de la Couronne britannique, l'île dispose d'une large autonomie. On y trouve aussi des banques. Mais jamais on n'avait vu dans les Caraïbes une banque semblable à celle qui y a été ouverte en 1994.

À la différence de la plupart des autres banques, celle-là n'était constituée que d'un ordinateur, d'un télécopieur et de sept clients. Elle ne fonctionna que six mois. Mais pendant ce bref laps de temps, 52 millions de dollars (260 millions de nos francs) appartenant au cartel de Cali furent blanchis par son intermédiaire.

Si le nom de cette banque a été maintenu secret, le plan qui a abouti à sa création est connu sous le nom d'« Opération Dinero ».

Fondée et administrée par la Drug Enforcement Agency, elle instituait un précédent de taille : pour la première fois, le gouvernement américain finançait la création d'une institution financière à seule fin de prendre des blanchisseurs au piège.

Tout avait commencé en 1991, quand des agents infiltrés de la DEA, s'étant fait passer pour des blanchisseurs, collectèrent des fonds en espèces appartenant à des trafiquants de

New York, de Houston, de Los Angeles et de Miami. L'un d'eux leur suggéra en passant de fonder une banque. L'idée fit son chemin, et le Procureur général des États-Unis conféra personnellement les autorisations nécessaires à la DEA pour que l'agence puisse blanchir des fonds issus du narcotrafic.

Les Britanniques furent informés de ce plan et acceptèrent d'y coopérer, mais le gouverneur général d'Anguilla fut la seule personnalité de l'île à être mise au fait de l'opération. La DEA estimait trop dangereux de mettre d'autres autochtones « dans le coup ».

Au début de 1992, une identité plausible fut donnée aux agents qui devaient jouer le rôle de banquiers. C'était là un point crucial, dans la mesure où les gens du cartel de Cali ne manqueraient pas d'engager des avocats et des détectives privés pour enquêter sur le passé de leurs interlocuteurs. La DEA fournit donc à ses hommes de faux noms, de fausses familles et de fausses adresses personnelles (dans un cas précis, on alla même jusqu'à faire emménager l'agent concerné à l'adresse qui lui avait été attribuée), sans compter des références professionnelles plus que suffisantes pour rassurer les trafiquants.

Ensuite, ces agents créèrent une banque à part entière au moyen d'une douzaine de sociétés écrans et ouvrirent plus de 50 comptes d'entreprise dans d'autres banques, afin que leur établissement soit en mesure de fournir à ses plus gros clients toutes sortes de facilités en matière d'opérations de change, de chèques de caisse et de virements par câble.

Le cartel mordit à l'hameçon et entra donc en relations d'affaires avec la DEA. À un moment donné, un de ses émissaires déclara même à nos faux banquiers que ses chefs appréciaient tellement la façon dont se déroulaient les choses à Anguilla qu'ils espéraient bien pouvoir y blanchir environ 500 millions de dollars (2,5 milliards de francs). Ils souhaitaient également que la banque émette des prêts destinés à l'achat de navires et cautionnés par des dépôts d'espèces.

Chaque dépôt, chaque transfert télégraphique permettait à la DEA — assistée par l'IRS et le FBI — de collecter des preuves et des noms. C'est ainsi que l'enquête fit surgir ceux de deux importants contacts italiens du cartel : Pasquale Locatelli et Roberto Severa.

Locatelli, évadé par hélicoptère d'une prison française où il purgeait une peine de vingt ans pour commerce de drogue, avait des affaires un peu partout en Europe et au Canada. Il était spécialisé dans le transport de la cocaïne colombienne vers la France, la Roumanie, la Croatie, l'Espagne, la Grèce et le Canada. En conséquence directe de l'Opération Dinero, l'un de ses navires fut arraisonné par les forces de l'OTAN alors qu'il cherchait à contourner l'embargo sur la Croatie ; à son bord, on trouva des conteneurs remplis d'armes légères et de munitions.

Quant à Severa, un des parrains du narcotrafic romain, on découvrit qu'il blanchissait des fonds par le biais d'un réseau de supermarchés et de parcs de stationnement. Ce réseau avait des ramifications jusqu'à New York, au Canada et en Colombie.

Peu après que la DEA eut décidé d'abattre ses cartes et de fermer la banque, il fut procédé à 88 arrestations dans cinq pays. Les agents américains avaient blanchi près de 200 millions de dollars (1 milliard de francs) pour le compte du cartel de Cali. L'essentiel de l'argent était reparti depuis longtemps vers la Colombie et le Venezuela, où il avait aussitôt disparu. Faire une croix sur de telles sommes représentait une décision difficile à prendre pour les services américains, qui savaient toutefois qu'à la moindre tentative de confiscation, l'entière opération aurait capoté. Or celle-ci avait pour objectif d'arrêter le plus grand nombre possible de trafiquants. Les agents de la DEA réussirent tout de même à récupérer quelques millions de dollars, 9 tonnes de cocaïne et trois tableaux de grande valeur — un Picasso, le *Saint Paul* de Rubens et un portrait d'homme signé Joshua Reynolds.

Sans doute plus important encore, l'analyse des comptes des sept clients qui utilisaient la banque à des fins de blanchiment donna aux services de répression du trafic une vision claire des affaires financières internationales du cartel. Notons aussi que les généreuses commissions versées par les trafiquants à nos pseudo-banquiers suffirent à amortir tous les frais de l'Opération Dinero.

À Washington, aujourd'hui, vous ne trouverez personne pour vous dire si la banque de l'Opération Dinero est le seul — ou le dernier — établissement financier administré par la

DEA. Il y en a probablement d'autres. L'idée consiste sans doute à donner à réfléchir aux narcotrafiquants désireux de se lancer dans le blanchiment sous le soleil des Caraïbes. Vont-ils traiter avec une banque, ou avec le gouvernement américain ? Dans le second cas de figure, les termes du contrat sont limpides : ils risquent d'en prendre pour vingt ans, et sans intérêts.

Les îles Caïmans forment un petit archipel au nord-ouest de la Jamaïque, à une heure et demie de vol de Miami.

Ancien repaire d'Edward Teach — le pirate Barbe-Noire —, elles sont surtout connues depuis une vingtaine d'années pour offrir une des meilleures caches financières du monde. Parfois appelées « la Genève des Caraïbes », ces îles (Grand Caïman, Caïman Brac et Petit Caïman) sont généreuses en matière de sable fin, de soleil et de confidentialité. En même temps, elles sont particulièrement pauvres en ce qui concerne la réglementation et la fiscalité.

Georgetown, la capitale, dispose de 550 banques (une pour 50 habitants) aux avoirs supérieurs à 400 milliards de dollars. La plupart de ces banques ne sont rien d'autre que des plaques de cuivre — des centres d'inscription, où prêts et dépôts sont enregistrés, mais où l'on ne verra rien d'autre que des papiers changer de mains. On n'y trouve ni guichet, ni chambre forte, ni cochon-tirelire offert en prime pour l'ouverture d'un compte d'épargne. Moins de 15 % des banques enregistrées et opérant aux îles Caïmans ont déjà reçu un versement en espèces.

Ancienne dépendance de la Jamaïque, les îles Caïmans ont opté pour le maintien du statut de colonie de la Couronne britannique en 1962, quand leur grande sœur a déclaré son indépendance. Mais à l'image d'Hong Kong, elles gèrent elles-mêmes leurs affaires. On trouve bien sur place un gouverneur britannique, mais il n'a guère d'autre fonction que celle de couper des rubans à l'occasion de l'inauguration des supermarchés. Quant à la Banque d'Angleterre, elle n'a aucun contrôle sur les institutions financières des îles Caïmans.

En 1976, une loi a été adoptée sur la préservation des relations confidentielles ; à l'image de la réglementation en vigueur en Suisse, toute information révélée sur les activités bancaires ou financières d'autrui constitue désormais un crime. On ne sera pas surpris d'apprendre que la plupart des grandes banques américaines ont des bureaux aux îles Caïmans. À vrai dire, une bonne partie des 25 000 compagnies et fonds de placement enregistrés aux Caïmans appartient de fait à des Américains. Ces compagnies et l'argent qui transite sur leurs comptes sont-ils signalés à l'administration fiscale des États-Unis, comme l'exige la loi américaine ? C'est une autre affaire. Après tout, un homme riche sincèrement désireux de payer des impôts sur tout ce qu'il gagne n'a pas besoin d'acheter une société écran, ni de cacher son argent aux Antilles. Si Olivier North a créé une compagnie fantôme aux îles Caïmans, il ne faut pas chercher la raison plus loin. C'est aussi ce qui a poussé Agha Hasan Abedi à y ouvrir une antenne de la BCCI et à utiliser l'archipel comme base afin de prendre illégalement le contrôle de la First American, la plus grande banque de Washington DC.

Il existe des accords bilatéraux entre les États-Unis et le gouvernement de certaines îles — dont les Caïmans et les Bahamas —, censés permettre aux enquêteurs américains de soulever un coin du rideau qui protège les transactions financières. Le traité d'assistance légale mutuelle ratifié en 1988 stipule que, si les autorités américaines ont besoin d'informations concernant une affaire précise de fraude fiscale ou de trafic de drogue, la police royale des îles Caïmans doit se montrer coopérative.

Deux ans plus tard, sous la pression constante des États-Unis, les banquiers des Caïmans ont ébauché un code de conduite, selon lequel ils acceptaient notamment de refuser tout dépôt d'espèces suspect de plus de 10 000 dollars. Il s'agissait de mettre un terme au défilé permanent de messieurs à grosses chaînes en or et à costume criard qui se présentaient avec des attachés-cases pleins de billets. Mais le contrôle des « dépôts d'espèces suspects de plus de 10 000 dollars » n'interdit pas les dépôts suspects de moins de 10 000 dollars, ni les dépôts non suspects de n'importe quel montant. Du coup, les messieurs à grosses chaînes en or et à costume criard ont changé de vêtements...

Sur le papier, la mesure était excellente. En pratique, elle n'a eu aucun effet. Pour une raison évidente : dans chaque affaire, il revient à la police des Caïmans de décider si elle doit coopérer ou non avec les Américains. Et en cas de fraude fiscale, sa réponse est toujours non, tout simplement parce que la fraude fiscale n'est pas un crime aux îles Caïmans.

Les honnêtes gens sont en permanence confrontés à une vérité aussi simple qu'irréfutable : permettre aux truands de cacher leurs avoirs est tout ce qu'il y a de plus rentable. Un gouvernement de paradis fiscal qui déciderait d'y mettre un terme renoncerait à sa principale source de revenus pour les beaux yeux des Yankees ; en outre, cette mesure n'aurait pas d'autre effet que celui de faire fuir les blanchisseurs vers d'autres cieux, d'autres îles où les gouvernants sont moins enclins à la sainteté. Des îles comme Saint-Martin, par exemple, dans les Antilles néerlandaises.

L'importation de grosses sommes en espèces y est aisée, les contrôles douaniers sont inexistants et personne n'a le droit d'obliger les banquiers à poser des questions. Si l'on en croit une estimation, près de 40 % des terres cultivées appartenant à des étrangers aux États-Unis seraient en réalité contrôlées par des sociétés écrans des Antilles néerlandaises.

Saint-Martin est en prise directe avec les Pays-Bas ; rien n'est plus facile que de virer des fonds déposés sur place vers un compte ouvert à Rotterdam au nom d'une compagnie de navigation enregistrée à Panama et opérant à Malte. Ensuite, l'argent est expédié à Singapour, sur le compte d'une compagnie d'assurances enregistrée au Liechtenstein et domiciliée sur l'île de Man, laquelle à son tour le renvoie à une société immobilière enregistrée à Hong Kong, ayant ses bureaux à Monaco et un compte à Los Angeles. Si tout se passe bien, l'ensemble de ces opérations peut prendre moins d'une heure.

Pour pouvoir utiliser son argent, le blanchisseur se l'emprunte tout simplement à lui-même. Ce système est connu dans certains milieux sous le nom de « sandwich hollandais » ou, plus sérieusement, sous celui de « prêt dos à dos ». Notre homme se présente dans une institution financière tout ce qu'il y a de légitime et y négocie un prêt en utilisant sa compagnie d'Hong Kong comme caution : ce sont les fonds blanchis à Los Angeles qui garantiront la transaction.

Deux sociétés de promotion immobilière opérant aujourd'hui en totale impunité aux États-Unis exploitent une variante de ce schéma ; l'une est basée à Washington DC, l'autre au sud de la Floride. Leurs bureaux sont occupés par des citoyens américains agissant en qualité d'agents d'un groupe de compagnies étrangères apparemment respectables, dont le siège se trouve en général au Liechtenstein ou au Luxembourg. Ces compagnies sont spécialisées dans l'attribution de prêts aux promoteurs ayant des difficultés à financer leurs projets par le biais des canaux traditionnels. Dans certains cas, les agents américains de la société de promotion ne se doutent pas que les fonds qu'ils prêtent sont en phase de blanchiment.

Le client se présente avec un projet, par exemple la construction d'un centre commercial. Il a besoin d'un prêt de 7 millions de dollars sur sept ans. Mais pour une raison ou pour une autre, il n'a pas réussi à obtenir un prêt bancaire classique. Soit son projet semble un peu trop audacieux au banquier moyen, soit il n'a pas la confiance d'une grande institution financière.

Les agents de la société de promotion consentent à lui accorder un prêt de 10 millions de dollars, remboursable en sept ans. Avec les 3 millions de dollars supplémentaires, ils prient leur client d'acheter des bons du Trésor exonérés d'impôts qu'il leur rétrocédera aussitôt. Ensuite, l'entrepreneur est orienté vers une banque où on lui remet une lettre de crédit d'un montant équivalent au remboursement intégral de l'emprunt, intérêts compris ; le centre commercial fait office de garantie additionnelle. Comme les bons du Trésor, cette lettre de crédit est cédée à la société de promotion.

Le client obtient les fonds dont il avait besoin pour lancer la construction de son centre commercial ; de son côté, non seulement la société de promotion récupère 3 millions de dollars en bons du Trésor exonérés d'impôt, mais elle se voit aussi garantir le paiement des intérêts ; en cas de défaut de paiement, elle pourra faire valoir ses droits sur le centre commercial.

En clair, les blanchisseurs ne prennent absolument aucun risque.

Sept ans plus tard, le client liquide sa dette et se retrouve propriétaire d'un centre commercial ; quant aux blanchisseurs, l'opération leur a permis de transformer 10 millions de dollars, plus les intérêts, en monnaie scripturale d'une étincelante propreté.

# 8

# La Suisse ne serait-elle plus ce qu'elle était ?

*La Suisse lave plus blanc.*
Tee-shirt souvenir de Zurich

Lugano est une ville italienne prisonnière à perpétuité du canton suisse du Tessin — un peu comme ces souris à deux têtes que l'on conserve dans le formol des laboratoires.

Située sur la berge paisible du lac qui porte son nom, Lugano n'est guère plus, à première vue en tout cas, qu'une gare d'étape sur la ligne de chemin de fer du Saint-Gothard. Les bons hôtels sont rares. On y trouve bien quelques restaurants, mais ce n'est pas une station balnéaire sophistiquée comme Lausanne. On est également bien loin de Genève ou de Zurich, carrefours d'affaires internationaux. Par ailleurs, personne ne confondrait Lugano avec Gstaad ou Saint-Moritz — ce n'est pas là que les gens riches, beaux et célèbres vont skier. Les autochtones aiment néanmoins comparer leur ville à Rio de Janeiro ; ils prétendent même que l'une des montagnes qui dominent la ville ressemble à s'y méprendre au Corcovado. Mais la plage qui s'étire en contrebas n'a pas grand-chose de Copacabana. Et les Suissesses ne dansent pas la samba.

Jusqu'à une époque récente, on s'arrêtait surtout à Lugano parce que c'était un endroit idéal pour cacher de l'argent. Cette situation est censée avoir changé il y a quelques années, quand les Suisses ont introduit une nouvelle réglementation bancaire afin de combattre la fraude fiscale, l'évasion de capitaux et le blanchiment. Depuis, Lugano est cependant resté un endroit idéal pour cacher de l'argent.

Du côté italien, sur l'autre rive du lac, le casino fait des affaires florissantes, et des bacs font en permanence la navette d'un pays à l'autre. Pendant la saison d'été notamment, il n'est pas rare de voir des messieurs et des dames bien mis sortir du ferry au Debarcadero Centrale, commander un croissant et un espresso à la terrasse d'un café de la Piazza Manzoni, ou à la rigueur un peu plus loin, sur la Riva Giocondo Albertolli, à deux pas du luxuriant Parco Civico. Si la plupart des terrasses ont tendance à se vider à l'heure où les banques ouvrent leurs portes, ce n'est pas un simple hasard.

Selon le *Financial Times* londonien, 40 % de tous les avoirs financiers du monde seraient déposés en Suisse. Cela représente une masse de capitaux fabuleuse. Il faut dire qu'on compte plus de cent banques à Lugano, et près du triple dans le canton du Tessin. Pour être précis, il y a davantage de banques dans cette région que dans le canton de Genève, pourtant plus peuplé et plus facile d'accès. Le nombre de banques par habitant est à Lugano l'un des plus élevés au monde ; il est même deux fois plus important qu'à Zurich, incontestable capitale financière de la Suisse.

Les banques de Lugano respectent strictement les lois bancaires suisses et sont administrées avec la même précision tatillonne que les autres établissements du pays. Cependant, la proximité de l'Italie — et plus encore celle d'un casino très fréquenté — y rend les banques particulièrement attrayantes pour toute personne en quête de « discrétion ». Et c'est justement parce que la discrétion est le point fort des Suisses qu'il ne sert à rien de pousser la porte de la première banque venue et d'annoncer de but en blanc que vous cherchez à cacher des fonds. Nous en avons fait l'expérience.

— Je veux ouvrir un compte secret, avons-nous déclaré, plein d'assurance, à l'employée de la première banque visitée.

Celle-ci n'a pas cherché à masquer son agacement face à un tel manque de finesse.

— Nous n'ouvrons plus de comptes de ce type, répond-elle.

Nous réitérons notre souhait — d'un ton imperceptiblement moins arrogant, dans un deuxième établissement.

— Je souhaiterais ouvrir un compte secret.

L'employée est à peine plus aimable.

— Un compte secret ? Sans doute faites-vous allusion à un compte anonyme ? Permettez-moi de vous suggérer l'adresse d'une banque qui sera peut-être plus réceptive.

Elle nous donne l'adresse.

Malheureusement, la banque en question ne se montre pas du tout plus réceptive.

— Nous n'acceptons plus de clients à des conditions particulières, nous déclare un monsieur. Peut-être devriez-vous essayer ailleurs.

L'homme qui nous reçoit dans la quatrième banque, située juste de l'autre côté de la rue, est encore moins affable en dépit de notre ton de plus en plus humble

— Nous n'avons pas de comptes secrets. Je suis navré de vous décevoir. Les comptes suisses secrets n'existent que dans les films.

Et pourtant, dans la cinquième banque, à peine avons-nous manifesté presque en murmurant notre désir de connaître les « divers avantages d'un compte à conditions particulières », que la préposée aux affaires spéciales nous invite, d'un hochement de tête très professionnel, à la suivre. Nous franchissons une porte fermée à clé derrière laquelle se déploie une enfilade de bureaux tapissés d'épaisse moquette. À la porte de l'un d'eux, un monsieur impeccablement vêtu nous accueille, se présente et nous demande avec courtoisie si nous souhaitons parler français, italien, anglais ou allemand. Nous optons pour l'anglais. L'homme acquiesce et, avec un accent britannique parfait, nous propose une tasse de café ou de thé. Dès que les deux cafés ont été apportés, il referme soigneusement la porte de son bureau et demande en quoi il peut nous être utile.

Nous lui faisons part de notre vœu d'« établir des liens discrets avec une banque, à des conditions particulières ». Ces liens pourraient peut-être prendre la forme d'un compte anonyme.

— Je dois vous avertir, coupe le banquier, que ce genre de service a beaucoup été monté en épingle par le passé. Le soi-disant compte secret en Suisse tel qu'on le présente dans les *James Bond* est réservé aux romans d'espionnage et au cinéma.

— Pourtant, insistons-nous poliment, cette réputation doit bien venir de quelque part.

Il réfléchit un instant.

— Peut-être ces gens-là ont-ils mal interprété les règles bancaires en vigueur dans notre pays. Ce que nous offrons à nos clients, c'est un code rigoureux qui protège tous les comptes bancaires — du compte courant classique au livret d'épargne de votre fils. De par la loi, tout employé ou ex-employé de banque commet un crime s'il révèle la moindre information au sujet d'un compte. Il n'a même pas le droit de dire si un compte spécifique existe ou non.

— Vous voulez dire que vous violeriez la loi si vous me disiez que votre femme a son compte courant dans cette agence ?

— C'est tout à fait exact.

Mais l'histoire ne s'arrête pas là.

Le silence helvète n'est pas seulement d'or, il est aussi incrusté de diamants, de rubis et de saphirs. Tous les comptes sont protégés, parfois à l'extrême. Prenons le cas d'une personne qui meurt et dont les héritiers cherchent à savoir si elle a pu déposer de l'argent sur un compte dont ils ignoreraient l'existence. Pour toute réponse, ils n'obtiendront des banquiers suisses que des regards froids et un couplet sur le code bancaire qui interdit de fournir la moindre information sur quelque compte que ce soit. Toutefois, dans ce cas précis, il ne s'agit pas seulement d'appliquer la loi. Les banques se replient soigneusement derrière le code bancaire parce qu'elles sont autorisées à s'approprier le solde des comptes au bout de vingt ans de sommeil. Si quelqu'un meurt sans laisser d'informations sur son compte anonyme, la banque a de bonnes chances de récupérer les fonds immobilisés. On estime que des dizaines de milliards de dollars dorment en permanence dans les banques suisses, dans l'attente de propriétaires qui ne se manifestent pas.

Techniquement, donc, notre banquier a raison.

Ce qu'il ne précise pas, c'est qu'en Suisse tous les comptes ne sont pas également protégés : certains sont considérablement plus « égaux » que d'autres !

Toutes les banques du monde offrent des conditions préférentielles aux clients prêts à payer pour l'obtention de ce type de privilège. Les conditions particulières sont aujourd'hui un produit standard de l'industrie des services financiers. Présentées comme un service ultra-exclusif, et facturées en conséquence — on peut d'ores et déjà les trouver à New York, à Londres, à Paris ou à Rome, où le secret bancaire est loin d'être inviolable. Toutefois, si l'on parle de « conditions particulières » en Suisse, il convient d'expliciter ce que recouvre cette expression. Laissons parler notre banquier.

— Dans certains cas très particuliers, il arrive qu'un compte reçoive un traitement différencié, concède le banquier.

— Comme dans les films ?

— Je n'irais pas jusque-là. J'ai bien peur que les messages téléphoniques cryptés permettant d'obtenir en pleine nuit tous les renseignements sur un compte anonyme ne fassent partie de la légende. N'oubliez pas que tous les comptes bancaires du monde sont identifiés par une série de chiffres. L'idée qu'une personne puisse avoir accès à des informations sur tel ou tel compte simplement en communiquant son numéro par téléphone est absurde. Aucune banque au monde, je crois pouvoir l'affirmer, ne révélerait l'état d'un compte à quelqu'un sur simple présentation de son numéro.

— Je comprends. Mais qu'en est-il des « cas particuliers » ? Pouvez-vous me parler de ce « traitement différencié » ?

— J'entends par là que certains clients ont des besoins particuliers, que nous nous efforçons de satisfaire.

— Comme celui de cacher de l'argent, par exemple ?

— Si tel est votre objectif, je crains que vous ne soyez pas dans le bon pays. En Suisse, aujourd'hui, il existe un code de conduite très précis qui nous oblige à une grande prudence dans le choix de nos clients. Nous n'ouvrons plus de comptes que pour les personnes qui acceptent de nous dévoiler leur identité et de nous éclairer de manière satisfaisante sur l'origine des fonds qu'elles désirent déposer dans notre établissement.

Ce qu'il essaie de nous dire, en substance, c'est que les banques suisses ne sont plus ce qu'elles étaient.

Autrefois, il existait deux catégories de comptes très différentes, baptisées d'après le nom des formulaires utilisés lors de leur ouverture. Le formulaire A, celui du compte standard, mentionnait le nom du bénéficiaire. Le formulaire B, le plus intéressant, ne donnait pas ce genre de précision. Un compte à formulaire B pouvait être ouvert par un avocat ou un comptable jouant le rôle d'agent. Même si l'agent était obligé de déclarer par écrit qu'il connaissait le nom de son client, il n'était pas tenu de révéler cette information à la banque. Tout le charme du compte à formulaire B résidait dans le fait qu'en employant un avocat comme agent son titulaire pouvait ériger un double rempart de confidentialité : en superposant aux strictes règles bancaires suisses le secret professionnel qui lie tout avocat à son client, il avait la garantie que personne ne réussirait jamais à associer son nom à l'argent déposé à la banque. Si cela ne lui suffisait pas, rien de l'empêchait d'ouvrir un compte à formulaire B au nom d'une société *offshore,* dirigée par des prête-noms ; dans ce cas, l'avocat suisse lui-même n'avait pas besoin de connaître son identité. Que cette société soit contrôlée par d'autres sociétés *offshore,* elles aussi dirigées par des hommes de paille, et le véritable bénéficiaire du compte devenait virtuellement insaisissable. Le seul inconvénient dans un tel cas, c'était qu'il n'avait pas directement accès à son compte ; il devait donc prendre le risque de confier ses avoirs à des intermédiaires. Cela dit, le genre de personne qui se donne la peine de construire un écheveau aussi complexe pour dissimuler son identité dispose en général de moyens — et plus précisément d'une force de frappe suffisante — pour faire en sorte que la personne chargée d'administrer son compte soit bien consciente des risques induits par le moindre faux pas.

Malheureusement, les comptes à formulaire B ont été abolis en juillet 1992.

— Voyons, insistons-nous, je suis certain que les lois de la physique s'appliquent aussi à la finance. La nature a horreur du vide. Comment fait-on aujourd'hui pour ouvrir un compte sans y attacher de nom ?

Le banquier se montre naturellement prudent.

— Écoutez, même si nous utilisons un système numéroté, vous devez comprendre que quelqu'un dans cette banque connaîtra forcément le nom qui correspond à tel ou tel numéro. La question est de savoir combien de personnes seront en mesure d'associer votre nom à votre compte.

— Combien, dans le meilleur des cas ?

— Trois, peut-être quatre... Uniquement le sommet de la hiérarchie de la banque. Mais il faut bien que quelqu'un sache à qui est l'argent. Sinon, comment feriez-vous pour le retirer en cas de nécessité ? Comment pourrions-nous avoir la certitude que nous le remettons bien à une personne autorisée à l'utiliser ? Nous sommes tenus de protéger nos clients et de nous protéger nous-mêmes contre toute éventualité.

L'autoprotection contre toute éventualité constitue pour les banques du monde entier une règle non écrite fondamentale. La protection des clients, en revanche, est une spécialité suisse vieille de deux siècles.

Les banquiers helvètes ont eu l'idée de proposer le secret — moyennant commission — aux aristocrates français pendant la Révolution. Quant aux comptes anonymes tels que nous les connaissons aujourd'hui, ils ont été inventés à la fin du XIXe siècle par les « gnomes de Zurich », désireux d'attirer de nouveaux capitaux venus du monde entier. L'idée était fort simple : certaines personnes éprouvant le besoin de dissimuler de l'argent pour une raison ou pour une autre (évasion de capitaux, fraude fiscale, environnement politique instable, etc.), les banquiers suisses étaient disposés à leur rendre ce type de service. En 1934, si le secret bancaire fut élevé au rang de loi de la Confédération, ce fut en grande partie parce qu'un nombre considérable d'Allemands fortunés étaient prêts à payer pour protéger leurs avoirs contre l'appétit grandissant des nazis au pouvoir. Néanmoins, ce n'est qu'après qu'une légion d'écrivains, dont Ian Fleming, eurent immortalisé les comptes suisses, en les mettant à toutes les sauces, que le mythe rattrapa puis dépassa la réalité.

La première lézarde sérieuse apparut en 1977. Le directeur de la filiale du Crédit suisse à Chiasso, non loin de la frontière italienne, avait investi plus de 500 millions de dollars pour le compte d'un groupe de clients italiens. Quand les bénéficiaires de l'investissement se volatilisèrent avec l'argent, force fut de constater que le banquier en question avait pour le moins fait preuve de légèreté. Pour réparer le préjudice causé à la réputation nationale, les autorités suisses rassemblèrent les banquiers, qui rédigèrent ensemble un code de conduite. À la base, il s'agissait d'affirmer la responsabilité des banques et de leurs dirigeants dans le choix de leurs clients.

Il y eut ensuite l'affaire Kopp.

En novembre 1986, les autorités fédérales américaines, suite à une information, saisissaient à l'aéroport international de

Los Angeles trois valises à destination de la Suisse ; elles étaient la possession d'un narcotrafiquant turc nommé Dikran Altun. À l'intérieur, 2 millions de dollars furent saisis, issus de ce qui allait devenir l'affaire de « La Mina ». Altun était censé remettre les valises à Jean et Barkev Magharian, deux frères d'origine syrienne spécialisés dans le recyclage des profits du cartel de Medellin depuis plusieurs années. Une enquête suisse révéla que les Magharian avaient peut-être blanchi 2 milliards de dollars pour le compte de leurs patrons, par le biais de vingt comptes ouverts dans des banques différentes de Zurich. L'une d'elles — le Crédit suisse, encore une fois — finit par admettre que, dans les quelques occasions où des faux billets avaient été trouvés parmi les dépôts d'espèces effectués par les Magharian, les coupures incriminées avaient été refusées ; en revanche, personne à la banque n'avait cru bon de prévenir la police. Il apparut également que la direction du Crédit suisse avait été avertie par un comité d'audit interne des opérations douteuses menées par les Magharian par l'intermédiaire de leur compte. Là encore, la banque ne leva pas le petit doigt.

Sous une forme ou sous une autre, des lois sur le secret bancaire existent dans une cinquantaine de nations. Ce nombre représente un quart des États souverains de la planète. Et pourtant, nulle part le secret bancaire n'a le même prestige, le même cachet qu'en Suisse. Cela s'explique peut-être par le fait que le blanchiment est un sujet que les banquiers suisses et leurs clients connaissent sur le bout des doigts.

*The Economist* a rapporté la façon dont, en janvier 1992, quatre Hongrois, désireux de blanchir l'équivalent de 1,3 million de dollars en marks, avaient pris rendez-vous au siège du Crédit suisse, sur la Paradeplatz de Zurich. Ils furent accueillis dans l'imposant hall de marbre par deux hommes qui se présentèrent comme des employés de la banque. L'un d'eux emporta la valise dans une pièce séparée pour compter l'argent pendant que l'autre invitait les Hongrois à prendre le café. Au bout d'un moment, comme son collègue ne revenait pas, il pria les Hongrois de l'excuser, disant qu'il allait s'enquérir de la cause de ce retard.

Les quatre Hongrois attendent toujours, le nez dans leurs tasses de café froid.

Une semaine plus tard, un homme d'affaires canadien perdait l'équivalent de 2,5 millions de dollars en francs suisses pour avoir eu l'honneur de déguster, lui aussi, le café servi par le Crédit suisse. La facilité avec laquelle les escrocs s'étaient fait passer pour des cadres de l'établissement mit les dirigeants du Crédit suisse dans tous leurs états. Précisons que la banque n'était nullement impliquée dans cette affaire. En revanche, son café est vraiment hors de prix !

Au fur et à mesure que l'enquête sur les activités des frères Magharian progressait, il fut possible d'établir des liens entre eux et la Shakarchi Trading Company. En 1985, Mohamed Shakarchi avait invité un important homme d'affaires suisse, le Dr Hans Kopp, à monter avec lui une joint-venture dans le secteur des pierres et métaux précieux. Quatre ans plus tard, quand on découvrit que les Magharian avaient recyclé des fonds grâce à cette opération, Hans Kopp reçut un coup de téléphone confidentiel et affolé du ministre de la Justice helvète, qui l'avertit de la tournure que prenait l'enquête. Kopp coupa aussitôt les ponts avec Shakarchi. Le seul hic, c'est que le ministre de la Justice en question s'appelait Élisabeth Kopp et n'était autre que son épouse.

Le scandale éclata, amplifié par l'arrestation et la condamnation des frères Magharian pour blanchiment, et Mme Kopp ne tarda pas à se retrouver dans une position fort délicate. Même si aucun indice ne permettait de suggérer que son mari était impliqué dans les activités illégale menées par la Shakarchi Trading Company, elle fut contrainte de démissionner du Conseil fédéral, elle qui avait été la première femme à y être admise.

Ironie du sort, à l'époque de sa démission, le ministère de la Justice d'Élisabeth Kopp était en train de concocter deux nouvelles lois visant à endiguer le flot d'argent sale qui inondait les banques suisses.

La première de ces lois faisait du blanchiment un crime et prescrivait des peines sévères pour les infractions apparentées, comme le délit d'initié, la manipulation des marchés et la fraude fiscale. Même si elle n'englobait pas l'évasion de capitaux étrangers, la nouvelle loi reconnaissait le caractère délictueux de l'emploi de documents frauduleux pour dénier à un État étranger le droit de percevoir un impôt dû.

La seconde loi sonna le glas des 32 000 comptes à formulaire B existants. Sous la pression de divers gouvernements étrangers, américain entre autres, les Suisses décrétèrent que les agents et autres représentants devraient dorénavant révéler aux banques l'identité du véritable bénéficiaire du compte. Les avocats étaient tenus de signer une déclaration sur l'honneur certifiant que leur client respectait en tout point les lois bancaires suisses et que l'argent déposé ne provenait pas d'activités criminelles. Ces nouvelles lois abattirent de même un puissant rempart en spécifiant que tout avocat agissant pour le compte d'un tiers en tant qu'administrateur de biens ne pouvait plus refuser de donner aux autorités des informations sur cet aspect de ses relations avec son client. En d'autres termes, cette facette de l'activité des avocats n'était plus automatiquement protégée par le secret professionnel.

Selon les nouveaux statuts, toute personne désireuse d'ouvrir un compte, d'effectuer une opération fiduciaire, de louer un coffre ou de pratiquer n'importe quelle transaction en espèces d'un montant supérieur à 10 000 francs suisses (un peu plus de 41 000 francs français) doit être dûment identifiée.

En outre, la Commission bancaire fédérale a fourni aux banques toute une panoplie de règles de base. Les banquiers doivent se montrer soupçonneux en cas d'activité soudaine sur un compte resté longtemps en sommeil ; d'espèces retirées juste après avoir été déposées ; de toute transaction paraissant sortir de l'ordinaire ; et de refus, de la part d'un client, de fournir les informations demandées. Les banquiers sont aussi censés être particulièrement vigilants en ce qui concerne les comptes ouverts avec un dépôt d'espèces supérieur à 25 000 francs suisses (un peu plus de 100 000 francs français). Quant aux guichetiers, il leur incombe de poser certaines questions à toute personne cherchant à convertir en devises une importante somme en liquide.

C'est indubitable, certaines banques sont plus vigilantes que d'autres. Quelques-unes le sont même devenues à l'extrême, la méticulosité étant un trait spécifique de ce peuple plus renommé pour la qualité de son chocolat que pour son sens de l'humour. Un exemple ? Quand la Compagnie de banque et d'investissement (plus tard rebaptisée Union bancaire privée) fit construire son nouveau siège à Genève, elle demanda au conseil municipal de changer le nom de la rue qui constituerait désormais son adresse : l'ancien risquait de nuire à l'image de marque de l'établissement, estimait-on en haut lieu. Le conseil municipal accepta. Et voilà comment la place Camoletti a remplacé... la rue de la Buanderie !

En Suisse, à moins de posséder un faux passeport, il n'est plus possible aujourd'hui d'utiliser un nom trop visiblement emprunté. Et même pour ceux qui ont un faux passeport, il est plus facile et moins dangereux de sauter dans le premier train à destination de l'Autriche.

Bien qu'ayant fini par céder aux pressions internationales et par adopter en 1994 une législation antiblanchiment, les Autrichiens, comme dans la plupart des pays qui rechignent à renoncer au secret bancaire, n'ont fait que la moitié du chemin. La nouvelle loi leur permet toujours de disposer d'un *Sparbuch* — autrement dit un livret d'épargne anonyme. Pour une population de 8 millions d'âmes seulement, ces livrets sont au nombre de 20 millions.

Les banques ne se soucient guère de l'identité de leurs clients. Elles sont prêtes à ouvrir un *Sparbuch* à n'importe quel nom — lequel sera considéré comme un mot de passe —, ce qui veut dire qu'absolument n'importe qui peut se faire appeler Bill Clinton ou Popeye le Marin. Le solde de ces comptes est certes plafonné à 10 millions de schillings autrichiens (4,5 millions de francs), mais si vous souhaitez en ouvrir un au nom de chacun des Sept Nains, sans oublier Blanche-Neige, personne n'y trouvera rien à redire. Ajoutez à cela tous vos personnages de Walt Disney préférés, et vous obtiendrez des possibilités plus qu'intéressantes. Manuel Noriega, comme Imelda Marcos, avait un faible pour les banques autrichiennes. Le seul problème, c'est qu'elles n'acceptent que les schillings : on ne peut pas y déposer de devises étrangères. Aussi n'arriverez-vous pas à grand-chose si vous débarquez à Vienne avec des dollars en petites coupures plein vos valises.

En Suisse, en revanche, vous n'aurez pas ce problème.

Malgré la nouvelle législation, déposer des montagnes de billets de 20 dollars n'est toujours pas un crime. La difficulté consiste à convaincre la banque que cet argent ne provient pas d'une activité illicite.

Ce qui est moins rassurant pour vous, c'est la tendance accrue des autorités suisses, de nos jours, à prêter main-forte aux polices étrangères dans certains cas très spécifiques d'enquête criminelle.

À condition que l'État en question réussisse à prouver de manière satisfaisante à des autorités judiciaires suisses, en général exceptionnellement sceptiques, que les fonds portés sur tel compte sont le fruit d'une infraction — fraude fiscale comprise, mais évasion fiscale exclue — et qu'une procédure criminelle a été ouverte dans le pays concerné contre leur propriétaire, les Suisses sont prêts à saisir les avoirs déposés sur ce compte.

Dans le même ordre d'idées, la Suisse a été le premier pays à signer avec les États-Unis un traité visant à débusquer l'argent de la drogue. Tant que la DEA n'apporte pas d'informations précises, les Suisses ne coopèrent pas. En revanche, si l'agence antidrogue américaine est en mesure d'affirmer — et surtout de prouver de façon convaincante — que telle somme déposée sur tel compte est bel et bien issue du narcotrafic, alors ils sont prêts à intervenir.

Question controversée, c'est le moins qu'on puisse dire, le principe de la coopération avec les gouvernements étrangers est combattu avec véhémence par la plupart des banquiers helvètes ; selon eux, toute atteinte portée au secret contribue à écorner la confiance dont jouit le système bancaire suisse. En guise d'exemple, ils ont beau jeu de citer le cas Maros. En forçant les banques à révéler l'existence des comptes de Ferdinand et d'Imelda, puis en gelant leurs avoirs, le gouvernement a donné l'impression que le secret bancaire n'était plus adéquatement garanti. Le résultat ne s'est pas fait attendre : une masse considérable de capitaux a fui vers le Luxembourg, le Liechtenstein et les Caraïbes.

Les gnomes de Zurich n'ont apparemment pas convaincu grand monde en mettant cet argument en avant. Sur requête haïtienne, les autorités de Berne ont identifié et gelé les comptes privés détenus par « Bébé Doc » Duvalier. Lorsque les Américains les ont priées de jeter un coup d'œil sur les petits papiers du général Noriega, elles se sont montrées assez accommodantes pour bloquer les comptes de celui-ci. Le même phénomène s'est reproduit quand le nouveau gouvernement roumain s'est intéressé aux avoirs de Nicolae Ceaușescu, quand le gouvernement indonésien a cherché à identifier les fonds détournés par l'ex-président Soekarno, et quand les Américains ont fourni la preuve qu'une énorme quantité d'argent avait été déposée en Suisse par les cartels colombiens.

Décidément, les temps ont changé dans les banques suisses.

Quand Julio Nasser David et sa femme Sheila, clients de longue date de l'Union de banques suisses, ont été accusés par les Américains d'avoir introduit aux États-Unis 27,5 tonnes de cocaïne et 1,5 million de kilos de marijuana, l'UBS s'est trouvée dans l'obligation de geler leurs avoirs, lesquels s'élevaient à 150 millions de dollars (750 millions de francs).

Quand les Américains ont demandé aux Suisses de saisir 2,2 millions de dollars versés par les Russes à l'ex-agent de la CIA Aldrich Ames pour espionner dans son propre pays, les intéressés ont commencé par dire non. Mais les Américains ont insisté, tant et si bien que trois comptes appartenant à Ames ont été saisis.

Et quand Jürgen Schneider, richissisme propriétaire des plus grosses sociétés de promotion immobilière d'Allemagne, a été accusé de fraude, 142 millions de dollars (un peu plus de 700 millions de francs) ont été gelés sur ses comptes genevois.

Ayant reconnu qu'il était temps pour eux de jouer un rôle plus actif, les Suisses ont établi des antennes policières aux États-Unis, en Amérique du Sud, en Extrême-Orient, en Afrique centrale et dans plusieurs pays d'Europe. Dix bureaux de liaison spécialisés ont été ouverts pour contribuer à la collecte d'informations concernant les réseaux criminels internationaux. Le FBI et la DEA disposent d'ores et déjà d'agents en Suisse.

Mais encore une fois, comme tant de pays où l'argent est la première source d'argent, la Suisse a refusé d'aller jusqu'au bout de sa démarche. Quelques députés radicaux ont bien tenté d'étendre la législation sur le blanchiment aux sociétés fiduciaires, aux cabinets d'avocats d'affaires, aux casinos et à toutes les personnes juridiques habilitées à mener des transactions financières. Leur idée : obliger tout ce joli monde à signaler les clients et les dépôts suspects.

Inutile de le dire, leurs propositions ont été unanimement rejetées par toutes les parties impliquées. Le Conseil des États a également écarté trois motions visant à assouplir le secret bancaire, ce qui aurait facilité la vie des enquêteurs étrangers en mal d'informations.

— Je suis sûr, reprit le banquier, que vous comprenez maintenant pourquoi les fonds d'origine criminelle ne nous intéressent pas.

— Tout à fait, acquiesçons-nous. Mais ce n'est pas le cas de mon argent.

Le banquier est trop poli pour objecter.

— Je n'en doute pas.

Nous prenons notre expression la plus rassurante.

— Disons que je cherche à investir un certain capital discrètement. Je suis sûr que vous me comprenez. Je souhaiterais éviter au maximum, disons, les tracasseries internationales.

Pour une raison mystérieuse, il associe immédiatement ces « tracasseries internationales » à un problème fiscal.

— Si vous ne payez pas vos impôts aux États-Unis, dit-il, cela ne regarde pas le gouvernement suisse. Cependant, je suis sûr de ne pas avoir besoin de vous rappeler que certains pays, dont les États-Unis et la Grande-Bretagne, ont des lois écrites rendant illégal tout compte bancaire non déclaré... Même si, cela va sans dire, ces lois ne s'appliquent pas en Suisse.

Nous ne nous donnons pas la peine de remarquer que les « tracasseries internationales » susmentionnées pourraient aussi se présenter sous la forme d'un mandat d'arrêt émis par le FBI.

— Comment fait-on, demandé-je, pour ouvrir ce genre de compte ? Comment proposez-vous de combler le vide laissé par le formulaire B ?

— Étant donné le genre de service que vous recherchez, je crois qu'il convient de dire qu'une somme assez importante est requise.

— Que diriez-vous de... deux et demi ?

Considérant comme acquis que nous parlons de nombres à sept chiffres, il demande :

— Francs suisses ?

— Dollars, répondons-nous avec une belle assurance.

— Hmm...

Ma réponse lui plaît.

— Oui, ajoute-t-il, un montant de cet ordre suffirait sans aucun doute.

Le moment est venu d'enfoncer le clou de façon un peu moins subtile.

— Je risque d'être amené à effectuer des dépôts d'espèces.

— Ah, lâche-t-il, haussant les sourcils. Je vois.

Long silence.

— Les espèces présentent certains inconvénients.

— Oh ! Mais je suis sûr qu'ils ne sont pas insurmontables, n'est-ce pas ?

Il réfléchit un instant.

— Nous sommes tenus de faire preuve d'une grande vigilance. Naturellement, il ne s'ensuit pas que nous devions offenser tous nos nouveaux clients dans l'espoir futile d'identifier telle ou telle brebis galeuse qui, si nous refusons son argent, ira tout simplement frapper à la porte d'à côté. Mais les espèces, je suis navré de le dire, peuvent poser des problèmes. Quant aux grosses sommes en espèces, elles sont franchement indésirables.

— Je comprends. Et pourtant, la Suisse est un des premiers centres d'échange de billets de banque du monde. J'ai lu quelque part que 1,5 tonne de devises étrangères arrive chaque jour à l'aéroport de Zurich. Ce ne sont pas quelques billets de plus ou de moins qui vont changer la face des choses.

Un dépôt d'ouverture de 2,5 millions de dollars est en jeu ; le banquier n'est pas disposé à me laisser filer.

— Si seulement nous pouvions avoir l'assurance absolue que...

— J'ai compris. Si, par exemple, ces espèces provenaient de contrats d'affaires signés avec le Moyen-Orient, ou encore d'une soirée particulièrement chanceuse à une table de ce casino italien, tout près d'ici, cela rendrait peut-être les choses moins... problématiques ?

Certain qu'il se trouvera bien un de ses confrères pour accepter mon dépôt — il ignore évidemment que quatre banques m'ont éconduit —, il me fait la proposition suivante :

— Si vous nous fournissez des garanties suffisantes quant à l'origine de ces fonds, nous pourrons certainement arriver à un arrangement.

— Ces garanties peuvent-elles être données verbalement ?

Il me dévisage interminablement.

— Il se peut que nous vous réclamions des justificatifs

écrits, cela dépendra de la nature de vos déclarations. Des factures, par exemple. Ou encore des contrats, des lettres d'agrément... Les documents ont du bon. Il se peut aussi que nous menions ensuite une petite enquête de vérification. Mais laissez-moi vous assurer que tout ce qui se dit entre nous restera strictement confidentiel. Il nous arrive de poser des questions à nos clients. En revanche, dès lors que nous sommes rassurés quant à leur intégrité et à l'origine de leur argent, nous gardons les réponses pour nous.

Quoi qu'en disent les Suisses, qui aimeraient nous faire croire que ces choses-là n'existent plus, il est rassurant de constater qu'avec pour tout bagage un passeport, des réponses toutes prêtes à des questions évidentes, quelques télécopies en guise d'introduction et surtout un gros paquet de cash, n'importe qui, ou presque, peut accéder à la plus prestigieuse machine à laver du monde.

# 9

# Comme neige au soleil

*L'or n'a pas de conscience.*

Commissaire Brian Boyce,
Scotland Yard

Le samedi 26 novembre 1983, peu avant l'aube, entre six et huit truands armés faisaient irruption à l'intérieur du dépôt aux allures de forteresses de la société Brinks, situé dans la zone de commerce international, Unité 7, à moins de deux kilomètres de la piste principale de l'aéroport de Heathrow.

Avec un sang-froid impressionnant, ils neutralisèrent les gardes, leur passèrent des menottes, leur bandèrent les yeux et leur immobilisèrent les chevilles avec de l'adhésif. Ensuite, avec une cruauté macabre, ils s'ingénièrent à les terroriser — en les frappant, en menaçant de les exécuter, et surtout en leur craquant des allumettes sous le nez après les avoir aspergés d'essence.

La séance de torture ne cessa qu'après que les gardes épouvantés eurent hurlé les numéros de la combinaison qui permettait d'accéder aux chambres fortes du sous-sol.

Une heure quarante-cinq minutes plus tard, toute la bande repartit comme elle était venue. Elle emportait 6 400 barres d'or de 440 grammes, soit près de 3 tonnes de métal. Le cours de l'or sur le marché londonien ayant été fixé la veille à 258 dollars l'once, leur butin fut estimé à 26 369 778 livres sterling (317 millions de francs de l'époque).

En moins de deux semaines, Scotland Yard réussit à placer

quatre truands en détention préventive. Un an plus tard, trois d'entre eux étaient condamnés. L'un d'eux était Mickey McAvoy, trente-huit ans, professionnel connu dans le milieu sous le sobriquet de « La Brute ». Il y avait aussi Brian Robinson, quarante et un ans, criminel auquel un indéniable talent d'organisateur avait valu d'être surnommé « Le Colonel ». Tous deux en prirent pour vingt-cinq ans. Le seul point jouant en leur faveur, c'était qu'ils savaient, eux, où se trouvait l'or.

Car un an après le plus gros hold-up de l'histoire de la Grande-Bretagne, la police n'en avait toujours pas retrouvé une once.

McAvoy ne manquait pas d'amis.

Brian Perry dirigeait une compagnie de radio-taxis dans l'est de Londres. Quoique connu pour ses fréquentations plus que douteuses, il n'avait jamais commis d'entorse sérieuse à la loi.

John Lloyd évoluait lui aussi à la périphérie du monde du crime de l'Est londonien. Il vivait avec une certaine Jeannie Savage, archétype de la poule de gangster dont l'ex-mari purgeait une peine de vingt-deux ans pour vol à main armée.

C'est vers ces hommes que McAvoy se tourna. C'est à eux qu'il demanda de veiller sur sa part du butin jusqu'au jour de sa libération.

Perry et Lloyd appelèrent à la rescousse un vieux copain à eux du nom de Kenneth Noye.

Trente-six ans, râblé, à la carrure de boxeur et au nez cassé, Noye aimait se présenter comme un respectable homme d'affaires du Kent, ayant des intérêts dans le transport et dans le bâtiment. En guise d'à-côté, il donnait également dans le commerce de montres et de bijoux. Mais, à la différence de Perry et de Lloyd, Noye avait un « casier ». Il avait séjourné en prison, à de multiples reprises, pour recel d'objets volés, vol à l'étalage, voies de fait sur un agent de police, introduction en Grande-Bretagne d'une arme prohibée et violation de la législation sur le port d'armes. À l'époque du hold-up de Heathrow, mais de manière tout à fait indépendante, Noye faisait l'objet d'une enquête des douanes britanniques, qui le soupçonnaient de trafic d'or et de fraude fiscale.

Perry et Lloyd connaissaient eux aussi les talents de Noye dans ce domaine. C'était même pour cela qu'ils avaient fait appel à lui. Il y avait une telle fortune en jeu que Noye ne se fit pas prier.

L'un de ses contacts était John Palmer, un bijoutier de trente-quatre ans. Quelques années plus tôt, cet homme aux allures de playboy avait monté à Bristol un commerce de lingots d'or baptisé Scadlynn Ltd., en association avec son camarade Garth Chappell, la trentaine lui aussi, précédemment condamné pour tentative de fraude à la TVA. Vers 1984, cependant, Palmer avait laissé les rênes de l'affaire entre les mains de Chappell, afin de pouvoir se consacrer à une petite chaîne de bijouteries qu'il possédait à Bristol, à Bath et à Cardiff.

Noye pressentit très vite que l'or de la Brinks pourrait être recyclé à Bristol, par la même filière qui lui avait valu l'attention des douanes. En revanche, il trouvait trop dangereux de transporter cet or tant que chaque barre porterait son numéro de série origine. Aussi fit-il appel à Palmer, qui possédait sa propre fonderie, pour fondre l'or de McAvoy et en refaire des lingots.

L'idée consistait à envoyer ces lingots — dépourvus de numéro de série — à la Scadlynn, où ils seraient de nouveau fondus, et surtout mélangés avec du cuivre et de l'argent afin d'acquérir le statut d'alliage. De là, chaque nouvelle barre serait envoyée au bureau gouvernemental de garantie des métaux précieux de Sheffield, où elle serait pesée, taxée et dotée d'une existence légale. La Scadlynn pourrait ensuite revendre les barres à des négociants autorisés, lesquels les refondraient pour en séparer les impuretés avant de revendre l'or sur le marché de la bijouterie.

Si tout le monde se conformait strictement au plan, il serait absolument impossible de faire le rapprochement entre le métal qui servait de matière première aux bijouteries du quartier londonien de Hatton Garden et les barres d'or fin dérobées au dépôt de la Brinks.

Après avoir planifié l'opération dans les moindres détails — son expérience lui avait appris à multiplier les précautions —, Noye s'envola vers Jersey le mardi 22 mai 1984, avec en guise de bagage 50 000 livres sterling en billets de 50 livres. Sur Bath Street, à Saint-Hélier (Jersey), il fut reçu par des représentants de la Charterhouse Japhet Bank et leur fit part de son désir d'acheter onze barres d'or de un kilo. Aucun problème, répondirent les banquiers. À leurs yeux, il s'agissait d'une transaction parfaitement régulière.

Mais Noye, toujours prudent à l'extrême, insista à plusieurs reprises sur le fait que les certificats qui seraient délivrés avec l'or ne devaient pas porter le numéro de série de chaque barre. Dans le cas contraire, ajouta-t-il, il n'était pas intéressé.

Ce ne fut qu'après que les dirigeants de la banque l'eurent rassuré plusieurs fois sur ce point qu'il leur laissa ses 50 000 livres à titre d'acompte. Il repartit pour Londres et prit les dispositions nécessaires pour que le solde soit envoyé à Jersey.

Huit jours plus tard, Noye revenait à Saint-Hélier pour prendre livraison de son or et des certificats correspondants. À sa sortie de la Charterhouse Japhet Bank, il marcha cinq minutes jusqu'à New Street, entra dans une agence de la Trustee Savings Bank (TSB) et y loua un coffre de grande taille où il déposa les barres.

Cet après-midi-là, il regagna l'Angleterre muni des seuls certificats.

Si les barres qu'il venait d'acheter avaient le même poids et la même teneur en or que celles de la Brinks après refonte, ce n'était pas une simple coïncidence.

Quant au nombre de onze barres, il n'avait pas davantage été choisi au hasard, mais pour deux raisons très précises : d'abord, parce que onze kilos d'or peuvent être transportés dans un attaché-case sans effort excessif ; et ensuite, parce que leur valeur totale était proche de 100 000 livres sterling, ce qui représentait un chiffre rond.

À présent, muni des certificats attestant qu'il avait acheté onze barres d'or en toute légalité, il ne restait plus à Noye qu'à faire une série de voyages de Londres à Bristol, en transportant chaque fois le même nombre de barres refondues par Palmer. Pour lui, ces certificats n'étaient rien d'autre qu'une sorte de police d'assurance, quelque chose à montrer aux autorités au cas où on lui poserait des questions.

Mais sans s'en apercevoir, il avait commis une erreur par excès de prudence. Son insistance à exiger des certificats dépourvus de numéro de série avait suscité des soupçons chez les banquiers rencontrés lors de sa première visite à Jersey.

Après en avoir discuté entre eux, ceux-ci décidèrent, selon une pratique courante, de prévenir la police locale. Du coup, d'un bout à l'autre de sa deuxième visite, Noye fut suivi. Et avant même que son avion de retour n'ait atterri en Angleterre, les policiers de Jersey avaient averti leurs homologues anglais.

Une fois l'or fondu par Palmer et transporté jusqu'à Bristol par Noye, la Scadlynn le revendait au cours de l'alliage augmenté de la TVA, qui était alors de 15 %. L'accord était le suivant : pour sa peine, la Scadlynn empochait la plus-value représentée par une TVA qu'elle facturait sans l'avoir payée. Quant au reste de l'argent issu de la revente, il devait être déposé sur un des comptes de la société à l'agence de Bedminster de la Barclay's Bank. Quand Noye et les autres avaient besoin d'argent, la somme était retirée en liquide, entassée dans des sacs poubelles noirs et expédiée à Londres par camion. Au cours des cinq mois suivants, la Scadlynn déposa sur ses comptes, puis retira et expédia plus de 10 millions de livres à Noye, Perry et Lloyd.

Si quelqu'un à la banque de la Scadlynn eut des soupçons quant à ces impressionnantes entrées et sorties d'espèces, ce ne fut pas au point d'en parler à la police.

À l'aide d'un faux passeport au nom de Sydney Harris, Noye déposait sa part de l'argent ainsi récupéré à la Bank of Ireland de Croydon, où il avait passé un accord pour que les sommes par lui apportées soient immédiatement réexpédiées par voie de câble jusqu'au siège dublinois de l'établissement. La petite amie de McAvoy, Kathy Meacock, fréquentait la même agence et utilisait le même système de transfert automatique, mais pas les mêmes jours. C'était aussi le cas de Jeannie Savage.

Là encore, si un employé de la banque eut des soupçons, il n'alla pas jusqu'à en faire part à la police.

C'est à ce moment-là qu'entrèrent en scène d'autres personnages.

Brian Perry avait un camarade du nom de Gordon John Parry. Cet ancien détenu puissamment bâti tentait de gagner sa vie dans l'immobilier. Parfaite illustration de la manière dont l'habit fait parfois le moine, Parry ressemblait à un homme d'affaires quand il portait le « costume-cravate ». En revanche, à le voir en tenue décontractée, n'importe qui aurait pu dire que c'était un dur à cuire qui avait appris à se battre pour survivre.

Perry mit Parry dans le coup, et Parry se tourna vers Michael Relton, un avocat marron qui l'avait défendu sans grand succès quelques années plus tôt dans une affaire de trafic de drogue. Parry avait écopé de trois ans ferme.

Avec l'aide de Relton, Gordon Parry déposa 793 500 livres en espèces venues de la Scadlynn à la Bank of Ireland de Balham, au sud-ouest de Londres ; la somme fut instantanément virée vers l'agence de la même banque à Douglas, île de Man. Apparemment, Parry avait également réussi à convaincre la cousine de sa femme de lui donner un coup de main : elle aussi utilisa la banque de Balham pour envoyer près de 500 000 livres vers l'île de Man.

Au total, 1,5 million de livres devait être lavé par le biais de Balham.

Pour brouiller les pistes, Gordon Parry fit revenir une partie de cet argent de l'île de Man et le déposa sur un second compte ouvert à la Bank of Ireland de Balham. Par la suite, il retira l'argent au compte-gouttes et l'expédia à l'étranger dans une autre banque.

Et pendant tout ce temps-là, Noye continuait à livrer des barres d'or à la Scadlynn, qui les refondait, puis les revendait sous forme d'alliage et envoyait l'argent à Londres.

Début août 1984, muni d'une recommandation signée par Relton, Gordon Parry ouvrit un compte à la Hongkong and Shanghai Bank de Zurich, où il déposa 840 435 livres en espèces. Une semaine plus tard, un monsieur non identifié se présenta au siège de cette même banque à Bishopsgate, en pleine City de Londres, avec 500 000 livres entassées dans un sac de sport. Après avoir demandé le transfert de la totalité de la somme à Zurich, il repartit sans plus d'explications, laissant même son sac de sport derrière lui.

Deux semaines plus tard, du mercredi 29 au vendredi 31 août, un certain nombre de personnages familiers se retrouvèrent à Zurich : Perry, Parry, Relton, un joaillier ami de Parry nommé John Elcombe, et sa femme Ann. Naturellement, ainsi qu'ils l'affirmèrent plus tard au procès, c'était une pure coïncidence. D'ailleurs, pour prouver qu'ils n'avaient pas l'intention de se rencontrer sur place, ils mirent en avant le fait qu'ils étaient descendus dans des hôtels différents.

Hasard plus troublant encore, chacun d'eux profita de l'occasion pour ouvrir un compte à la même agence de la Hongkong and Shanghai Bank. À eux tous, ils y déposèrent 490 000 livres en espèces, élevant leur capital zurichois à près de 1 million de livres.

Et les coïncidences continuèrent de s'enchaîner.

Ce jeudi-là, le 30 août, Perry et Parry firent un saut jusqu'à Vaduz, au Liechtenstein, où l'un et l'autre ouvrirent un compte en déposant 45 000 livres à la Bank of Liechtenstein. Mieux encore, chacun cosigna le compte de l'autre. Pour une fois, au lieu de numéros, ces comptes se virent attribuer des noms. Parry appela le sien « Glad », probablement d'après le prénom de sa mère (Gladys). Quant à celui de Perry, il reçut le nom de « Como », par allusion au chanteur populaire Perry Como.

Ensuite, Parry acheta à Jersey une société clés en main appelée Selective Estates. Il ouvrit un compte à son nom à la Barclay's Bank de Guernesey et y fit transférer les fonds de l'île de Man. Puis Selective Estates vira ces mêmes fonds à la Hongkong and Shanghai Bank de Zurich, où Parry avait ouvert un second compte, appelé « Burton » en hommage à l'acteur Richard Burton, qui venait de mourir.

Le mois suivant, John Elcombe déposa 65 000 livres en liquide sur son compte zurichois, dont Gordon John Parry était cosignataire. Le même jour, Parry poussa la porte de la Bank of Liechtenstein avec une valise dont il croyait qu'elle renfermait 400 000 livres. Quand l'argent eut été compté, il eut la surprise de constater qu'elle en contenait en réalité 500 000. Un peu plus tard, le 24 septembre, Elcombe versa 435 000 livres en espèces sur son compte, puis en ajouta 640 000 le 4 décembre.

La Scadlynn s'avérait être une vache à lait fabuleuse, bien au-delà des rêves les plus fous de nos truands. À peine transformé en alliage, l'or trouvait preneur. À un moment donné, la société en vint à manipuler de telles sommes en liquide que son agence de la Barclay's Bank dut embaucher du personnel supplémentaire à seule fin de traiter ses transactions.

Tout cet argent, il est vrai, « appartenait » à Mickey McAvoy.

Mais à voir tout ce petit monde vivre grassement dessus, on aurait eu du mal à le croire.

Informés par la police de Jersey des deux visites de Noye à Saint-Hélier, les services de Scotland Yard décidèrent de garder occasionnellement l'œil sur lui. Ayant remarqué qu'il voyait fréquemment Brian Reader, criminel recherché qu'ils croyaient caché en Espagne, ils resserrèrent leur surveillance, et ce qu'ils découvrirent leur mit la puce à l'oreille. Aussi firent-ils appel à l'unité C-11 de la police de Londres, spécialisée dans les opérations de reconnaissance et de surveillance rapprochée.

Le 26 janvier 1985, un samedi en début de soirée, deux agents escaladèrent le mur d'enceinte de la maison de Noye et se préparèrent à passer la nuit dans le jardin. L'un d'eux était John Fordham, neuf ans de service à la C-11.

Autour de 18 h 25, l'un des trois *rottweilers* (chiens de garde) qui arpentaient en permanence la propriété repéra Fordham. Les deux autres arrivèrent à la rescousse et ne tardèrent pas à acculer le policier dans un coin du jardin. Sur ces entrefaites arriva Noye, peut-être accompagné de Reader. Ce qui est sûr, c'est qu'il était armé d'un couteau à lame de dix centimètres.

La police retrouva le corps de Fordham lardé de onze coups de couteau, essentiellement dans le dos. Noye fut arrêté sur-le-champ. Reader fut intercepté à quelques kilomètres de là. Les deux hommes furent inculpés de meurtre. Selon la police, Reader aurait maintenu Fordham plaqué au sol pendant que Noye le poignardait. Noye et Reader nièrent tous les deux cette version des faits. Noye invoqua la légitime défense. Quant à Reader, il ne cessa de clamer son innocence. Et dix mois plus tard, à la profonde stupeur de la police, ils furent acquittés par un jury d'Old Bailey.

En revanche, les autorités disposaient désormais de preuves suffisantes pour les impliquer dans le recyclage de l'or de la Brinks : on avait retrouvé une petite cache de lingots chez Noye. Les deux hommes furent donc inculpés d'association de malfaiteurs et de recel.

Trois jours plus tard, la police fit une descente à la Scadlynn. Palmer et son associé Chappell furent arrêtés.

John Elcombe ignorait tout du meurtre de Fordham.

Ce samedi-là, sa femme et lui avaient quitté Londres au volant de la Mercedes de Parry avec 710 000 livres sterling en coupures de 50 livres cachées dans le coffre. Ils avaient déjà fait le voyage de Zurich cette même année — le 7 janvier — pour y déposer 453 000 livres en espèces. Ils commençaient à bien connaître la route et s'imaginaient pouvoir la refaire sans problème.

Le couple Elcombe avait trouvé le moyen rêvé de gagner de l'argent facile.

Et pourtant, quelques jours plus tard, quand ils se présentèrent à la frontière des Pays-Bas avec l'Allemagne, un douanier allemand les pria de se garer sur le bas-côté et leur demanda s'ils avaient quelque chose à déclarer. Elcombe et sa femme répondirent qu'ils emportaient simplement 45 000 livres sterling — leurs économies de toute une vie — afin de les déposer en Suisse.

Le sixième sens du douanier l'avertit que quelque chose clochait. Il étudia les passeports des Elcombe, s'attarda longuement sur les papiers de la voiture, puis déclara qu'il souhaitait jeter un coup d'œil sur le coffre.

John et Ann Elcombe furent bien obligés d'obtempérer. Il ne leur restait plus qu'à prier pour que l'argent soit bien caché.

Ce n'était pas le cas.

Le douanier ouvrit le coffre, souleva machinalement le tapis de sol et découvrit les 710 000 livres. Les Elcombe tentèrent à nouveau de bluffer en se présentant comme des antiquaires basés en Belgique et en répétant que cet argent représentait leurs économies de toute une vie. Mais comme ils avaient d'ores et déjà été pris en flagrant délit de mensonge, ils furent retenus pour être interrogés.

L'argent fut retiré de la voiture, empilé sur la table d'un des bureaux du poste de douane, et compté. Pour une raison obscure, le douanier prit sur lui de noter les numéros de série de quelques billets choisis au hasard. Ensuite, il avertit son quartier général de Wiesbaden, expliqua ce qu'il avait trouvé et s'enquit de ce qu'il devait faire. À Wiesbaden, on débattit un moment de la question avant de décider de prévenir l'antenne allemande d'Interpol. Les policiers d'Interpol jugèrent à leur tour qu'il fallait informer les autorités britanniques.

Interpol Allemagne envoya donc un télex à Interpol Grande-Bretagne pour poser les trois questions suivantes : John et/ou Ann Elcombe sont-ils recherchés par vos services ? Des quantités importantes d'espèces ont-elles récemment été volées ? La Mercedes retenue à la frontière d'Aix figure-t-elle au registre des voitures volées ?

Interpol Grande-Bretagne transmit ces trois questions à Scotland Yard, dont les services se livrèrent à une rapide vérification. La réponse — négative — aux trois questions ne tarda pas à tomber. Du coup, Scotland Yard prévint Interpol Grande-Bretagne, qui prévint Interpol Allemagne, qui prévint le quartier général de Wiesbaden, qui prévint le douanier du poste-frontière d'Aix. L'argent retrouva sa place dans le coffre de la Mercedes, et les Elcombe purent repartir.

L'histoire aurait bien pu s'arrêter là, si quelqu'un à Scotland Yard n'avait pas eu l'idée de jeter un dernier coup d'œil sur les télex échangés dans cette affaire. Ce fut alors qu'il remarqua que la voiture conduite par John Elcombe appartenait à un certain Gordon John Parry. Et pour une étrange raison, le nom de Gordon John Parry lui évoquait quelque chose. Il l'avait déjà rencontré quelque part, mais n'arrivait pas à se rappeler où.

Il retourna la question dans tous les sens, jusque tard dans la soirée, et finit par s'apercevoir que ce nom était lié à l'attaque du dépôt de la Brinks à Heathrow. Immédiatement, il téléphona à la cellule chargée de l'enquête. À la mention de John Elcombe, son interlocuteur fit un bond ; sans perdre un instant, il supplia Interpol Grande-Bretagne de donner à Interpol Allemagne consigne de l'arrêter.

Mais le couple Elcombe était déjà loin.

Manifestement secoués par la chaude alerte subie à la frontière, les Elcombe prirent tout leur temps pour rejoindre Zurich. Ce n'est que le vendredi suivant, le 1er février, que John déposa 100 000 livres sur son compte et 608 000 livres sur un nouveau compte, désigné sous le numéro 720.3. La différence de 2 000 livres entre la somme sortie de Grande-Bretagne et la somme déposée en Suisse fut justifiée par les frais de l'aventure — lesquels incluaient une nuit dans la suite royale du Dolder Grand Hotel, où les Elcombe purent dignement se remettre de leurs émotions dans le lit qui avait accueilli, entre autres célébrités internationales, le Dr Henry Kissinger.

Trois jours plus tard, le lundi 4 février, quelqu'un déposa 493 970 livres sterling sur le compte « Glad » de Parry. Une semaine plus tard — conséquence directe du meurtre de Fordham et du frisson d'Aix —, John Elcombe transféra 1,6 million de livres de son compte personnel au 720.3. Peu après, Parry ferma son compte « Glad » et en vira lui aussi le contenu sur le 720.3, lequel affichait désormais un solde de plus de 2,6 millions de livres.

Comme il fallait s'y attendre, Michael Relton n'était pas moins inactif que les autres. Le vendredi 26 avril, il arriva au Liechtenstein pour ouvrir ce que l'on appelle communément un « compte Croix-Rouge ».

Officiellement désigné par les avocats et les spécialistes fiscaux sous le nom de « compte de fondation », ce type de compte est contrôlé par une organisation — généralement baptisée dans le style des œuvres humanitaires, pour suggérer que les fonds en question sont destinés à quelque grande cause — et géré par un avocat d'affaires.

En général, la charte des fondations précise que telle ou telle organisation charitable en est l'ayant droit, mais cet ayant droit n'est pas forcément l'usufruitier du compte. Personne n'est censé savoir qui est cet usufruitier, pas même la direction de la banque. La véritable identité de l'usufruitier est protégée par le double rempart du secret bancaire et du secret professionnel qui lie l'avocat à son client.

C'est précisément d'un compte de ce genre que disposait Robert Maxwell au Liechtenstein, ce qui lui a permis de prétendre que ni lui ni sa famille ne contrôlaient les fonds qui y étaient déposés et que ni lui ni sa famille ne pourraient en avoir l'usufruit à l'avenir.

Au sens le plus strict, c'était la vérité. Mais contrôler des fonds et en être l'usufruitier ultime sont deux choses distinctes. Et les comptes « Croix-Rouge », ou comptes de fondation, sont tellement blindés qu'il n'y a aucun risque à mentir sur l'identité de leur usufruitier : personne n'arrivera jamais à prouver le mensonge.

En bon avocat, Relton connaissait les ficelles des comptes de fondation ; il ouvrit le sien au nom de la Fondation Moët, en hommage à son champagne favori. Toutefois, quelqu'un fit preuve d'étourderie, soit parmi ses représentants, soit à la direction de la banque, et le compte fut enregistré au nom de la Fondation Moyet.

Quoi qu'il en soit, Relton et Parry déposèrent 3 167 409,25 livres sur le compte de la Fondation Moyet. Malheureusement pour eux, Parry venait d'acheter une propriété dans le Kent — la ferme de Gowles Barn, près de Sevenoaks —, qu'il avait réglée avec un chèque du Crédit suisse à débiter sur le compte 720.3. Or, dans sa hâte à vider le 720.3 pour en reverser le contenu sur le compte de la Fondation Moyet, il oublia de vérifier si ce chèque de 152 126 livres sterling avait été encaissé.

Ce n'était pas le cas.

Aussi, quand le Crédit suisse présenta le chèque à la Bank of Liechtenstein, il n'y avait plus d'argent sur le compte. En temps normal, la banque aurait refusé le chèque. Mais comme ses directeurs savaient où était l'argent, ils prirent la liberté de rapatrier les fonds nécessaires du compte de la Fondation Moyet au 720.3.

Sans cette bourde de Parry, la police n'aurait réussi ni à percer le secret du compte de fondation ni à établir le lien entre les fonds qu'il recelait et l'attaque du dépôt de la Brinks.

Pendant les quinze mois écoulés entre le hold-up et le meurtre de John Furdham, la bande qui s'était approprié l'or de la Brinks en avait recyclé l'essentiel. Selon les estimations des enquêteurs, ce qui en restait valait moins de 5 millions de livres. Mais ce qu'aucun membre de la bande ne savait, c'était que la police de Londres avait mis rien moins que 200 enquêteurs sur l'affaire. Au plus gros hold-up de l'histoire criminelle britannique répondait la plus impressionnante chasse à l'homme de l'histoire de la police britannique.

Sans se douter que le cercle se refermait sur eux, Gordon Parry et Michael Relton commencèrent à penser à assurer leurs vieux jours. Leur stock d'or ne durerait pas éternellement. Aussi se lancèrent-ils dans une série d'investissements lourds dans l'immobilier.

À l'ombre de Selective Estates, leur société écran, ils créèrent une filiale qu'ils appelèrent Blackheath Ltd. Ce fut au nom de Blackheath que Parry et Relton firent leurs premières armes à Cheltenham, où ils rachetèrent pour 350 000 livres un projet d'ensemble résidentiel.

Pour financer ce projet, Relton demanda à la Hongkong and Shanghai Bank de Zurich d'envoyer 300 000 dollars à la Southeast Bank de Sarasota (Floride), où il avait un compte. Aussitôt, la Southeast vira 200 000 dollars sur son compte personnel de la Midland Bank de Londres, dont le solde grimpa à 174 029 livres. Sur ce total, Relton envoya 104 000 livres à la British Bank of the Middle East, filiale londonienne de la Hongkong and Shanghai Bank, laquelle câbla à son tour 103 700 livres aux avocats des vendeurs du projet de Cheltenham. Pour finir, Blackheath « emprunta » 250 000 livres à la British Bank of the Middle East, en utilisant pour garantie les fonds toujours immobilisés sur le compte « Burton ».

Cette première affaire de Cheltenham ayant marché comme sur des roulettes, Parry et Relton décidèrent d'augmenter la dose, cette fois en ajoutant Jersey, Guernesey et l'île de Man au cycle de lavage. Au total, ils investirent 2,1 millions de livres, certains que quiconque tenterait de mettre le nez dans leurs affaires se heurterait à un mur de briques. Après tout, ils faisaient tourner leurs capitaux dans six pays. Relton savait pertinemment que, même si la police s'intéressait à leurs activités, il lui faudrait des années pour obtenir des autorités judiciaires de chacun de ces pays les autorisations nécessaires pour ouvrir la douzaine de comptes en banque impliqués — si tant est qu'elle les obtienne. À dire vrai, Relton était tellement convaincu d'être hors d'atteinte de la loi que Parry et lui décidèrent d'investir dans le quartier des docks de Londres, considéré à l'époque comme une des zones immobilières les plus prometteuses d'Europe.

Ils achetèrent plusieurs quais : New Caledonian Wharf, Upper Globe Wharf, Globe Wharf, Cyclops Wharf et Lower Kings and Queens Wharf. Pour chacune de ces acquisitions, le cycle de lavage fut fondamentalement le même. Ils empruntaient l'argent dans une banque, avec en guise de caution les fonds amassés sur d'autres comptes, puis le transféraient de banque en banque jusqu'à ce qu'il ait toutes les apparences d'un prêt régulier, garanti par l'hypothèque du terrain. Au total, ils investirent un peu plus de 5,4 millions de livres dans le quartier des docks. En revendant les terrains à l'apogée du boom immobilier, ils réussirent amplement à doubler leur mise de départ.

Toujours plus experts à ce petit jeu, Relton et Parry constituèrent une société panaméenne, la Melchester Holdings, et réussirent par son intermédiaire à revendre à Parry une boîte de nuit qu'il possédait déjà.

D'abord, ils retirèrent un peu plus de 300 000 livres du compte « Burton » et confièrent la somme à un avocat londonien engagé comme agent de la Melchester Holdings. Celui-ci déposa les fonds sur le compte client de celle-ci. Dès que tous les papiers eurent été établis, l'avocat envoya l'argent à Relton afin qu'il le dépose sur le compte de son propre client — le vendeur. Quand les papiers eurent été signés, Relton remit la somme à Parry pour boucler la vente.

Comme s'ils n'avaient pas déjà suffisamment gagné dans cette opération, la Melchester revendit peu après la boîte de nuit à un ami de Parry pour 100 000 livres, lesquelles finirent par atterrir sur le compte « Burton ».

Le mardi 7 février 1984, un homme — dont la police ignore à ce jour l'identité — pénétra dans une petite banque d'affaires de la City de Londres et, s'étant vu confirmer qu'elle représentait en tant qu'agent la Mercantile Overseas Bank de l'île de Man, il confia 304 000 livres en espèces à son directeur et lui demanda de virer la totalité de la somme au siège central de la banque, à Douglas.

La confirmation du transfert apparut dans les livres de comptes de la Mercantile Overseas le lendemain. Mais, à en croire la banque, personne ne savait ce qu'il fallait faire de cet argent, et il fut donc déposé sur un compte temporaire, réservé aux fonds dénués d'adresse qui attendent leur propriétaire. Dans l'affaire qui nous intéresse, la Mercantile Overseas ouvrit le compte temporaire « Mangrove », n° 691 343.

Le 2 mars, à la Bank of Ireland d'Ilford, un homme se faisant appeler Patrick Clarke acheta en espèces un chèque de 300 000 livres au nom de John Lloyd. Le même jour, un employé de la Mercantile Overseas Bank à Londres reçut un coup de téléphone d'un homme non identifié, lequel lui demandait d'aller chercher une enveloppe au Tower Hotel, situé sur la Tamise à proximité de la Tour de Londres. L'employé de la banque raconta plus tard à la police qu'à son entrée dans le hall de l'hôtel il avait été abordé par un parfait inconnu, qui lui avait simplement remis l'enveloppe en le priant de la faire parvenir à Douglas avant de tourner les talons.

Plus de trois semaines s'étaient écoulées depuis le premier dépôt anonyme ; rien ne permettait de suggérer que les deux opérations étaient liées, et la Mercantile Overseas avait entre-temps reçu d'autres versements tout à fait indépendants de l'affaire du dépôt de la Brinks, pour lesquels elle avait ouvert des comptes provisoires ; et malgré cela, le chèque de 300 000 livres à l'ordre de John Lloyd fut déposé — pure coïncidence, bien sûr — sur le compte temporaire « Mangrove », n° 691 343-B.

Douze jours plus tard, le mercredi 14 mars, Kenneth Noye envoyait 300 000 livres à la Mercantile Overseas, somme qui fut affectée au compte temporaire « Belleplaine » n° 690 227.

Le lundi 30 avril — quarante-sept jours après son premier versement —, Noye déposait de nouveau 300 000 livres. Simple hasard là encore, la banque crédita ces fonds sur un compte temporaire baptisé « Belleplaine » n° 690 227-B. Un peu plus tard, un autre versement de 200 000 livres effectué par Noye à la Mercantile Overseas Bank fut déposé sur le compte temporaire « Belleplaine » n° 690 227-C.

Et pendant tout ce temps-là, la banque continua d'affirmer qu'elle ne savait pas à qui appartenaient ces fonds.

Ce fut alors qu'il se produisit quelque chose d'encore plus curieux. L'argent déposé sur ces comptes, censé être à quelqu'un dont la Mercantile Overseas ignorait l'identité, fut l'objet de plusieurs transferts, apparemment effectués à l'initiative de la banque. Le mercredi 4 juillet, 104 366 livres passèrent de l'un des comptes temporaires « Belleplaine » au compte « Mangrove » n° 691 343-C. Le vendredi suivant, la banque retira 200 000 livres supplémentaires de « Belleplaine » pour les reverser au crédit du compte « Mangrove » n° 691 343-D. Dix-sept jours plus tard, un virement interbancaire de 105 000 livres atterrit à son tour sur le compte temporaire « Mangrove » n° 691 343-C2.

Encore une fois, tout cela s'était passé sans la moindre instruction de quelque client que ce fût.

Le lendemain, mardi 24 juillet, Noye déposa 200 000 livres en liquide à la Royal Bank of Canada de Londres, qui n'intervint dans cette affaire qu'au titre de représentant de la Mercantile Overseas. Il demanda que la somme soit envoyée à Douglas. Et la banque de l'île de Man s'empressa de déposer cette manne supplémentaire sur le compte temporaire « Belleplaine » n° 690 227.

Le vendredi 10 août, un homme à ce jour inconnu des services de police envoya par l'entremise de la Royal Bank of Canada 200 000 livres qui atterrirent bientôt à l'île de Man sur le compte temporaire « Mangrove » n° 691 343-E.

L'ultime virement — là encore effectué à Londres par un inconnu — s'élevait à 112 223 livres ; il engendra la création du compte temporaire « Mangrove » n° 691 343-F.

Quand la police parvint finalement à démêler l'écheveau de ces multiples transferts vers la fin 1986, il lui fut possible de remettre la main sur l'essentiel des fonds concernés. Ceux-ci, selon elle, appartenaient à Noye.

Mais 975 000 livres manquaient tout de même à l'appel.

L'explication de la banque était qu'un jour, dans le courant du mois de novembre 1986 — un mois après l'arrestation de Relton —, un homme à l'accent allemand prétendant être le « capitaine Schultz » pénétra au siège de la banque à Douglas et réclama son argent. Les employés ayant répondu qu'ils ignoraient de quoi il parlait, l'homme se fit plus persuasif et cita les dates de dépôt, ainsi que le montant des sommes versées ; il mentionna même les transferts de compte à compte opérés par la banque. Quand il eut réussi à convaincre ses interlocuteurs que l'argent déposé sur la série de comptes « Mangrove » n° 691 343 lui appartenait, ceux-ci décidèrent de suivre ses instructions et expédièrent 975 000 livres en Allemagne.

À cette époque, la police avait également arrêté Parry et Noye, gelé des avoirs dans quatre pays différents sans compter les îles Anglo-Normandes et l'île de Man, et retrouvé 1,5 million de livres sur le compte de Noye à Dublin. En revanche, elle n'avait pas découvert les 2,5 millions de livres déposés par Jeannie Savage au même endroit. Cet argent devait y rester cinq ans. Avec les intérêts, sa valeur atteignait 4,1 millions de livres quand la police réussit enfin à mettre la main dessus. Elle finit également par retrouver et saisir des comptes subsidiaires contrôlés, entre autres, par Brian Perry, Gordon John Parry, les Elcombe et John Lloyd.

Les avoirs récupérés s'élevaient à 21 millions de livres, sur un butin originel de 26 millions.

Tout avait basculé le jour où John Fordham était mort.

Un flic avait été tué.

Le préfet de police de Londres déclara qu'à partir de ce jour l'enquête sur le hold-up de la Brinks serait considérée comme une priorité absolue, et les choses s'accélérèrent. En outre, il désigna une équipe d'enquêteurs spécialement chargée de retrouver la trace des blanchisseurs internationaux impliqués dans cette affaire.

Parmi les hommes soupçonnés d'avoir participé au hold-up, il y avait un truand professionnel du nom de John Fleming ; il était en cavale en Espagne. Il avait fini par y être repéré et, avec la coopération des autorités espagnoles, des agents spéciaux britanniques le maintenaient sous surveillance. Ils s'étaient installés assez près de chez lui pour observer ses moindres mouvements. Ils avaient également mis ses lignes de téléphone sur écoute. Mais à l'époque, il n'existait pas de traité d'extradition entre l'Espagne et la Grande-Bretagne. Ils devaient donc se contenter de le tenir à l'œil en continuant éventuellement d'accumuler des éléments contre lui.

À dire vrai, Fleming aurait pu rester tranquillement là où il se trouvait, certain d'être intouchable, si la validité de son passeport n'avait pas expiré.

À cause du mandat d'arrêt émis contre lui à Londres, il n'était pas question pour lui de faire renouveler son passeport au consulat britannique le plus proche. Et sans un passeport valide, Fleming savait qu'il ne pouvait rester en Espagne. Aussi décida-t-il de s'enfuir.

Il mit le cap sur les Caraïbes — talonné par les agents britanniques — ; ayant vite compris qu'il ne pourrait pas s'y cacher, il essaya l'Amérique latine, où il n'eut guère plus de succès. Ce fut alors qu'il commit la grossière erreur d'entrer aux États-Unis.

Il fut rapidement arrêté par les Américains sur demande

britannique, et une procédure d'extradition fut ouverte. Depuis sa cellule de Floride, Fleming livra une bataille juridique de plusieurs mois. En vain. Quelques heures après le jugement rendu contre lui, il fut embarqué, menottes aux poings, dans un avion à destination de Londres.

Malgré les apparences, la chance était de son côté.

L'expiration de son passeport avait forcé Scotland Yard à une action précipitée. Avec le recul, les policiers chargés de l'enquête estiment que, si Fleming était resté en Espagne, ils auraient eu tout le temps de constituer contre lui un dossier solide. Malheureusement, il avait été arrêté, et ils durent fonder leur accusation — notamment en ce qui concernait sa participation à l'attaque du dépôt de Heathrow — sur les seuls éléments dont ils disposaient à l'époque. Ceux-ci n'étant pas assez probants pour convaincre un juge et un jury, John Fleming fut relâché.

Grâce à ses écoutes espagnoles, la police avait toutefois réussi à établir le lien entre Fleming et un homme du nom de Patrick Bernard Arthur Diamond, lequel dirigeait sur l'île de Man une agence de constitution de sociétés appelée Comprehensive Company Management (Manx). À plusieurs reprises, Fleming avait demandé à Diamond de lui envoyer de l'argent en Espagne par télex. Scotland Yard décida donc de reporter son attention sur ce Diamond et, avec la collaboration de la police de l'île de Man, le téléphone de l'agent fut mis sur écoute.

Même si aucune des autres personnes citées dans l'enquête ne paraissait être en rapport avec Diamond, l'île de Man était décidément trop petite pour que la police se bornât à voir une simple coïncidence géographique dans sa réapparition soudaine au premier plan de l'enquête. En outre, Diamond faisait preuve d'un sens de l'humour pour le moins étrange. Parmi les sociétés qu'il avait récemment constituées — directement liées au hold-up de Heathrow —, on trouvait des noms comme « G. Reedy Holdings » (qu'on pourrait *grosso modo* rendre en français par « Q. Pide Holdings » — et « Inventive Inventories, Inc. », *N.d.T.*).

Au cours de sa surveillance, Scotland Yard découvrit que Diamond était un noceur et qu'il passait presque tous ses week-ends à Londres. Du coup, les policiers décidèrent de le suivre dans ses virées londoniennes, qui se terminaient le plus souvent dans des boîtes de nuit fréquentées par la pègre.

Les noms de ses contacts étaient soigneusement notés.

Un vendredi soir, Diamond prit une chambre au Westbury Hotel de Conduit Street, dans le West End, et y retrouva un jeune Américain qui s'y était également inscrit sous le nom de Stephen Marzovilla.

Intrigués par ce nouveau personnage, des agents prirent eux aussi une chambre dans cet hôtel et décidèrent d'étendre leur surveillance à l'Américain — bien qu'une rapide vérification auprès du FBI eût échoué à leur fournir la moindre information sur ce Marzovilla. Les téléphones des deux chambres furent mis sur écoute.

Le samedi soir, quand Diamond et Marzovilla sortirent pour passer la soirée en ville, une équipe de surveillance leur emboîta le pas, tandis qu'une autre s'introduisait dans la chambre de Marzovilla.

Parmi les possessions de l'Américain, les policiers effectuèrent deux découvertes intéressantes, quoique mineures : la première était un arbre généalogique, décrivant Marzovilla comme un plombier et recensant une série d'informations sur sa femme et ses enfants (dates de naissance, etc.). L'autre pièce à conviction était dissimulée dans un compartiment secret de sa trousse de toilette : une paire de couteaux à cran d'arrêt.

Pour la police, un arbre généalogique est un indice patent de ce qu'un suspect est en train d'apprendre une nouvelle identité. Il était désormais permis de supposer que Marzovilla n'était pas le vrai nom de l'Américain.

Quant aux couteaux, il fut décidé que leur existence pourrait se révéler utile dans l'avenir.

Ce lundi-là, avant le départ de Diamond, les policiers enregistrèrent un entretien téléphonique qu'il eut avec Fleming ; les deux hommes parlèrent de la visite, prévue pour le milieu de la semaine, du « livreur de pizzas ». Comme Diamond se référait clairement à Marzovilla, les enquêteurs en déduisirent que Fleming le connaissait également.

Des agents sous couverture passèrent les cinq jours suivants à surveiller Marzovilla, ce qui leur permit d'établir deux faits significatifs : premièrement, il louait un appartement à Chelsea, et plus précisément dans Cheyne Walk, une rue huppée et très chère ; deuxièmement, il disposait de coffres dans plusieurs banques du centre de Londres.

Décision fut prise de l'arrêter.

Mais il fallait agir avec une extrême prudence. La police ne voulait pas que Marzovilla comprenne qu'elle s'intéressait à Diamond, à Fleming ou même au contenu de ses coffres. Elle ne voulait pas davantage mettre son identité en doute. Bref, les enquêteurs décidèrent d'élaborer un scénario aussi peu banal que le motif qui avait éveillé leur intérêt pour Marzovilla.

L'Américain quitta le Westbury Hotel le vendredi et prit un taxi pour rejoindre l'aéroport et s'embarquer à destination de l'Espagne. On le laissa enregistrer et se présenter à la police des frontières. Là, les agents de service — qui avaient reçu des instructions à son sujet — firent passer son bagage à main dans la machine à rayons X. À ce moment-là, il fut attiré à l'écart. Les policiers déclarèrent qu'un objet suspect était apparu sur leur écran. Il répondit qu'il ne voyait pas du tout de quoi ils voulaient parler. Son bagage fut fouillé. À l'intérieur de la trousse de toilette, les agents trouvèrent les couteaux à cran d'arrêt.

Pendant que le suspect était retenu à Heathrow pour tentative d'embarquer des armes de poing à bord d'un avion, la police de Londres obtint un mandat pour faire ouvrir ses coffres. Elle y trouva 100 000 dollars en liquide, et surtout un passeport et autres papiers — dont un permis de conduire — au nom de Craig Jacobs. Cette identité fut aussitôt télégraphiée au FBI, et la réponse tomba très vite : Craig Jacobs était un pseudonyme connu de Scott Nicholas Errico, condamné à deux reprises pour trafic de drogue. Dans l'attente du procès, il avait profité de sa mise en liberté provisoire pour prendre la poudre d'escampette.

Mais ce n'était pas tout.

Plus inquiétant, Errico était également recherché par le FBI pour un triple meurtre.

Prenant toujours soin d'éviter d'abattre leurs cartes, les policiers l'arrêtèrent officiellement pour détention d'armes prohibées dans un aéroport. Pour transférer leur prise de Heathrow au commissariat de police londonien de Cannon Row, ils l'enchaînèrent et mobilisèrent une escorte impressionnante.

À dire vrai, sa puissance de feu était telle que Marzovilla lui-même remarqua que la police en faisait beaucoup pour un simple suspect arrêté à l'aéroport avec deux couteaux de poche. À l'évidence, il ne tarda pas à soupçonner qu'il y avait anguille sous roche : lorsque le convoi arriva à Cannon Row et qu'on voulut prendre ses empreintes digitales, il refusa de coopérer. L'Américain savait parfaitement qu'il avait le droit de refuser la prise d'empreintes et que la police n'y pouvait pas grand-chose.

Pendant les deux jours qui suivirent, il s'accrocha résolument à son mensonge initial : il s'appelait Marzovilla et il était plombier.

Son obstination mit la police dans l'embarras. Celle-ci avait besoin de prouver formellement ce qu'elle savait déjà : que Marzovilla et Errico ne faisaient qu'un. La comparaison des empreintes digitales était la solution la plus simple, mais les agents ne pouvaient forcer leur suspect à donner ses empreintes sans commettre une irrégularité qui risquait d'entacher toute la procédure.

Ce fut alors qu'un policier suggéra un truc tellement éculé que ses collègues crurent un instant qu'il avait perdu la tête. Il n'y avait guère que les flics de cinéma pour employer cette ficelle dans les mauvais films, et encore, elle ne marchait pas toujours. Et pourtant, le policier insista en disant qu'il ne coûtait rien d'essayer. Non sans un certain nombre de sourires en coin, la permission qu'il demandait lui fut accordée.

Au terme d'une séance d'interrogatoire particulièrement longue, l'agent en question demanda à Marzovilla s'il voulait une tasse de café. Celui-ci accepta. Mais quelques secondes plus tard, le policier revint dans la salle et déclara en s'excusant que la cafetière ne marchait pas. Voulait-il un verre d'eau à la place ? Marzovilla opina. Il prit le verre, but et le reposa sur la table. L'agent s'en empara aussitôt.

Marzovilla lui-même fut bien obligé d'admettre qu'il avait été piégé.

Le service médico-légal ne tarda pas à tirer du verre un superbe jeu d'empreintes, ce qui permit au FBI de confirmer que Stephen Marzovilla, alias Craig Jacobs, n'était autre que Scott Nicholas Errico. Loin d'être un plombier, l'homme était un tueur professionnel.

Errico lutta contre l'extradition pendant plus de dix-huit mois, alléguant que les meurtres dont on l'accusait avaient été commis sur un bateau en dehors des eaux territoriales américaines. Mais le tribunal ne l'entendit pas de cette oreille, et il fut expédié aux États-Unis, où il devait être condamné à la prison à perpétuité.

Les affaires d'Errico aidèrent la police à établir un lien sûr entre Diamond et lui. Les deux hommes possédaient ensemble une société baptisée Castlewood Investments. La police britannique étant désormais en mesure de prouver que Diamond était en relations professionnelles avec un trafiquant de drogue avéré, les magistrats de l'île de Man l'obligèrent à ouvrir tous les dossiers de la Castlewood Investments. Ces dossiers, ainsi que les aveux de Diamond quand il fut arrêté, menèrent jusqu'à Michael Levine, avocat de Miami. Scotland Yard avertit la DEA, l'agence antidrogue américaine ; les agents de la DEA épluchèrent les comptes de Levine et découvrirent que Diamond avait contribué à blanchir 10 millions de dollars par le biais de cette filière.

Une bonne partie de l'argent confié à Diamond par Levine — lequel était en prise directe avec les cartels colombiens — était blanchie selon des méthodes classiques. Par exemple, les douanes américaines exigent que soient déclarés à l'entrée sur le territoire des États-Unis toute somme en espèces et tout effet au porteur d'un montant supérieur à 10 000 dollars. Du coup, Diamond s'envolait pour Miami avec un chèque au porteur d'une valeur de 250 000 dollars émis par une de ses nombreuses sociétés ; à la douane, il remplissait un formulaire destiné à déclarer la somme. Une fois en possession du formulaire prouvant qu'il était entré aux États-Unis avec cette somme, il détruisait le chèque. Levine pouvait alors lui remettre 250 000 dollars en espèces, et il ne restait plus à Diamond qu'à les transporter hors du pays. Au cas où on lui poserait des questions à la douane, il disposait de tous les justificatifs nécessaires.

Au fil des ans, Diamond avait créé quatre-vingt-dix sociétés pour Levine. Il acheta aussi Strangers Key, un îlot des Bahamas, pour le compte de son client de Floride. Mais quand Levine s'aperçut que cet îlot n'était pas assez long pour accueillir une piste d'atterrissage — et donc qu'il était inutilisable pour le trafic de drogue —, il s'empressa de le revendre.

Diamond fut arrêté en mars 1986 et avoua être en relations avec Fleming. Il reconnut aussi avoir blanchi un total de 19 millions de dollars pour le compte de Levine. Acculé, il accepta même de coopérer avec la DEA et de témoigner contre Levine.

Pour son rôle dans le recyclage des fonds issus du hold-up de Heathrow, Diamond tomba aux États-Unis sous le coup de la loi RICO (loi antiracket), qui permet d'infliger des amendes représentant le triple des sommes incriminées. Le butin du hold-up de Heathrow ayant été évalué à 26 millions de livres sterling, le tribunal devait requérir contre Diamond une amende de 78 millions de livres (soit un peu plus de 650 millions de francs) !

Une douzaine d'affaires apparemment sans lien les unes avec les autres ont fini par s'intégrer à l'enquête destinée à élucider le hold-up de Heathrow. Au total, vingt-neuf personnes ont défilé dans le box des accusés. Le déroulement des divers procès a cependant été perturbé par diverses tentatives de subornation de jurés et des menaces de mort. Pour juger l'une de ces affaires, il aura fallu s'y reprendre rien moins que quatre fois ; et dans les quatre cas, les membres du jury ont dû être physiquement protégés.

La plupart des membres de la bande sont en prison. Bien qu'ayant été déclaré innocent du meurtre de John Fordham, Kenneth Noye a été condamné à quatorze ans de détention pour recel. Parry a écopé de dix ans, Perry de neuf, Relton de douze et Jeannie Savage de cinq ans. John Lloyd attendait toujours d'être jugé au début de 1994, soit plus de dix ans après les faits. Les Elcombe ont été acquittés. Le mystérieux « capitaine Schultz » court toujours, même s'il a été localisé et est actuellement surveillé. On a retrouvé en Allemagne la trace de l'argent qu'il a fait transférer de l'île de Man — la somme aurait transité dans une banque de Kiel, puis dans une autre à Hambourg, avant d'être rapatriée vers une agence de la National Westminster Bank de l'Est londonien.

Relton est sorti de prison, et Noye est sur le point d'achever sa peine. Quelques-uns des acteurs mineurs de cette affaire sont libres eux aussi.

En revanche, Mickey McAvoy et Brian Robinson risquent de passer encore un bon moment à l'ombre. Leur sortie est prévue pour 2011, bien qu'il existe une possibilité qu'ils soient libérés sur parole à partir de 2004.

En attendant, leur magot s'est volatilisé.

Depuis leur prison, les deux auteurs du plus gros braquage de l'histoire criminelle britannique n'ont rien pu faire en voyant une poignée d'escrocs à la petite semaine dilapider leur fabuleux butin.

Gageons qu'ils en ont gros sur la patate.

Et la police est certaine qu'à leur libération ils iront demander des comptes aux blanchisseurs qui les ont doublés.

Nous sommes tentés d'adjoindre à cette histoire un curieux post-scriptum.

Au terme de son enquête sur cette affaire, la DEA a réussi à saisir 380 millions de dollars en avoirs issus du trafic de drogue. À titre de remerciement, le gouvernement américain a proposé à la police de Londres un chèque équivalant à la moitié de cette somme.

Ce procédé, baptisé « partage des saisies », a été mis au point par les Américains pour encourager la coopération internationale en matière de répression du narcotrafic. Certes, l'argent n'est pas remis sans condition. Il peut être affecté tant à l'achat de matériel ou d'armes qu'au financement de stages de formation ou d'opérations spéciales, mais il doit contribuer d'une manière ou d'une autre à la lutte contre le trafic de stupéfiants.

C'est sur ce point que les Britanniques ont tiqué. « Les agents de la police de Londres ne sont pas des chasseurs de prime », aurait déclaré un officiel de haut rang. La réponse de l'administration a fini par tomber comme un couperet : l'argent serait remis au Trésor.

Pas question, ont répondu les Américains. Cet argent est destiné à la police et doit être investi dans la lutte contre le trafic.

Plusieurs réunions se sont succédé au ministère de l'Intérieur dans un climat de fièvre. Les Américains ont insisté, répétant aux Britanniques qu'ils pourraient faire ce qu'ils voulaient de l'argent du moment qu'ils l'employaient dans le cadre de la guerre contre les narcotrafiquants, seul objectif du « partage des saisies ».

Après des mois de palabres, le gouvernement britannique a finalement déclaré qu'il ne pouvait accepter un don assorti de telles conditions.

Les Américains ont quitté la table des négociations et sont repartis avec leur chèque de 190 millions de dollars.

# 10

# Coke Connection

*Il n'a pas l'air tellement dangereux.*
*On ne le voit jamais sourire !*

Propos murmurés dans le dos de
Pablo ESCOBAR

Le lien qui unit les drogues et l'argent est absolu.

Il est incontestable que l'essentiel de l'argent noir qui circule autour du monde provient du commerce des drogues illicites. Ce qui est tout aussi certain, c'est que la réussite spectaculaire des trafiquants internationaux — et en particulier des marchands d'héroïne, de cocaïne et de crack — est directement proportionnelle à leur capacité de blanchir leurs profits.

Comme pour n'importe quelle autre entreprise, un certain pourcentage de leur chiffre d'affaires est consacré à financer les coûts de production et de distribution. Mais dans le cas de la drogue, ce pourcentage est négligeable : le narcotrafic en gros offre partout des marges qui vont de 500 % à 1 000 %. Cela permet aux trafiquants de s'approprier des sommes fabuleuses qu'ils peuvent ensuite réinjecter dans des circuits légaux afin de financer l'expansion de leurs activités criminelles.

Disposant d'une force et d'un potentiel de développement supérieurs à ceux de n'importe quel secteur de l'économie légale, l'industrie de la drogue est une lame de fond capable de submerger les économies fragiles. Dans certaines petites villes comme Atoka (Oklahoma) ou Roma (Texas), les prix de l'immobilier ont connu une ascension fulgurante quand sont arrivés des Mexicains riches en espèces et avides d'investir. Ce phénomène aura littéralement brisé l'échine de l'économie locale. Dans des pays pauvres comme la Bolivie, le Pérou, l'Équateur et la Colombie, l'argent de la drogue est un véritable cancer : il corrompt tant le système politique que la machine judiciaire.

Certaines personnes soutiennent que la narco-économie est tellement puissante que les trafiquants formeraient aujourd'hui le groupe de pression le plus influent au monde. Les sommes qu'ils génèrent et contrôlent atteindraient de tels montants que la survie économique de dizaines de pays du tiers-monde serait menacée si on leur fermait le robinet de l'argent de la drogue. La fabuleuse masse de dollars rapportée à la Colombie par l'industrie de la cocaïne explique à elle seule le fait que le peso local soit l'une des monnaies les plus stables des Amériques.

Pour ces pays, la narco-économie est devenue une forme d'aide américaine officieuse. S'il existait un moyen d'interrompre définitivement l'afflux de dollars issus du trafic, la seule solution pour maintenir à flot la Colombie, la Bolivie, l'Équateur et le Pérou consisterait à assurer la continuité de l'importation massive de devises sous forme de dons purs et simples. Même la survie économique d'une nation comme le Venezuela, pourtant producteur de pétrole, ne serait pas garantie.

À la suite du sommet de Cartagena, tenu au début de 1990, le gouvernement américain offrit de verser 1,5 milliard de dollars sur cinq ans à un groupe de pays formé de la Colombie, de la Bolivie et du Pérou dans le cadre d'un programme de plantations de substitution. Les trois pays rejetèrent cette proposition, jugée inadéquate. Le gouvernement bolivien répondit qu'il aurait besoin à lui seul de la moitié de cet argent pour obtenir des résultats dignes de ce nom. Quant aux Péruviens, ils déclarèrent qu'il leur fallait largement plus de 1 milliard de dollars, et que même si on leur allouait la totalité de la somme offerte, ils ne pouvaient rien promettre.

Et même s'ils avaient accepté, même si l'Amérique était passée à la caisse et si la Bolivie et le Pérou avaient détruit toutes les plantations de coca et tous les réseaux de trafic implantés sur leurs territoires, l'impact sur le marché mondial aurait été négligeable. Instantanément, une douzaine de nations productrices auraient suppléé à la demande.

Les sommes en jeu dépassent de loin ce que nous avons coutume d'imaginer. Il y a quelques années, le défunt patron du cartel de Medellin, Pablo Escobar, dut ainsi passer aux profits et pertes 40 millions de dollars en espèces qui avaient fini par pourrir dans un sous-sol californien. Il n'avait pas réussi à les réinjecter assez vite dans un cycle de blanchiment. Ses machines à laver, qui tournaient déjà à plein régime, étaient au bord de la surchauffe.

Lorsqu'il fut arrêté pour la première fois et que le bruit se répandit qu'il allait être extradé vers les États-Unis, Escobar offrit de rembourser personnellement la dette extérieure de la Colombie en échange de sa liberté.

Les politiques visant à endiguer, voire simplement à freiner, l'expansion internationale du trafic de stupéfiants ont toutes lamentablement échoué.

En 1992-1993, les douanes américaines, dans une opération combinée avec la Coast Guard et avec l'appui logistique de l'US Navy — des croiseurs puissamment armés patrouillaient constamment dans les eaux du golfe du Mexique et des Caraïbes afin de permettre une détection précoce des avions et bateaux suspects d'importer de la drogue —, ont dépensé 1,1 milliard de dollars pour combattre le trafic. Le résultat, selon un rapport confidentiel du Conseil de sécurité nationale, fut un échec retentissant. À la lecture de ce rapport, le procureur général Janet Reno fut bien obligée de déclarer : « La prohibition générale s'est avérée fort coûteuse et ne fonctionne pas. Depuis mon entrée en fonctions, je n'ai rien vu qui permette d'affirmer que cet effort sert à quelque chose. »

Avec plus de drogues dans les rues qu'il n'y en a jamais eu, il n'est pas étonnant que les policiers aient le sentiment de livrer une bataille perdue d'avance. Allez donc convaincre un gosse noir ou hispanique de Harlem de fréquenter l'école pour apprendre un métier qui lui permettra peut-être de gagner 10 dollars l'heure, alors que depuis deux ans il s'en met 1 000 par jour dans les poches en fourguant du crack à ses petits camarades !

Les racines du problème ramènent tout droit à l'économie du tiers-monde. Il y a plus d'argent à gagner dans la culture du pavot ou de la feuille de coca que dans celle de l'orange, du coton, de la banane ou du café.

La canne à sucre, par exemple, est récoltée, raffinée, emballée, transportée, distribuée et finalement vendue au détail dans les supermarchés au prix de 1 ou 1,5 dollar le kilo. L'héroïne subit un processus semblable — récolte, raffinage, emballage, transport, distribution et vente au détail, à ceci près qu'il n'y a pas de frais de fonctionnement de supermarché à inclure dans le prix. Or le prix du kilo d'héroïne en gros peut atteindre 30 000 à 35 000 dollars. Qui donc, ayant le choix, voudrait se lancer dans l'industrie sucrière ?

En outre, les narcodollars sont exogènes — c'est-à-dire qu'ils viennent de l'extérieur pour rééquilibrer la balance commerciale des pays producteurs, ce qui permet de renflouer les réserves en devises de ceux-ci et d'améliorer à court terme le niveau de vie de la population.

Le tiers-monde est plein de gens qui ne voient pas pourquoi il serait de leur intérêt de mettre un terme au narcotrafic ; quant à l'Occident industrialisé, il est peuplé de bien-pensants qui n'ont pas la moindre idée de ce qu'est la vie dans le reste du monde.

Il y a quelques années, une poignée d'âmes charitables a tenté de promouvoir une culture de substitution le long de la frontière afghane, là où les plantations de pavot sont les plus abondantes. Ces missionnaires occidentaux auraient voulu que les paysans locaux se mettent à planter des orchidées. Non seulement les Afghans s'opposèrent à cette idée pour des raisons économiques fondamentales, mais nos missionnaires ne s'étaient pas aperçus que, de toute façon, les orchidées n'avaient aucune chance de pousser dans cette région.

Et quand bien même les orchidées pousseraient sur la lune, un paysan n'a pas besoin d'être diplômé de la London School of Economics pour savoir qu'en plantant du pavot pour répondre à une demande en pleine expansion il a toutes les chances de nourrir sa famille, tandis que s'il s'obstine à approvisionner en sorgho, en sucre ou en tabac un marché en déclin, ses enfants auront faim.

Les cours du marché officiel des *commodities* n'ont cessé de s'effondrer depuis deux décennies, dans le même temps que la dette extérieure du tiers-monde explosait. Peut-être aurait-il été possible de préconiser sans se couvrir de ridicule des programmes conçus pour remplacer les plantations de pavot ou d'arbre à coca par du maïs, de la luzerne ou des tomates — du temps où les marchés du maïs, de la luzerne et de la tomate étaient florissants. Mais cette époque est révolue. Prêcher un paysan bolivien — ou son homologue colombien, péruvien, thaïlandais ou cambodgien — en vantant les joies de la vie simple que procure la culture de la betterave constitue un exercice d'une parfaite futilité. Autant essayer de convaincre un gosse des rues new-yorkais des vertus du CAP de plombier.

Selon une source de Washington, la crise actuelle aurait pour origine une politique de prêts bancaires trop agressive menée par les Américains et les Européens auprès des pays en voie de développement dans les années soixante-dix et quatre-vingt. Les défauts de paiement qui s'ensuivirent auraient fait dérailler la totalité du système financier occidental. L'industrie de la cocaïne étant le premier employeur en Bolivie, en Colombie et au Pérou, on comprendra sans peine comment les bénéfices nés du trafic finissent par revenir à l'Ouest sous forme de remboursements latino-américains.

Ces fonds — dûment blanchis — ont aussi permis de commencer à remettre à flot les liquidités des banques occidentales.

Ironie du sort, l'argent de la drogue né dans les vallées du Pérou finit bien souvent par atterrir, après être passé par les mains les plus diverses, dans les coffres des grandes institutions financières de l'Ouest.

La production de feuille de coca dans des pays comme le Pérou ayant été multipliée par sept ou huit au cours des cinq dernières années, les avoirs issus du trafic — du moins ceux qui ont trouvé refuge dans les pays affiliés à la Banque des règlements internationaux — sont passés dans le même temps de 350 à 500 milliards de dollars.

On estime que la moitié environ de cette somme appartient aux grands cartels. Un rapport de 1990 destiné aux dirigeants des sept pays les plus industrialisés soulignait le fait qu'entre 50 % et 70 % des bénéfices générés par le narcotrafic sont blanchis par le biais du système bancaire occidental. Il a été calculé qu'à eux seuls les trafiquants opérant aux États-Unis et en Europe recyclent plus de 100 milliards de dollars par an (somme supérieure au PNB de 90 % des pays actuellement représentés aux Nations unies).

Naturellement, ces estimations officielles sont à prendre avec des pincettes : il est de mise pour les services gouvernementaux du monde entier d'exagérer les menaces qu'ils sont censés combattre afin de pouvoir ensuite réclamer, en tout bien tout honneur, des rallonges budgétaires. Mais il n'en est pas moins certain que les profits issus de la drogue continuent d'augmenter, au point que deux constats ont fini par s'imposer de façon indéniable.

En premier lieu — et lamentablement —, la drogue mobilise aujourd'hui plus d'argent dans le monde que l'alimentation.

En second lieu, des tests chimiques menés aux États-Unis de façon aléatoire ont révélé que la quasi-totalité des coupures en circulation portent des traces microscopiques de cocaïne. En d'autres termes, presque tous les billets verts ont un jour ou l'autre servi à acheter de la drogue.

Les drogues en général, et la cocaïne en particulier, sont devenues l'épine dorsale économique de plusieurs pays latino-américains.

On se réfère souvent aux cartels de Medellin et de Cali comme étant les seules véritables multinationales de la région. Mais encore une fois, nous parlons d'un secteur d'activités où les marges sont fabuleuses. Environ 20 % environ du prix de gros de la marchandise vendue en Occident suffisent à couvrir tous les frais (culture, pots-de-vin, coût du transport, chargements perdus, volés ou saisis). Les 80 % restants sont pour profit.

Si l'on admet l'estimation du gouvernement américain selon laquelle la quantité de cocaïne qui pénètre chaque année sur le seul territoire des États-Unis représenterait 200 milliards de dollars (l'équivalent approximatif d'un tiers des importations américaines totales), on peut en déduire que le profit global des barons du trafic tourne autour de 160 milliards de dollars par an. Ce chiffre les place d'emblée au sommet de la liste des personnages les plus riches du monde. D'ailleurs, dans les cinq premières fortunes mondiales, on compte au moins trois narcotrafiquants colombiens, uniquement surpassés en opulence par le sultan de Brunei et le roi Fahd d'Arabie Saoudite. Leurs principaux lieutenants, dit-on, sont plus riches que la reine d'Angleterre.

Une très petite partie de la cocaïne mondiale provient de plantations colombiennes : 10 % seulement. En réalité, les cartels se procurent l'essentiel de leur matière première au Pérou et en Bolivie. Puis ils achètent les produits chimiques nécessaires à la transformation en Allemagne, au Brésil et, de façon plus étonnante, aux États-Unis. Un dixième environ de la population active colombienne étant lié de près ou de loin au narcotrafic, Pablo Escobar Gaviria — fondateur du cartel de Medellin — a été un temps le plus gros employeur du pays.

La ville de Medellin, capitale de la province d'Antioquia, est située à 250 kilomètres au nord-ouest de Bogota. Fondée en 1675, elle s'étend au fond d'une vallée à près de 1 500 mètres d'altitude. C'est la deuxième ville du pays (1,6 million d'habitants) et son premier centre industriel. Les entreprises locales produisent essentiellement de l'acier, des textiles, du caoutchouc, du matériel électrique et du tabac.

Pendant une bonne partie des années quatre-vingt et jusqu'aux premiers temps de l'actuelle décennie, Medellin a été la ville la plus dangereuse du monde occidental. À l'époque, et parfois aujourd'hui encore, la plupart des crimes ne faisaient l'objet d'aucune enquête, la police étant soumise à des intimidations constantes. Même la DEA devait finir par fermer son antenne en ville pour raisons de sécurité. L'agence antidrogue américaine tenait à garder ses fonctionnaires en vie.

Escobar était un homme rondelet, d'un mètre soixante-huit, aux cheveux noirs et bouclés. Il arborait à l'occasion une fine moustache noire. D'allure inoffensive, ce tueur implacable avait mis des années à se construire une image de Robin des Bois. Il prétendait avoir grandi dans une profonde misère. C'était faux. Né à Rionegro en décembre 1949, il fut élevé à Envigado, banlieue populaire de Medellin. Son père était un petit fermier, sa mère institutrice.

En guise d'initiation à la carrière de truand, Escobar fut embauché comme apprenti dès sa sortie de l'école chez un trafiquant mineur, lequel revendait des petits appareils électroniques volés dans les entrepôts qui bordent le canal de

Panama. Il ne tarda pas à progresser dans la hiérarchie du crime, mais ce ne fut qu'au début des années soixante-dix qu'il réalisa son premier gros « coup » en orchestrant l'enlèvement d'un industriel local. Ensuite, il se lança dans le commerce de la drogue.

Arrêté et condamné en septembre 1974 pour avoir trafiqué 39 kilos de cocaïne, il graissa suffisamment de pattes pour être relaxé au bout de trois mois ; les poursuites à son encontre furent même abandonnées peu après. Au cours des cinq années suivantes, il fut plusieurs fois arrêté pour trafic — et chaque fois libéré.

Dans un premier temps, les preuves accumulées contre lui firent montre d'une fâcheuse tendance à disparaître.

Puis ce fut au tour des témoins, des policiers et des juges.

À peine Carlos Mauro Hoyos, le procureur général colombien, se fut-il prononcé pour la première fois en faveur de l'idée d'extrader les narcotrafiquants vers les États-Unis, qu'il était mitraillé en plein centre de Medellin par les occupants de trois voitures appartenant aux troupes de choc de Pablo Escobar. En 1989, ce même Escobar commanditait la pose d'une bombe à bord d'un avion de ligne de l'Avianca. L'explosion devait faire 107 morts. Il fut également impliqué dans les meurtres d'un membre de la Cour suprême et de plus de vingt autres juges. Il orchestra une campagne d'attentats contre les représentants du gouvernement et les bandes rivales de Medellin : les quelque 300 bombes qu'il fit poser tuèrent à peu près autant de personnes. Au début de 1993, déchaînés, ses sbires abattirent 178 policiers locaux. Au total, Pablo Escobar est directement responsable de plusieurs milliers d'assassinats.

Sa fulgurante ascension dans le monde du trafic s'était faite avec la complicité d'un vieil ami et celle d'une nouvelle accointance.

Jorge Luis Ochoa Vasquez était un ami d'enfance de Pablo Escobar.

Avec ses frères Juan et Fabio, Ochoa avait ouvert une voie de trafic pionnière en direction des États-Unis, avec en guise de couverture une société d'import-export de Miami du nom de Sea-8 Trading. Envoyé sur place pour prendre la tête d'un petit réseau de distribution de cocaïne fondé par son oncle, Ochoa importait aux États-Unis environ 100 kilos de poudre par semaine dès 1978. Mais les agents de la DEA finirent par le repérer et lui tendirent un piège afin de pouvoir l'arrêter en flagrant délit. Ochoa leur échappa de justesse et se dépêcha de regagner la Colombie. Son frère cadet Fabio fut chargé de prendre la relève à Miami.

De retour à Medellin, Jorge dévoila ses ambitions personnelles. Il fit assassiner son oncle et prit sa place à la tête des affaires familiales. Pour Escobar, l'association avec le clan Ochoa était un moyen naturel d'étendre ses activités — rappelons qu'à l'époque Escobar comme Ochoa étaient encore des trafiquants relativement mineurs.

Quant à la nouvelle accointance de « Pablito », elle avait nom Carlos Enrique Lehder Rivas.

Né dans la province de Quinido, à 290 kilomètres au sud de Medellin — il avait le même âge qu'Escobar et Ochoa —, Carlos Lehder avait suivi sa mère aux États-Unis à l'âge de quinze ans. Dix ans plus tard, il croupissait dans un pénitencier fédéral pour avoir commercialisé 100 kilos de marijuana. Son compagnon de cellule était un trafiquant chevronné du Massachusetts nommé George Jung. De sept ans l'aîné de Lehder, Jung lui enseigna toutes les ficelles du trafic de marijuana. Quand Lehder apprit que Jung avait fait entrer des tonnes d'herbe aux États-Unis en passant par le Mexique, une question s'imposa naturellement à son esprit : pourquoi se donner tant de mal à trafiquer de la marijuana, si la cocaïne est plus facile à passer et permet de réaliser des bénéfices bien supérieurs ?

En 1976, Lehder fut libéré et expulsé vers la Colombie. Il s'installa à Medellin, ouvrit une concession automobile et reprit contact avec Jung, qui venait lui aussi d'être mis en liberté conditionnelle. Celui-ci n'étant pas autorisé à demander un passeport, il envoya son collègue et ami Frank Shea à Medellin. Cette visite déboucha sur l'accord suivant : Lehder fournirait de la cocaïne à Jung et à Shea, lesquels la distribueraient ensuite par le biais de l'ancien réseau de vente de marijuana de Jung.

Lehder se tourna vers Escobar et vers Ochoa pour obtenir la poudre : le cartel de Medellin était né.

Aux yeux d'Escobar, le meilleur moyen de conquérir les juteux marchés d'Amérique du Nord et d'Europe consistait à les bombarder de drogue. Dans cette optique, il était prêt à accepter la perte d'un certain pourcentage de ses chargements. Il avait la certitude que l'essentiel passerait sans encombre. Et comme il se réservait la part du lion, Escobar était sûr de gagner à tous les coups.

Pour conforter sa position, il se construisit une image. Il ouvrit au public les portes de son ranch de Puerto Triunfo, sur le Rio Magdalena, l'invitant à admirer le « Zoo de Pablo » — un couple de girafes, quelques chameaux et un kangourou. Le portail de la propriété était surmonté par la carcasse d'un avion léger qui, selon Escobar, était celui-là-même qu'il avait utilisé pour faire entrer son premier chargement de coke aux États-Unis.

Sillonnant la région dans une voiture ayant appartenu à Al Capone, il se disait investi d'une mission de bienfaisance et mêlait allégrement trafic et populisme politique. Sur chaque chargement de cocaïne arrivé à bon port, Escobar prélevait le produit de la vente de deux kilos pour nourrir, habiller et loger les pauvres de Medellin. Il finança des équipes de football locales et fit construire des centaines de logements. En 1982, les électeurs de Medellin l'élevèrent à la dignité de député suppléant de la Chambre des représentants de Colombie.

Jorge Ochoa s'enfuit à Madrid en juin 1984, après avoir été accusé de l'assassinat du ministre de la Justice. Sous un faux nom, il s'installa avec sa famille dans une somptueuse villa de la banlieue madrilène. Les fonds qu'il avait blanchis en Europe lui permettaient de mener grand train. Il s'offrit une flotte de véhicules et des terrains à bâtir. Mais cinq mois après son arrivée, la police espagnole l'arrêta.

Un mandat d'arrêt pour trafic de drogue ayant été émis à son encontre aux États-Unis, ce pays demanda officiellement son extradition. Pendant les vingt mois suivants, Ochoa se défendit bec et ongles. Il avait les moyens de recruter les meilleurs avocats de Madrid. Quand ils eurent compris que les choses risquaient de traîner en longueur, les Américains de la DEA lui proposèrent un marché secret. Ainsi qu'ils l'expliquèrent aux avocats d'Ochoa, ils souhaitaient le voir témoigner de ce que le gouvernement sandiniste du Nicaragua soutenait le narcotrafic. Si Ochoa acceptait, promirent les agents de la

DEA, la demande d'extradition américaine serait rejetée par le ministère des Affaires étrangères espagnol.

Le trafiquant répondit qu'il ignorait tout de la filière nicaraguayenne. Bien sûr, il mentait. Les Américains le savaient mieux que personne, car ils détenaient la preuve qu'Ochoa avait personnellement négocié avec un officier sandiniste de haut rang la construction d'un laboratoire de cocaïne au Nicaragua. Voyant qu'il refusait de jouer le jeu, ils réitérèrent leur demande d'extradition. Mais la justice espagnole, ayant appris la teneur de l'offre secrète de la DEA, finit par trancher en faveur d'Ochoa. Selon elle, les Américains ne s'intéressaient au trafiquant que pour des raisons politiques — afin de discréditer les sandinistes. La requête fut rejetée. En juillet 1986, Ochoa fut expulsé vers la Colombie, où il passa six semaines en prison.

L'extradition vers les États-Unis étant sans doute la seule chose que redoutaient ceux qui s'étaient eux-mêmes baptisés *los extraditables*, les amis d'Ochoa au sein du cartel menacèrent d'éliminer les autorités politiques une par une s'il était livré aux Américains. Refusant apparemment de céder à l'intimidation, le gouvernement s'engagea à condamner Ochoa. Mais peu après, il fut libéré « par erreur ».

Après cinq ans de cavale, Ochoa fut de nouveau capturé en 1991. Cette fois, il était fatigué de courir. Dans l'attente de son procès, il se vit proposer un marché par les autorités colombiennes et accepta de négocier une peine de neuf ans de prison. Il consentit également à restituer une partie de ses biens et à payer une amende de 9 500 dollars — probablement bien moins que les intérêts que lui rapportent ses fonds blanchis en une seule journée.

Carlos Lehder devait avoir moins de chance.

L'homme qui avait prophétiquement décrit la cocaïne comme « la bombe atomique du tiers-monde » fut capturé en 1987 au terme d'une attaque menée par les troupes colombiennes contre sa villa-forteresse construite en pleine jungle. Presque instantanément, il fut extradé vers les États-Unis.

Son procès en Floride fut présenté comme l'un des plus importants de l'histoire criminelle américaine. Dépeint par la grande presse comme l'incarnation du narcoterrorisme, il fut surnommé *el loquito Carlos* (« Carlos le fou »). Les médias épluchèrent par le menu chaque facette de sa vie, réelle et imaginaire. On insista beaucoup sur le fait qu'il avait naguère fondé son propre parti politique — le Mouvement national latin, de tendance antisémite et néonazie —, lequel avait obtenu quelques succès mineurs en Colombie lors d'élections locales. Tout comme Escobar, Lehder avait fait construire des logements pour les pauvres.

Selon l'accusation, Lehder avait acheté en 1978 le minuscule îlot de Norman's Cay dans les Bahamas ; après avoir reconstruit la piste d'aviation, il en avait fait une escale sur la route qui menait la cocaïne colombienne vers les États-Unis. Son ex-pilote reconnut qu'il avait l'habitude d'atterrir avec la drogue sur l'aéroport de Fort Lauderdale. La poudre y était déchargée sans intervention des douanes américaines et remplacée par des valises pleines de billets — là encore, personne ne jugeait utile de poser des questions. Ensuite, l'appareil redécollait vers Norman's Cay pour aller chercher le chargement suivant. Un autre témoin raconta comment Fidel Castro aurait présenté Lehder à Robert Vesco, et comment ce dernier aurait enseigné au Colombien l'art et la manière de blanchir l'argent noir.

Les avocats de Lehder s'efforcèrent de faire croire au jury que leur client, âgé de trente-neuf ans et cocaïnomane — il possédait un yacht et 19 voitures, se vantait de disposer d'un inépuisable stock de femmes et conservait dans sa discothèque privée une statue nue et casquée de John Lennon —, était un grand incompris. Selon eux, Lehder était un homme d'affaires respectable ; après avoir un temps envisagé de fonder une station balnéaire sur Norman's Cay, il avait reculé en s'apercevant que la région grouillait de trafiquants de drogue.

Lehder fut condamné à la prison à vie, avec une peine complémentaire de cent trente-cinq ans.

Puis vint la reddition d'Escobar.

Le gouvernement souhaitait tellement lui mettre la main dessus qu'il était prêt à accepter tous ses caprices. Au début de l'été 1991, Pablo Escobar annonça qu'il acceptait d'être mis en détention préventive dans l'attente de son procès pour meurtre et trafic de drogue, mais à deux conditions seulement : d'abord, il lui fallait la garantie qu'il ne serait pas extradé vers les États-Unis ; ensuite, il exigeait d'être enfermé dans une prison conçue spécialement pour lui.

Le gouvernement accepta.

La demande d'extradition des Américains fut rejetée, et la prison d'Envigado fut construite selon les consignes d'Escobar sur une hauteur qui domine Medellin. Dessinée à la façon d'une *hacienda,* elle disposait d'une piscine, d'un court de tennis et d'un sauna. Pour obéir aux vœux de son exigeant locataire, elle fut dûment équipée en lignes de téléphones et en télécopieurs. « Pablito » fut même autorisé à y inviter son propre chirurgien plastique pour se faire un lifting.

Ce n'était pas la prison qui allait empêcher Escobar de mener ses petites affaires.

Son séjour dans ce bastion avec cinquante de ses hommes — armés — devait coûter au gouvernement colombien la bagatelle de 500 000 dollars par an, notamment en raison de mesures de sécurité exceptionnelles, prises autant pour empêcher un éventuel assassin d'entrer à Envigado que pour empêcher Escobar d'en sortir.

Un an plus tard, comme son procès allait s'ouvrir, on lui annonça qu'il devait être transféré dans une cellule ordinaire. Il refusa. Des négociateurs vinrent le trouver, qui furent pris en otages. L'armée décida d'investir les lieux et, dans la confusion ambiante, Escobar parvint à s'enfuir. 15 000 logements furent fouillés de fond en comble au cours d'une intense chasse à l'homme militaro-policière, sans le moindre résultat. Le Département d'État américain voyait dans le parrain de Medellin un personnage si dangereux que sa tête fut mise à prix pour 2 millions de dollars. Ajoutée aux 1,4 million d'ores et déjà promis par le gouvernement colombien, cette prime faisait de Pablo Escobar l'homme le plus recherché du monde.

Après dix-sept mois de cache-cache, Pablo Escobar mourut comme il avait vécu ses vingt dernières années — violemment.

Le 2 décembre 1993, le lendemain de son quarante-quatrième anniversaire, le Bloque de Bosqueda (« unité de recherche » d'élite de la police de sécurité colombienne, formée aux bons soins de la CIA et financée par la DEA) le localisa dans une banlieue résidentielle de Medellin. Il était en train de parler au téléphone avec son fils de seize ans. La police investit les lieux et ne fit pas de quartier. Pablo Escobar tomba en quelques secondes sous une pluie de balles.

Son orgueil était si grand qu'il aurait sans doute aimé qu'on se souvienne de lui comme de l'homme qui avait un jour contrôlé 80 % de toute la cocaïne vendue aux États-Unis. Il rayonnait lorsqu'il découvrait son nom dans la liste des hommes les plus riches du monde publiée par les magazines *Forbes* et *Fortune*.

Sa fortune personnelle fut estimée à plus de 3 milliards de dollars, ce qui incita William Bennett — le « tsar de la drogue » de l'administration Bush — à déclarer : « Il était plus riche que Ross Perot et plus puissant que Genghis Khan. On le disait invincible. »

Pablo Escobar le croyait lui aussi.

Erreur fatale !

Il n'était pas plus invincible qu'il ne ressemblait à Robin des Bois.

Escobar, recherché internationalement pour répondre d'une multitude de crimes (trafic de drogue, enlèvement et meurtre, entre autres), laisse en guise d'héritage le souvenir d'un homme qui aura ridiculisé le système judiciaire colombien, éliminé ses ennemis sans pitié, massacré des innocents, précipité son pays dans une crise politique aussi longue que profondément débilitante et causé des ravages considérables dans le reste du monde en détruisant d'innombrables vies avec le poison qu'il vendait.

La ville de Cali se dresse au cœur de la première région agricole de Colombie.

Plus vieille que Medellin d'un siècle — quoiqu'un peu moins peuplée avec 1,4 million d'habitants —, elle est située dans la vallée de Cauca, sur les rives du Rio Cali, peu avant que celui-ci ne se jette dans le Pacifique. C'est un centre de distribution de première grandeur pour le café, le bétail, les minéraux, le textile, les produits chimiques, le tabac et l'industrie papetière.

Tout le monde s'accorde à dire que le cartel de trafic de cocaïne qui opère à partir de Cali n'est pas un cartel, du moins pas dans le même sens que celui de Medellin. Ostensiblement fondé par Gilberto Rodriguez Orejuela, pharmacien de profession surnommé « le Joueur d'échecs », il a plutôt été conçu comme une sorte de consortium, une coopérative de trafiquants. Le Joueur d'échecs est secondé par son avocat de frère, Miguel Rodriguez Orejuela. Leurs principaux lieutenants sont l'ultra-violent Jose Santacruz Londono — dit « l'Étudiant » — et un ancien professionnel du kidnapping, Geraldo Moncada, souvent appelé « Don Chepe ».

Si Escobar et sa clique ont pu être pendant un temps les trafiquants les plus célèbres de Colombie, leurs concurrents de Cali se sont indubitablement montrés plus dangereux. À une certaine époque, leur soif de violence gratuite a même dépassé celle d'Escobar. À la longue, ils se sont mis à réfléchir et ont préféré réinvestir une partie de leurs bénéfices dans la distribution de pots-de-vin. À la suite de ce changement de stratégie, les autorités américaines n'ont pas hésité à classer le cartel de Cali comme l'organisation criminelle la plus sophistiquée du monde.

Les gens de Cali ont fait parler d'eux pour la première fois en 1975, quand la police découvrit 600 kilos de cocaïne cachés dans un petit avion qui venait d'atterrir sur l'aéroport local. Le pilote et le copilote furent arrêtés. Ce week-end-là, quarante personnes furent assassinées à titre de représailles.

Quelques années plus tard, des espions à la solde d'Escobar apprirent que la quasi-arrestation de Jorge Ochoa à Miami était peut-être la conséquence de sa dénonciation auprès des autorités américaines par le cartel de Cali. Une vague de meurtres s'ensuivit. Les Orejuela et leurs acolytes ne furent pas longs à se venger. Le sang colombien coula jusque dans les rues de New York, d'où les parrains de Medellin tentèrent d'expulser leurs rivaux de Cali. Gilberto Orejuela fut arrêté et mis en prison, mais il ne tarda pas à être relâché, ce qui conduisit Escobar à penser qu'il avait conclu un marché avec le gouvernement. Il y eut bien d'autres morts dans les deux camps. À un moment donné, entre dix et quinze meurtres par jour étaient perpétrés à Cali et à Medellin.

Plus récemment, Orejuela a contribué à créer et à financer le groupe de défense « Los PEPES » (PErsécutés Par EScobar), lequel a activement aidé les autorités dans leur longue traque du parrain de Medellin. Du coup, les procureurs colombiens tendent à faire preuve d'une certaine indulgence envers les gens de Cali : à la différence d'Escobar et des siens, se justifient-ils, ce ne sont pas des terroristes.

Au lieu de donner la priorité aux relations publiques comme les membres du cartel de Medellin, ceux de Cali ont préféré investir de façon plus pragmatique — ce qui leur permet, entre autres, de voir leurs amis régulièrement acquittés par les tribunaux locaux. Il y a quelque temps, un juge de Cali ayant acquitté un trafiquant manifestement coupable, une vague d'indignation telle s'empara de Bogota que le jugement d'appel fut directement confié à la Cour suprême, laquelle s'empressa de casser le premier verdict. Cette décision fit la une des journaux. En revanche, la police de Cali ne jugea pas opportun de remettre en prison le trafiquant incriminé.

À la même époque, un magistrat de la capitale relaxa trois blanchisseurs de Cali parce que les procureurs responsables de l'accusation attendaient dans une salle d'audience pendant que les avocats des membres du cartel avaient obtenu que l'affaire soit jugée dans une autre. Apparemment, personne n'avait songé à avertir la partie civile et ses témoins. Quand le juge convoqua à la barre les témoins à charge, personne ne se présenta ; aussi décida-t-il de libérer les hommes de Cali.

Plus éhontée encore, madame le juge Esperanza Rodriguez-Arevalo fut arrêtée par les douanes américaines à son arrivée à l'aéroport de Miami : elle transportait 1 kilo d'héroïne pure dans ses bagages. Le cartel de Cali l'avait convaincue qu'elle avait l'opportunité de réaliser un bénéfice net de 250 000 dollars à la revente — plus que ce qu'elle pouvait espérer gagner pendant toute sa carrière au tribunal.

Parmi les autres recrues de haut rang du cartel de Cali, citons Gustavo Enrique Pastrana Gomez, attaché diplomatique à l'ambassade de Colombie en Uruguay. Il devait être arrêté fin 1993, suite à un piège tendu par la DEA à Miami, et accusé de blanchiment. Il semblerait qu'il ait recyclé des fonds du cartel de Cali grâce à l'achat de chevaux de polo et d'appareils de lavage automatique de voitures en Argentine. Cousin d'un politicien colombien de dimension nationale, il s'était vanté à un agent américain infiltré de pouvoir laver 2 millions de dollars par semaine grâce à son réseau de contacts bancaires à Montevideo.

Pendant un temps, le cartel fit sortir chaque mois de New

York 50 millions de dollars — et ce n'était qu'une goutte d'eau. Les relevés informatiques confisqués au terme d'une enquête sous couverture de dix-neuf mois aboutirent à la capture du grand chef local du réseau, Ramiro Herrera — frère de Pancho Herrera, un des pivots du cartel de Cali. Outre l'arrestation de trente-sept autres membres de l'organisation implantés aux États-Unis, l'opération permit à la police de saisir 1 300 kilos de cocaïne et de confisquer 16 millions de dollars en liquide.

Cet événement ne devait cependant occasionner qu'une gêne passagère au cartel de Cali qui, dès 1990, avait dépossédé l'organisation d'Escobar de son titre de premier fournisseur mondial de cocaïne. Au moins aussi riches que « Pablito », Gilberto et Miguel Orejuela sont mieux élevés et disposent de davantage de ressources. Pour empêcher la CIA d'intercepter leurs communications par téléphone et par fax, Gilberto a récemment tenté d'acheter son propre satellite. L'argent de la famille est habilement blanchi par le biais d'une équipe de football (l'America Cali), de plusieurs banques et d'une chaîne de pharmacies.

Les maîtres de Cali ont su, bien mieux qu'Escobar, garder le profil bas. Et cependant, il faut le dire, les Orejuela n'ont aucune inhibition quand il s'agit de manifester leur loyauté envers les leurs. Lorsqu'un importateur de légumes du sud de la Floride, Harold Ackerman, cinquante et un ans, fut arrêté pour trafic de cocaïne, Gilberto et Miguel se lancèrent publiquement dans un plaidoyer passionné pour sa libération.

Ackerman, présenté par la DEA comme le plus « gros poisson » du cartel de Cali arrêté aux États-Unis, avait pour la première fois attiré l'attention des autorités américaines fin 1991, après qu'une descente dans un entrepôt de Miami eut permis de découvrir 15 tonnes de cocaïne dissimulées dans des poteaux de béton creux. En avril 1992, les agents de la DEA trouvèrent 6 autres tonnes de poudre dans une cargaison de brocolis et d'okras à Fort Lauderdale.

L'enquête mena à l'arrestation de plusieurs Colombiens opérant dans le sud de la Floride, plus à celle de Jaime Garcia-Garcia, quarante-trois ans, blanchisseur du cartel de Cali à Bogota, dans le cadre d'une opération concertée de la DEA avec la police colombienne. Avec Garcia-Garcia, celle-ci découvrit également 600 000 dollars en espèces, quatre avions, une cache d'armes, un réseau d'ordinateurs et cent un comptes bancaires — quatre-vingt-quatorze en Amérique latine et sept aux États-Unis.

Ackerman se défendit en disant qu'il avait été contraint de vendre de la drogue par des groupes paramilitaires colombiens d'extrême gauche, lesquels l'avaient menacé d'enlever toute sa famille s'il refusait de coopérer. Il ne réussit pas à convaincre le jury chargé de l'affaire et fut condamné.

En signe de soutien, les frères Orejuela publièrent une lettre ouverte à la DEA, clamant son innocence et accusant l'agence d'« agression permanente et injustifiée ». La DEA répliqua en invitant les deux frères — lesquels font l'objet de mandats d'arrêts fédéraux — à venir expliquer personnellement leur point de vue en Floride.

Curieusement, les Orejuela déclinèrent cette offre.

Les Colombiens ont récemment fait un grand premier pas pour donner un coup d'arrêt à l'industrie du blanchiment en arrêtant Gilberto Orejuela, « le Joueur d'échecs », au début de l'été 1995. Des soldats lourdement armés ont découvert le parrain de Cali caché dans un placard, seul et implorant grâce. À la différence de son grand rival de Medellin, Pablo Escobar, ce milliardaire barbu et ventripotent de cinquante-six ans a été capturé vivant. Sa tête était mise à prix pour l'équivalent de 8,5 millions de francs.

En mettant la main sur Orejuela, le gouvernement colombien a mis sur la touche le planificateur stratégique du cartel. Ce fait n'a pas manqué d'inquiéter certains de ses amis. Quelques jours après l'arrestation du caïd, Henry « le Scorpion » Loaiza Ceballos, le chef militaire du cartel, s'est rendu spontanément dans une base militaire de Bogota. Connu pour être un des plus fervents partisans de la ligne dure, il est soupçonné d'avoir commandité des attaques de représailles très violentes, et est notamment accusé du massacre de 107 paysans du sud-ouest de la Colombie qui refusaient de coopérer avec le cartel.

Une semaine après la reddition de Loaiza Ceballos, Victor « le Chimiste » Patino Fomeque, ancien policier et directeur des opérations de contrebande navale du cartel, est sorti à son tour de sa tanière.

Des fissures de plus en plus béantes dans ce qui paraissait être un rempart solide et bien construit semblent être sur le point de provoquer son effondrement. Mais étant donné les sommes en jeu, il se trouvera toujours quelqu'un pour tenter de ravir la couronne du roi déchu.

Le frère de Gilberto, Miguel, est actuellement considéré comme le patron de fait du clan. Jusqu'à présent, il gérait les intérêts légaux du cartel à l'échelle mondiale ; ceux-ci incluent des banques, des stations de radio, une chaîne de pharmacies du nom de *Drogas La Rebaja*, diverses propriétés foncières et des hôtels. Pendant la majeure partie des années quatre-vingt, il a possédé le principal club de football de Cali, l'America. En assumant la direction du cartel, il a également vu grimper à 12,5 millions de francs la récompense offerte pour sa capture.

Il reste aussi Jose « Chepe » Santacruz Londono, ingénieur de son état et patron du réseau de distribution du cartel aux États-Unis. Quelquefois considéré comme le criminel le plus dangereux d'Amérique latine, il est recherché pour trafic de drogue et blanchiment dans plusieurs pays ; on le soupçonne d'avoir ordonné en 1992 le meurtre d'un journaliste d'origine cubaine installé à New York, qui enquêtait sur le cartel. Sa tête est mise à prix pour l'équivalent de 3 millions de francs. Même tarif pour celles d'Helmer « Pacho » Herrera Buitrago, héritier d'une longue lignée de contrebandiers dirigeant l'aile militaire de l'organisation, et de Phanor Arizabaleta Arzayuz, recherché pour l'assassinat d'un chef des services de renseignement de la police.

C'est en 1992 que le gouvernement colombien est repassé à l'offensive, en instituant une taxe de 10 % sur toutes les devises en liquide importées dans le pays. Cette mesure a également permis aux banques d'augmenter d'un bon tiers leurs tarifs en matière d'opérations en espèces. Les cartels ont résolu le problème en faisant du Venezuela voisin leur nouveau terrain de jeu. Dix-huit mois plus tard, on estime que 75 % de la cocaïne colombienne transite par le Venezuela, que les banques locales recèlent plus de 14 milliards de dollars issus du trafic et que les sommes blanchies dans ce pays représentent plus d'argent que la totalité de ses revenus pétroliers.

Selon les autorités de Caracas, les narcotrafiquants colombiens auraient lavé 1 milliard de dollars au Venezuela en dix ans — dont la moitié au cours des trois dernières années. L'essentiel de l'argent arrive des États-Unis en liquide, sous forme de chèques ou de transferts bancaires, et est blanchi par le biais des bureaux de change installés le long de la frontière colombienne.

Une requête officielle a même été présentée par ces autorités à l'administration Clinton, priant les Américains d'enquêter sur certaines allégations faisant état de recyclage d'argent de la cocaïne par l'intermédiaire de la Chase Manhattan Bank, de la Bank of America, de l'International Bank, de la Bank Atlantic et de la Bank of New York. Quatre grandes banques vénézuéliennes étaient également citées (Banco Provincial, Banco Internacional, Banco de Maracaibo et Bancor), ainsi que l'antenne locale d'une banque colombienne, le Banco Tequendama.

Le Venezuela, qui partage avec la Colombie une frontière aussi longue qu'accidentée et perméable, est un paradis pour les trafiquants de cocaïne. Des montagnes du nord aux plaines et aux jungles du sud, cette frontière est littéralement impossible à surveiller. Le Venezuela et la Colombie sont des partenaires commerciaux très actifs, et toutes les grandes banques de chacun de ces pays sont représentées dans l'autre. Le réseau de communications étant également de bonne tenue, les transferts de fonds par télex sont aisés. Les marchés financiers y sont relativement sophistiqués. Du coup, les agents de change ont connu une expansion soudaine, de même que la Bourse de Caracas, transformée par la narco-économie en lessiveuse surdimensionnée. Parallèlement, les banques ont découvert un marché florissant : celui des bons du Trésor à court terme.

Jusqu'à une époque très récente, aucune sanction n'était prévue au Venezuela pour punir l'omission de déclaration en cas d'importante transaction en espèces, même si banquiers et courtiers avaient toutes les raisons de se douter qu'une bonne partie des espèces en question provenait du trafic de drogue.

Depuis, la loi a été modifiée. Mais le laxisme qui continue de caractériser des pans entiers de la communauté financière vénézuélienne reste prépondérant un peu partout en Amérique latine.

L'Argentine, par exemple, est prête à accueillir tous les fonds sur lesquels les Vénézuéliens feraient la fine bouche. Les trafiquants, qui jusqu'à une époque récente jugeaient ce pays trop éloigné des grands axes du trafic, commencent à changer d'avis et à profiter de la stabilité économique actuelle de l'Argentine pour y blanchir des fonds. L'entrée comme la sortie y sont faciles, tant pour les produits que pour les capitaux. La frontière avec la Bolivie ne représente pas un obstacle pour les contrebandiers. Et les marchés florissants de Buenos Aires offrent des opportunités d'investissement en espèces presque illimitées. Sous le régime antérieur, les riches Argentins cachaient leur fortune à l'étranger. Ils sont en train de rapatrier ces milliards. Cet afflux de devises, combiné à d'importants investissements étrangers — stimulés par une série de privatisations —, rend virtuellement indétectable l'argent de la drogue injecté dans l'économie locale. En outre, les liens culturels de l'Argentine avec l'Europe du Sud — l'Espagne, bien sûr, mais aussi l'Italie, car près de la moitié des Argentins sont d'origine italienne — lui permettent d'avoir presque libre accès aux marchés, aux capitaux et aux techniques criminelles du Vieux Continent.

Le Pérou est le premier producteur mondial de feuilles de coca, et un accord passé entre les barons de la drogue et la guérilla maoïste locale n'a fait qu'accroître l'importance du marché de la cocaïne. On estime que 10 % de la population totale (soit plus de 2 millions de personnes) mâchent régulièrement des feuilles de coca. La première région productrice est la vallée du Haut-Huallaga, où l'on trouve aujourd'hui autant de banques opérant en dollars que dans certaines petites villes américaines. Chaque jour, sur Ocona — la rue de Lima qui constitue le poumon du marché des changes informel —, entre 3 et 5 millions de dollars en liquide changent de mains.

Franchissons maintenant la frontière bolivienne. Le marché de la feuille et de la pâte de coca fournit rien moins que 80 % des rentrées en dollars du pays. Pendant de nombreuses années, le parrain bolivien Jorge Roca Suarez a été le premier fournisseur en pâte-base de Pablo Escobar.

Roca dirigeait ses affaires au plan mondial depuis sa luxueuse villa de dix-neuf pièces de San Marino, Californie.

L'organisation d'Escobar transformait sa pâte-base en poudre, l'introduisait aux États-Unis, la revendait et reversait une partie de l'argent ainsi gagné à Roca. En fournissant au cartel de Medellin plus de 1 tonne de pâte-base par semaine, Roca aurait gagné 50 millions de dollars en quelques années.

Dans un premier temps, il fit appel à des porteurs de valises pour rapatrier ses gains en Bolivie. Un peu plus tard, sa gouvernante et sa sœur découvrirent qu'il était possible de cacher des espèces à l'intérieur de certains appareils électroménagers. Apparemment, elles étaient capables de dissimuler jusqu'à 200 000 dollars dans une enceinte acoustique, 400 000 dans un aspirateur et 2 millions dans un réfrigérateur. Finalement arrêté, Roca fut inculpé d'association de malfaiteurs en vue de fabriquer de la cocaïne, de tentative d'exportation illégale de devises, d'évasion fiscale et de blanchiment. Il devait être condamné à trente-cinq ans de travaux forcés.

C'est sans doute triste à dire, mais les gens comme Roca ne représentent pas le fond du problème, et les mettre à l'ombre pendant très longtemps ne résout pas grand-chose.

En Bolivie, la culture des plants de coca est parfaitement légale. Les Boliviens en apprécient beaucoup les feuilles, qu'ils mâchent, fument et utilisent pour la cuisine. Et ils faisaient déjà tout cela avant l'avènement de la civilisation inca.

Bien que les dérivés de la coca soient interdits, le gouvernement a décrété que l'arbuste pouvait être cultivé dans la région des Yungas, non loin de La Paz.

Afin de maintenir la tradition sous contrôle, il a été tenté de détruire les plantations de coca partout ailleurs dans le pays. Mais la pulvérisation d'herbicides a désertifié de trop nombreuses terres, d'autant plus que des années d'attente sont ensuite nécessaires pour qu'elles redeviennent cultivables. La CIA s'est naturellement empressée de proposer aux autorités des renseignements tirés de ses satellites afin de les aider à localiser les exploitations. Mais la capacité de surveillance des satellites a des limites et ne fonctionne pas partout. Ils peuvent détecter les plantations qui couvrent de grandes surfaces. Les fermes de petite taille, elles, ne sont pas aussi facilement repérables. Du coup, chaque fois qu'une grande exploitation est démantelée, une demi-douzaine de fermes plus petites viennent aussitôt la remplacer.

Les Boliviens ont aussi annoncé leur intention de localiser et de détruire les milliers de laboratoires chimiques qui, aux quatre coins du pays, transforment les feuilles de coca en cocaïne.

Autant chercher une aiguille dans une meule de foin.

Il y a aussi le Mexique.

Aujourd'hui, entre 50 % et 70 % de la cocaïne introduite aux États-Unis passe par le Mexique. Ce pays est également le premier fournisseur américain en matière d'opium, produit de base servant à la fabrication de l'héroïne consommée aux États-Unis, sans parler de la marijuana.

On comprendra aisément que le Mexique, qui partage avec les États-Unis une frontière longue de 3 200 kilomètres, au mieux mal contrôlée et au pire incontrôlable, soit devenu la principale porte d'entrée vers le premier marché mondial de consommation de stupéfiants.

La police locale est inefficace, la corruption rampante, une grande partie de l'appareil judiciaire totalement gangrenée — des milliers de fonctionnaires du ministère de la Justice et de la police judiciaire fédérale ont été limogés ces dernières années pour s'être acoquinés avec des narcotrafiquants —, et le gouvernement impuissant.

Du côté de Washington — et en particulier à la DEA —, on entend souvent dire que « les Mexicains sont les pires ».

Le Mexique, terrain privilégié pour les producteurs et les trafiquants de drogue, est également en train de devenir une machine à laver de première importance. Sur sa frontière avec les États-Unis s'alignent une multitude de *casas de cambio* — bureaux de change — que la loi mexicaine n'oblige pas à garder trace des transactions effectuées, ni à relever l'identité des auteurs de grosses opérations de change en espèces. Il est vrai que c'est la même chose pour les banques mexicaines. Il n'existe aucune forme de contrôle des espèces qui entrent et sortent du pays.

Plus grave encore, il n'existe aucune loi déclarant illégal le produit de la vente de stupéfiants. En d'autres termes, les autorités n'ont pas le droit de confisquer les biens acquis par le biais du trafic. Si la police capture un trafiquant prêt à décoller dans son avion chargé de poudre jusqu'à la gueule, elle a le droit de saisir l'appareil. Mais si ce même trafiquant a déjà investi l'argent amassé lors de précédentes livraisons dans l'achat d'un hôtel de luxe à Puerto Vallarta, il ne court pas le moindre risque de se le faire confisquer — même s'il est condamné.

La situation s'est tellement détériorée que certaines personnes ne sont pas loin de penser que les États-Unis ont besoin du NAFTA — accord de libre-échange nord-américain passé entre les États-Unis, le Mexique et le Canada — uniquement pour rapatrier l'argent de la drogue qui part vers le sud.

Richard Nixon n'a pas arrangé la situation lorsqu'il a promis, en juillet 1969, l'avènement d'une nouvelle politique de lutte contre la drogue. N'eût été l'« opération de police » menée à la même époque par les États-Unis au Vietnam, cette politique aurait pu se voir conférer le titre de priorité de crise.

La cocaïne colombienne commençait tout juste son infiltration de la culture américaine. Parfaitement inconscient de la complexité du problème, Nixon arriva à la conclusion que la marijuana et la cocaïne étaient pareillement dangereuses. Il lui fallait un coupable. Il choisit le Mexique.

Il renforça la surveillance de la frontière sud et fit pression sur le gouvernement mexicain pour que celui-ci procède à la destruction des plantations de marijuana. De cette façon, il réussit à éliminer les amateurs et autres trafiquants à la petite semaine, les gosses qui faisaient pousser un peu d'herbe au fond de leur jardin, en somme. La voie était désormais libre pour les vrais professionnels, les marchands de cocaïne, qui eux n'avaient rien à voir avec des enfants de chœur. La cocaïne étant une poudre, elle est plus facile à transporter que la marijuana ; son trafic est donc moins risqué. En outre, la vente de ce produit offre des marges supérieures. Bref, la guerre au trafic déclarée par Nixon n'eut guère d'autre résultat que celui d'accorder un avantage commercial décisif à la plus dangereuse des drogues.

À l'arrivée de Jimmy Carter à la Maison-Blanche, la situation commençait à dégénérer. Des dizaines de villes américaines, connues jusqu'alors pour leur commerce de marijuana, étaient en train de se transformer en centres de distribution de cocaïne. Les grossistes, détaillants, souteneurs et autres pilotes d'avions ou de vedettes rapides s'en donnaient à cœur joie, sans parler des agents fédéraux qui se laissaient acheter.

Pour les blanchisseurs, l'heure du second avènement semblait avoir sonné.

Quand la chaîne de télévision CBS, grâce à son émission « 60 Minutes », eut répandu dans toutes les salles à manger de la nation une idée réaliste de l'ampleur du problème, montrant notamment la façon dont des hommes d'affaires jugés respectables avaient pris le train en marche, Carter approuva la création d'une *task force* interagences : l'opération Greenback.

Basés à Miami, des officiers des douanes et des agents de l'IRS (l'administration fiscale) identifièrent et contactèrent un certain nombre d'individus suspects manipulant ou ayant récemment manipulé d'importantes sommes en liquide. « D'où vient l'argent ? » demandaient-ils invariablement. Si le suspect expliquait qu'il s'agissait de revenus gagnés aux États-Unis, l'IRS s'empressait de parler d'« évasion fiscale ». S'il répondait qu'il s'agissait de capitaux importés, les douanes prenaient le relais et mentionnaient le mot « trafic ». Bien des gens ne purent expliquer d'où venait leur argent — il s'agissait à l'évidence d'argent de la drogue — et atterrirent en prison. Dans certains cas, des suspects riches en espèces et pauvres en justificatifs choisirent de collaborer avec les autorités dans l'espoir d'obtenir la clémence de la justice.

Le succès de l'opération Greenback — 215 inculpations prononcées, 38,8 millions de dollars en espèces saisis ainsi que 14,6 millions sous forme de propriétés diverses, sans compter les 120 millions d'amende infligés aux blanchisseurs — servit de modèle à la création d'autres opérations interagences, et en particulier à l'Organized Crime Drug Enforcement Task Force, mise sur pied en 1984.

Ronald Reagan désigna George Bush pour se porter à l'avant-garde de l'effort national de combat contre la drogue. Mais le vice-président, malgré toutes ses bonnes intentions, ne déploya jamais beaucoup de pugnacité en matière de poursuites financières. Au bout d'un an, il rétrograda l'opération Greenback, laquelle fut privée de son statut de service interagences en prise directe avec Washington pour recevoir celui, plus modeste, d'une cellule de travail installée dans les bureaux du procureur général à Miami.

Un chiffre suffira à donner la mesure de l'échec de Bush. Le gouvernement fédéral contrôle régulièrement le volume de liquidités disponibles dans le système bancaire. Un excédent de liquidités représente de l'argent qui ne devrait pas se trouver dans tel secteur particulier dans des conditions normales. Alors même que Bush transformait l'opération Greenback en peau de chagrin, l'excédent de liquidités pour les seules villes de Jacksonville et de Miami dépassait les 5,2 milliards de dollars.

Exactement comme lorsque Nixon avait défini la frontière mexicaine comme la cible prioritaire, dès que Washington eut fait mine de concentrer ses forces sur le sud de la Floride, les blanchisseurs émigrèrent sous d'autres cieux — en l'occurrence, ceux du sud de la Californie. L'excédent de liquidités à Los Angeles ne tarda pas à refléter cette tendance en dépassant rapidement les 3 milliards de dollars.

En dépit de tous les éléments prouvant le contraire, l'administration Reagan était persuadée que les blanchisseurs avaient dépassé le stade de la manipulation d'espèces. Un officiel alla même jusqu'à déclarer que, de nos jours, les professionnels de la délinquance financière effectuaient toutes leurs transactions électroniquement. Quant aux sacs poubelles remplis de billets qui continuaient d'être exhibés au journal télévisé du soir à chaque saisie de drogue, la Maison-Blanche expliquait en haussant les épaules que les blanchisseurs, comme n'importe quels autres entrepreneurs, avaient besoin d'une petite réserve de liquidités.

Sur ces entrefaites, pendant que Reagan et Bush regardaient ailleurs, le crack fit son apparition.

Dérivé de la cocaïne se présentant sous forme de cristaux, moins cher et destiné à être fumé comme du haschisch, le crack est vendu dans la rue entre 10 et 20 dollars la dose. Inquiets de la saturation du marché nord-américain et de la chute du prix de la cocaïne, les cartels virent apparaître le crack comme une bénédiction financière. 30 grammes de cocaïne pouvaient être convertis en 300 ou 400 doses de crack.

Avec un bénéfice doublé.

Dès le milieu des années quatre-vingt, les cartels colombiens se mirent à importer du crack à la tonne sur le marché américain.

Cette défonce à quatre sous attira un nouveau groupe de consommateurs, qui vint gonfler les rangs de la clientèle des cartels. Et parce que se lancer dans le commerce de détail du crack ne demandait qu'une poignée de dollars d'investissement de départ, une nouvelle classe de revendeurs fit son apparition dans les rues : celle des adolescents noirs.

Jusque-là, le sport représentait l'unique espoir de sortir du ghetto pour un jeune Noir. S'il était habile au base-ball ou au football américain — ou mieux encore s'il faisait montre de talents de basketteur exceptionnels —, il avait une chance de poursuivre des études, voire de passer professionnel à sa sortie de l'université. Bien sûr, le pourcentage de jeunes qui allaient si loin était minuscule, mais du moins le sport professionnel fournissait-il un espoir. Et dans certains cas, l'espoir suffit à faire vivre.

Le crack a tout changé.

Quand George Bush s'installa dans le Bureau ovale, les responsables des douanes et de la DEA tentèrent de convaincre le nouveau Président que toute tentative de mettre un terme à la production de drogues illicites serait non seulement très coûteuse, mais forcément vouée à l'échec.

Au Laos, par exemple, des chefs militaires et des membres du gouvernement participaient ouvertement et à grande échelle à la production d'opium. Un rapport ultra-secret du Département d'État confirmait cette thèse ; à l'en croire, le commerce de la drogue au Laos avait pris une telle importance dans l'économie locale qu'il fallait bien le considérer comme le fruit d'une « politique gouvernementale *de facto* ».

Le Président fut aussi averti que la Syrie était directement impliquée dans la culture, le raffinage et le trafic de stupéfiants.

La CIA expliqua maintes fois à l'administration Bush que le gouvernement syrien empochait jusqu'à 1 milliard de dollars par an — soit près d'un cinquième du revenu national — grâce à l'industrie de l'opium et du haschisch implantée dans la plaine de la Bekaa au Liban. Les États-Unis constituaient alors — et constituent toujours — son principal marché. Parmi les responsables cités par la CIA se trouvait le frère du président Assad, le ministre de la Défense et le chef du renseignement militaire syrien.

Mais Bush eut besoin de l'appui des Syriens pendant l'opération « Tempête du désert » et aussi par la suite, pour la crédibilité des pourparlers de paix. Bref, pour des raisons de politique extérieure, l'Amérique décida de fermer les yeux, du moins à court terme, sur le milliard de dollars annuel rapporté par l'héroïne de la Bekaa.

Les responsables de la lutte antidrogue, qui eux avaient une notion claire de la situation, continuèrent d'insister pour que Bush concentre l'essentiel de ses ressources sur la répression financière. Le Président décida de contre-attaquer sur deux fronts. Sur le plan intérieur, il espérait sincèrement dissuader la jeunesse de consommer des drogues par l'éducation ; de cette façon, croyait-il, les revendeurs de rue finiraient par disparaître. À l'extérieur, il voulait envoyer des troupes américaines dans les montagnes de Colombie. Ces troupes seraient essentiellement chargées d'effectuer une vague d'arrestations massive.

Le raz de marée dont rêvait Bush devait se révéler n'être qu'une tempête dans un verre d'eau.

Entre 1989 et 1991, vingt-six trafiquants furent arrêtés et extradés vers les États-Unis. Pendant un temps, les autorités colombiennes donnèrent même l'impression de vouloir faire quelque chose contre les cartels.

Soudain, tout s'arrêta. Le pouvoir législatif de Bogota vota une loi qui rendait l'extradition anticonstitutionnelle.

Vers la même époque, le président Bush concentra toute son attention sur Saddam Hussein.

Il s'agissait de préparer la guerre du Golfe.

La guerre contre la drogue, elle, était d'ores et déjà perdue.

# 11

# La Mina

*Tel un virus dans le sang, l'argent de la drogue se mêle librement aux fluides vitaux de l'économie mondiale.*

Magazine *Time*

Mars 1986.

Ils savaient qu'ils pouvaient lui faire confiance.

Citoyen argentin établi en Uruguay, ce négociant en métaux précieux opérait essentiellement sur le marché de la joaillerie de Los Angeles. D'apparence tout à fait respectable, c'était un homme d'une quarantaine d'années qui disposait d'une bonne réputation et de tous les contacts nécessaires.

C'était le partenaire idéal.

Aussi les Colombiens n'y allèrent-ils pas par quatre chemins quand ils proposèrent un marché à Raul Vivas. Ils souhaitaient faire de lui leur blanchisseur personnel. Sa commission serait de 5 % sur les sommes lavées.

5 % de 500 millions de dollars par an, ce n'est pas rien. Vivas ne fut pas long à réfléchir. 5 % de 500 millions de dollars par an, c'était plus d'argent qu'il n'aurait jamais osé rêver en gagner.

« Je suis votre homme », répondit-il.

Aussitôt dit, aussitôt fait.

Sachant que les méthodes les plus simples sont souvent les meilleures, Vivas fonda deux sociétés écrans à Montevideo. La première, Letra SA, commercialiserait de l'or. La seconde,

Cambio Italia SA, était censée opérer sur le marché des changes. Dès qu'elles furent en place, Vivas s'envola pour Los Angeles, où il ouvrit un bureau avec vue sur Pershing Square en plein cœur du quartier des diamantaires : au 610 South Broadway, adresse du Centre de joaillerie de la Côte Ouest.

Voici ce qu'il avait prévu avec ses nouveaux amis : toutes les espèces gagnées par les Colombiens grâce à la vente de coke et de crack aux États-Unis devraient être livrées dans les locaux d'une société paravent installée dans le quartier des joailliers à New York, puis convoyées jusqu'à Los Angeles et remises à la matrice californienne. Là, l'argent serait compté et réparti en liasses. Vivas s'en servirait ensuite pour acheter de l'or sous toutes ses formes (alliages, barres, déchets) ; il était prêt à payer plus cher que le prix habituel du moment que le vendeur acceptait d'être réglé en espèces.

En fin connaisseur du milieu des joailliers, Vivas ne douta pas un instant de pouvoir trouver des gens intéressés à ce type de transaction.

Une fois en possession de l'or, il s'agissait de le faire fondre et de le mélanger à de l'argent pour lui donner l'aspect, la texture et le poids de l'or d'Amérique du Sud, traditionnellement de qualité inférieure.

Pendant ce temps, depuis Montevideo, Letra SA expédierait vers la Californie des barres de plomb plaqué or en déclarant sur facture qu'il s'agissait d'or sud-américain. À leur arrivée aux États-Unis, les barres de plomb seraient détruites, et l'or de Raul Vivas, désormais accompagné d'une documentation apparemment authentique, pourrait être envoyé à New York pour y être vendu. L'argent issu de la vente serait ensuite envoyé par câble à la Cambio Italia SA, laquelle se chargerait de le faire parvenir aux Colombiens.

C'était un plan parfait.

Pendant un temps, il fonctionna comme sur des roulettes.

Octobre 1987.

Eduardo Martinez Romero était un personnage plutôt louche.

Mais ce personnage louche était aussi très riche — comme tous ses amis. Il vivait dans un énorme ranch puissamment fortifié à l'extérieur de Medellin.

Comme tous ses amis aussi riches que louches, Eduardo dépensait beaucoup d'argent pour sa sécurité.

Il ne parlait pas souvent de ses activités, mais lorsque c'était le cas — qu'il le veuille ou s'y sente contraint —, il se présentait comme un économiste international. Vous voyez le genre : un de ces hommes d'affaires qui passent leur temps à sillonner le monde avec de l'argent pour « faire » encore plus d'argent. Il lui arrivait même à l'occasion de se vanter d'être titulaire d'une maîtrise en marketing.

Certes, Eduardo n'avait pas l'habitude de distribuer des cartes de visite à tout bout de champ.

Mais s'il avait été de ces hommes d'affaires au contact facile qu'on côtoie parfois dans les avions — de ceux qui vous tendent systématiquement leur carte en disant : « Appelez-moi lors de votre prochain séjour, nous déjeunerons ensemble » —, sa carte de visite, pour être exacte, l'aurait présenté comme le premier conseiller financier du cartel de Medellin.

Eduardo était le principal blanchisseur de Pablo Escobar, de Jorge Ochoa et de Jose Rodriguez Gacha.

C'est d'ailleurs la raison pour laquelle Jimmy Brown vint le trouver.

Trafiquant new-yorkais entre deux âges, prétendument lié à la Mafia, Jimmy réussit à obtenir un rendez-vous avec Eduardo au ranch de ce dernier — ce qui était loin d'être chose facile — et s'envola vers la Colombie.

Lorsque les deux hommes se retrouvèrent assis face à face, Eduardo se mit en devoir de tester son visiteur. Que lui voulait-on ? L'Américain lui fit part de sa soif d'action. Eduardo coupa court et s'enquit : « Qu'avez-vous à vendre ? » Jimmy répondit qu'il était blanchisseur. Eduardo haussa les épaules et déclara qu'il n'avait rien à blanchir. Jimmy se permit d'insister : on a toujours un peu de linge sale qui traîne. « Vous arrivez trop tard », répliqua Eduardo. Et tout à coup, sans raison apparente, il se mit à parler du système mis sur pied par Raul à Los Angeles.

Il révéla notamment à Jimmy la façon dont ce système s'appuyait sur de fausses importations d'or en provenance d'Amérique du Sud. Il évoqua l'enthousiasme avec lequel diverses joailleries de New York et de Los Angeles avaient accepté de participer à la combine. Il alla même jusqu'à expliquer comment, de New York, l'argent était transféré vers le Banco de Occidente de Panama City.

Jimmy se garda bien de l'interrompre.

Eduardo se vantait de disposer de la machine à laver la plus efficace des États-Unis. À l'entendre, Raul venait de laver 12 millions de dollars en trente jours.

Autant dire qu'il était assis sur une mine d'or. *« La Mina »*, précisa-t-il en espagnol, sur le ton de la plaisanterie.

Sans se laisser décourager, Jimmy continua de relancer Eduardo. Il fit remarquer qu'il était dangereux pour le cartel de mettre tous ses œufs dans le même panier. Il tenait à ce que l'on sache qu'il avait un schéma alternatif à proposer. Il exposa les grandes lignes de son projet d'importation de drogue *via* Atlanta, Georgie : les bénéfices y seraient blanchis par le biais d'une lessiveuse déjà en place.

Eduardo se borna à répéter qu'il n'était pas intéressé.

Et quand les deux hommes se quittèrent ce soir-là, aucun marché n'avait été conclu.

Mais d'une manière ou d'une autre, Jimmy avait dû faire vibrer une corde sensible : deux jours plus tard, Eduardo le rappela pour lui proposer un nouveau rendez-vous.

Cette fois, Jimmy fut conduit dans un ranch aux allures de forteresse. Une sorte de Fort Knox.

Cette fois, il allait avoir l'insigne honneur de rencontrer le patron — Pablo Escobar en personne.

Jimmy lui resservit son boniment.

Escobar l'écouta avec une grande attention.

Jimmy crut que l'affaire était dans le sac.

Ce fut alors qu'un des hommes du patron se dressa tout à coup comme un ressort et hurla qu'il flairait une embrouille. Il accusa Jimmy d'être un agent infiltré de la DEA.

L'ambiance tourna à l'aigre sur-le-champ.

Jimmy s'accrocha à son histoire. Personne n'avait besoin de lui dire que sa vie ne tenait qu'à un fil.

Les membres du cartel débattirent un moment entre eux du sort qu'ils devaient lui réserver.

Jimmy tenta de faire front. Il persista. Que pouvait-il faire d'autre ? Il fallait qu'il persuade Escobar de sa bonne foi. Il maintint son histoire contre vents et marées. Et attendit le verdict. Escobar trancha d'un seul coup. « Ce type est régulier, dit-il. Nous allons faire affaire. »

C'est ainsi que Jimmy entra au service du cartel de Medellin. En janvier 1988, 12 millions de dollars avaient déjà été blanchis grâce à son système d'Atlanta, puis déposés sur un compte du cartel à Panama.

Malheureusement, il y eut un accroc.

Un jour, les autorités américaines interceptèrent 1 million de dollars en espèces. On ignore comment la chose se passa, mais la saisie eut bel et bien lieu. Eduardo entra dans une colère noire. Il exigea que Jimmy vienne le trouver avec une explication convaincante. L'Américain répondit qu'il pouvait tout expliquer et prit rendez-vous avec Eduardo le 17 janvier à Panama City. Les deux hommes convinrent de se retrouver au siège du Banco de Occidente.

Jimmy arriva avec son associé, un escroc d'origine cubaine basé à Miami qui se faisait appeler Alex Carrera.

Eduardo, lui, débarqua avec une armée de gardes du corps.

Jimmy et Alex durent patienter pendant qu'Eduardo paradait dans les bureaux de la banque en véritable maître des lieux. Il joua les vedettes et fit longuement étalage de son pouvoir, prenant à l'évidence un intense plaisir à être traité avec déférence par les employés de l'établissement.

Mais dès qu'il se retrouva seul avec Jimmy et Alex, son ton changea. Il les prit à partie. Il était furieux de la perte de ce million de dollars.

Jimmy tenta d'objecter que ce genre d'incident faisait partie des risques du métier.

Eduardo n'admit pas cette justification.

Jimmy déclara qu'il savait que le cartel avait d'ores et déjà passé cette somme aux profits et pertes.

Sûrement pas, s'obstina Eduardo. Le cartel ne fonctionnait pas de cette manière. Il exigeait d'être remboursé.

Jimmy répondit qu'ils trouveraient un moyen de s'arranger.

Eduardo enchaîna en reprochant à Jimmy et à Alex de ne pas faire tourner leur lessiveuse assez vite. Ils étaient trop lents. « La Mina » blanchissait les fonds du cartel beaucoup plus rapidement. Et il leur demanda de lui expliquer précisément le mode de fonctionnement de leur système.

Alex parvint à esquiver la question en déclarant que ce

n'était ni le lieu ni le moment d'entrer dans des détails aussi sensibles.

Eduardo insista.

Jimmy vola au secours d'Alex. Ce n'était décidément pas le moment.

Pour une raison ou pour une autre, Eduardo accepta de remettre cette discussion à plus tard. Et les trois hommes prirent date pour une nouvelle rencontre.

Cette rencontre eut lieu sept semaines plus tard, le 8 mars, dans une suite à 500 dollars d'un grand hôtel d'Aruba. Eduardo, Jimmy, Alex et une quatrième personne, que ces derniers présentèrent comme le responsable de la lessiveuse d'Atlanta, se réunirent pour parler.

Eduardo n'aurait pas dû admettre la présence d'un inconnu lors de cette réunion. Mais l'alcool coulait à flots, et plus Eduardo buvait, plus il avait tendance à se vanter des succès de « La Mina ».

— Ce n'est peut-être pas très sain de se promener dans les rues avec un tas d'argent, expliqua-t-il, mais au moins ce n'est pas illégal. Si on m'attrape, je présente mes excuses, je paie les taxes qu'on me réclame et je m'en vais. C'est normal, c'est le prix à payer pour la protection de l'argent. Ce ne sont pas les moyens qui manquent.

Au cours des quarante-cinq jours précédents, continua-t-il, Raul avait blanchi 28 millions de dollars. Mieux encore, l'argent avait parcouru la totalité du cycle de lavage en quarante-huit heures.

— Quarante-huit heures, c'est tout juste deux jours, rappela-t-il à Jimmy, à Alex et à leur associé. C'est-à-dire deux fois moins que de temps que vous mettez, vous.

Jimmy et Alex ne purent que saluer la performance.

— Et comment ! renchérit Eduardo. À partir de maintenant, voilà comment nous allons fonctionner : vous allez faire comme « La Mina » et nous restituer l'argent blanchi au bout de deux jours. Nous avons aussi décidé d'abaisser votre commission de 7 % à 6 % à cause de ce million que vous avez perdu.

Jimmy et Alex protestèrent. Ils ne marchaient pas. Rien de semblable n'avait été prévu au départ. Ils préféraient couper les ponts.

Eduardo resta inflexible. C'était cela ou rien.

Jimmy et Alex déployèrent tous leurs efforts pour arriver à un compromis. Mais Eduardo ne bougea pas d'un millimètre. « Ce n'est pas négociable », répétait-il d'un ton de plus en plus menaçant.

Il finit par remporter la partie quand Jimmy et Alex se rendirent compte qu'ils n'avaient pas le choix.

Après tout, se dirent-ils ensuite pour se consoler, mieux valait perdre un peu d'argent que la vie.

Janvier 1988.

À cette époque, Raul Vivas était confronté à un sérieux problème.

Les sommes injectées dans le système étaient telles que ses fournisseurs d'or ne parvenaient plus à faire face à sa demande. Il avait besoin d'étendre son réseau de négociants. Aussi décida-t-il de recruter de nouveaux partenaires.

L'un d'eux était un Syrien de quarante-sept ans du nom de Wanis Koyomejian — Joe pour les intimes —, établi aux États-Unis depuis 1980. Il possédait une compagnie baptisée Ropex et opérait depuis un luxueux appartement du neuvième étage du Centre international de joaillerie.

Raul appela également à la rescousse les frères Andonian — Nazareth et Vahe —, lesquels tenaient une maison de courtage à proximité, au troisième étage du 220 de la West 5th Street, dans l'ancien quartier des joailliers. Nés à Beyrouth, les deux frères avaient émigré aux États-Unis à la même époque que Koyomejian.

À eux trois, pensait Raul, ils arriveraient bien à répondre à son surplus de demande. Mais il avait également besoin de quelqu'un pour s'occuper de l'excédent d'or qui arrivait à Los Angeles. Pour s'acquitter de cette tâche, il se tourna vers un couple d'amis installé à Miami.

Et pendant tout ce temps, l'argent continuait de couler à flots dans l'entonnoir.

Il ne fallut pas longtemps pour que Raul se trouvât de nouveau débordé. Aussi fut-il obligé de sous-traiter une partie de son travail à des amis de New York et de Houston.

Et même ainsi, il n'arrivait pas à tenir le rythme.

« La Mina » était une affaire qui tournait, c'était le moins qu'on pût dire.

Mars 1988.

Eduardo semblait atteint de diarrhée verbale.

Il adorait plastronner. Et à présent, chaque fois qu'il se trouvait avec Jimmy et Alex, on aurait dit qu'il était incapable de se retenir. Il leur racontait pratiquement tout. Il en était venu à leur faire confiance, et même à les considérer comme des amis.

De leur côté, ils se contentaient de lui dire le strict minimum.

Il est vrai qu'ils pouvaient difficilement lui avouer que Jimmy s'appelait en réalité John Featherly, qu'Alex avait pour nom Cesar Diaz, et que l'intégralité de l'opération de blanchiment qu'ils dirigeaient pour Eduardo était financée par la DEA.

Juin 1988.

Un employé vétéran de la Wells Fargo Banking Corporation de San Francisco se voit attribuer la tâche ingrate de contrôler les dépôts en espèces reçus par la banque.

Assis dans son bureau, il examine l'une après l'autre, avec des gestes de robot, des pages et des pages de listage informatique qui se ressemblent toutes.

Du moins jusqu'à ce qu'un élément attire son attention : une série de gros dépôts en liquide.

En moins de trois mois, un négociant en or de Los Angeles du nom d'Andonian Brothers a déposé près de 25 millions de dollars en espèces sur un compte ouvert dans une agence de la Wells Fargo.

C'est précisément le genre de chose qu'on lui demande de rechercher. Notre homme décide donc de faire précisément ce qu'on lui demande de faire en cas de découverte de ce type. Il décroche son téléphone et avertit l'administration des impôts.

Septembre 1988.

Un agent d'expédition de la Loomis Armored Car Company de Los Angeles inspecte une cargaison qui vient d'arriver de New York à bord d'un avion de l'United Parcel Service.

Simple affaire de routine. Il s'agit de comparer le nombre des cartons, caisses et autres boîtes, à celui qui est porté sur le manifeste. De vérifier la numérotation des bordereaux d'expédition. De s'assurer qu'il ne manque rien.

C'est alors qu'il remarque qu'une caisse s'est ouverte accidentellement.

Selon les bordereaux, ces caisses sont censées contenir de l'or de récupération, envoyé par un joaillier de New York à un négociant en métaux du nom de Ropex, dont l'adresse est la suivante : appartement 970 du Centre international de joaillerie, 550 South Hill Street, Los Angeles.

L'employé ne se laisse pas impressionner par le contenu déclaré des caisses : la Loomis est une compagnie spécialisée dans le transport de fonds et de matières précieuses. Ce qui lui met la puce à l'oreille, en revanche, étant donné la valeur de la marchandise, c'est le fait que l'emballage ait été à ce point négligé.

En s'approchant de plus près pour examiner les dégâts, il aperçoit le contenu de la caisse.

Au lieu de l'or annoncé, elle contient des billets verts. Par liasses. Par piles de liasses soigneusement attachées.

Dans la mesure où le descriptif mentionne un chargement d'or, l'agent décide de signaler sa découverte à ses supérieurs, qui à leur tour téléphonent à la Ropex pour demander pourquoi la documentation du chargement qui vient d'arriver ne correspond pas au contenu des caisses.

Il s'agit d'une erreur, explique-t-on à la Ropex. Mais il n'y a aucun souci à se faire, parce que la société est déjà au courant. Cet argent appartient en réalité à un bijoutier de New York, qui a décidé de l'envoyer sur la côte Ouest dans l'espoir de trouver à Los Angeles des taux d'intérêt à court terme plus élevés.

Le responsable de la Loomis reconnaît qu'une erreur est toujours possible dans les livraisons importantes. Il décide de faire suivre l'ensemble de la marchandise vers Los Angeles, ainsi que son contrat le stipule. Mais l'excuse présentée par la Ropex n'ayant convaincu personne, il prend également sur lui de prévenir le FBI.

Décembre 1988.

Le cercle se referme sur « La Mina ».

Les fédéraux ont truffé de caméras vidéo la plupart des bâtiments du quartier des joailliers de Los Angeles ; cette surveillance s'étend également à plusieurs points stratégiques de New York. Ils ont placé des lignes de téléphone sur écoute. Ils ont fait suivre des gens à Los Angeles, à New York, en Floride et à Houston. Ils ont essaimé des agents sous couverture dans les environs de Pershing Square — déguisés en agents d'entretien, en balayeurs, en livreurs, en courtiers, en joailliers et même en vagabonds.

Ils disposent de centaines d'heures d'enregistrement audio et vidéo ; ils ont récupéré des milliers de documents au fond de certaines corbeilles à papier. Ils ont mis la main sur des factures qui révèlent des contacts au Canada, au Mexique et en Grande-Bretagne ; sur des listes de négociants en lingots ; sur des documents décrivant toutes sortes de transactions ; sur des chèques annulés, lesquels leur ont permis d'identifier des comptes bancaires.

Les fédéraux ont donné à l'enquête sur « La Mina » le nom de code « Polar Cap » (Calotte polaire).

« Polar Cap » est peu à peu devenu la plus grosse opération de surveillance de l'histoire policière américaine.

Février 1989.

La force combinée chargée de démanteler « La Mina » est composée d'agents du FBI, des douanes, de la DEA, de l'IRS, du Bureau des alcools, tabacs et armes à feu, ainsi que du Service d'immigration et de naturalisation. Elle est placée sous la responsabilité directe d'un procureur d'État adjoint très expérimenté. Celui-ci, dès qu'il estime disposer d'éléments suffisants, ordonne une vague d'arrestations.

Au terme de ce coup de force, les fédéraux retrouvent la trace de 1 035 comptes ouverts dans 179 banques différentes — non seulement en Amérique du Nord, en Amérique centrale et en Amérique du Sud, mais aussi un peu partout en Europe.

Le travail commencé par Jimmy et Alex débouche finalement sur 127 inculpations, ainsi que sur l'extradition aux États-Unis de Raul et d'Eduardo. Depuis, les deux hommes ont été jugés et condamnés — pour blanchiment, entre autres. Ils sont aujourd'hui en prison.

En à peine plus de deux ans, Raul et Eduardo avaient supervisé le blanchiment de 1,2 milliard de dollars.

Grâce aux informations obtenues par « Polar Cap », le gouvernement américain est parvenu à saisir des biens et à geler des avoirs bancaires un peu partout dans le monde. En outre, il s'est trouvé en mesure d'infliger de lourdes amendes aux banques étrangères implantées aux États-Unis qui avaient participé à « La Mina ».

Le message était clair : il s'agissait d'intimider les barons de la drogue en leur faisant comprendre que l'Amérique avait déclaré la guerre aux blanchisseurs.

Mais les barons de la drogue savent se défendre. L'or reste en très bonne place sur la liste de leurs placements favoris. En janvier 1995, les Italiens ont procédé à l'arrestation de huit personnes — dont Gustavo Upegui Del Gado, gros bonnet du cartel de Cali —, après avoir découvert que ces gens exportaient chaque mois une tonne d'or de l'Italie vers l'Amérique latine. Les experts estiment aujourd'hui que cette opération de blanchiment était d'une telle amplitude qu'elle pourrait avoir influé sur les cours mondiaux du métal jaune. Pendant les trois mois ayant précédé le démantèlement du réseau, on sait que Del Gado et ses amis ont utilisé des banques suisses, espagnoles, mexicaines et américaines pour convertir 100 millions de dollars en or. Il est probable qu'ils opéraient depuis plusieurs années.

Malheureusement — comme dans la fable du petit Hollandais qui avait mis son doigt dans un trou de la digue pour empêcher l'eau de la marée d'inonder son pays —, seulement quelques années après l'éclatant succès de l'opération « Polar Cap », la pression de l'eau s'est intensifiée à tel point que le petit Hollandais n'a plus assez de ses dix doigts pour la refouler.

# 12

# Les gangs

*À côté des criminels d'aujourd'hui, Capone et la Mafia de l'époque feraient figure de truands à la petite semaine.*

George SCHULTZ,

ancien secrétaire d'État américain

Naguère inondé de pétrole, le Nigeria est aujourd'hui la plaque tournante du narcotrafic sur le continent africain. Une unité d'héroïne (environ 700 grammes) y est facilement importée d'Asie du Sud-Est pour moins de 6 000 dollars ; ensuite, elle sera tout aussi facilement revendue 120 000 dollars aux distributeurs qui fournissent le marché européen. Les prix pratiqués en Europe étant deux fois plus élevés qu'aux États-Unis, déjà saturés de drogue, le crime organisé est en plein essor au Nigeria.

Il en va de même pour l'industrie du blanchiment.

Pour toute personne assez confiante pour investir ses liquidités dans un pays africain, ce continent offre une légion de possibilités. L'argent liquide y est roi. Mais à la différence d'autres économies fragiles, celles d'Europe de l'Est, par exemple, l'Afrique ne vient pas seulement de s'en apercevoir. Les Africains connaissent le pouvoir des espèces depuis des lustres et font preuve d'une extrême sophistication dès lors qu'il s'agit de les soustraire aux plus candides.

Selon Interpol, l'Afrique est désormais un relais essentiel du narcotrafic international.

À la fin de 1994, le gouvernement kenyan a décrété que toute personne pourrait désormais exporter jusqu'à 500 000 dollars sans avoir à requérir l'autorisation de la banque centrale ou des douanes. Jusqu'alors, le montant autorisé se limitait à 2 000 modestes dollars. Conséquence directe de cette mesure, le pays a connu une floraison de sociétés nouvelles, fondées à la va-vite et téléguidées depuis l'étranger ; leur seule fonction consistait à transférer rapidement des fonds d'une banque à l'autre — sans jamais dépasser le plafond de 500 000 dollars par transaction, bien sûr —, avant de les câbler vers l'Inde ou la Suisse. Malgré les exhortations à la vigilance de la banque centrale, de nombreuses institutions financières de Nairobi ont réalisé d'énormes profits grâce à l'augmentation de leur volume d'affaires et de leurs commissions.

Dans le même temps, le retour de l'Afrique du Sud sur la scène commerciale internationale a provoqué l'émergence d'une énorme zone de transit pour les grands syndicats du crime, notamment en matière de transbordement de drogue destinée aux marchés européen et américain. Les barons africains de la drogue ont eux aussi saisi l'occasion de la libéralisation économique pour investir des dizaines de milliards de dollars dans la création de banques destinées à blanchir leur argent sale.

Cette nouvelle tendance a provoqué un tel émoi en Europe qu'Interpol a décidé d'ouvrir un bureau régional à Abidjan ; la France, qui entretient des liens plus qu'étroits avec plusieurs de ses anciennes colonies africaines, a versé 3 millions de francs afin d'équiper ce bureau d'un matériel de communication moderne.

Mais nulle part en Afrique le blanchiment ne jouit d'une telle image de technologie de pointe que dans la capitale nigériane. Dans un monde où la fraude internationale est de plus en plus courante, les truands de Lagos ont bien compris la fascination qu'exerce l'argent sale et s'en servent pour concocter des arnaques hautement lucratives.

Une lettre d'allure officielle, dont l'en-tête donne généralement une adresse d'expéditeur située aux États-Unis ou en Europe, est envoyée à un éminent gentleman au portefeuille bien garni — à son domicile, jamais à son bureau — ; il s'agit de lui offrir, en échange de son aide, une commission mirifique. La lettre est signée par une personne dotée d'un titre vaguement respectable, qui se présente souvent comme un avocat. Ainsi, dans un cas célèbre, le signataire se prétendait membre de la famille royale nigériane et lié à une entité dont le nom avait quelque chose de familier et de déroutant à la fois : « Shell BP ».

L'auteur de la lettre commence donc par dire qu'il s'est permis de prendre contact avec notre éminent gentleman sur le conseil d'un ami commun, qui n'est pas nommé. Il explique ensuite qu'il agit au titre de représentant d'une grande société — le nom de la compagnie pétrolière nationale nigériane revient régulièrement —, laquelle éprouve des difficultés pour encaisser une somme qui lui est due. Cette somme — importante — est bloquée sur un compte suisse et, à la suite d'un imbroglio juridique, elle ne peut être reversée directement à la société dont il est l'agent.

« Si je vous écris, poursuit la lettre, c'est pour établir un canal de communication et explorer d'éventuelles perspectives d'affaires communes. Nous sommes à la recherche d'un partenaire étranger susceptible de nous permettre de déposer des fonds sur n'importe quel compte de société, voire sur un compte personnel. Les sommes en jeu se chiffrent en millions de dollars. »

L'agent explique ensuite que, si le gentleman accepte de laisser l'argent transiter sur son compte bancaire — de le blanchir, en d'autres termes —, il sera grassement rétribué. L'affaire se présente ainsi : le débiteur de l'entreprise fera virer la somme due, 10 millions de dollars, par exemple, sur le compte du gentleman, sans que la responsabilité de celui-ci soit engagée. Tout ce que notre gentleman aura à faire, à la réception des fonds, c'est de réexpédier 7 millions de dollars à l'agent. Quant à la différence, rien moins que 3 millions de dollars, elle lui restera acquise au titre de commission.

Après avoir rassuré le gentleman sur le fait qu'on ne lui demande absolument rien d'illégal — il s'agit simplement de jouer un rôle d'intermédiaire dans une transaction commerciale parfaitement légitime —, l'agent propose de le rencontrer personnellement afin de lui montrer ses références et tous les documents justificatifs nécessaires. Toutefois, en raison de l'échéance rapprochée à laquelle la transaction doit être opérée, il suggère, pour gagner du temps, que le gentleman lui fasse parvenir sans tarder ses coordonnées bancaires, ainsi qu'une lettre manuscrite et signée autorisant le transfert des 10 millions de dollars sur son compte.

Inutile de le dire, une fois que le gentleman aura fourni les informations demandées, il n'entendra plus jamais parler de la transaction. Lettre et coordonnées bancaires sont envoyées au Nigeria, où une seconde lettre est contrefaite : celle-là ordonne à la banque du gentleman de transférer ailleurs le solde de son compte.

Les exemples de ce type d'escroquerie se sont multipliés à tel point — mettant dans l'embarras les autorités nigérianes — que la Banque centrale de Lagos a fini par publier une annonce dans l'*International Herald Tribune* afin d'avertir les hommes d'affaires de se méfier de la tentation du blanchiment artisanal. En réponse, des escrocs nigérians superbement organisés — jamais à court d'imagination lorsqu'il s'agit de duper les blanchisseurs amateurs, même avertis — ont concocté toutes sortes de variations sur le même thème.

Par exemple, ils inondent leur proie de documents falsifiés — lettres, contrats d'entreprises, relevés bancaires — censés expliquer pourquoi et comment l'argent doit être versé sur le compte d'une tierce personne. Alléché par une grosse commission, l'éminent gentleman accepte de participer à la transaction. Mais cette fois, à la toute dernière minute, il se produit un étrange contretemps. Notre pigeon est bombardé de télex, de fax et de coups de téléphone embarrassés de banquiers et d'avocats, lesquels lui expliquent que la partie censée recevoir les fonds exige désormais que les deux transferts soient effectués en même temps. Une conférence par téléphone est organisée à la hâte afin de permettre simultanément au gentleman d'autoriser sa banque à prélever 7 millions de dollars sur son compte, et aux avocats de la partie débitrice de demander à la leur de transférer 10 millions de dollars sur ce même compte.

Comme par hasard, dès l'instant où notre éminent gentleman a transmis à sa banque l'ordre de paiement de 7 millions de dollars, la communication est coupée.

Les Yakuzas — équivalents japonais de la Mafia — seraient forts, dit-on, de 165 000 membres. Bien qu'il se trouve certaines autorités en matière de crime organisé pour affirmer que ce nombre est surévalué, ils n'en doivent pas moins disposer d'une main-d'œuvre conséquente : leur chiffre d'affaires annuel, si l'on en croit le journal britannique *The Guardian*, dépasserait les 50 milliards de francs.

L'une de leurs pratiques les plus efficaces est l'extorsion de fonds. Les Yakuzas entrent en contact avec une entreprise ; au cas où celle-ci refuserait de leur verser une certaine somme à des fins de protection, ils menacent d'empêcher la tenue de sa prochaine assemblée générale d'actionnaires. Ce type de harcèlement est si courant qu'en 1991 près de 2 000 entreprises nippones se sont concertées pour tenter de rendre caduque la menace des Yakuzas en organisant leurs assemblées générales le même jour à la même heure.

Au début des années soixante-dix, les Yakuzas ont également découvert que la Bourse était un formidable moyen de blanchir de l'argent sale ; avec l'aide des gangs chinois de Malaisie, ils ont ouvert des maisons de courtage dans ce pays et à Singapour. Leurs affaires n'ayant pas tardé à prospérer, ils ont ensuite pris position à Hong Kong, en Australie, en Nouvelle-Zélande, en Indonésie et aux Philippines. Certains les disent d'ores et déjà implantés aux États-Unis. Au départ de la chaîne, des masses d'argent liquide sont injectées dans le système, d'où elles ressortent sous forme d'actions au nom de sociétés parfaitement légitimes qui reversent chaque année à leurs actionnaires des dividendes tout aussi légitimes.

Un réseau boursier yakuza démantelé par les autorités malaises — qui toutefois n'allèrent pas jusqu'à engager des poursuites judiciaires — devait reparaître à Londres peu après, intact.

En général, les Yakuzas blanchissent leur argent selon des méthodes classiques et éprouvées. Par exemple, ils recyclent des centaines de millions de dollars par an sur le marché immobilier de Tokyo, en s'achetant et se revendant indéfiniment des immeubles à eux-mêmes. Après avoir fait monter artificiellement les prix, ils contractent des emprunts garantis sur la valeur de ces immeubles et sur des bons du Trésor américains acquis sur le marché libre d'Hong Kong.

À l'occasion, cependant, il leur arrive de faire preuve d'un sens de l'innovation typiquement japonais en matière de blanchiment. C'est ainsi qu'en juin 1985 un Yakuza ayant amassé d'énormes quantités d'espèces grâce au trafic de drogue décida de s'intéresser au florissant marché parisien des produits de luxe.

Il fallut d'abord transférer l'argent à Paris. Une partie fut envoyée par voie télégraphique, avec le concours de banques asiatiques qui le firent transiter par le Luxembourg, la Suisse et les îles Anglo-Normandes. Le reste fut importé clandestinement — grâce à l'utilisation, en guise de porteurs de valises, de faux hommes d'affaires nippons, lesquels avec leurs costumes stricts étaient peu susceptibles d'attirer l'attention des douaniers français.

Ensuite, les chefs du réseau louèrent un appartement à proximité de la Madeleine, publièrent des petites annonces dans la presse de langue chinoise locale et recrutèrent par ce biais environ 300 « clients » chinois, vietnamiens et japonais. Tous les matins, chacun de ces « clients » devait se présenter à l'appartement, où il se voyait remettre une liasse de billets de 500 francs. Sa mission : se rendre dans certaines boutiques — notamment chez Vuitton et Hermès, et dans une moindre mesure chez Chanel et Lancel — pour y acheter des articles de luxe (sacs à main, foulards, etc.) à la douzaine. En fin d'après-midi, le « client » rapportait ses emplettes à l'appartement. Celles-ci étaient emballées et préparées à l'expédition. Grâce à la complicité d'un douanier hexagonal, tous ces articles étaient munis d'une fausse documentation et exportés au Japon, où ils étaient revendus en gros à une compagnie écran yakuza.

Il fallut attendre six ans pour que quelqu'un commence à suspecter quelque chose. Et encore, les premiers soupçons furent émis par les employés de chez Vuitton, lesquels avaient fini par s'étonner du nombre sans cesse croissant d'Asiatiques pauvrement vêtus qui défilaient dans leur boutique pour s'offrir des objets de luxe à grand renfort de billets de 500 francs flambant neufs. La direction de Vuitton avertit la police, qui ne tarda pas à découvrir un détail étrange : alors que ces biens étaient en principe destinés à l'exportation — et donc théoriquement détaxés —, leurs acquéreurs ne se donnaient jamais la peine de demander le décompte de la TVA. Ensuite, les enquêteurs remarquèrent de longues files d'Asiatiques pauvrement vêtus qui attendaient le moment d'être introduits dans un appartement près de la Madeleine. Tous portaient des sacs remplis d'articles de luxe.

Les autorités lancèrent les premières arrestations au printemps 1992, et près de cent personnes se retrouvèrent bientôt en prison. Les boutiques elles-mêmes n'étaient pas impliquées. Quand la police française perquisitionna l'appartement suspect, elle y trouva 450 000 dollars en liquide et près de 1,3 million en objets de luxe — dont 2 500 articles signés Vuitton et Hermès qui n'attendaient plus que d'être embarqués pour le Japon. Les enquêteurs découvrirent aussi des extraits bancaires qui leur permirent de repérer 2,7 millions de dollars déposés sur des comptes locaux.

Nul ne saurait dire au juste combien ce syndicat nippon a pu blanchir depuis 1985, mais les douanes françaises ont calculé que, pour la seule année 1991, la bande a réussi l'exploit de recycler 400 millions de francs.

Les Triades, confréries de sang nées au XVII^e siècle pour renverser la dynastie Qing, sont les plus célèbres représentantes du crime organisé chinois. Quand il fut définitivement avéré, deux siècles après leur naissance, que leur objectif initial ne serait jamais atteint, nombre de leurs membres s'enfuirent vers Hong Kong, l'Indochine et l'Amérique du Nord.

Formés d'unités indépendantes liées par un serment de fraternité, les gangs chinois touchent à tout, du trafic de drogue au blanchiment, en passant par l'extorsion et le vol. Ce sont eux qui, dans l'ombre, représentent la première force du célèbre « Triangle d'or ».

Couvrant une région de montagnes et de vallées à cheval sur les territoires du Laos, de la Thaïlande et de la Birmanie, la région du Triangle d'or produit chaque année entre 60 et 120 tonnes d'héroïne. Chaque kilo de poudre est revendu en gros entre 400 000 et 600 000 dollars. Coupé à 94 %, il sera facilement vendu au détail entre 6 et 10 millions de dollars.

Les Triades sont incontestablement la première puissance mondiale en matière de trafic d'héroïne ; leur prédominance sur le marché ne cesse de s'accroître. En 1997, la Grande-Bretagne est censée mettre un terme à cent cinquante ans de colonisation en rendant Hong Kong à la république populaire de Chine. Sans garantie fiable quant à l'avenir économique de cette nouvelle Hong Kong — et par crainte sincère d'un régime communiste écrasant —, nombre de seigneurs du crime aux préférences capitalistes ont souhaité émigrer sous d'autres cieux, choisissant en premier lieu les villes disposant déjà d'une forte colonie chinoise.

À la fin de l'année 1992, le *Toronto Globe and Mail* dévoilait que dix-sept membres de la haute hiérarchie des Triades venaient de faire une demande de résidence au Canada. Ces demandes furent toutes rejetées, comme les quatorze autres qui leur succédèrent dans les premiers mois de 1993. La gravité du problème a été soulignée par un rapport confidentiel de la police montée, lequel déclare les Triades « lourdement impliquées » dans des activités de trafic, de jeu, d'extorsion, de contrebande, de contrefaçon, de vol à main armée et de blanchiment.

De façon similaire, une enquête ultra-secrète menée par une force interservice australienne — composée notamment d'éléments de la police fédérale, de la National Crime Authority, des douanes et des diverses polices d'État — a montré qu'entre 85 % et 90 % de l'héroïne introduite sur le territoire australien est contrôlée par des bandes chinoises directement liées au crime organisé d'Hong Kong et de Chine. Par ailleurs, ces gangs sont en contact étroit avec des groupes opérant au Vietnam, au Liban, en Italie, en Turquie, en Roumanie et en Nouvelle-Zélande, ainsi qu'avec un réseau australien de bandes de motards, épine dorsale de leur stratégie de marketing.

Ce rapport — non destiné à la publication — citait les noms de centaines de criminels chinois opérant sur le territoire national ; certains étaient des membres influents de la communauté locale. Il avertissait les responsables du pays de ce que ces Chinois, avec leurs associés, avaient fondé un système de banque occulte pour blanchir l'argent issu de la drogue et stimuler la pratique de l'extorsion. En conclusion, le rapport affirmait que l'Australie n'était pas prête à faire face à une telle menace, ayant totalement échoué à comprendre la véritable nature du crime organisé chinois.

Aujourd'hui, les gangs chinois sont solidement établis dans

de nombreuses villes du monde — pas seulement Hong Kong, Sydney, Toronto et Vancouver, mais aussi San Francisco, Los Angeles, New York et Londres. Ils commencent de même à montrer le bout du nez dans des pays avec lesquels les Chinois n'ont pas ou très peu de liens traditionnels, comme l'Allemagne. Récemment, la police allemande a perquisitionné 90 restaurants chinois, interrogé 653 personnes, arrêté 102 d'entre elles et saisi 24 faux passeports, plus de 1 million de dollars en liquide, une grosse quantité de cocaïne et d'héroïne, et des armes. Les enquêteurs ont également trouvé des indices de ce qui a été décrit par la police comme un système de blanchiment « de type mafieux ».

Dans une certaine mesure, les structures du crime organisé du monde entier se ressemblent. Le narcotrafic ne peut guère se concevoir sans blanchiment, et les deux activités combinées sont génératrices de terreur, voire de terrorisme.

À ceci près qu'ils mènent une guerre politique, des groupes comme l'IRA, l'ETA basque ou l'OLP déploient autant de talent pour violer les lois que les Yakuzas et les Triades.

La police de Londres, par l'intermédiaire de sa branche spéciale, a maintes fois déclaré que l'IRA ne trafiquait pas de stupéfiants. Or il se trouve que la police irlandaise conteste ouvertement cette affirmation et soutient le contraire, mettant en avant un certain nombre d'exemples qui semblent lier l'Armée républicaine irlandaise au trafic de marijuana. En vérité, tout porte à croire que l'IRA est prête à trafiquer n'importe quoi pour financer son combat. On sait qu'elle assure le transport de chargements d'armes pour le compte de trafiquants internationaux. Or le narcotrafic offre aujourd'hui un moyen privilégié de transformer de l'argent sale en armement. Gageons que les policiers irlandais sont plus proches de la vérité que leurs collègues anglais.

Tout le monde s'accorde à reconnaître que les membres de l'IRA sont des virtuoses de l'attaque à main armée — ils ont un palmarès impressionnant dans ce domaine — et que les sociétés immobilières, banques et bureaux de poste anglais sont leurs cibles préférées. L'IRA serait responsable chaque année d'un nombre de vols à main armée oscillant entre 800 et 2 500.

Elle gère également des réseaux de racket qui offrent une

sorte d'assurance contre les incendies et les bombes. La presse anglaise a plusieurs fois cité de grandes entreprises implantées en Irlande du Nord qui versent à l'IRA jusqu'à 2 millions de livres par an. On considère communément, dans les services spécialisés, que toutes les entreprises britanniques installées en Irlande du Nord, sans être régulièrement victimes d'attentats à la bombe, sont en quelque sorte « assurées » par l'IRA contre ce genre de danger.

Pour renforcer sa trésorerie, l'IRA possède des pubs et des tavernes en Irlande du Nord ; certains de ces établissements ont une licence en règle, d'autres non, mais tous disposent de juke-boxes et de machines à sous.

Riche en liquidités, l'Armée républicaine irlandaise recycle une partie de ses fonds par le biais d'activités de façade légales, sociétés immobilières, compagnies de taxis et entreprises de sécurité privée, qui contribuent toutes à générer des revenus supplémentaires. Une fois l'argent blanchi, il est même quelquefois réinvesti en Bourse. La preuve a été faite il y a quelque temps qu'au début des années quatre-vingt l'IRA avait acquis une part importante des actions d'une société britannique cotée en Bourse — à l'époque, on a parlé de 200 millions de livres — par l'intermédiaire d'agents de change établis *offshore*. Dans l'ensemble, les dirigeants de l'IRA ont permis le maintien d'une gestion normale de l'entreprise, mais ils se sont tout de même réservé une petite chasse gardée dans sa comptabilité qui leur a permis de laver 30 millions de livres (plus de 250 millions de francs) en huit ans.

Les dons constituent une source de financement secondaire importante de l'IRA. Constat macabre, ils augmentent à chaque décès faisant l'objet d'un important battage médiatique. Après la mort de Bobby Sands — par grève de la faim — et l'exécution à Gibraltar de plusieurs membres de l'IRA par le SAS (Special Air Service, l'équivalent britannique du GIGN), l'organisation s'est mise à crouler sous les dons. Le recrutement a augmenté dans la même proportion, ce qui a permis à l'IRA de développer ses opérations de « schtroumpfage ». Il s'agit en général de petites fraudes à la Sécurité sociale, effectuées par un bataillon de sympathisants le plus souvent désintéressés : cinquante personnes peuvent facilement utiliser chacune cinquante noms différents pour soutirer au gouvernement britannique cinquante allocations sociales hebdomadaires de 75 livres. Les sommes en jeu sont trop faibles pour attirer rapidement l'attention, mais assez importantes pour faire tache d'huile : à supposer que 2 500 comptes alimentent le système, on obtient un bénéfice de 187 500 livres par semaine ou de 9,75 millions de livres par an (soit plus de 80 millions de francs). Ces mêmes « schtroumpfs » peuvent arriver à des résultats similaires en blanchissant les fonds de l'IRA dans des banques et des sociétés immobilières disséminées sur tout le territoire du Royaume-Uni. Précisons que, dans le cas de l'IRA, ces porteurs de valises ne se considèrent pas comme des blanchisseurs. S'ils font ce qu'ils font, c'est au nom de leur idéal — ce qui les rend d'autant plus motivés.

Une bonne partie des revenus extérieurs de l'IRA arrive des États-Unis par le biais de l'organisation NORAID. Selon certaines estimations, cette seule source fournirait à l'IRA entre 1 et 3 millions de livres par an. Si l'on considère l'importance de la colonie irlandaise de Boston, il n'est pas surprenant que la Bank of Boston — laquelle s'est par ailleurs illustrée en 1985 quand le gouvernement américain a enfin décidé de sévir pour faire respecter la loi sur la déclaration des transactions en espèces — ait été pendant quelques années une des principales machines à laver de la cellule bostonienne de l'IRA provisoire.

Dès le début des années soixante-dix, une coalition *ad hoc* avait été formée entre les membres les plus actifs de la cellule de l'IRA à Boston et les parrains de la Mafia locale. Le crime organisé voulait de la marijuana, les sympathisants irlandais se firent importateurs. L'intermédiaire, Joe Murray, était un Irlandais né à Boston — une armoire à glace. Doté d'un tempérament irascible, il dirigeait une entreprise de remorquage dans la ville voisine de Charlestown. Jouissant de la confiance de ses partenaires italiens et voué corps et âme à la cause de la défaite britannique en Ulster, Murray devait importer des tonnes de drogue dans la région de Boston à bord de bateaux de pêche. Les sommes en liquide qu'il recevait pour prix de ses efforts, après avoir été blanchies à la Bank of Boston, étaient réinvesties en armes que ces mêmes bateaux convoyaient ensuite vers l'Irlande du Nord.

Les Basques de l'ETA suivent la même ligne générale que l'IRA : ils sont prêts à se lancer dans n'importe quel trafic du moment que cela peut servir leur cause. La principale différence, c'est qu'au lieu de pratiquer l'extorsion clandestine l'ETA impose ouvertement aux entreprises espagnoles — leurs homologues basques en sont exemptés — une « taxe de libération » de 10 %. Toute société refusant de s'acquitter de cette dîme est promptement et efficacement contrainte à fermer ses portes.

Protection ou non, cette pratique n'est guère différente de celle du second timbre qu'il faut acheter pour soutenir l'OLP si l'on veut poster une lettre à Beyrouth.

L'argent reste la clé. Et par les temps qui courent, cette soif de devises peut mener très loin sur les marchés parallèles d'Europe de l'Est. Les intermédiaires russes qui ont envahi les bazars aux armements de Pologne et de Hongrie vendent de tout, de la Kalachnikov de base au missile sol-air. Les lois de l'offre et de la demande étant ce qu'elles sont, on peut actuellement y acheter une arme automatique russe ayant à peine servi pour moins de 20 francs.

Le fait que les terroristes se soient structurés selon les mêmes lignes que le crime organisé n'est pas surprenant, dans la mesure où les terroristes sont enfermés dans les mêmes prisons que les truands. Il n'y a rien que de très naturel au fait que les uns et les autres s'échangent quelques tuyaux et ficelles, histoire de tuer le temps.

Comme il est parfaitement naturel qu'à leur sortie ils décident d'unir leurs forces.

En Russie, où les crimes officiellement recensés augmentent au rythme de près de 30 % par an, les groupements de type mafieux abondent. Outre qu'ils ont l'habitude d'assassiner les banquiers qui refusent de coopérer, ces gens-là pratiquent à haute dose le racket de protection, extorquant de l'argent à des Occidentaux qui ont cru pouvoir débarquer en Russie comme en terre conquise. Les truands se sont également taillé une place de choix sur le marché automobile en volant en Allemagne des dizaines de milliers de voitures quasi neuves qui sont ensuite acheminées vers la Russie et revendues contre des devises.

Ces vols de véhicules ne sont que la partie émergée de l'iceberg. Selon une source proche de la police allemande, plus de

300 gangs russes diversement organisés auraient envahi l'Allemagne depuis l'implosion de l'Union soviétique. Ce chiffre est confirmé par les services de renseignement russes. Il s'agit de criminels professionnels qui ont décidé de profiter de la récente ouverture de leurs frontières pour trafiquer tout et n'importe quoi : de la technologie nucléaire — revendue au plus offrant dans certains pays du tiers-monde — aux stupéfiants, en passant par les matériaux radioactifs.

Mise au pied du mur, la police allemande admet sans difficulté qu'elle se sent très peu armée pour affronter une telle menace. Pire encore, elle ne peut compter sur l'aide de personne en Russie. La police russe n'est ni équipée ni motivée. Elle n'a plus d'organisation. Toute l'infrastructure implantée par les communistes a volé en éclats.

Hors de Moscou, certains gangs russes se sont spécialisés dans le transport des réfugiés pauvres qui affluent des anciennes républiques du Sud ; moyennant finance, ils leur font traverser la mer Baltique pour les larguer en Scandinavie. La même route sert également à blanchir des fonds dans les banques scandinaves.

Jusqu'à une époque récente, on pensait que les gangs russes opéraient indépendamment des syndicats criminels internationaux établis. Mais force est à présent de reconsidérer cette opinion.

Récemment, lorsqu'un groupe de Russes s'est présenté au Luxembourg avec des sacs bourrés d'espèces, les banquiers ont manifesté une méfiance légitime. Ainsi qu'ils l'ont expliqué à ces clients potentiels, la communauté financière internationale étant de plus en plus mobilisée contre le blanchiment, toutes sortes de pressions internationales leur seraient infligées s'ils avaient le malheur d'accepter de l'argent sale. Les Russes ont insisté, affirmant que leur argent était parfaitement propre. Les banquiers restaient sceptiques. C'est alors que les Russes ont brandi une déclaration sous serment, signée par quelqu'un du ministère des Finances, qui jurait sur l'honneur que la somme en question était d'une propreté sans tache. C'était plus qu'il n'en fallait pour permettre aux banquiers de se convaincre qu'ils pouvaient accepter ces espèces.

Un gang d'émigrés russes a été inculpé dans le New Jersey avec sept membres de la famille mafieuse Gambino en mai

1993, après la découverte par la police d'un énorme racket sur l'essence et le fuel. Parmi les 101 charges retenues contre les Russes, nous citerons le racket, l'extorsion, la fraude télégraphique et postale, ainsi que l'évasion fiscale au niveau de l'État et au niveau fédéral. Ils sont aussi accusés d'avoir blanchi plus de 66 millions de dollars. La police juge particulièrement inquiétante la « taxe » de 6,7 millions de dollars versée par les Russes à la famille Gambino pour avoir le droit d'opérer. C'est l'un des premiers signes de l'existence d'un accord de travail entre les Russes et la Mafia.

Cette association s'est trouvée confirmée quand la police a enfin mis la main sur Monya Elson, caïd russe établi à Brooklyn. Curieusement, l'homme n'a été arrêté ni dans une rue de Moscou ni sur un trottoir de Coney Island, mais en Italie, où il dirigeait une affaire d'import-export servant à blanchir les profits tirés de l'héroïne thaïlandaise qu'il vendait sur les marchés européen et américain.

Même si elles n'ont pu établir un lien direct entre les émigrés russes du New Jersey et le crime organisé moscovite, les autorités américaines ont toujours cru que la communauté russe de Brooklyn entretenait des contacts de ce type. Ces craintes se sont révélées tristement fondées quand plus de 1 tonne de cocaïne a été saisie près de Saint-Pétersbourg.

Cette prise, la plus grosse à ce jour en Russie — 1 100 kilos cachés dans des boîtes de conserve étiquetées « pommes de terre » et « viande » qui venaient d'arriver par camion de Finlande —, a conduit les responsables de la lutte antidrogue en Europe et aux États-Unis à reconnaître que la Russie est devenue une plaque tournante du marché des stupéfiants — une porte de service idéale pour les Colombiens avides de faire entrer leurs produits en Europe.

Le plus inquiétant dans toute cette affaire, c'est que les commanditaires étaient basés à New York.

La consommation de cocaïne est presque inconnue en Russie, mais le pavot pousse à volonté dans la plupart des républiques de l'ex-URSS. Jusqu'à présent, il sert surtout de matière première à la fabrication de composés bon marché de l'opium, et très peu au raffinage de l'héroïne. Malheureusement, l'existence avérée d'une route commerciale Colombie - New York - Saint-Pétersbourg - Europe de l'Ouest révèle deux tendances des plus inquiétantes : premièrement, une collaboration est en train de s'ébaucher entre les cartels colombiens et russes ; deuxièmement, il ne faudra pas attendre longtemps pour que la Russie produise de l'héroïne à grande échelle.

Il y a également fort à parier que les immenses champs de cannabis sauvage qui envahissent littéralement les républiques du sud de la Communauté des États indépendants seront moissonnés un jour ou l'autre. D'immenses territoires sibériens se trouvent dans la même situation : la surface couverte de cannabis équivaut à celle du Connecticut (13 000 $km^2$).

Les Russes sont parfaitement conscients des énormes potentialités du narcotrafic ; selon une source de Washington, certains émigrés russes ont cherché à nouer le contact avec les cartels colombiens dès 1990, époque où le blanchisseur colombien Franklin Jurado fut arrêté alors qu'il cherchait à se rendre à Moscou. Mais de là à implanter une vraie filière de trafic, il semblait y avoir un gouffre. La saisie à Saint-Pétersbourg de 1 tonne de cocaïne destinée à l'Europe de l'Ouest a causé un choc énorme.

Les autorités occidentales auront bien du mal à faire face au désordre généralisé qui caractérise les anciennes républiques soviétiques ; à l'abondance des matières premières qui finira par pousser les Russes vers le narcotrafic ; aux bataillons de chimistes compétents qui ont perdu leur emploi, victimes de la transition vers l'économie de marché ; et à l'ouverture des frontières russes. Il leur sera difficile d'empêcher la Russie de devenir une seconde Colombie.

Selon David Vaness, chef de l'unité de Scotland Yard spécialisée dans la lutte contre le crime organisé : « [...] Le mépris des lois et la violence de ces criminels sont sans bornes. Tous les trois mois, nous sommes obligés de revoir à la hausse nos estimations les plus pessimistes de la menace qu'ils représentent. Plus on en apprend à leur sujet, plus on a tendance à se sentir découragé. D'ici à cinq ans, les syndicats du crime russes seront probablement les premiers fournisseurs de la Grande-Bretagne en stupéfiants et en armes de contrebande. »

La Russie a tout pour devenir une jungle des neiges.

Un certain nombre d'anciens agents du KGB utilisent ce qui reste des anciens réseaux de la police d'État pour pratiquer le trafic de devises et le blanchiment. Le jour viendra fatalement où ces hommes de l'ombre, à la fois aguerris et hautement qualifiés, se lanceront dans le trafic de drogue. Après tout, 40 % des terres arables de l'ancienne Union soviétique sont considérées comme idéalement adaptées à la culture du pavot. La Mafia risque de ne pas apprécier, les Colombiens non plus. Mais ils n'y pourront pas grand-chose. Et s'ils ne parviennent pas à éliminer les Russes, ces gens-là chercheront presque à coup sûr à s'associer à eux.

Selon une source policière italienne, deux rencontres au sommet auraient d'ores et déjà eu lieu — la première à Varsovie en mars 1991, la seconde à Prague en octobre 1992 — à l'initiative des parrains russes. Invités d'honneur, un certain nombre de représentants siciliens, napolitains et calabrais des grands syndicats du crime. Les débats auraient essentiellement porté sur le blanchiment, le trafic de drogue et la vente de technologie nucléaire.

Les Italiens se sont aperçus depuis que les laboratoires clandestins de Sicile faisaient partie intégrante du réseau d'approvisionnement du marché russe, tandis que les presses d'imprimerie dernier cri découvertes à Naples et à Palerme fournissaient les Russes en faux dollars américains.

Une partie de cette monnaie contrefaite a resurgi sur la Côte d'Azur, où abondent les touristes russes aux poches gonflées d'espèces. Certaines boutiques de Nice et de Cannes, comme à Paris d'ailleurs (surtout dans les quartiers les plus huppés, comme le secteur du faubourg Saint-Honoré), arborent désormais des panonceaux traduits en russe. Ce phénomène n'est pas sans rappeler l'invasion des touristes arabes dans les années soixante-dix, puis celle des Japonais dans les années quatre-vingt.

Beaucoup d'argent frais afflue actuellement vers la France ; cette fois, ce sont les Russes qui le contrôlent.

Le trafic tel qu'il est pratiqué par les cartels colombiens est fondamentalement une mono-industrie. En comparaison, la Mafia est un conglomérat multinational aux intérêts commerciaux très diversifiés — prostitution, trafic d'armes, protection, extorsion, jeu et narcotrafic.

En matière de drogue surtout, la Mafia dispose d'un gros avantage. Les Triades trafiquent de l'héroïne et les Colombiens de la cocaïne ; la Mafia, elle, a une solide expérience de la vente de l'une et de l'autre.

Elle a aussi des accointances gouvernementales. Jusqu'à une date récente, elle a représenté la plus cohérente de toutes les forces politiques existantes en Italie depuis 1945.

Surnommée « La Piovra » (« La Pieuvre »), la Mafia est aujourd'hui composée de trois groupes étroitement liés : Cosa Nostra en Sicile, la Camorra à Naples et la Ndrangheta en Calabre.

La Ndrangheta — constituée de 160 clans ruraux liés entre eux par des rites secrets — a vu le jour en tant qu'organisation clandestine à la fin du XIXe siècle. Bandits de père en fils, beaucoup de ses membres ont glissé à partir de la fin de la Seconde Guerre mondiale vers des formes de crime plus radicales, tels l'extorsion, le kidnapping et finalement le narcotrafic. Comme leurs rivaux siciliens, ils ont profité de l'émigration pour étendre leurs activités à d'autres pays, et notamment en Australie. On estime aujourd'hui leur nombre à 15 000 environ.

Ces dernières années, la répression menée contre les clans traditionnels de la Mafia a sérieusement entamé le pouvoir des Siciliens. C'est ainsi que la Ndrangheta — qui s'est engouffrée sans scrupule dans l'espace laissé libre par l'arrestation de gros poissons comme Salvatore « Toto » Riina — peut aujourd'hui se targuer d'être en situation quasi monopolistique sur le marché européen de l'héroïne. L'organisation a infiltré des régions entières d'Allemagne, de Belgique et d'Autriche, sans parler de sa présence massive en Provence.

En dépit d'une contre-offensive récente des autorités, si l'on en croit le premier procureur de la Cour suprême italienne, ses tentacules restent présents dans tous les domaines de la vie nationale. Son influence est sensible dans chaque ville, d'un bout à l'autre du pays. Dans les grandes cités comme Rome, Milan et Naples, près de 60 % des boutiques, bars et restaurants versent un impôt de protection à la Mafia. En Sicile — et surtout à Palerme —, ce taux grimpe à 100 %.

La branche sicilienne a d'ailleurs été la première à s'implanter outre-mer. Les Siciliens sont arrivés aux États-Unis avec le statut de passagers de troisième classe, dans le premier quart du siècle, parmi les vagues d'Italiens qui fuyaient la guerre et la faim. Réunis par clans, par villages et pratiquant un dialecte commun, ils se sont imposés grâce à la Prohibition, au racket, au jeu et à l'infiltration des syndicats. Leurs fils ont eux aussi mis la main à la pâte, mais ils avaient d'ores et déjà assez d'argent pour veiller à ce que la troisième génération — celle des petits-fils de don Corleone, en somme — reçoive une excellente éducation. Bon nombre sont devenus avocats afin de pouvoir défendre les intérêts familiaux. Ou alors, titulaires d'un diplôme délivré par quelque école de commerce prestigieuse, ils ont expliqué à leurs aînés comment transformer l'argent noir en avoirs légaux et imposables.

À son apogée — dans les années cinquante et soixante, quand les méthodes policières étaient autrement moins efficaces qu'aujourd'hui —, Cosa Nostra était forte d'environ 7 000 membres aux États-Unis. Plus dispersée et nettement moins nombreuse aujourd'hui, elle n'en conserve pas moins de solides poches d'influence. Par exemple, on estime que les familles qui contrôlent New York figurent depuis au moins quarante ans en tête de la liste des plus gros propriétaires d'établissements commerciaux de la ville.

La Mafia est aussi le premier pourvoyeur d'héroïne des États-Unis.

Pendant cinq ans, de 1979 à 1984, un réseau mafieux a distribué son héroïne sous le couvert d'une chaîne de pizzerias implantée principalement dans le Nord-Est industriel du pays et dans une moindre mesure dans le Midwest. L'idée originelle était d'utiliser ces pizzerias tant pour distribuer la drogue que pour blanchir les fonds ainsi récoltés en les mêlant aux recettes de chaque établissement. Mais l'héroïne ne tarda pas à prendre le pas sur les autres spécialités de la carte, et les bénéfices furent bientôt trop importants pour être noyés dans le tiroir-caisse. Il fallut trouver d'autres méthodes de blanchiment.

Le négociant en poissonnerie Sal Amendolito fut, avec d'autres, chargé de cette tâche. Des années plus tôt, il avait travaillé pour un cabinet d'experts financiers de Milan dont la spécialité était d'exporter illégalement des devises en Suisse pour le compte de riches Italiens. Le filon ayant fini par s'épuiser, il se mit à importer du poisson en Italie. Au bout d'un certain temps, Amendolito s'établit aux États-Unis pour exporter son poisson vers l'Europe. Vers 1980, il fut contacté par son ancien associé milanais, Sal Miniati, lequel déclara avoir besoin de son aide pour le compte d'une entreprise de promotion immobilière sicilienne. À en croire Miniati, cette société était en train de construire un vaste complexe de loisir avec le concours d'investisseurs américains qui, assez curieusement, étaient tous propriétaires de pizzerias. Miniati expliqua ensuite à Amendolito que ces Américains avaient besoin de faire parvenir en Suisse de grosses sommes en espèces — leur participation au projet — sans attirer l'attention. D'ores et déjà, 9 millions de dollars n'attendaient plus que d'être transférés. À titre de commission, Miniati proposa 90 000 dollars à son ancien collègue.

Amendolito accepta et reçut un premier versement — 100 000 dollars — en juillet. Afin que ses dépôts ne dépassent pas la limite légale de 10 000 dollars, il ouvrit des comptes dans une douzaine de banques. Quelques jours plus tard, il acheta des chèques de caisse pour le même montant — moins sa commission de 1 % —, et les déposa sur les comptes qu'il venait d'ouvrir dans quatre autres banques. De là, l'argent fut câblé en Suisse, où Miniati prit le relais.

Ce mécanisme de blanchiment était à tout le moins rustique — il laissait des traces si visibles qu'un enfant aurait pu les suivre sans problème —, mais Amendolito décida qu'il n'y avait aucune raison pour qu'il ne fonctionne pas tant que les versements resteraient modestes. Ainsi, à plusieurs reprises, il réinjecta des sommes de 100 000 dollars dans sa lessiveuse. Vers la fin juillet, cependant, on lui confia 550 000 dollars en petites coupures. Il se trouva confronté à un problème. C'était trop d'argent pour le système qu'il avait mis sur pied.

Grâce à un contact dans une société de placement suisse, la Finagest, il apprit que la Conti Commodity Services, dont les bureaux étaient installés dans le World Trade Center, pourrait sans doute l'aider. Toutefois, lorsqu'il se présenta à l'adresse indiquée avec quatre petites valises truffées de billets, on lui expliqua que l'antenne locale de la société n'était pas équipée en matière de sécurité pour recevoir une telle somme, et on lui recommanda de s'adresser à l'agence de la Chase Manhattan Bank, située quelques étages plus bas. Le gérant de la Chase invoqua la même excuse que la société suisse et suggéra à Amendolito d'effectuer son dépôt dans une agence plus importante. Le siège central de la banque ne se trouvant qu'à quelques pâtés de maisons de là, Amendolito s'y rendit sur-le-champ, mais il arriva juste à l'heure de la fermeture et on le pria de revenir le lendemain matin. Le lendemain, enfin, la Chase Manhattan Bank accepta son argent et le transféra sur un compte de la Finagest ouvert au Crédit suisse de Lugano.

Refusant de se soumettre de nouveau à un tel marathon, il décida de trouver une meilleure méthode de blanchiment des grosses sommes. Il se mit à exporter clandestinement des devises pour les déposer aux Bahamas. Au bout d'un moment, les sommes en jeu ne cessant d'augmenter, Amendolito convint avec Miniati qu'une partie de l'argent serait directement acheminée de New York jusqu'en Suisse par des commis voyageurs.

À ce stade, Miniati fit allusion à un « ami d'ami » sicilien qui souhaitait faire appel aux services d'Amendolito. Pour faire face à l'expansion de ses activités, Amendolito ouvrit un bureau sur Madison Avenue, y installa une machine à compter les billets et adjoignit un nouveau contact — une banque des Bermudes — à sa liste de comptes de dépôt. Toutefois, Amendolito avait un vilain défaut : il était un peu trop gourmand. Quand un de ses nouveaux clients siciliens s'aperçut qu'il prélevait, en sus de sa commission de 4 %, un petit à-côté sur chaque transaction, il n'apprécia guère et laissa poliment entendre à Amendolito qu'il avait tout intérêt à restituer les sommes détournées. Au lieu de s'exécuter, celui-ci préféra disparaître.

Les Siciliens remplacèrent Amendolito par un banquier italien, Antonio Cavalleri, qui dirigeait une antenne du Crédit suisse dans le village alpin de Bellinzona. Il apporta sa pierre à l'édifice en fondant une compagnie appelée Traex qui, sur le papier, vendait des propriétés et des matières premières. En pratique, elle ne faisait rien d'autre que blanchir l'argent de la « Pizza Connection ». Avec la complicité d'un employé de Swissair, près de 10 millions de dollars quittèrent New York pour être déposés sur le compte de la Traex ouvert à l'agence de Cavalleri.

Les truands n'avaient aucune raison de penser qu'ils étaient repérés. Mais ils se trompaient. Dès 1979 — l'année de la mise en route de la « Pizza Connection » —, les douanes italiennes avaient trouvé par hasard à l'aéroport de Palerme une valise contenant 497 000 dollars. Leur enquête avait conduit à la découverte de cinq laboratoires de raffinage d'héroïne en pleine activité sur le territoire sicilien. Les Américains, ayant entendu parler de cette affaire, manifestèrent leur intérêt. Grâce aux renseignements que la police italienne voulut bien fournir au FBI, dès l'époque où l'employé de la Swissair acheté par Cavalleri commença d'entrer en action, les agents fédéraux avaient identifié Amendolito, reconstitué la trace de plusieurs transactions menées par ses soins et localisé son adresse sur Madison Avenue. À partir de là, la mise en place d'une écoute téléphonique fut pour eux un jeu d'enfant ; du coup, la liste des personnages impliqués dans le circuit ne tarda pas à s'allonger.

Ironiquement, le premier à craquer fut l'employé de la Swissair, lequel n'était pas encore suspecté. Les truands le remplacèrent par Franco Della Torre, un blanchisseur qui avait travaillé pour eux en Suisse. Il arriva à New York muni d'excellentes références — officiellement, il représentait la Traex —, ouvrit un compte client chez l'agent de change Merrill Lynch et, pendant les quatre premiers mois de 1982, blanchit 5 millions de dollars par son intermédiaire. Vers la fin avril, il ouvrit un nouveau compte au nom de la Traex chez l'agent de change EF Hutton ; onze dépôts effectués en moins de dix semaines lui permirent de recycler 7,4 millions de dollars.

Craignant de finir par attirer l'attention, il ouvrit un second compte chez EF Hutton, cette fois au nom de l'Acacias Development Company, et y déposa 8,2 millions de dollars supplémentaires dans les dix semaines suivantes.

Les inquiétudes de Della Torre étaient fondées. Tout comme Amendolito, il laissait derrière lui des empreintes visibles. Les deux agents de change gardèrent trace de ces opérations.

En 1983, Amendolito, justement, refit surface. Il avait été arrêté pour escroquerie à La Nouvelle-Orléans. À cette époque, le FBI était déjà sur la piste de Della Torre. Une cellule interagence — vaguement calquée sur le modèle de l'opération Greenback — fut formée dans les bureaux de Rudolph Guiliani, à l'époque jeune et bouillant procureur du district sud de New York. L'attaque fut menée sur deux fronts : celui des trafiquants et, de façon séparée, celui des blanchisseurs. Ces derniers n'ayant pas eu le temps ou le talent d'élaborer des techniques de blanchiment très sophistiquées, la seconde piste se révéla relativement facile à suivre.

Les agents du FBI, des douanes, de la DEA, de l'IRS et du Bureau des alcools, tabacs et armes à feu réunirent un dossier qui devait permettre de traduire devant un grand jury trente-neuf membres du réseau pour trafic de drogue et blanchiment. Sal Amendolito accepta de témoigner contre ses anciens amis et ne fut jamais inquiété. Certains des inculpés s'étant réfugiés en Italie, seuls vingt-deux d'entre eux furent effectivement jugés à New York. Après dix-sept mois d'audiences, un interminable défilement de bandes téléphoniques enregistrées par le FBI (55 000 pour être exact, la plupart en langue italienne) et l'assassinat de l'un des inculpés, les vingt et un autres furent déclarés coupables. Le juge condamna les cinq chefs mafieux du réseau à des peines allant de vingt à quarante-cinq ans de prison. Par ailleurs, quatre inculpés furent contraints de verser 2,5 millions de dollars destinés à financer la désintoxication de victimes de l'héroïne.

Le gang avait fait entrer 750 kilos d'héroïne aux États-Unis — valeur estimée au détail : 1,6 milliard de dollars. En acceptant ce genre de clientèle, plusieurs institutions financières importantes s'étaient placées dans une situation embarrassante — Merrill Lynch, EF Hutton et la Chemical Bank à New York, la Handelsbank à Zurich et, surtout, le Crédit suisse de Bellinzona. L'un des comptes ouverts au Crédit suisse avait été secrètement baptisé « Wall Street 651 ». Son bénéficiaire était Oliviero Tognoli, industriel de renom auquel les parrains de la Mafia faisaient discrètement appel quand ils avaient besoin de conseils financiers. Près de 20 millions de dollars avaient transité par ce compte.

Quelques puissants personnages furent mis à l'ombre pour un bon bout de temps, et la presse donna une ample répercussion à l'affaire, présentée comme une victoire éclatante des gendarmes sur les voleurs.

Avec le recul, cette victoire apparaît plus cruciale encore. Certes, les « méchants » avaient pu recycler 50 millions de dollars. Mais cette fois — pour la première fois dans une grosse affaire de narcotrafic —, les fédéraux avaient réussi à retrouver la trace de l'argent.

Brusquement, les deux camps s'aperçurent que les règles du jeu avaient changé.

Et tout aussi brusquement, les mises parvinrent à des sommets jamais atteints.

Il y a belle lurette que la pègre italienne est physiquement présente en Amérique latine — représentée en particulier par les clans alliés Cuntrera et Caruana, lesquels ont bâti un empire grâce au trafic d'héroïne depuis leur base vénézuélienne.

Toutefois, petit à petit, les autorités sont parvenues à entamer la souveraineté de ces bandes. En 1985, les polices britannique et canadienne ont saisi un chargement de 300 millions de dollars d'héroïne parti de Londres pour rejoindre Montréal, ce qui a conduit à la condamnation d'un membre de la famille Caruana. Deux ans plus tard, nouveau coup dur pour le budget des truands : une quantité monstrueuse de haschisch était saisie à Terre-Neuve. Un autre membre de la famille tomba. L'année suivante, les Vénézuéliens arrêtèrent un troisième Caruana pour association avec des trafiquants de cocaïne.

Ce dernier épisode était le plus significatif dans la mesure où, jusqu'alors, les autorités n'avaient jamais réussi à prouver l'existence de liens entre les deux familles mafieuses et les Colombiens. Désormais, il apparaissait clairement que les Cuntrera-Caruana n'auraient jamais pu opérer si près des cartels sans la permission de ceux-ci.

Une rupture importante se produisit la même année avec l'arrestation pour trafic de cocaïne de John Galatolo, un homme d'affaires du sud de la Floride. Il avoua à la DEA qu'il avait personnellement joué les intermédiaires pour la Mafia, laquelle avait récemment acheté 600 kilos de cocaïne au cartel de Cali. À en croire Galatolo, l'accord garantissait en outre l'exclusivité de la distribution de la drogue en Italie à la Mafia.

À l'origine, les Colombiens avaient cru pouvoir concurrencer la Mafia hors de son territoire originel et distribuer leur poudre eux-mêmes dans le reste de l'Europe. Mais le Vieux Continent n'est pas l'Amérique latine, et si le cartel de Cali n'eut guère de mal à s'implanter en Espagne — à cause de la langue, entre autres, l'Europe du Nord s'avéra être un marché bien plus problématique. Des transactions échouèrent, des chargements furent saisis. Puis vint la goutte d'eau qui fit déborder le vase : en février 1990, la police néerlandaise intercepta 3 tonnes de cocaïne cachées dans une cargaison de jus de fruits.

Toujours pragmatiques, les Colombiens admirent très vite leur défaite. N'étant pas en mesure de se passer des réseaux de distribution établis par « La Piovra » dans toute l'Europe, ils se tournèrent vers l'Italie. En association avec la Mafia, ils fondèrent des sociétés écrans et ouvrirent des comptes bancaires pour laver leurs bénéfices.

Pour empêcher ce rapprochement, il aurait fallu mettre en place des mécanismes de coopération internationale qui n'existaient pas à l'époque.

Cependant, il apparut bientôt qu'un exploit de ce genre était bel et bien possible : le premier indice surgit en avril 1992, quand le FBI arrêta quatorze personnes en Floride pour narcotrafic et blanchiment. Ce qui différenciait cette vague d'arrestations de toutes les autres et la rendait unique, c'était la présence de preuves liant les suspects aux cartels colombiens et à une famille de la Mafia calabraise de Toronto.

Cinq mois plus tard, le lundi 28 septembre, les services de police de huit nations — États-Unis, Grande-Bretagne, Canada, Colombie, Costa Rica, Espagne, Pays-Bas et îles Caïmans — déclaraient une guerre totale à l'association Mafia-cartels.

L'opération fut baptisée « Green Ice ». C'était la première fois qu'une *task force* opérationnelle internationale était spécialement mise sur pied pour s'attaquer aux blanchisseurs.

Des agents infiltrés se firent passer pour des blanchisseurs ; ils commencèrent à San Diego en 1989, puis nouèrent progressivement des contacts au Texas, en Floride, en Illinois et à New York. Ils « dirigeaient » une chaîne de magasins spécialisés dans l'importation d'articles de cuir ; cette chaîne appartenait à la Trans Americas Venture Associates, compagnie écran de la DEA qui importait des produits de Colombie. Pour chaque tonne effectivement importée, 20 tonnes étaient déclarées, ce qui permettait l'émission d'un nombre suffisant de fausses factures pour blanchir de grosses sommes et rapatrier une partie de l'argent de la drogue vers les banques du cartel, en Colombie et à Panama.

À dire vrai, les gens de Cali étaient tellement satisfaits de la prestation de service de la Trans Americas qu'ils lui demandèrent d'étendre son rayon d'action d'abord au Canada et aux Caraïbes, puis en Europe. Les agents infiltrés (DEA, FBI, IRS et douanes) ne demandaient pas mieux, ainsi que les divers services de police européens qui s'associèrent à l'opération dès lors que le réseau de blanchiment se fut élargi.

Après presque trois ans d'un travail de fourmi mené simultanément sur trois continents, plus de 200 personnes furent arrêtées un peu partout dans le monde : 112 aux États-Unis, 3 en Grande-Bretagne, 4 en Espagne et 34 en Italie, entre autres. Parmi elles, 7 cibles prioritaires — rien moins que le sommet de la hiérarchie financière du cartel de Cali.

« Green Ice » déboucha sur l'arrestation de Rodrigo Carlos Polania, ancien inspecteur de la banque nationale colombienne, et sur celle de Jose « Tony le Pape » Duran, présenté par la police italienne comme le premier distributeur mondial de cocaïne. Une enquête ultérieure d'Interpol permit de constater l'existence de dossiers à son sujet dans vingt pays et sous vingt noms différents. Il s'était rendu à Rome pour présenter Pedro Felipe Villaquiran, son principal représentant européen, aux patrons de la Mafia, et aussi pour rencontrer Bettein Martens, un important blanchisseur néerlandais. Les deux hommes furent également arrêtés.

Par ailleurs, 750 kilos de cocaïne et plus de 54 millions de dollars en liquide furent saisis.

Quand le piège se referma, quinze organisations paravents servant à blanchir des fonds furent perquisitionnées. Outre une société de protection animalière implantée dans toute l'Europe et un exportateur viticole sicilien, on découvrit à Mantoue, en Italie, une machine à laver dirigée par une dame de quatre-vingts ans sans la moindre expérience des affaires ; sa société n'en avait pas moins lavé des dizaines de millions de dollars pour le compte de son neveu.

Des milliers de dossiers furent confisqués des deux côtés de l'Atlantique. L'un d'eux représentait une prise de premier choix : retrouvé sous forme de disquettes dans les bureaux de

Cali du baron de la cocaïne Rodriguez Orjuela, il décrivait les filières de blanchiment du cartel au plan mondial. D'autres documents révélèrent l'existence de plusieurs axes de partenariat entre le cartel et la Mafia, parmi lesquels un réseau de trafic de drogue sur la Côte d'Azur et un autre de blanchiment en Allemagne.

Depuis, et en grande partie grâce à « Green Ice », le Service opérationnel central de la police italienne et le Service interne de sécurité du ministère de l'Intérieur ont arrêté Giuseppe Madonia, le numéro deux de la Mafia sicilienne ; Carmine Alfieri, un *capo* de la Camorra ; trois frères siciliens considérés comme les banquiers privés de la Mafia : Antonio Sarnataro, considéré comme le principal blanchisseur de fonds de la Camorra ; et surtout, en mai 1993, Michele « Le Fou » Zaza, censé être le chef suprême de la Camorra. Dix autres membres de la Mafia napolitaine furent arrêtés en compagnie de Zaza sur la Côte d'Azur, où un réseau de blanchiment de la Camorra avait investi 1,3 milliard de dollars dans l'hôtellerie, le commerce et la petite industrie. Au même moment, quarante suspects supplémentaires, tous liés à Alfieri, à Sarnataro ou à Zaza, furent placés en détention préventive en Italie, en Belgique et en Allemagne.

Lorsque la presse se fit l'écho des succès initiaux de « Green Ice », le procureur général adjoint des États-Unis de l'époque, George Terwilliger, n'hésita pas à décrire l'opération comme l'équivalent d'« un coup d'épieu en plein cœur du commerce illégal des drogues ».

Du côté de la Colombie, il se trouva au moins un membre haut placé du cartel de Cali pour concéder qu'il s'agissait d'un « contretemps ».

## 13

# Les aventuriers

*Les méthodes de blanchiment évoluent sans cesse de manière à garder toujours une longueur d'avance sur les instances de répression, et les « bons » sont débordés face à l'ampleur du problème.*

US News and World Report

Sans doute ce pauvre bougre avait-il un nom, mais à partir de novembre 1986, date à laquelle il se présenta dans les locaux de la Drug Enforcement Administration (DEA) de Seattle, État de Washington, avec une histoire à raconter, il fut rebaptisé CI-1. Et quand la DEA vous confère le statut de « Confidential Informant » (informateur confidentiel), vous gardez ce numéro à vie.

L'histoire de CI-1 commençait ainsi : en trois jours — du lundi 25 au mercredi 27 août 1986 —, un réseau de trafic dirigé par deux frères californiens avait introduit aux États-Unis 23 tonnes de marijuana thaïlandaise de haute qualité.

Deux bateaux de pêche locaux, escortés par un avion de surveillance équipé d'un radar pour repérer toute approche des douanes américaines, avaient retrouvé le navire transportant la marchandise à plusieurs centaines de milles de la côte sud-ouest de l'Alaska ; après transbordement de la cargaison, la drogue avait été acheminée jusqu'à Anacortes, port saumonnier situé à une centaine de kilomètres au nord de Seattle. Il y en avait tellement qu'elle avait rempli deux semi-remorques. Selon CI-1, les deux frères projetaient d'organiser une livraison bien plus importante pour l'été 1987.

L'histoire de CI-1 s'achevait ainsi : les frères en question n'ayant pas payé ce qu'ils lui devaient, il tenait à prendre sa revanche.

Aussi l'agent spécial Gary Annunziata décida-t-il de lui donner sa chance. Il équipa CI-1 d'un micro portatif et le réexpédia dans le monde du trafic.

Bill et Chris Shaffer avaient soif d'aventure.

Enfants, ils avaient vécu à Londres — leur père travaillait pour l'US Navy. À la fin de ses études secondaires, en 1963, Bill choisit de regagner les États-Unis ; il y obtint une licence à l'université de Penn et fut embauché comme instituteur dans une école du New Jersey.

Chris resta quelque temps en Europe, où il avait une petite amie. Dès que le couple eut réussi à mettre un peu d'argent de côté, il s'acheta un voilier et mit le cap sur l'Australie. Là, Chris et son amie organisèrent des excursions pour les touristes jusqu'au jour où ils purent s'offrir un cotre de 24 mètres. Lentement mais sûrement, leurs activités touristiques évoluèrent vers la menue contrebande. Ils effectuèrent encore un certain nombre de croisières, dont ils profitèrent pour acheter de la drogue et gagner de l'argent facile. Tout s'étant bien passé lors de leurs premières tentatives, ils se mirent à transporter des chargements toujours plus importants.

Entre-temps, Bill avait laissé tomber son emploi d'instituteur ; après avoir vendu un peu de cocaïne en Floride, il atterrit à Los Angeles, où il se mit de nouveau à traficoter de la poudre. Cette activité lui permit de gagner un maximum d'argent avec un minimum de risques et de se faire une petite place à la périphérie de la nébuleuse du show-business.

Quand Chris rentra à son tour aux États-Unis en 1983 — pour rejoindre son grand frère à Los Angeles —, les deux hommes disposaient donc d'un solide bagage en matière de vente de drogue.

L'idée leur vint de se présenter comme des chasseurs de trésors, des experts du sauvetage sous-marin en quête de galions engloutis par l'océan. Chris fonda même une société à Londres — China Pacific Films — sous prétexte de financer leurs opérations de repêchage. En réalité, il s'agissait uniquement de financer l'achat d'un navire destiné au trafic. En janvier 1985, les frères Shaffer avaient rassemblé assez d'argent pour racheter 1 million de dollars un bateau de pêche hawaïen baptisé *Six Pac.* Avec le navire, ils récupérèrent en prime son capitaine, un ancien membre de la marine marchande britannique du nom de Terry Restall.

Le hasard fait quelquefois bien les choses. Restall avait trafiqué du haschisch pendant des années et connaissait mieux que personne les ficelles du métier.

Deux mois plus tard, les frères Shaffer envoyèrent Restall dans le golfe de Thaïlande, où il fut rejoint par deux bateaux de pêche vietnamiens dont les marins chargèrent à son bord 7 tonnes de marijuana. Restall transporta la cargaison jusqu'à un point de rendez-vous situé à 600 milles au large de San Diego, en Californie. La drogue fut de nouveau transbordée, cette fois sur un bateau de pêche du nom de *Pacific Rose,* qui se chargea de la débarquer près de Santa Cruz.

De son voyage suivant, Restall rapporta 8 tonnes de marijuana.

Au début de l'année 1986, les deux frères investirent dans une livraison — 5 tonnes — organisée par un tiers ; elle fut saisie par les douanes américaines non loin d'Hawaii. Ce fut alors qu'ils se rendirent compte à quel point ils étaient vulnérables.

Réalisant soudain que les autorités pouvaient d'ores et déjà avoir l'œil sur eux, Bill et Chris se mirent en quête d'un bateau n'ayant jamais été impliqué dans la moindre affaire de contrebande en Amérique. Ils finirent par jeter leur dévolu sur le *Niki Maru,* un navire ravitailleur de 35 mètres, à l'amarre au Japon. Aussitôt après l'avoir acheté, ils investirent 300 000 dollars pour lui donner l'allure d'un bateau de pêche japonais.

C'est le *Niki Maru* qui devait transporter le fameux chargement de 23 tonnes.

En février 1987, grâce à CI-1, Gary Annunziata apprit que les frères Shaffer avaient acheté un gros bateau de pêche à Seward, en Alaska. Le *Stormbird* avait ensuite été conduit à Seattle où il devait être réaménagé pour le trafic.

En septembre de la même année, le *Stormbird* nouvelle formule quitta le port sous l'œil des agents de la DEA et mit le cap sur l'Alaska. Les policiers s'estimaient prêts à arrêter toute la bande.

Mais Bill Shaffer avait apparemment développé un sixième sens — celui de la paranoïa aiguë —, et quelque chose lui fit sentir qu'il était surveillé. Il se hâta d'acheter un nouveau bateau, le *Blue Fin,* et laissa courir le bruit que le prochain chargement arriverait par le Mexique.

Naïvement, CI-1 retransmit l'information à Annunziata.

Un autre bateau appartenant aux Shaffer, le *Manuia,* livra la marchandise au *Six Pac* au sud d'Hawaii ; le *Six Pac* passa le relais au *Stormbird* dans le Pacifique nord, et le *Blue Fin* retrouva le *Stormbird* au sud de l'Alaska. Au moment où le *Stormbird* regagnait — à vide — le port d'Anacortes le 21 septembre, le *Blue Fin* avait déjà accosté à Bellingham, à 40 kilomètres au nord, et déchargé 42 tonnes de marijuana.

Et pendant tout ce temps-là, les agents de la DEA avaient les yeux rivés sur le Mexique.

Le milieu du narcotrafic ayant ses règles et sa culture, le « bon » trafiquant est celui qui arrive à évoluer avec aisance dans ce monde souterrain et à trouver les gens dont il a besoin — ceux qui ont accès au produit, ceux qui ont accès aux bateaux, ceux qui ont accès aux distributeurs, sans parler des spécialistes de l'achat, du déchargement et du blanchiment.

Les frères Shaffer avaient réussi à se faire une place dans ce milieu. Si Bill était manifestement le patron — il planifiait les opérations et contrôlait tout l'aspect financier —, Chris répondait de la logistique et du transport. Mais le moment ne tarda pas à arriver où ils ne purent plus s'occuper de tout eux-mêmes ; au fil des ans, ils furent contraints de mettre sur pied une organisation de plus en plus vaste, d'abord composée d'amis, puis d'amis d'amis.

Plus le groupe s'agrandissait, plus il devenait vulnérable.

Les Shaffer achetaient leur marijuana en Asie du Sud-Est à deux des plus gros fournisseurs du monde.

À l'époque, même s'il paraissait plus âgé, Tony le Thaï n'avait pas encore quarante ans. Il parlait un bon anglais et évoluait avec aisance dans les eaux troubles du narcotrafic international.

Cet homme d'affaires dissimulait ses activités illicites sous la façade d'un empire immobilier petit mais prospère, notamment constitué d'hôtels et de boîtes de nuit. Tony était un excellent interlocuteur pour qui voulait acheter de la marijuana thaïe de premier choix : il avait de très belles relations.

De son vrai nom Thanong Siriprechapong, Tony était membre du Parlement de Thaïlande à l'époque où il traitait avec les frères Shaffer. Bien des années plus tard, après sa dénonciation par les autorités fédérales américaines, il fut l'un des trois riches politiciens thaïs à être formellement accusés de trafic de stupéfiants.

À un certain moment, il n'hésita pas à inviter Restall à le rencontrer à Bangkok afin que celui-ci puisse ensuite raconter aux Shaffer ce qu'il avait vu. À l'arrivée de Restall, Tony l'emmena personnellement dans le nord du pays, en pleine jungle ; passé Chang Mai, ils franchirent ensemble la frontière du Laos.

Personne ne leur posa de question.

À leur arrivée au Laos, ils furent accueillis par un officier de police laotien en uniforme, d'un certain âge, qui les escorta jusqu'à un entrepôt puissamment défendu. À l'intérieur, Tony gardait en stock 200 tonnes de cannabis de toute première qualité.

Le second fournisseur des Shaffer — il avait même été un temps le principal concurrent de Tony — était un Américain expatrié du nom de Brian Peter Daniels. C'est à lui que nos deux frères avaient acheté leur chargement de 1987.

Du même âge que Bill, avec qui il partageait un goût certain pour l'aventure et les jolies pépées, Daniels vivait en Thaïlande. À un moment donné, il avait failli déposséder Tony de son titre de premier fournisseur mondial de cannabis. En quatre ans à peine — de 1984 à 1988 —, il aurait expédié plusieurs centaines de tonnes de marijuana aux États-Unis.

Chaque ballot de son herbe était enveloppé de grosse toile bleu marine et portait une étiquette représentant un aigle bleu grossièrement dessiné sous lequel s'étalaient, en lettres rouges, les mots « Passé à l'inspection ». Simple provocation, ou façon détournée de dire que cela appartenait à Brian Daniels ? Au Département de Justice américain, on se garde de trancher. Certains indices tendraient cependant à montrer que Daniels n'avait pas le monopole du sigle de l'aigle.

En revanche, ce que les responsables du Département de Justice savent avec certitude, c'est que Daniels — comme Tony le Thaï, d'ailleurs — n'aurait jamais pu opérer à une telle échelle sans disposer d'appuis considérables.

Selon certaines personnes bien informées, les gouvernements de Thaïlande, du Laos et du Vietnam ferment les yeux sur les activités de Tony, de Daniels et de leurs semblables, pour la bonne raison que ceux-ci leur versent des sommes considérables en devises. En certaines occasions, des hommes comme Daniels ont forcément eu des rapports étroits avec ces gouvernements. Dans le cas de Tony le Thaï, c'est une certitude. Il a mis sur pied une sorte d'association avec distribution de parts de butin pour s'assurer l'allégeance des hauts fonctionnaires, des seigneurs de la guerre locaux, des chefs de la police et des gouverneurs de province. Les militaires en croquent eux aussi. Un des chargements de drogue livrés aux Shaffer par Daniels aurait été déchargé dans le golfe du Tonkin sous la protection d'officiers de l'armée vietnamienne en uniforme.

Après avoir traversé le Vietnam, le cannabis venu de Thaïlande et du Laos est embarqué sans encombre à Da Nang dès lors que les ballots sont marqués du sigle adéquat.

Pour le Département de Justice américain, l'expression « Passé à l'inspection » ne signifie rien d'autre que : « Tout le monde aura sa part du gâteau ».

L'argent entrant toujours à flots, les frères Shaffer étendirent leurs affaires à toute la région de Los Angeles. Ils vivaient à Malibu, mais louèrent des maisons un peu partout en ville. Ed et Eileen Brown étaient amis de Bill depuis le New Jersey. Elle produisait des films pornographiques et se faisait appeler Summer. À la demande de Bill, le couple loua une grosse villa sur Helena Drive, dans le quartier chic de Brentwood, afin que les Shaffer puissent disposer d'un endroit sûr pour compter leur butin. Les Brown louèrent une seconde maison sur les hauteurs de Hollywood — loin de Brentwood — à seule fin de stocker ce même argent.

En tant que grossistes, Bill et Chris limitaient leurs ventes à deux groupes de distribution : l'un en Californie, l'autre à New York.

Leurs distributeurs de Los Angeles formaient un étrange

couple surnommé « Plus » et « Moins ». « Plus » était un ancien joueur de football du nom de Kenneth Tarlow. « Moins » s'appelait en réalité Dennis Specht, et devait son surnom à une carrure beaucoup moins imposante que celle de son complice.

Quant à leur client new-yorkais, il n'était connu que sous le surnom de « Sonny ». À l'époque, personne n'en savait plus long à son sujet.

Les Shaffer faisaient des affaires avec Plus, Moins et Sonny, mais ce n'était pas une raison pour leur vouer une confiance illimitée. Quand il s'agissait de recevoir un versement, ils envoyaient des hommes à eux chercher l'argent ; ceux-ci, après s'être assuré qu'ils n'étaient pas suivis, le rapportaient à Brentwood. L'argent y était compté et emballé, puis transporté vers la villa de Hollywood. Quand le nombre de caisses commençait à devenir important, les Shaffer chargeaient des amis comme les Brown d'emporter l'argent en Suisse.

De façon caractéristique, Bill planifiait et cloisonnait tout dans les moindres détails. Ceux qui travaillaient pour lui ne savaient que ce qu'ils avaient besoin de savoir pour s'acquitter de leur tâche.

Le 20 octobre 1986, il entassa personnellement quarante caisses en carton remplies de billets — pour un montant total de 20 millions de dollars — dans une fourgonnette et les transporta jusqu'à Salt Lake City, dans l'Utah. Il y fut accueilli par un petit groupe d'amis, dont les Brown, qui avaient fait affréter un jet Gulfstream II.

Bill s'était donné la peine de constituer une compagnie écran baptisée Bi-Continental Computers et de faire imprimer des cartes de visite munies de titres officiels pour chacun de ses amis. Il leur distribua aussi des badges au sigle de la société.

Chacune des quarante caisses portait la mention « Matériel informatique », et le manifeste du pilote confirmait cette version. Le lendemain matin, quand les amis de Shaffer atterrirent à Zurich, le pilote remit son manifeste aux douaniers helvètes. Les boîtes furent déchargées et l'une d'elles fut ouverte au hasard.

À la stupéfaction des douaniers, à la place du matériel informatique annoncé, elle contenait des liasses soigneusement attachées de billets de 20 et de 50 dollars.

L'officier responsable se mit en colère, convoqua le pilote et l'interrogea sèchement en ces termes :

— Vous déclarez apporter du matériel informatique, et il n'y a rien d'autre que des billets de banque dans vos caisses. Pourquoi avoir fait une fausse déclaration ?

Le pilote s'étant montré incapable de répondre, les autorités suisses s'en prirent aux passagers du vol, qu'ils accusèrent de fausse déclaration.

Les Brown furent bien obligés de reconnaître qu'ils avaient menti. Ce fut alors que l'officier des douanes leur expliqua :

— Nous n'avons rien contre les billets de banque. En revanche, l'importation de matériel informatique pose problème. Ne faites plus jamais — *jamais* — une fausse déclaration de ce genre !

En état de choc, les Brown et leurs amis jurèrent qu'on ne les y reprendrait plus.

Les douaniers suisses les laissèrent ensuite entasser leurs cartons dans une camionnette et partir, comme prévu, vers le Liechtenstein.

La DEA avait perdu du temps à regarder du côté du Mexique.

L'enquête sur les frères Shaffer piétinait.

La drogue avait été livrée sans encombre, et la plupart des suspects avaient quitté la région depuis belle lurette. En outre, Annunziata avait d'autres clients à surveiller, et en particulier Brian Daniels.

Au cours de l'enquête de la DEA concernant ce dernier, Annunziata finit par découvrir la façon dont les Shaffer s'étaient moqués de lui. Furieux et fermement déterminé à obtenir la réouverture du dossier, il se tourna vers le procureur général adjoint Mark Bartlett.

Âgé d'une trentaine d'années, un mètre soixante-quinze, le cheveu noir, Bartlett était un adepte de la musculation et ne ressemblait guère à ce que les policiers appellent les « avocats de tour d'ivoire ». Il ne se terrait pas dans un bureau luxueux. Il allait sur le terrain. Il n'hésitait pas à se salir les mains. Après qu'Annunziata lui eut exposé son désir de coincer les Shaffer, Bartlett assigna à l'enquête le statut OCDEF (Organized

Crime Drug Enforcement Task Force) et créa une cellule d'enquête interagence.

À sa tête, il nomma Fran Dyer.

À quarante-huit ans, Dyer était au service de la loi depuis vingt-cinq ans. Né à Boston, blond, à peu près aussi grand que Bartlett mais plus élancé, il avait fait partie des services de contre-espionnage de l'US Air Force pendant la guerre du Vietnam. Ensuite, il avait été inspecteur de police pendant cinq ans à Seattle avant de rejoindre la division des investigations criminelles de l'IRS (administration fiscale).

Parce qu'ils n'avaient pas un gramme de drogue en guise de preuve, Bartlett, Dyer et Gary Annunziata — jusqu'à ce que ce dernier soit muté en Malaisie — durent s'efforcer de mettre sur pied ce que les manuels appellent un dossier *no-dope* — sans drogue. Pour obtenir des condamnations, ils allaient devoir se fonder uniquement sur des témoignages et des documents.

Dans les manuels, cela paraît facile.

Dans la réalité, cette tâche leur prit plus de trois ans.

Pour les Shaffer, l'aventure était de plus en plus belle.

La seule opération de 1987 leur avait rapporté un bénéfice net de 35 millions de dollars. Au total, ils avaient empoché une soixantaine de millions.

Et ils étaient parvenus à transférer l'essentiel de cet argent hors du pays.

Après l'épisode zurichois d'octobre 1986, Bill arrangea les vols à destination de la Suisse d'une manière différente. Ayant fait la connaissance d'un dénommé Alex Major, qui dirigeait une petite compagnie de taxis aériens, il fit appel à lui pour assurer ses livraisons.

Par précaution, ni Bill ni Chris ne voyageaient jamais avec l'argent.

Le 9 novembre 1987, Major achemina 11 millions de dollars vers Zurich dans un de ses appareils. Un mois plus tard, le 8 décembre, il décollait de nouveau vers la Suisse, avec cette fois 8 millions à son bord.

Le 24 janvier 1988, altérant sa routine habituelle pour éviter les soupçons, Major loua un jet Canadair 600 pour emporter 6 millions de dollars à Zurich. Le contrat de location, qui s'étendait sur sept jours, coûta 130 000 dollars aux Shaffer.

Cinq amis acceptèrent l'invitation faite par Bill de participer à la virée, avec pour unique mission celle de bien manger, de bien boire et de s'amuser. À elle seule, la facture de leurs repas à bord — caviar, saumon fumé et champagne — s'éleva à 18 000 dollars.

Le quatrième voyage en Suisse de Major, le 27 février, devait lui permettre de transporter 6 millions supplémentaires.

Les Shaffer avaient fait appel à des courtiers pour monter des sociétés écrans au Liechtenstein et en Suisse ; chaque fois qu'un nouvel arrivage de fonds était livré, il leur était remis. Ces intermédiaires se chargeaient d'effectuer eux-mêmes les dépôts, car Bill avait décrété que ni Chris ni lui-même ne devaient avoir le moindre contact physique avec les banques.

Par l'entremise de leurs courtiers, les deux frères contrôlaient au moins dix-sept sociétés pour le seul Liechtenstein, lesquelles disposaient de comptes dans sept banques différentes. Plus tard, d'autres comptes furent découverts en Angleterre, en France, en Allemagne, en Suisse, en Irlande et en Autriche.

Ils se servirent de ces compagnies écrans pour acquérir des actions et autres titres et payer la grande villa achetée par Bill à Santa Barbara, en Californie. Ces sociétés finançaient aussi leurs achats d'œuvres d'art, de bijoux et de voitures de sport dans lesquelles ils se mirent à sillonner l'Europe. Ils possédaient des propriétés en Angleterre, dont ils couvrirent les murs de tableaux de prix — des Picasso, des Warhol. Par le biais d'une société écran établie sur l'île de Man, Bill s'offrit même un yacht transatlantique à 1,2 million de dollars. Ironiquement, le bateau fut rebaptisé du nom du célèbre pirate Henry Morgan.

La plus belle aventure de toutes, c'était encore celle qui consistait à dépenser tout cet argent.

En novembre 1989, pendant que les Shaffer menaient grand train en Europe, Dyer, Annunziata et Bartlett se réunirent pour la première fois dans la ville de Seattle, à 13 000 kilomètres de là.

Après analyse des renseignements déjà accumulés par la DEA, Dyer et Annunziata décidèrent de commencer par s'attaquer à la base du gang — formée par les équipages des bateaux — afin de remonter ensuite les échelons de la hiérarchie.

Dès avril 1990, Mark Bartlett avait réuni une longue liste de complices et présenta son embryon de dossier à un grand jury. Il n'en obtint pas moins la mise en examen de Bill et de Chris Shaffer, ainsi que de vingt-sept autres personnes — dont Terry Restall et le couple Brown —, pour association de malfaiteurs en vue d'importer du cannabis, importation de cannabis et tentative de distribution de cannabis. Il déterra également une vieille inculpation prononcée à l'encontre de Chris en Californie du Nord en 1983, toujours pour trafic de cannabis.

Désormais, les Shaffer étaient officiellement recherchés.

Quelques mois plus tard, Bartlett retourna devant le grand jury pour ajouter d'autres noms à sa liste. Avant la fin de l'année 1990, il avait obtenu quarante-sept inculpations. Ce fut alors qu'il fut contacté par un cabinet d'avocats de Boston. Son interlocuteur déclara agir au nom de deux collaborateurs des Shaffer — l'un d'eux était Restall — désireux de parvenir à un accord.

Dyer et Bartlett disposaient déjà d'éléments considérables contre les Shaffer, mais le témoignage de Restall constituerait pour eux un atout supplémentaire. Les négociations commencèrent. Restall se rendit à Fran Dyer en janvier 1991 et, en échange du témoignage qu'il acceptait de prêter, Bartlett consentit à ne requérir contre lui qu'un maximum de dix ans de prison.

Restall accepta, sachant qu'il risquait de prendre vingt-cinq ans en cas de refus.

Le cercle se referma peu à peu sur les autres membres du gang.

Passionné d'automobile, Dennis Specht — « Moins » — possédait une Ferrari Testarossa spéciale à moteur turbo. Il n'en existait que trois dans le monde, et la photo de la sienne fut un jour publiée en couverture du *Road and Track Magazine*. Quelqu'un la reconnut, et l'information permit à Dyer de retrouver la trace de « Moins » par l'intermédiaire de la rédaction du magazine. Une fois qu'il fut parvenu jusqu'à Specht, retrouver Kenneth Tarlow (« Plus ») fut pour lui un jeu d'enfant.

Dyer apprit ensuite que Sonny — tout ce qu'il savait jusque-là, c'était qu'il s'agissait d'un homme proche de la soixantaine — avait un jour confié à un envoyé des Shaffer qu'il avait autrefois rêvé de se faire un nom dans le cinéma. Même s'il n'était jamais arrivé jusqu'à Hollywood, il s'en était un peu approché grâce à une petite amie qui travaillait pour une agence de pub : elle lui avait décroché un rôle dans une annonce télévisée. Dyer réussit à apprendre de quel produit il s'agissait, contacta la compagnie et découvrit que Sonny s'appelait en réalité Irwin Kletter. Un mandat d'arrêt fut immédiatement émis contre lui.

Les Shaffer l'ignoraient encore, mais leurs jours de gloire étaient bel et bien comptés.

L'équipe envoyée par CBS News à Genève, en avril 1987, pour couvrir la vente, organisée par Sotheby, des bijoux de la duchesse de Windsor profita de l'événement pour interviewer quelques-unes des personnes présentes. À un moment donné, la caméra se braqua sur un homme blond en costume chic, qui sirotait du champagne en compagnie d'une femme superbe. Quand le journaliste s'enquit de son nom, il eut un moment d'hésitation avant de répondre « Bill Ryan ». Ensuite, on lui demanda s'il avait l'intention d'acheter quelque chose. « Il y a des moments où il faut se jeter à l'eau », répliqua-t-il.

Les Shaffer disposaient désormais de passeports britanniques et vivaient à Londres.

L'un de ces passeports avait été obtenu par quelqu'un qui s'était rendu à Somerset House et avait recopié l'extrait de naissance d'un mort. Un autre avait été volé. Un troisième — allemand, celui-là — avait été payé par Bill 50 000 dollars en espèces, somme remise lors d'un déjeuner au restaurant « Serpentine » de Hyde Park à un prétendu agent de la CIA.

Dès qu'il eut une bonne raison de croire à l'existence d'une filière britannique, Fran Dyer fit appel à l'aide de Scotland Yard.

Grâce à l'attaché de justice de l'ambassade américaine de Grosvenor Square, il fut mis en contact avec la branche « Crime international et organisé » de la police de Londres en avril 1990. En quelques heures, les agents Rick Reynolds et

Graham Saltmarsh furent affectés à ce dossier. Tout au long des trois années suivantes, la connexion téléphonique Londres - Seattle devait fonctionner plusieurs heures par jour.

Ce furent Reynolds et Saltmarsh qui traquèrent Terry Restall et saisirent ses biens, parmi lesquels un manoir à Fareham, dans le Hampshire. Ce furent eux également qui se rendirent chez Bill Shaffer, dans sa maison d'Alexander Square, pour la trouver déserte. À quelques heures près, ils avaient failli arrêter le grand patron du réseau à quelques centaines de mètres du siège de Scotland Yard.

En mars 1991, Shaffer prit une suite au Dukes Hotel, situé au cœur de Mayfair, sous le nom d'Alan Abill. Incapable de s'empêcher de jouer les grands seigneurs, il y dépensa beaucoup trop d'argent pour un criminel en cavale et finit par attirer l'attention. Un après-midi, il pria le réceptionniste de faire livrer des roses dans sa suite pour un montant de 500 livres (plus de 4 000 francs). Ce soir-là, il regagna l'hôtel au bras de l'actrice britannique Cherie Lunghi.

Craignant d'héberger un client encombrant sous une fausse identité, un membre du service de sécurité de l'établissement décida de contacter discrètement un ami de Scotland Yard. Mais celui-ci était en congé et ne le rappela que deux jours plus tard. Entre-temps, Shaffer avait quitté l'hôtel.

Reynolds et Saltmarsh avaient désormais la preuve que les Shaffer disposaient de faux passeports. Pour identifier les noms utilisés, ils se tournèrent vers la BBC.

Reynolds téléphona au producteur de l'émission « Crimewatch » et expliqua qu'il avait quelque chose qui était susceptible de l'intéresser. Son interlocuteur promit d'y jeter un coup d'œil. Jusqu'alors, l'émission s'était presque exclusivement concentrée sur les criminels locaux. Mais au soir du jeudi 12 septembre 1991, « Crimewatch » franchit le pas en demandant à son public d'aider la police à retrouver deux truands américains dont plusieurs photos furent diffusées.

Plus de soixante-dix personnes téléphonèrent à la chaîne afin de communiquer des informations diverses.

Dix appels furent jugés sérieux. Deux d'entre eux venaient du continent. L'un d'eux localisait Bill Shaffer en Allemagne.

Bill a eu beau déclarer depuis que sa cavale avait été une épreuve terrible, il s'ingénia à la prolonger pendant quatre mois. Cette cavale devait s'achever le 15 janvier 1992, au bar de l'hôtel Sheraton ouvert près de l'aéroport de Francfort, où il fut arrêté par la police d'État bavaroise.

« Félicitations, aurait-il dit au moment où on lui passait les menottes. C'est votre jour de chance. Vous venez de tirer le gros lot. »

Dyer et Bartlett espéraient pouvoir le faire rapatrier à Seattle dans la semaine, mais Shaffer ne l'entendait pas de cette oreille. Il engagea un avocat local pour combattre la demande d'extradition — ou tout au moins la retarder suffisamment pour que la justice américaine décide de transiger. Malheureusement, ni Bartlett ni Dyer n'étaient d'humeur à marchander. Shaffer tint aussi longtemps qu'il put et passa les neuf mois suivants dans une prison de haute sécurité allemande, aussi désuète que crasseuse. Il y restait confiné dans sa cellule vingt-trois heures par jour. La vingt-quatrième heure était consacrée à une sinistre promenade dans une cour encombrée d'ordures. La seule fenêtre avait des barreaux mais pas de vitre, ce qui permettait l'entrée à la fois du froid et des odeurs de la cour. Une unique ampoule de 25 watts brûlait jour et nuit au plafond de sa cellule.

Lorsqu'il eut épuisé tous les recours, les Allemands l'embarquèrent dans un avion où l'attendaient des agents fédéraux américains. Au soir du 16 septembre 1992, l'appareil se posa sur une piste du Sea-Tac International Airport de Seattle.

À cette époque, Dyer et Bartlett avaient fait mettre en examen plus de quarante-cinq personnes et obtenu plus de quarante condamnations, la plupart des suspects ayant plaidé coupable. Bill fut mis à l'ombre dans l'attente de son heure, attifé de la miteuse salopette rouge de la maison de correction de Kent, près de Seattle.

En revanche, Chris courait toujours.

Scotland Yard retrouva sa piste en Irlande. On pria la police locale de l'arrêter, mais il n'était plus à l'endroit où il était censé se cacher quand celle-ci y arriva. Toutefois, les enquêteurs apprirent qu'une personne connue pour l'aider avait loué une camionnette qu'elle avait fait passer en France, avec Chris à son bord. Dyer, Reynolds et Saltmarsh s'adressèrent donc à la police hexagonale.

Chris était au courant de l'arrestation de Bill, et avoua par la suite avoir vécu cette période dans un état de panique constante. Il changeait d'hôtel tous les deux ou trois jours et passait son temps à regarder par-dessus son épaule.

En septembre 1992, Dyer découvrit que les Brown séjournaient à Paris, juste en face des jardins du Luxembourg. Persuadé qu'ils étaient en contact avec Chris, il demanda à la police française de procéder à leur arrestation.

Un jour à 9 heures, un officier de police déguisé en ouvrier frappa à la porte des Brown. Summer n'arrivant pas à comprendre ce qu'on lui voulait, elle se tourna vers son mari. Celui-ci était justement au téléphone avec Chris, terré dans un petit hôtel à cinq pâtés de maisons de là.

« Je m'en occupe », dit Ed Brown à sa femme avant d'ajouter, cette fois pour Chris : « Je te rappelle dans cinq minutes. »

Dès qu'il eut ouvert la porte, l'ouvrier se précipita à l'intérieur, suivi de plusieurs agents en armes.

On passa les menottes au couple, et l'appartement fut perquisitionné de fond en comble. Sur ces entrefaites, le téléphone se mit à sonner.

Chris avait fini par s'impatienter à force d'attendre le coup de fil d'Ed Brown. Pour une certaine raison, la police décida de ne pas répondre à l'appel. Totalement à bout de nerfs, Chris quitta immédiatement son hôtel.

Tendu au-delà de toute expression, changeant d'adresse chaque jour et sursautant chaque fois qu'il voyait son ombre, Chris finit par entrer en contact avec un avocat aux États-Unis et lui demanda de négocier sa reddition. Dyer et Bartlett admirent le principe d'une condamnation réduite et, le 16 décembre 1992 — trois mois jour pour jour après l'extradition de son frère aîné —, il prit à Amsterdam un vol pour Seattle, où il se livra à Dyer.

En respect de l'accord passé avec les autorités, les deux frères plaidèrent coupable en réponse à tous les chefs d'accusation. Ils acceptèrent aussi de fournir un inventaire complet de leurs avoirs, lesquels seraient ensuite saisis. En échange, Bartlett promit de requérir une peine de « quinze ans au maximum pour Bill Shaffer et treize ans au maximum pour Chris Shaffer ».

Même si Dyer et Bartlett sont les premiers à reconnaître qu'ils n'auraient pas pu livrer les frères Shaffer à la justice sans l'aide de Reynolds, de Saltmarsh et de Scotland Yard, il reste encore des zones d'ombre dans cette affaire. Au grand dam de tous les intéressés, et ce malgré quatre ans d'enquête, 550 interrogatoires, quinze mille heures de service et la coopération des services de police de huit pays, la force interagence mise sur pied par Bartlett n'a réussi à récupérer que 12 millions de dollars en avoirs divers.

Les Shaffer affirment que c'est tout ce qu'ils possèdent.

Bartlett les a pourtant avertis : si jamais on trouve autre chose, l'accord est caduc, et ils risquent d'en prendre pour vingt-cinq ou trente ans.

Philosophes jusqu'au bout, les Shaffer répliquent en disant qu'ils seront encore assez jeunes à leur sortie pour profiter de la vie.

Si cela signifie qu'ils ont de l'argent caché quelque part, tellement bien blanchi que personne n'a pu mettre la main dessus — et si cet argent existe toujours dans quinze ans —, les frères Shaffer auront de bonnes raisons de croire que la plus belle de leurs aventures n'est pas terminée : elle a simplement subi un fâcheux contretemps.

# 14

# Drôle d'argent

*Le « drôle d'argent » est un système économique alternatif hautement sophistiqué utilisé par une longue liste de criminels internationaux, d'experts de l'évasion fiscale, de trafiquants de drogue, de marchands d'armes, de terroristes et de gouvernements. Toute la difficulté est de savoir qui est quoi.*

Rowan Bosworth-Davies
(ancien inspecteur de la brigade
de répression des fraudes britannique)

Quand ils envahirent le Koweït, les soldats de Saddam Hussein avaient l'ordre de réquisitionner toutes les automobiles en état de marche. Quelques-uns des modèles les plus luxueux — Rolls-Royce, Mercedes, Porsche, BMW et Ferrari — furent offerts par Saddam à des cadres du parti Baas, ou réservés à un usage officiel. C'est ainsi que, d'un bout à l'autre de sa visite à Bagdad pendant la crise du Golfe, l'ancien Premier ministre britannique Edward Heath eut l'honneur d'être promené dans une Mercedes koweïtienne volée.

Toutefois, les cinquante meilleures voitures — parmi lesquelles une Mercedes et une BMW blindées — furent expédiées à l'étranger. Elles furent acheminées par voie terrestre de Bagdad à Amman, en Jordanie, d'où on les embarqua dans des avions-cargos de la Royal Jordanian Airlines à destination de Genève, protégées par le statut diplomatique. Quelques heures après leur arrivée en Suisse, elles étaient vendues et transformées en devises.

Plusieurs mois plus tard, à la libération de leur pays, les Koweïtiens découvrirent ce qu'ils soupçonnaient depuis longtemps — que les Irakiens avaient déferlé sur leur pays avec des listes de courses à faire. Outre la réquisition des voitures de luxe, l'armée d'invasion avait suivi un programme de pillage très élaboré et manifestement organisé à l'avance. Elle avait reçu pour consigne de mettre la main sur les machines industrielles — certaines usines furent entièrement vidées —, les ordinateurs, les grues de chantiers et autres engins utilisés dans les ports et aéroports. On lui demanda aussi de voler 200 000 volumes de la bibliothèque centrale de Koweït City, ainsi que les livres, les meubles et même les tableaux noirs des écoles. Elle plaça ses hommes au volant de quelque 3 500 cars scolaires et de la plupart des autobus du réseau de transports en commun local.

La banque centrale du Koweït était naturellement une cible prioritaire pour les troupes irakiennes, qui la vidèrent de son or et de ses devises. Après la guerre, cependant, Saddam fut obligé de tout restituer : le montant exact des réserves de la banque était connu. Mais l'armée d'invasion visita également des domiciles privés et des bureaux par dizaines de milliers, ce qui lui permit de faire main basse sur une véritable fortune en devises et en bijoux qui, eux, ne furent jamais rendus. Une partie de l'or fut refondue et écoulée par Saddam sur les marchés amis du Yémen, du Soudan et de la Mauritanie. La plupart des bijoux furent vendus en pièces détachées dans les souks. Quant aux devises, elles servent aujourd'hui encore à payer les contrebandiers venus d'Iran et de Turquie, lesquels se font un plaisir de violer l'embargo depuis son instauration.

Bien que des livraisons de pétrole irakien continuent çà et là d'avoir lieu en Turquie et en Jordanie — en violation directe du boycott imposé par les Nations unies —, on peut dire que la première source de revenus du pays s'est tarie. Privé de l'argent du pétrole, Saddam nourrirait son peuple grâce aux avoirs koweïtiens pillés lors de la guerre du Golfe — il aurait blanchi suffisamment de fonds pour maintenir son pays en vie. On sait, par exemple, que, pour absorber tous les métaux et pierres précieux apparus à Bagdad après la guerre, le dictateur a tout simplement fait fonctionner la planche à billets. Il avait absolument besoin de ces avoirs koweïtiens pour résister à l'embargo de la coalition internationale, et l'inflation induite par ce genre de politique était secondaire à ses yeux. D'ailleurs, la fortune raflée au Koweït ne serait qu'une broutille par rapport aux sommes systématiquement volées par Saddam à ses propres compatriotes — et soigneusement blanchies — depuis son arrivée au pouvoir.

Juin 1972 : l'Irak annonce la nationalisation de ses intérêts pétroliers. Saddam, qui est alors vice-président, a réussi à convaincre le conseil révolutionnaire au pouvoir que les commissions versées aux Occidentaux au nom de vieux accords devraient revenir au parti Baas. L'édifice patiemment construit par Calouste Sarkis Gulbenkian s'effondre d'un seul coup.

Turc d'origine arménienne, Gulbenkian avait été à la base de la création de ce qui devait par la suite devenir l'Iraqi Petroleum Company. Pour prix de ses efforts, il prélevait des royalties sur chaque goutte de pétrole produite par la société. Cette pratique lui valut le surnom de « Monsieur cinq pour cent ». Lorsqu'il mourut en 1955 à Lisbonne, son fils Nubar hérita de son privilège. Dix-sept ans plus tard, Saddam confisqua les 5 % de Nubar Gulbenkian au nom du parti Baas. Il n'hésita pas à s'attribuer personnellement la gestion de ces fonds, partageant le pouvoir de signature avec le ministre de la Défense Adnan Khairallah et le ministre du Pétrole Adnan Hamdani.

Selon un document comptable apparemment digne de foi, 51 millions de dollars furent originellement déposés dans une grande banque suisse de Genève en 1972. Avec les intérêts, le solde du compte passa à 92 millions l'année suivante, puis — le prix du pétrole ayant quadruplé pendant la guerre du Kippour — à 327 millions de dollars en 1974. À l'éclatement du conflit Iran-Irak — Saddam était désormais seul maître à bord en Irak —, ce compte affichait un solde positif de 1,69 milliard de dollars. On estime que le despote irakien contrôle aujourd'hui quelque chose comme 32 milliards de dollars.

Le pouvoir de Saddam s'étant toujours appuyé sur le contrôle absolu de l'unique organisation politique de la nation — aujourd'hui encore, Hussein et le parti Baas ne font qu'un —, une partie de cet argent a naturellement dû être consacrée à l'achat de fidélités. Saddam récompense grassement la loyauté. Mais dès que cette loyauté donne des signes de défaillance, il n'hésite pas à oublier son carnet de chèques, et à tuer. En 1979, il ordonna ainsi l'exécution de son vieil ami — et cosignataire — Adnan Hamdani. Dix ans plus tard, Adnan Khairallah mourait dans un mystérieux accident d'hélicoptère. Saddam était désormais le seul à contrôler les fonds originellement déposés en Suisse.

Il lui est arrivé de dépenser des fortunes sur un coup de tête. Quand l'impératrice Farah Diba — veuve du shah d'Iran — décida de vendre quelques-uns de ses joyaux, Saddam retira 352 millions de dollars de Suisse pour les offrir à son épouse. Pour des raisons évidentes, Farah Diba nie cette version des faits. Mais elle n'en est pas moins confirmée par deux sources dignes de foi et indépendantes l'une de l'autre.

Dans l'ensemble, cependant, Saddam a réussi à transformer sa rente de 5 % en un somptueux filet de sécurité pour lui-même, sa famille et ses plus proches fidèles du parti Baas. Cette fortune est censée assurer leurs arrières contre tous les mauvais coups éventuels du destin. Afin de ne pas laisser tous ses œufs dans le même panier, Hussein a retiré une bonne partie de ses fonds de Genève et les a blanchis grâce à un réseau de sociétés fondées un peu partout dans le monde. L'une d'elles, la Montana Management, holding enregistré à Panama, est contrôlée par la Midco Financial, une compagnie paravent genevoise. En 1981, par l'intermédiaire de la Montana, la Midco s'est mise à acheter des actions du groupe éditorial français Hachette SA. À un moment donné, il semblerait que Saddam ait possédé jusqu'à 8,4 % de la société Hachette.

Il contrôle également l'Al-Arabi Trading, dont le siège est à Bagdad. Il y a quelques années, cette société a acquis un nombre important de titres du Technology and Development Group britannique. En 1987, le TDG rachetait une entreprise de mécanique de haute précision du nom de Matrix-Churchill. Quelques années plus tard, les douanes britanniques ont fait le rapprochement, se sont intéressées au cas de la Matrix-Churchill et ont fini par saisir diverses pièces destinées à un mystérieux super canon commandé par l'Irak.

Les Américains eux aussi n'ont pas tardé à mettre le nez dans les affaires de Saddam Hussein. En avril 1991, le Bureau de contrôle des avoirs étrangers du Trésor américain a identifié cinquante-deux personnes juridiques et trente-sept personnes physiques ayant des liens financiers directs avec Saddam et/ou le parti Baas. Sur les cinquante-deux sociétés en question, vingt-quatre avaient leur siège au Royaume-Uni — dont un certain nombre à la même adresse : 3, Mandeville Place, West End, Londres. Parmi les personnes physiques incriminées, une douzaine résidait également en Angleterre.

Des sources américaines ont rapidement établi que la « Saddam International Inc. » était dirigée par Barazan al-Takriti, demi-frère du dictateur. Aujourd'hui ambassadeur extraordinaire de l'Irak, Barazan a vécu pendant des années en Suisse — naturellement protégé par le statut diplomatique —, où l'on sait qu'il recevait régulièrement des devises, de l'or et des bijoux par la valise diplomatique. Ensuite, blanchir tout cela dans les banques suisses était pour lui un jeu d'enfant. Mais sa principale contribution au fonds de retraite de Saddam aura été d'avoir fait appel aux meilleurs experts financiers occidentaux pour concevoir et faire fonctionner une machine à laver fabuleusement complexe. Il ne s'agit plus ici d'une cinquantaine de personnes juridiques, mais d'environ 500 sociétés écrans — et d'au moins autant d'individus grassement rémunérés pour blanchir l'argent de Saddam.

Avec intelligence et une patience infinie, Barazan a passé près de deux décennies à tisser un réseau mondial de contacts dans le milieu des affaires, contacts à qui il a confié la garde et la gestion de la plus grosse partie des 32 milliards de dollars estimés de son frère. Certains de ces hommes d'affaires sont irakiens, mais la plupart sont jordaniens et palestiniens. L'argent, déposé à leur nom — après avoir été blanchi par Barazan par le biais d'emprunts bancaires et autres investissements —, finit tôt ou tard par reparaître dans les livres de comptes de quelque entreprise respectable d'Espagne, de France, du Brésil, d'Indonésie, d'Hong Kong, de Grande-Bretagne ou des États-Unis.

En dernière instance, ces fonds sont contrôlés par Barazan, mais les traces de leur origine ont été si habilement effacées qu'il est impossible de remonter jusqu'à Saddam Hussein ou jusqu'au parti Baas. Selon toute évidence, les contacts de Barazan savent à qui appartient l'argent — et ce qui les attendrait s'ils cédaient à la tentation de se l'approprier. Grâce à eux, quand les alliés occidentaux ont tenté de geler les avoirs irakiens pour punir le maître de Bagdad de son incursion au Koweït, le gros du trésor de Saddam avait déjà été si bien récuré qu'il en était devenu virtuellement invisible.

Peut-être Manuel Noriega aurait-il mieux fait de prendre quelques leçons auprès de Saddam Hussein.

Au début des années soixante-dix, en tant que chef du renseignement militaire panaméen, Noriega découvrit qu'il pouvait jouer sur tous les tableaux en étant à la fois espion de la CIA, informateur de la DEA, fidèle allié des États-Unis, diplomate panaméen et narcotrafiquant international. Il s'intéressa aussi au trafic d'armes et se fit fournisseur tant des guérilleros de gauche d'El Salvador que des « contras » — de droite — du Nicaragua. À ses moments perdus, il devint également commandant des forces armées panaméennes — ce qui fit de lui, en pratique, le maître du pays — et blanchisseur international.

Hélas pour lui, Noriega n'avait pas l'habileté de Saddam.

Le cœur de l'industrie du blanchiment panaméenne est la zone franche de Colon. Ce site de 200 hectares implanté dans les années cinquante à l'embouchure atlantique du canal de Panama abrite aujourd'hui la deuxième zone franche mondiale en importance, après celle d'Hong Kong. La réglementation y est réduite à son strict minimum, et des centaines de navires transportant des dizaines de milliers de conteneurs quittent chaque jour Colon ou y accostent, chargés de tous les produits possibles et imaginables — des gadgets électroniques japonais au whisky écossais et au parfum français, en passant par les appareils de précision allemands, les chaussures de sport américaines et la cocaïne colombienne.

Les ventes de produits détaxés de la zone franche se sont élevées à près de 10 milliards de dollars en 1992 — sans compter les 19 tonnes de stupéfiants interceptées par les autorités panaméennes. Un quart de ce total a été saisi en une seule prise : la cocaïne était cachée à l'intérieur de conteneurs transportant des tuiles brésiliennes vers le Maryland. Plus récemment, des agents fédéraux de Miami ont décidé d'inspecter un chargement de 318 caisses de café tout droit sorties d'un entrepôt de la zone franche de Colon ; elles contenaient 5,2 tonnes de cocaïne.

Parmi les nombreuses compagnies qui y opéraient en toute tranquillité, l'une d'elles, la Celeste International, s'avéra être une société paravent du cartel de Cali. La police ne s'en aperçut qu'en découvrant plusieurs tonnes de cocaïne dans ses entrepôts. Pendant des années, la Celeste avait émis des fausses factures concernant la vente de produits de consommation fictifs, et déposé les dizaines de millions de dollars correspondants dans les banques panaméennes.

Malheureusement, ainsi que certains officiels panaméens sont prêts à le reconnaître du bout des lèvres, pour chaque société écran démantelée comme la Celeste, il y en a peut-être dix, vingt ou cinquante autres semblables dont on n'entendra jamais parler.

Aux termes d'un traité signé en 1904 avec les États-Unis, le dollar a cours légal au Panama. Chaque fois qu'une pénurie de liquidités se dessine, le Trésor américain envoie des billets verts à la banque nationale de Panama, laquelle joue exactement le rôle d'une antenne de la réserve fédérale au niveau du système bancaire local. Mais apparemment, les transactions en espèces opérées ces dernières années dans la zone franche ont atteint un volume tellement énorme que le département du Trésor américain a réclamé l'ouverture d'une enquête officielle.

Dans un cas précis, il a été découvert que 12 000 mandats-poste en dollars avaient été envoyés dans un conteneur de New York à Panama. Le montant de la plupart d'entre eux oscillait entre 500 et 700 dollars — bien moins que la limite de déclaration légale en vigueur aux États-Unis. Chacun de ces mandats portait au dos le sceau minuscule des cartels colombiens de la cocaïne — on retrouve souvent le même sur l'emballage des chargements de drogue — afin d'aider des banquiers complaisants à identifier plus facilement les comptes sur lesquels l'argent devait être versé. À peine déposés, les fonds étaient rapatriés aux États-Unis par câble, et plus précisément sur un compte de la Marine Midland Bank de New York, ouvert par les trafiquants qui avaient originellement acheté les mandats-poste.

Bien que les instances de répression américaines aient réussi à obtenir la saisie du compte new-yorkais — dont le solde s'élevait à 7,7 millions de dollars —, les enquêteurs estiment que cette somme ne représenterait guère que 10 % de ce que les trafiquants ont pu blanchir en deux ans par la même filière. Par ailleurs, quand les agents américains ont transmis à leurs homologues panaméens des informations détaillées sur treize entreprises de blanchiment locales, ceux-ci les ont remerciés chaleureusement, mais n'ont pas levé le petit doigt pour faire cesser le trafic.

Panama a toujours fourni un terrain idéal pour les gens comme Noriega.

Né en 1934, « Face d'ananas » s'est emparé des rênes du pouvoir à l'âge de trente-neuf ans et les a tenues d'une main de fer pendant cinq ans. L'un des petits avantages traditionnellement réservés aux dirigeants du pays consiste en une part non négligeable de l'argent issu des divers rackets qui s'organisent quasiment au grand jour. Ces gratifications incluent les versements réguliers effectués par toutes sortes de trafiquants.

Noriega était personnellement en contact avec les cartels colombiens depuis des années. Au milieu des années soixante-dix, il avait rencontré et aidé à protéger Ramon Millan, comptable de Miami spécialisé dans le trafic de devises des États-Unis vers Panama pour le compte du baron de la cocaïne Carlos Lehder. En 1979, avec Pablo Escobar et Jorge Ochoa, Lehder demanda à Millan de conclure un marché avec l'homme fort de Panama, Omar Torrijos. Noriega, qui était alors le bras droit de Torrijos, fut désigné par son patron pour négocier avec les Colombiens un contrat de protection, aux termes duquel le gouvernement panaméen s'engageait à fermer les yeux sur les opérations de trafic et de blanchiment de Lehder, en échange naturellement d'une part des profits réalisés.

À la mort de Torrijos, tué en juillet 1981 dans un accident d'avion, le commandement de la « Guardia » — qui représentait le cœur du pouvoir à Panama — fut d'abord confié à Florencio Florez. Celui-ci ne tarda pas à être trahi et déposé par Ruben Paredes, lequel fut ensuite trahi et déposé par Noriega. Noriega rebaptisa la Guardia « Forces de défense panaméennes », fit savoir à ses vieux amis de la CIA — qui, dit-on, lui versaient 200 000 dollars par an — qu'il était toujours l'homme de l'Amérique, et s'empressa de reconduire pour son propre compte l'accord de protection conclu avec Lehder.

Simplement, Noriega décida d'aller plus loin que Torrijos. Il fit construire une série de terrains d'aviation clandestins et permit à Lehder d'y faire escale avec la cocaïne destinée au marché américain. Selon certaines sources bien informées, Noriega prélevait 500 000 dollars sur chaque vol (1 % du prix de gros de la cargaison) ; vers la fin de 1983, cette manne lui assurait une coquette rente de 10 millions de dollars par mois.

Des représentants de la DEA finirent par venir trouver Noriega, apparemment inquiets des mouvements de drogue et de fonds qui semblaient transiter par Panama. Le général n'hésita pas longtemps : il leur jeta Ramon Millan en pâture. Grâce aux informations fournies par ses hommes, Millan fut condamné par un tribunal américain à quarante-trois ans de prison en 1983, et la DEA fut rassurée : Noriega était toujours un ami sûr.

Cette impression fut renforcée deux ans plus tard quand le général ordonna la fermeture de la First Interamericas Bank. Cette fois, ses amis colombiens étaient allés un peu trop loin. Non seulement ils utilisaient cette banque pour recycler leurs profits, mais ils en étaient propriétaires. L'actionnaire majoritaire n'était autre que Gilberto Rodriguez Orejuela, grand manitou du cartel de Cali. Le conseil d'administration réunissait également son frère Miguel Angel Rodriguez Orejuela et Edgar Alberto Garcia Montilla, principal conseiller financier du cartel et cerveau de ses opérations de blanchiment.

La fermeture de la First Interamericas accrut peut-être le prestige de Noriega auprès de la DEA, mais elle ne fit rien pour améliorer ses relations avec les barons de la cocaïne. La situation se dégrada encore lorsque le général lança sa police à l'assaut d'un laboratoire de cocaïne qu'il avait lui-même permis au cartel d'installer à Panama. Les Colombiens trouvèrent que, pour 10 millions de dollars par mois, Noriega aurait pu se montrer un peu plus soucieux de leurs intérêts commerciaux. Ils décidèrent de le faire assassiner.

Selon une source, ils auraient demandé aux séparatistes basques de l'éliminer lors de son prochain voyage en Europe. L'ETA était sans nul doute en position de s'acquitter d'une telle mission. La vraisemblance de cette version est renforcée par le fait que Noriega n'a jamais accepté l'asile espagnol quand on le lui a proposé, préférant à la place prendre le risque d'affronter la justice américaine.

Des agents du Mossad auraient eu vent du contrat — les services secrets israéliens surveillent de près tous les groupes terroristes du monde — et auraient alerté « Face d'ananas ». Bien placé pour savoir que les narcotrafiquants colombiens n'ont pas l'habitude de plaisanter, le Panaméen implora l'aide du seul homme capable d'exercer sur eux une quelconque influence : Fidel Castro. Celui-ci accepta d'intervenir pour négocier une trêve avec le cartel.

Ce geste ne symbolisait pas une indéfectible amitié entre les deux hommes, mais Castro et Noriega faisaient bel et bien des affaires ensemble, et la survie de son partenaire était pour le dictateur cubain une simple question de bon sens économique. Les produits de l'île étant toujours frappés d'embargo par les États-Unis, Castro les envoyait à la zone franche de Colon — il s'agissait essentiellement de crevettes et de langoustes —, où les hommes de Noriega les reconditionnaient sous forme de produits panaméens avant de les exporter aux États-Unis. Noriega payait Castro de retour avec du matériel de haute technologie américain, que le Cubain revendait ensuite aux Russes.

Au début, Noriega fit appel aux banques panaméennes pour cacher son argent. Mais la fortune aidant, il dut s'étendre et internationaliser ses activités de blanchiment. Il fit appel à un vaste réseau d'institutions financières, parmi lesquelles la BCCI, la Banque nationale de Paris, la First American Bank et l'Algemene Bank Nederland. Dans certains cas, l'argent était déposé à son nom. Cela dit, la plupart des comptes importants avaient été ouverts au nom des Forces de défense panaméennes (FDP), sa signature étant la seule à pouvoir autoriser l'utilisation des fonds concernés. Des documents saisis au siège de la BCCI montrent que Noriega, à un moment donné, y a maintenu jusqu'à 50 millions de dollars en dépôt, en grande partie sur un compte des FDP à Londres. Non seulement la BCCI engagea la fille de Noriega dans sa filiale de Miami, mais elle fournit aussi au général et à sa famille des cartes de crédit Visa, attachées à un autre compte ouvert au nom des FDP ; par leur biais, les Noriega dépensaient plus de

25 000 dollars par mois en achats divers, que ce soit chez Gucci à Paris, chez Bloomingdales à New York ou chez K-Mart à Miami.

Avec sa part du butin des cartels, Noriega a pu s'offrir des propriétés un peu partout à Panama, un appartement à Paris, un château dans la région parisienne, une villa en Espagne, deux maisons en Israël et une autre au Japon. Il a aussi acquis des biens en République dominicaine et au Venezuela. Il a investi des capitaux dans plusieurs compagnies locales de télévision par câble, dans un journal, dans une fabrique d'explosifs et dans quatre magasins de détail à Panama City. Il a acheté des locaux commerciaux à Panama, en Floride et à La Nouvelle-Orléans.

Et pendant ce temps-là, les hommes de la DEA continuaient de voir dans leur copain « Tony » — c'est ainsi qu'il signait les centaines de photos de lui qui ornaient les murs des bureaux un peu partout à Washington — un type épatant.

Les ennuis de Noriega commencèrent au milieu des années quatre-vingt, à partir d'une enquête de routine de la DEA ; il s'agissait de piéger un blanchisseur opérant à partir d'un entrepôt situé dans le périmètre de l'aéroport international de Miami. Des agents de la DEA infiltrèrent le réseau et identifièrent un de ses membres comme étant Floyd Carlton Caceres, lequel était aussi le pilote personnel de Noriega. À son arrestation, Caceres s'empressa de proposer un marché à la police américaine.

En 1988, Noriega fut mis en examen par deux grands jurys américains. L'annonce causa un considérable embarras, et la plupart des portraits de « Tony » disparurent promptement des murs de Washington. Il était accusé de trafic de drogue — et notamment d'avoir participé à l'introduction aux États-Unis de 1 tonne de cocaïne et de plus de 520 tonnes de marijuana —, de racket et de blanchiment.

Aussi vite que possible, les Américains gelèrent 26 millions de dollars sur ses avoirs — ce fut tout ce qu'ils purent découvrir à l'époque —, mais furent ensuite contraints de restituer 2 millions de dollars pour permettre au général de financer sa défense.

Les éléments présentés contre lui lors du procès étaient en grande partie indirects. L'accusation déposa sur la table une montagne de documents — reçus de kérosène émis lors de voyages aériens privés, fiches d'hôtel, tickets d'achat divers et relevés téléphoniques de tous les appels de Noriega —, mais aucun ne prouvait formellement que le général trafiquait de la drogue ou blanchissait des fonds. En revanche, ils aidèrent le gouvernement américain à démontrer que le Panaméen jouait double jeu. Ces documents vinrent également renforcer les affirmations d'une clique de témoins tout sauf respectables — contrebandiers notoires, marchands de drogue, blanchisseurs et autres ex-complices de Noriega —, lesquels avaient accepté de témoigner contre lui en échange d'une remise de peine.

À l'évidence, Noriega n'était pas pressé de répondre de ces diverses accusations ; aussi, en décembre 1989, George Bush envoya-t-il à Panama un corps expéditionnaire pour le capturer. Noriega ayant trouvé refuge à la nonciature du Vatican, les Américains réussirent à l'en débusquer au moyen d'une arme secrète d'un genre inédit : le rock and roll à haute dose ! L'armée ramena sa prise en Floride et la remit au ministère de la Justice, lequel fit incarcérer Noriega sans possibilité de caution sous le matricule fédéral 41586. Quand le prévenu eut épuisé tous les recours légaux, le procès commença. En 1991, reconnu coupable de huit des onze chefs d'accusation retenus contre lui, Noriega fut condamné à quarante ans de prison.

Comme l'a dit un de ses partisans à l'époque : « Ce n'est vraiment pas une façon de traiter ses amis. »

Au grand dam de plus d'un officiel, il fut révélé que le 14 décembre 1978 l'administrateur de la DEA Peter Bensinger avait écrit à Noriega pour le remercier de ses « magnifiques efforts, lesquels ont substantiellement contribué à l'actuelle bataille contre les drogues ». Un éloge de même acabit fut réitéré six ans plus tard par son successeur Francis Mullen Jr, qui déclara à Noriega : « Le soutien fidèle que vous apportez à la DEA est hautement apprécié. »

Deux ans plus tard, en mai 1986, l'administrateur de la DEA John Lawn jugea bon de se faire à son tour l'écho de ce sentiment de gratitude : « Je souhaite profiter de cette opportunité pour vous réitérer ma profonde approbation quant à la vigoureuse politique de lutte contre le trafic de drogue que vous avez adoptée, laquelle se reflète dans les nombreuses expulsions de trafiquants de Panama, dans l'importance des saisies de cocaïne et de produits chimiques opérées à Panama et dans l'éradication de la culture du cannabis sur le territoire panaméen. »

Et Lawn d'ajouter, ce qui ne manque pas d'ironie :

« J'attends avec impatience le jour où tous les gouvernements décideront de mettre de vrais moyens en œuvre pour identifier systématiquement et saisir les profits issus de ces activités criminelles, et où le trafic de drogue deviendra une entreprise vouée à l'échec. »

L'année suivante, Lawn surenchérit encore dans la louange, cette fois pour féliciter Noriega de sa collaboration à un coup de filet antidrogue international baptisé « opération Pisces ». « Des millions de dollars et des milliers de kilos de drogue ont été saisis. Votre engagement personnel dans l'opération Pisces ainsi que les efforts compétents, professionnels et infatigables des instances officielles de la république de Panama ont joué un rôle essentiel dans le dénouement positif de cette enquête. Les narcotrafiquants du monde entier savent désormais que ni leur poison ni l'argent qu'il leur rapporte ne sont les bienvenus à Panama. »

Personne, à la DEA, ne semblait s'apercevoir que Noriega était tout simplement en train d'aider ses amis à éliminer la concurrence.

L'invasion américaine au Panama permit, outre l'arrestation du général, la découverte d'une importante cache de documents — 5 tonnes d'écritures bancaires, d'enregistrements et de papiers divers qui allaient permettre de poursuivre des blanchisseurs de premier plan —, ainsi que de 50 kilos de cocaïne et de 6 millions de dollars en espèces. Toutefois, le problème de fond n'a pas forcément été résolu pour autant. À ce jour, Panama cherche toujours à se débarrasser d'une réputation de plaque tournante internationale du trafic de cocaïne et de l'argent sale qui lui colle à la peau.

En 1992, 7 millions de dollars en liquide ont été trouvés dans deux conteneurs interceptés dans la zone franche de Colon. Personne ne s'est jamais manifesté pour réclamer l'argent, dont une partie a d'ailleurs disparu depuis. Vers la fin de la même année, le procureur général de la république de Panama, Rogelio Cruz, a été accusé d'avoir illégalement libéré 37 millions de dollars gelés sur des comptes suspectés d'appartenir aux cartels colombiens. Ariel Alvarado, son adjoint spécialisé dans la lutte contre la drogue, a lui aussi été arrêté. Ce n'est sans doute pas une simple coïncidence si Cruz avait naguère siégé au conseil d'administration de la First Interamericas Bank.

Bref, presque rien ne semble avoir changé depuis la chute de Noriega.

La zone franche de Colon est florissante, et, malgré une rhétorique officielle simplement destinée à apaiser les bonnes âmes de Washington qui croient encore aux contes de fées, tout indique qu'il en sera ainsi pendant un bon moment. Il faudrait être bien naïf pour s'imaginer un responsable politique panaméen prêt à risquer 13 000 emplois et 10 milliards de dollars de chiffre d'affaires annuel en concoctant une réglementation qui aurait pour seul effet de rendre l'endroit moins attrayant.

Les portes des banques sont grandes ouvertes. Le secret y est roi et les espèces sont une marchandise très prisée. Les cartels sont plus présents que jamais. Tout le monde est d'accord pour estimer qu'il n'est pas bon pour les affaires de poser trop de questions.

Mieux encore, certains officiels de Panama City ont émis le projet de restaurer une des somptueuses villas de Noriega pour en faire une attraction touristique ouverte au public.

Quand Harry Truman signa en 1947 le National Security Act qui créait la Central Intelligence Agency (CIA), il croyait dur comme fer que la mission de la nouvelle agence se bornerait à collecter et à recouper des renseignements obtenus à l'étranger. Bref, qu'il s'agissait au sens strict d'un service « ouvert ».

Son erreur fut de nommer à sa tête des hommes hautement motivés — comme Allen Dulles — qui avaient appris le métier d'espion pendant la guerre à l'Office of Special Operations du célèbre général William « Wild Bill » Donavan. Or aucun d'entre eux ne voyait dans la transparence un principe de fonctionnement acceptable.

D'emblée, l'agence préféra opérer à couvert. Parmi ses activités traditionnelles, citons le versement de subsides à certaines personnes ; le soutien financier et l'« assistance technique » à des partis politiques ; l'aide à certaines organisations privées, incluant syndicats, entreprises, coopératives et ainsi de suite ; diverses interventions économiques ; et un large éventail d'actions paramilitaires ou politiques visant soit à renverser, soit à maintenir un régime.

La CIA n'ayant jamais pu financer aucune de ces activités publiquement — on imagine mal les patrons de la première agence d'espionnage du pays allant au Congrès demander des fonds pour renverser le régime instauré par Mossadegh en Iran —, il a bien fallu qu'elle crée son propre système de blanchiment. Pour commencer, le directeur dispose d'une caisse noire ultra-secrète — énorme masse d'argent invisible dont le Congrès ne sait rien — dont il n'a à répondre que devant le président des États-Unis. Et surtout, Dwight Eisenhower a créé — et tous les autres présidents ont imité son exemple après lui — un groupe tout aussi secret destiné à conseiller la CIA sur le meilleur usage de cet argent et, si nécessaire, à lui procurer des fonds supplémentaires pour telle ou telle opération spécifique. Du temps d'Ike, ce groupe fut baptisé « comité 5412 » — d'après le numéro du communiqué du Conseil national de sécurité qui autorisait sa création.

Ce comité était alors, et reste aujourd'hui, l'institution la plus impénétrable des États-Unis d'Amérique.

Doté d'un statut de sous-cabinet, il est chargé d'étudier et d'approuver toutes les opérations clandestines de la nation afin de servir de fusible au Président au cas où quelque chose tournerait mal. Son rayon d'action est considéré comme tellement sensible que les membres du Conseil national de sécurité eux-mêmes ne sont pas informés de ses activités. Les quelques privilégiés qui sont dans le secret l'appellent simplement le « Groupe spécial ».

Pour une raison ou pour une autre, le nom de l'organisation a plusieurs fois changé depuis l'époque du « comité 5412 » ; il y a eu le « comité 303 », puis le « comité 40 ». Sa fonction initiale, en revanche, n'a jamais varié d'un iota : c'est le « Groupe spécial », et non le Président, qui approuve officiellement certains projets — comme l'intervention illégale dans les affaires intérieures de tel ou tel État souverain.

Traditionnellement, il se compose d'un président — en

général, ce poste est occupé par le conseiller national à la Sécurité —, du secrétaire d'État, du secrétaire à la Défense et du directeur de la CIA. Pour des raisons bien compréhensibles, le président des États-Unis n'en est pas membre.

Il est évident que les décisions ultimes sont prises dans le Bureau ovale et qu'en dernière instance c'est le Président lui-même qui autorise ou non la réalisation des projets de la CIA, mais son feu vert n'est jamais donné que verbalement. Les membres du Groupe spécial préparent tout entre eux, après quoi ils présentent leur plan au Président. Son nom n'apparaît jamais nulle part. Il ne signe aucun document. De cette façon, en cas de problème, la CIA peut légitimement prétendre avoir agi sur ordre exclusif du Groupe spécial ; quant au Président, il peut nier publiquement avoir eu connaissance du projet incriminé.

C'est le comité 5412 qui approuva la construction et l'utilisation par la CIA de l'avion espion U-2, lequel fut entièrement financé par la caisse noire contrôlée par Allen Dulles et son adjoint Richard Bissell. Si, comme on l'a beaucoup dit, c'est la CIA qui a fait assassiner Salvador Allende au Chili en 1973, le Groupe spécial de l'administration Nixon a forcément débattu de ce projet. Et si, comme cela a souvent été suggéré, la Maison-Blanche savait tout de l'Irangate, c'est certainement grâce aux informations fournies par l'équivalent reaganien du comité 5412.

À vrai dire, l'Irangate fournit un parfait exemple du rôle du comité. Une fois admis le postulat selon lequel William Casey, directeur de la CIA, a bel et bien chargé Oliver North de s'adonner aux activités illégales pour lesquelles celui-ci a été jugé, force est de supposer que l'ensemble du projet a dû, à un moment ou à un autre, faire l'objet d'un débat au sein du Groupe spécial. Le secrétaire d'État et le secrétaire à la Défense en ont donc pris connaissance, puis l'ont présenté au Président. Mais comme il n'y a aucune trace écrite et que rien ne permet de remonter jusqu'à Ronald Reagan, les dénégations de celui-ci constituent une ligne de défense inattaquable.

Sous la présidence de Reagan, le Groupe spécial aura autorisé la CIA à soutenir financièrement les forces de droite qui tentaient de renverser le gouvernement socialiste de l'île Maurice, à dépenser une fortune afin de déstabiliser le régime du colonel Kadhafi en Libye et à distribuer des centaines de millions de dollars aux rebelles afghans. Les archives récemment ouvertes de la Maison-Blanche et de la CIA tendent à montrer que, pendant les six premières années de sa présidence, Reagan a eu connaissance de — et/ou a soutenu — un minimum de soixante opérations de blanchiment de fonds visant à financer les activités clandestines de l'agence.

L'une des plus importantes opérations de ce type organisées par la CIA naquit au sein du Groupe spécial formé sous la présidence de John Kennedy. Nous voulons parler de l'opération Mongoose, qui visait à assassiner Fidel Castro.

Après l'échec du débarquement de la baie des Cochons, Robert Kennedy — qui était à l'époque procureur général — réussit à persuader son frère que l'élimination de Castro devait devenir une des priorités de son mandat. Convaincu, le Président fit appel à la CIA.

L'agence maintenait d'ores et déjà un important poste de commandement sur le campus de l'université de Miami (nom de code : JM/WAVE). Sur place, les hommes de la CIA supervisaient les activités de quelque 3 000 contacts cubains, chacun d'eux s'étant vu offrir un faux emploi qui lui servait de couverture. Non seulement la CIA payait tous ces gens, mais elle se servait d'eux pour blanchir des fonds destinés à financer diverses activités clandestines. Citons pour mémoire : l'empoisonnement de la cargaison d'un navire russe arrivé à Porto Rico, la contrefaçon de billets de banque cubains, l'émission d'une intense propagande radiophonique à destination de l'île et le financement régulier de la guérilla anticastriste. La CIA payait aussi les avions, les vedettes et les armes.

C'est ainsi qu'un beau jour un agent de la CIA découvrit qu'il pouvait gagner plus d'argent en administrant une société paravent de l'agence qu'en restant son salarié. Selon l'usage en vigueur, il était censé restituer les éventuels profits dégagés par son activité de couverture au gouvernement américain. Aussi démissionna-t-il de la CIA pour garder l'affaire — et ses profits. Naturellement, l'agence ne put pas protester, car c'eût été admettre qu'elle était la propriétaire originelle de l'entreprise.

Depuis, en revanche, la CIA a officiellement reconnu avoir élaboré huit projets différents pour assassiner Castro. Pour l'exécution du premier, l'agence parvint à introduire à Cuba des pilules de poison, mais son correspondant à La Havane ne réussit jamais à approcher sa cible. La deuxième fois, un assortiment de gadgets pour le moins bizarres fut envoyé à un dissident cubain qui, croyait-on, avait accès à Castro : un stylo empoisonné, des pilules et des poudres bactériennes, un cigare explosif et un autre imprégné de toxine de bolunium, poison si violent qu'il était supposé tuer le dictateur dès l'instant où ses lèvres entreraient en contact avec la feuille de tabac. Cette tentative, on l'aura deviné, n'eut pas plus de succès que la première.

Pour son troisième complot, la CIA se tourna vers le crime organisé et expédia à Cuba des tueurs à gages.

Les esquisses de ce projet furent tracées à l'été 1960, sous la présidence d'Eisenhower, quand l'ex-agent du FBI Robert Maheu reçut de Richard Bissell l'ordre de trouver des hommes prêts à exécuter l'objectif de l'agence. Le premier recruté fut Johnny Rosselli, gangster de Las Vegas qui avait naguère eu des liens avec le milieu du jeu à La Havane. Le deuxième à accepter l'offre de la CIA fut le patron de la Mafia de Chicago — il se faisait appeler Sam Gold, mais son vrai nom était Momo Salvatore Giancana. Ces hommes ne tardèrent pas à être rejoints par le parrain de la Mafia de Miami, un Cubain exilé que ses amis appelaient Joe, mais que le reste du monde connaissait sous le nom de Santos Trafficante.

Ensemble, les trois hommes localisèrent un Cubain qui travaillait dans un restaurant fréquenté par Castro et le convainquirent de verser quelques pilules dans l'assiette du dictateur à son prochain passage. Mais au début du printemps 1961, époque à laquelle le plan aurait dû être exécuté, Castro avait apparemment rayé cet établissement de son carnet d'adresses.

Un an plus tard — après la baie des Cochons —, le projet d'empoisonnement ressortit des tiroirs. Kennedy occupait maintenant la Maison-Blanche ; il décida de solliciter de nouveau la pègre. Cette fois, les truands jetèrent leur dévolu sur un citoyen cubain qui était prêt à exécuter le contrat à condition qu'on lui fournisse une petite cache d'armes et de matériel de communication. Le trio mafieux se tourna vers Bissell, et la CIA consentit à financer l'opération par le biais de ses paravents de Miami. L'assassin échoua, mais quand elle l'apprit, l'agence avait déjà acheté des explosifs, un radar nautique, du matériel radio et des armes de poing, et expédié le tout à Cuba. Des années plus tard, on devait découvrir qu'une partie des personnes en rapport avec le poste de commandement JM/WAVE de la CIA — ou ayant joué un rôle dans le blanchiment de fonds destinés à l'opération Mongoose — étaient aussi impliquées dans l'assassinat de John Kennedy à Dallas en 1963. Parmi les noms qu'on retrouve mêlés, indirectement ou non, aux deux affaires, on relèvera ceux de Lee Harvey Oswald, de Jack Ruby, du maire de Dallas — qui fit modifier l'itinéraire du Président à la dernière heure pour que le cortège passe devant le dépôt de livres scolaires du Texas —, de Sam Giancana et de Santos Trafficante.

Les théories du complot valent ce qu'elles valent, mais il convient également de signaler que les cinq hommes qui s'introduisirent à l'intérieur du Watergate pour le compte de Richard Nixon en 1972 entretenaient également des liens — on ne peut plus directs, cette fois — avec l'opération Mongoose.

Nous n'en tirons aucune conclusion. Simplement, il semble qu'il y ait là matière à réflexion !

Ce qu'on peut dire, c'est qu'avec la bénédiction tacite de la Maison-Blanche, la CIA pourrait bien être le plus grand blanchisseur de tous les temps.

Au nom de la sécurité nationale, l'agence continue de gérer un empire plus important que la plupart des corporations citées dans la liste annuelle du *Fortune 500.* Aucune de ses sociétés paravents n'a de lien direct avec le gouvernement américain. Souvent dirigées par des officiers en retraite ou d'anciens agents de la CIA, elles ont tendance à recruter parmi les exilés cubains, les vétérans du Vietnam, les agents israéliens, les soldats de fortune, les hommes d'affaires du Moyen-Orient et, dans certains cas, les narcotrafiquants internationaux. Les services offerts vont du transport aérien d'hommes et de matériel au blanchiment de fonds. Au moins trente sociétés paravents ont été créées dans le seul cadre de l'Irangate.

Sous la présidence de George Bush, la CIA s'est même lancée dans le trafic de cocaïne. En 1990, avec l'aide d'une société paravent vénézuélienne, l'agence a réussi à introduire 1 tonne de cocaïne pure sur le territoire américain. La drogue était censée servir d'appât pour prendre au piège de vrais trafiquants. Au lieu de cela, elle a fini par atterrir dans la rue, où elle a été mise en vente. Le scandale ne devait être dévoilé que trois ans plus tard, au terme d'une enquête remarquable de l'équipe de « 60 Minutes ». L'émission télévisée de la chaîne CBS révéla également un peu plus tard que lorsque la société de la CIA incriminée avait proposé une action concertée aux services de la DEA, ceux-ci avaient refusé. Le projet, selon eux, ne tenait pas la route. La CIA devait finir par admettre qu'il s'agissait d'un épisode « tout à fait regrettable ».

Air America constitue l'archétype historique de la société paravent de la CIA. Implantée en Asie du Sud-Est à l'époque de la guerre du Vietnam, la compagnie aérienne n'était qu'une façade de carton-pâte : de Saigon à Hanoi, tous les paysans de toutes les rizières savaient qu'Air America voulait dire CIA.

À d'autres moments, en dépit d'une tendance naturelle à la balourdise, certains éléments de l'agence ont fait preuve, çà et là, d'une touche de subtilité.

En 1973, deux jeunes hommes se lancèrent ensemble dans l'aventure bancaire. Le premier s'appelait Michael Hand. Âgé de trente et un ans, c'était un ancien agent de la CIA stationné dans le Bronx. L'autre, Frank Nugan, trente ans, était un playboy australien, héritier d'une affaire de conditionnement de fruits implantée sur des bases mafieuses. La Nugan Hand Bank avait son siège à Sydney. Elle vécut sept ans.

Elle s'effondra lorsque Frank Nugan fut découvert assis dans sa Mercedes, un fusil dans une main, une Bible dans l'autre et un gros trou dans la tête. Entre les pages de la Bible, la police retrouva une liste de noms, dont celui de Bob Wilson, à l'époque numéro un du Comité des forces armées de l'Assemblée nationale, et celui de William E. Colby, ancien directeur de la CIA. La liste comportait également les noms de narcotrafiquants internationaux connus, de personnalités de la politique, des affaires, du sport, du cinéma et de la télévision. À chacun d'eux correspondait une somme en dollars à cinq ou six chiffres.

Peu après la découverte du cadavre de Nugan, Michael Hand quitta précipitamment l'Australie, et, dit-on, on ne l'a plus revu depuis.

Précurseurs du système BCCI, Nugan et Hand touchaient un peu à tout : ils escroquaient leurs investisseurs, vendaient des armes et de la drogue et blanchissaient des fonds. Curieusement, le président de la banque était le contre-amiral américain en retraite Earl Yates, qui avait été autrefois responsable de la planification stratégique de l'US Navy ; Colby occupait le poste de conseiller juridique ; Walter McDonald, ancien directeur adjoint de la CIA, en était consultant ; Richard Secord, connu depuis l'Irangate, avait des liens commerciaux avec l'établissement ; et l'un des opérateurs de la banque sur le marché des matières premières était aussi un des plus gros importateurs d'héroïne d'Australie.

En février 1977, la Nugan Hand Bank ouvrit une filiale sur la place hautement improbable de Chiang Mai, en Thaïlande — hautement improbable, en tout cas, pour ceux qui ignorent que c'est à Chiang Mai que l'essentiel de l'opium produit dans le Triangle d'or est converti en devises. L'agence de la banque était contiguë — il semblerait même qu'il y ait eu une porte de communication — aux bureaux locaux de la DEA, avec laquelle la CIA entretient, selon un agent antidrogue, « des relations de travail chaleureuses ».

Le Sénat américain ouvrit une enquête sur la Nugan Hand Bank et ses éventuelles connexions avec la CIA, reçut à huis clos les déclarations sous serment de plusieurs membres de l'agence, et s'empressa de ranger ces témoignages au fond d'un coffre.

Procédure typique.

En 1980, une compagnie baptisée Associated Traders Corporation (ATC) fut ouverte à Baltimore (Maryland). À première vue, ATC s'occupait d'importations, d'exportations ou de commerce en général — c'était assez vague. En tout cas, la société avait des connexions internationales : entre 1980 et 1985, elle déposa des millions de dollars sur un compte de la First National Bank du Maryland, qu'elle câblait ensuite à d'autres compagnies installées aux îles Caïmans et à Panama. Pour ne rien arranger au flou artistique qui régnait sur ses affaires, la direction d'ATC avait l'habitude de prier ses banquiers de faire en sorte que le nom de l'entreprise n'apparaisse pas dans ces transferts de fonds.

En cinq ans, ATC réussit à blanchir au moins 20 millions

de dollars par le biais de la First National Bank. À l'occasion de la plus grosse transaction, 5,2 millions de dollars furent envoyés à l'Associated Traders Grand Cayman, transférés de là sur le compte d'une société écran de Panama, puis virés en Suisse. Une autre fois, 2,25 millions suivirent la même route jusqu'à Panama avant de mettre le cap sur l'Inde, où ils financèrent l'achat de 60 000 fusils Enfield destinés aux moudjahidin afghans.

En 1986, ATC fut démantelée. Sans doute n'est-ce pas une coïncidence si sa fermeture correspond à l'éclatement du scandale de l'Irangate.

Rien de tout cela ne serait parvenu à la lumière si un jeune banquier de la First National n'avait découvert qui était son client, après quoi il sombra dans une dépression nerveuse, et enfin se résolut à attaquer en justice et la banque et la CIA pour lui avoir fait subir des pressions ayant affecté sa santé.

Cela dit, cette affaire n'avait rien de très nouveau.

À la fin des années soixante-dix, la junte qui gouvernait l'Argentine décida d'aider le général Luis Garcia Meza Tejada — vieil ami des narcotrafiquants sud-américains — à réaliser un coup d'État en Bolivie. Pour contribuer à son financement, les services de renseignement argentins eurent l'idée de monter un réseau de blanchiment en Floride et s'adressèrent à leurs contacts de la CIA. Deux affaires commerciales furent ouvertes à Miami. La première, baptisée Argenshow, était censée être une agence artistique ayant pour fonction de promouvoir des tournées d'artistes en Argentine. La seconde était un bureau de prêt sur gages du nom de Silver Dollar. Délibérément ouvert à côté d'un magasin d'armes — ce qui caractérise une intention claire de mettre sur pied un réseau de trafic clandestin —, ce bureau était supposé devenir le centre opérationnel des activités de renseignement argentines pour toute l'Amérique latine.

Au nom de l'intérêt supérieur de la nation, la CIA jugea plus sûr d'envoyer des conseillers militaires argentins au Salvador, au Costa Rica et au Honduras, plutôt que des citoyens américains. C'est ainsi qu'Argenshow et le Silver Dollar mirent sur pied des livraisons d'armes en Amérique centrale, blanchirent les fonds nécessaires à partir de la Suisse, des Bahamas, des îles Caïmans et du Liechtenstein. Après un passage à Panama, ces fonds étaient expédiés là où on en avait besoin en Amérique centrale. En dix-huit mois seulement, une société écran des Bahamas contribua au transfert de 30 millions de dollars pour le compte du bureau de prêt sur gages de Miami.

Ne perdant pas de vue leur mission originelle, Argenshow et le Silver Dollar élaborèrent un accord multimillionnaire entre les généraux de la junte et Roberto Suarez Levy, un important caïd de la drogue bolivien. Des fonds appartenant au trafiquant furent blanchis en Floride. En échange, l'Argentine envoya des ambulances en Bolivie, toutes bourrées d'armes destinées à renverser le gouvernement de coalition de centre gauche et à rendre le pouvoir aux militaires, par le biais de ce qui devait être appelé plus tard le « putsch de la cocaïne ».

Plus tard la même année, Argenshow fut à l'origine du recrutement de « contras » nicaraguayens dans le but d'attaquer une station de radio au Costa Rica. Il est difficile de dire si le contact fut noué grâce à un canal existant de la CIA, ou si c'est ce contact qui devait se transformer en canal de la CIA, mais ce qui est certain, c'est qu'il devait jouer un rôle décisif dans l'Irangate. Quelques mois plus tard, Argenshow cessa d'exister, le Silver Dollar fut vendu, et la CIA changea de couverture.

# 15

# Histoire de deux banques

*Les blanchisseurs forment un pont au-dessus de l'abîme qui sépare la pègre du reste de la société.*
Michele SINDONA

Le 18 juin 1982, un Italien de soixante-deux ans, au regard mélancolique et à la moustache noire, fut retrouvé pendu sous le pont de Blackfriars, à Londres. L'homme s'appelait Roberto Calvi. De prime abord, cette mort avait toutes les apparences d'un suicide. Et pourtant, douze ans plus tard, presque plus personne ne croit à cette version des faits.

Connu comme « le banquier de Dieu » en raison de ses liens étroits avec le Vatican, Calvi avait été président-directeur général du Banco Ambrosiano, établi à Milan. Après avoir débuté dans l'établissement à un poste insignifiant en 1946, il avait peu à peu gravi les échelons jusqu'au milieu des années soixante, époque à laquelle il fit la connaissance du financier sicilien Michele Sindona. Six ans plus tard, grâce aux conseils, aux relations et au soutien de son nouvel ami, Calvi n'était pas seulement à la tête de la banque : il en possédait une bonne partie.

Le Banco Ambrosiano ne tarda pas à devenir le premier groupe bancaire privé italien. Mais, de façon curieuse pour un établissement aussi prestigieux, il n'avait pas de bureaux à la City de Londres, ni à Wall Street. En revanche, on trouvait des agences aux Bahamas, au Luxembourg et au Nicaragua.

En outre, toutes sortes de transactions plus qu'insolites

s'opéraient par son intermédiaire. En juin 1979, la filiale nicaraguayenne prêta 9 millions de dollars à Nordeurop, une société écran du Liechtenstein installée par Calvi aux États-Unis. Immédiatement, Nordeurop réexpédia la somme vers une autre création de Calvi, établie à Panama, sous forme de règlement. Aucune explication satisfaisante n'a jamais été donnée en ce qui concerne ce mouvement de fonds : ni pour justifier le prêt originel, ni pour justifier le versement de 9 millions de dollars à la société panaméenne.

En mai 1982, le bruit se répandit que 1,3 milliard de dollars avait disparu des caisses de la banque. Trois semaines plus tard, Calvi était retrouvé mort.

Le mystère de sa mort tourne indubitablement autour de cette fortune manquante, dont une bonne partie semble avoir été blanchie par le biais de compagnies écrans enregistrées à Panama et au Liechtenstein — compagnies disposant de liens directs ou indirects avec la banque privée du Vatican, l'Instituto per le Opere di Religione (Institut pour les œuvres de religion, plus souvent appelé IOR). Celle-ci fonctionnait comme une banque commerciale *offshore* en plein cœur de Rome. Le Vatican était son principal client. Et, à dessein, ses directeurs n'avaient de comptes à rendre qu'à la hiérarchie de l'Église catholique romaine.

Hors d'atteinte des instances de contrôle italiennes, l'IOR pouvait envoyer des devises partout dans le monde sans contrevenir au contrôle des changes. Pour Calvi — qui avait besoin d'approvisionner en fonds ses sociétés écrans ouvertes à Panama et au Liechtenstein —, c'était une lessiveuse idéale.

Pour renforcer ses liens avec l'IOR, il monta plusieurs filiales à l'étranger en association avec la banque. L'une d'elles, la Cisalpine Bank, représentait le Banco Ambrosiano aux Bahamas. Le président-directeur général de l'IOR siégeait à côté de Calvi au conseil d'administration de la Cisalpine. Ensemble, ils se servaient de l'établissement pour se prêter mutuellement de l'argent en brouillant les pistes derrière une documentation extrêmement complexe. En 1978, l'IOR avait en dépôt 114 millions de dollars à la Cisalpine Bank, et la Cisalpine Bank, c'est-à-dire Calvi, disposait de 236 millions de dollars à l'IOR.

À l'époque, le président de l'IOR était l'archevêque Paul

Marcinkus. D'origine américaine, l'homme était une force de la nature. Sindona avait joué un rôle important dans sa nomination à la tête de la banque. Marcinkus prétendit plus tard n'avoir eu aucune connaissance des tripotages de Calvi ; à l'en croire, l'IOR en était la première victime : séduite par la promesse de taux d'intérêt élevés, l'institution avait perdu une fortune pour s'être naïvement laissé entraîner dans l'opération frauduleuse fomentée par l'affreux Calvi. Quels qu'aient été les véritables rapports de Calvi et de Marcinkus, ce qui est certain, c'est que l'IOR faillit bien connaître la banqueroute à la suite de ces malversations.

Quand éclata le scandale du Banco Ambrosiano, Marcinkus s'enferma dans ses bureaux de la place Saint-Pierre, protégé des questions gênantes et autres poursuites judiciaires par le statut d'État souverain dont jouit le Vatican.

L'homme d'affaires toscan Licio Gelli devait également jouer un rôle clé dans cette affaire. Admirateur de Mussolini et de Juan Peron, il était surtout Grand Maître d'une loge de type maçonnique appelée Propaganda Due. Forte de 923 membres (chefs de cabinet, parlementaires influents, financiers, officiers de haut rang, chefs des trois services secrets et juristes parmi les plus éminents de la nation), la « P 2 » fonctionnait comme un gouvernement parallèle. Elle disposait d'une influence réelle et d'un énorme pouvoir. Il a été révélé depuis qu'elle bénéficiait du soutien financier de divers groupes liés au crime organisé en Italie, et que ces fonds étaient blanchis par Gelli en Suisse. Celui-ci connaissait bien le système bancaire helvétique pour avoir passé le plus clair de sa vie à évoluer dans les eaux troubles du monde du trafic d'armes.

À l'éclatement du scandale, Gelli quitta le pays, fut arrêté en Suisse, réussit à s'échapper à grand renfort de pots-de-vin et passa les cinq années suivantes caché en Amérique du Sud où il disposait de relations de poids — en particulier en Argentine.

Michele Sindona, le mentor de Calvi, fut également un des acteurs principaux de l'affaire. Né en 1920, il atteignait la cinquantaine quand il fut considéré comme l'un des hommes d'affaires les plus riches et les plus importants d'Italie. Selon ses propres dires, il « pesait » personnellement 500 millions de dollars. Lui aussi disciple de Mussolini et de Machiavel, il conseillait le pape Paul VI en matière financière — ce qui lui valut le surnom de « banquier du pape » — et contrôlait une demi-douzaine de banques dans quatre pays ; il possédait aussi la chaîne d'hôtels CIGA et près de 500 autres entreprises. L'une d'elles, la société de Bourse milanaise Moneyrex, était aussi une des principales lessiveuses de la Mafia. Une autre — s'agissant de blanchiment, on ne manquera pas de relever l'ironie de la chose — était propriétaire du célèbre complexe du Watergate, à Washington.

En Italie, la puissance financière de Sindona était telle qu'il dominait la Bourse de Milan et disposait littéralement du pouvoir de l'acheter. De manière moins visible, il était le partenaire de Gelli au sein de la loge P 2 et le principal *consigliare* financier de la Mafia. En 1980, il avait été condamné à vingt-cinq ans de prison par un tribunal américain pour escroquerie et parjure, après avoir détourné 15 millions de dollars pour prendre illégalement des parts dans deux banques américaines — dont l'une, la Franklin National, avait connu une faillite spectaculaire en 1974.

La Finabank, une banque privée de Genève, s'était effondrée au même moment. Elle faisait office d'entonnoir pour les fonds de la Mafia et de la P 2 destinés aux États-Unis, et Sindona y avait un compte numéroté, nom de code MANI-1125. Son cosignataire était l'IOR.

Quand le scandale du Banco Ambrosiano éclata, Sindona était en prison aux États-Unis. Mais deux ans plus tard, il fut extradé vers l'Italie et incarcéré sur place. En 1986, cet homme, qui savait trop précisément dans quels placards étaient cachés des cadavres, fut retrouvé mort sur le plancher de sa cellule. Quelqu'un avait empoisonné son café au cyanure.

C'était Sindona qui avait enseigné à Calvi les tenants et aboutissants du blanchiment de fonds par le biais de compagnies *offshore*. En bon élève, Calvi constitua au fil des ans un grand nombre de sociétés écrans, dont la plupart lui servirent à mener ses opérations conjointes avec Marcinkus et l'IOR. C'est ainsi qu'il réussit à soutenir artificiellement le cours des actions du Banco Ambrosiano et à racheter des entreprises avec des lires exportées de façon douteuse ; et surtout — avec ou sans l'aide de Marcinkus —, il devint expert dans l'art de flouer ses clients.

Lorsque le Parlement italien vota en 1976 une loi qui transformait en crime l'exportation illégale de lires — jusque-là, ce n'était qu'un délit —, Calvi fut soumis à une enquête approfondie sur la façon dont il gérait les avoirs de sa banque. Pour brouiller les pistes, il mit sur pied un plan de restructuration censé accroître de 50 % le capital du Banco Ambrosiano. Mais pour y parvenir tout en soutenant le cours fragile de ses actions à la Bourse de Milan, il lui fallut rapatrier en Italie des fonds détenus par ses sociétés *offshore.*

Jonglant frénétiquement avec ses avoirs, il se mit à transférer des capitaux tous azimuts pour créer — du moins sur le papier — une impression de stabilité. Mais il était trop tard, et ses créanciers commençaient à manifester une certaine nervosité.

Pire encore, la chance l'abandonna.

En juin 1980, un important client du Banco Ambrosiano — une des premières entreprises de bâtiment italiennes — fit faillite, provoquant un trou béant dans la trésorerie de Calvi. En janvier 1981, le gouvernement décida de sévir contre toutes les banques italiennes contrôlant des holdings non bancaires à l'étranger. Trois mois plus tard, la Bourse de Milan changea les règles du jeu pour le Banco Ambrosiano. Auparavant, ses actions n'étaient échangées qu'une fois par semaine, sur le marché hors cote. Il fut décidé qu'elles le seraient désormais quotidiennement, à la corbeille. Calvi n'allait plus pouvoir soutenir lui-même leur cours.

Le mois suivant, il était arrêté pour trafic de devises.

Bien des gens s'attendaient à voir le Banco Ambrosiano sombrer dans son sillage, mais l'établissement parvint à survivre. Sans doute le fait que Marcinkus ait brandi des lettres à en-tête de l'IOR confirmant que l'Institut était l'usufruitier de onze sociétés écrans (enregistrées à Panama et au Liechtenstein), contrôlant l'essentiel des parts et avoirs du Banco Ambrosiano, y fut-il pour quelque chose. Tout se passait comme si l'IOR était prêt à couvrir les dettes de Calvi.

Cherchant toujours à redresser la situation, Calvi — en liberté provisoire jusqu'au jugement — réussit à convaincre l'industriel Carlo de Benedetti de devenir vice-président de la banque et actionnaire à hauteur de 2 %. Mais l'ancien patron du groupe Olivetti jeta l'éponge au bout de trois mois, après avoir compris qu'il ne pourrait jamais percer le rempart de papier érigé par Calvi pour protéger ses activités frauduleuses. Plus tard, de Benedetti affirma avoir reçu à son domicile des menaces de mort au cas où il s'obstinerait à se montrer à la banque.

Pendant tout le reste de l'année 1981, les pressions exercées sur Calvi augmentèrent au point de devenir intolérables. La Banque d'Italie le cernait de toutes parts. Au début de 1982, désespéré, Calvi supplia Marcinkus de confirmer que l'IOR contrôlait bel et bien les sociétés écrans incriminées et, par conséquent, acceptait de garantir les énormes sommes dues par le Banco Ambrosiano.

Marcinkus refusa.

Apparemment, le Vatican n'avait guère apprécié la disparition des caisses de l'IOR d'une fortune que la plupart des estimations situent dans une fourchette allant de 100 millions à 500 millions de dollars. L'archevêque somma Calvi de rembourser la totalité de la somme avant le 30 juin 1982. Sentant qu'il n'arriverait pas à respecter ce délai, celui-ci demanda à l'IOR de lui accorder un moratoire.

Là encore, le prélat se déroba.

Sur ces entrefaites, on découvrit dans les comptes du Banco Ambrosiano un trou béant de 1,3 milliard de dollars.

Quelque temps plus tard, Marcinkus devait fort opportunément produire une lettre secrète — apparemment signée par Calvi — qui absolvait l'IOR de toutes les dettes contractées par les onze sociétés écrans. Sur la base de ce document, il décréta que l'IOR n'avait aucune responsabilité financière dans la banqueroute du Banco Ambrosiano.

Les liquidateurs et les autorités bancaires italiennes n'en étaient pas si sûrs ; et bien que Marcinkus ne s'en soit jamais vanté, le Vatican finit par accepter de s'acquitter d'une somme relativement modique.

Plus troublant encore, les enquêteurs ne tardèrent pas à découvrir que Calvi avait versé plus de 100 millions de dollars à Licio Gelli et à un de ses bras droits, Umberto Ortolani. Ces fonds avaient été blanchis par le Banco Ambrosiano à travers le réseau complexe des sociétés écrans de Calvi et, du moins pour partie, avaient atterri sur un compte secret contrôlé par

Gelli sur l'île antillaise de Saint-Vincent. Selon les autorités italiennes, ce transfert avait été effectué « sans la moindre justification commerciale ».

Mais il se peut qu'il ait eu une justification d'un autre ordre : assurer les arrières de Calvi, par exemple. On sait que, depuis 1975, celui-ci versait de l'argent à Gelli, à la P 2 et par conséquent aussi à la Mafia, afin d'être protégé contre l'excessive curiosité de la justice italienne. Apparemment, il aurait distribué sous forme de pots-de-vin quelque 10 millions de dollars blanchis par ses soins. Ses amis ont peut-être fait leur possible pour l'aider — quoique cela ne soit pas sûr — jusqu'au moment où il est devenu évident qu'il était trop tard et que Calvi n'était plus qu'un poids embarrassant. Mais Calvi, lui, estimait sans doute qu'ils lui devaient quelque chose. N'avait-il pas versé 163 millions de dollars à la P 2 pour la seule année 1981 ?

Nul ne sait au juste qui Calvi pourrait avoir menacé — ni quelles sortes de menaces il a pu exercer — pour gagner du temps avec Marcinkus, extorquer de l'argent à la loge P 2, ou dénoncer les relations que Gelli entretenait avec la Mafia, entre autres possibilités. Sans doute a-t-il cru qu'en sauvant la banque il parviendrait à se sauver lui-même.

Mais c'était désormais un homme aux abois. Et ce simple fait le rendait dangereux.

On sait qu'il quitta l'Italie le vendredi 11 juin 1982, muni de son porte-documents. Il se rendit d'abord en Autriche, puis à Londres. Le lundi, le cours des actions du Banco Ambrosiano s'effondra. Le mercredi, le conseil d'administration fut dissous. Le vendredi, Calvi était mort.

Selon une rumeur persistante, qui circule aujourd'hui encore dans les couloirs de divers services secrets, Calvi aurait été assassiné pour le contenu de sa serviette.

Plusieurs personnes disposant d'une solide connaissance de l'affaire sont persuadées que Calvi serait venu à Londres pour faire chanter certains banquiers, dans l'espoir de leur soutirer une aide financière capable de remettre sa barque à flot. Pour les convaincre, il aurait emporté avec lui des documents attestant la façon dont ces banquiers — lesquels n'étaient pas forcément britanniques — avaient blanchi des fonds pour Licio Gelli en toute connaissance de cause.

Les papiers en possession de Calvi prouvaient, semble-t-il, qu'une fortune en argent sale gérée par Gelli aurait été lavée dans la capitale anglaise avec la complaisance de certains banquiers de la City, avant d'être réinvestie par le même Gelli. À l'époque, celui-ci « aidait » le gouvernement militaire argentin à acheter des missiles Exocet, lesquels devaient être utilisés contre les forces britanniques pendant la guerre des Malouines.

L'effondrement du Banco Ambrosiano avait été la plus grosse faillite bancaire depuis la Seconde Guerre mondiale. Il devait être suivi de peu par la plus grosse faillite bancaire — et par la plus fabuleuse escroquerie — de toute l'histoire.

L'intervention américaine à Panama était censée délivrer au reste du monde un message très clair : l'administration des États-Unis n'avait pas l'intention de rester les bras croisés à regarder des crapules comme Manuel Noriega mener tranquillement leurs petits trafics.

Sur le plan intérieur, le message était déjà assimilé. En 1988, les fédéraux avaient lancé l'opération C-Chase — opération de chasse aux devises (*currency* en anglais, d'où le « C »).

Se faisant passer pour des narcotrafiquants, des agents infiltrés laissèrent courir le bruit qu'ils avaient des masses d'argent liquide à blanchir. Et la Bank of Credit and Commerce International (BCCI) finit par mordre à l'hameçon.

Une opération clandestine aussi coûteuse que compliquée, menée sous les auspices d'une force interagence réunissant les douanes, l'IRS, la DEA et le FBI, déboucha sur un monceau de preuves incluant plus de 1 200 conversations enregistrées clandestinement et près de quatre cents heures d'images vidéo. Après avoir aidé d'authentiques trafiquants de drogue à blanchir 34 millions de dollars, le Département de Justice réussit finalement à inculper — et en 1990 à condamner — plusieurs directeurs de la BCCI et des dizaines d'autres personnes pour trafic de stupéfiants et blanchiment. Sans le savoir, les autorités américaines venaient de retirer une carte à la base d'un fabuleux château de papier.

L'architecte de ce château s'appelait Agha Hasan Abedi. Né en 1922 en Inde et plus précisément à Lucknow, au cœur de l'ancien Empire moghol, il s'est toujours présenté comme le fils d'un riche propriétaire terrien. D'ailleurs, peut-être est-ce la pure vérité, même si bien des affirmations sorties de la bouche d'Abedi, au fil des ans, se sont révélées fausses. Ce dont on est sûr, c'est qu'il fut président de la Pakistan United Bank Limited de 1959 à 1972. Cette année-là, le Pakistan nationalisa son industrie bancaire. Abedi, qui avait passé des années à se constituer un réseau de riches clients et amis arabes, se tourna aussitôt vers eux. Grâce à leur soutien, il réussit bientôt à fonder sa propre banque avec un capital initial de 2,5 millions de dollars.

Les soutiens d'Abedi comprenaient cheikh Zayed Bin Sultan Al-Nahayan (émir d'Abou Dhabi et président des Émirats arabes unis), plusieurs membres de la famille royale saoudienne et la Bank of America, à l'époque première banque mondiale. L'entrée de cette dernière au conseil d'administration fut un véritable coup de maître dans la mesure où elle conféra une crédibilité instantanée à l'établissement nouveau-né. Inutile de le dire, Abedi exploita cette association sans vergogne. Lorsque la banque américaine, méfiante, retira ses billes en 1980, Abedi eut l'audace de présenter l'affaire de telle façon qu'un certain nombre de personnes crurent que c'était lui-même qui avait décidé de rompre l'alliance.

Pour bâtir ce qui, selon lui, avait vocation de devenir la première banque multinationale du tiers-monde, il fit preuve d'une habileté proprement stupéfiante. Pour commencer, il enregistra le holding de la BCCI au Luxembourg afin de pouvoir se réfugier derrière le secret bancaire en vigueur sur tout le territoire du grand-duché. Un an plus tard, il ouvrit des filiales dans quatre États du golfe Persique et au sein de plusieurs communautés asiatiques disséminées au Royaume-Uni. Ensuite, en 1975, il enregistra la banque aux îles Caïmans, mais installa son siège à Londres, où la Banque d'Angleterre pouvait ajouter — ce qu'elle fit — une nouvelle couche de respectabilité à la BCCI en lui accordant un certificat de bonne santé pour les quinze années à venir.

De par la loi, la Banque d'Angleterre autorise et supervise toutes les activités bancaires sur le territoire du Royaume-Uni. Afin de s'assurer que tout le monde respecte les règles du jeu, elle envoie régulièrement ses comptables dans les banques pour repérer d'éventuelles irrégularités. Il est donc de la responsabilité directe des gouverneurs de la Banque d'Angleterre de s'assurer que toutes les irrégularités ont fait l'objet de mesures appropriées avant de déclencher une crise financière. Si, en revanche, une banque opérant au Royaume-Uni réussit à persuader les experts de la Banque d'Angleterre qu'elle suit scrupuleusement les consignes, on la laisse tranquille jusqu'au prochain audit. Envoyer des agents déguisés en clients pour vérifier la légalité des opérations de tel ou tel établissement ne fait pas partie des habitudes de la Banque d'Angleterre.

Jusqu'à ces dernières années, il y avait deux types de banque au Royaume-Uni : les banques à part entière, répondant à toute une série de critères d'orthodoxie extrêmement sévères et autorisées par la Banque d'Angleterre à offrir un éventail complet de services financiers ; et les « Licensed Deposit Takers » (preneurs de dépôts licenciés), terme technique désignant des banques de second ordre, plus petites et n'offrant qu'une série de services limités.

D'une manière générale, le grand public avait tendance à confondre les deux sortes d'établissement. Mais en réalité, les seules vraies banques étaient celles du premier type. Parce que les contrôles qu'on leur imposait étaient moins rigoureux, les LDT étaient considérés — officieusement, bien sûr — comme des institutions ne jouissant pas de la totale confiance de la Banque d'Angleterre.

La BCCI avait le statut LDT.

En 1977, Abedi se vantait d'être à la tête de la banque du monde affichant la croissance la plus rapide : elle disposait de 146 agences réparties sur 32 pays et ses avoirs totalisaient 2,2 milliards de dollars. Malgré ses 45 filiales en Grande-Bretagne, l'objectif suprême, dans l'esprit d'Abedi, était la prise de contrôle d'un réseau bancaire en Amérique du Nord. Dans cette optique, il fit appel à Bert Lance, ami — et ancien directeur du Budget tombé en disgrâce — du président Jimmy Carter.

D'abord, Abedi embaucha Lance en tant que conseiller de la BCCI. Ensuite, il s'arrangea pour l'aider à vendre ses parts dans une banque de Géorgie. Abedi lui présenta un acheteur — client privilégié de la BCCI — nommé Gaith Pharaon.

Homme d'affaires saoudien dont le père avait été autrefois médecin de la cour à Riyād, Pharaon s'était mis en tête de devenir un second Khashoggi et sillonnait l'Occident en quête de brillantes affaires à conclure. Quelques-unes d'entre elles réussissaient. Mais ce n'était pas la majorité. Ce qui est sûr, c'est qu'Abedi avait besoin d'un homme de paille et que Pharaon était disponible.

Après avoir débarrassé Lance de sa banque, Abedi l'aida à rembourser un emprunt de 3,4 millions de dollars. Une telle obligeance finit par lui donner accès au président Carter, qu'il n'hésita naturellement pas à qualifier comme un de ses meilleurs amis. Et même si Carter s'est efforcé depuis de donner une tout autre version de ses relations avec Abedi, il est indéniable que le maître de la BCCI a toujours su se montrer extrêmement généreux quand il s'est agi de soutenir Global 2000, l'association de protection des animaux de Carter, et le Carter Presidential Center d'Atlanta.

Trois ans après l'établissement de sa tête de pont aux États-Unis, Abedi s'installa à Panama, où le général Noriega devint bientôt un de ses plus gros clients. Un an plus tard, le terroriste Abou Nidal commença d'utiliser les services de la BCCI. Il ne devait pas tarder à être imité par les membres du cartel de Medellin.

En 1988, Abedi contrôlait rien moins que 417 filiales dans 73 pays ; officiellement, les avoirs de la BCCI s'élevaient à 20 milliards de dollars.

Et pendant ce temps-là, la Banque d'Angleterre continuait de dire que tout allait pour le mieux dans le meilleur des mondes.

Apparemment, un certain nombre de détails d'une importance pourtant vitale avaient échappé à ses experts.

Pour commencer, dans la mesure où le Royaume-Uni était le principal centre d'activités de la BCCI — elle y avait toute sa trésorerie —, l'établissement n'aurait jamais dû être autorisé à inclure le mot « banque » dans sa raison sociale.

En 1976, quand la BCCI avait tenté d'acheter à New York la Chelsea National Bank, les instances de contrôle locales étaient intervenues pour l'en empêcher. Deux ans plus tard, un document officiel déposé dans un tribunal américain montra que la Bank of America — alors actionnaire de la BCCI à hauteur de 30 % — n'était pas satisfaite de la façon dont les hommes d'Abedi prêtaient l'argent de l'établissement. La Banque d'Angleterre fut informée de tout cela, mais considéra apparemment que ces affaires n'affectaient en rien le statut de la BCCI au Royaume-Uni. À sa décharge, précisons qu'elle rejeta en 1980 la demande déposée par l'établissement d'Abedi dans le but de devenir banque à part entière.

À l'époque, les finances d'un certain nombre de clients du Golfe de la BCCI étaient si sérieusement dans le rouge qu'Abedi fut obligé de détourner des fonds déposés sur d'autres comptes pour les renflouer. Il prit ainsi l'habitude de voler Pierre pour rembourser Paul et se mit en quête de nouvelles liquidités pour rembourser de vieilles dettes. Avec un aplomb impressionnant, il réussit à cacher ses ennuis aux auditeurs de la Banque d'Angleterre.

En 1985, lorsque les autorités bancaires du Luxembourg tentèrent de convaincre la Banque d'Angleterre d'assumer seule la supervision de la BCCI, les gouverneurs de la vénérable institution refusèrent net. Vers la même époque, la Banque d'Angleterre reçut une lettre anonyme dénonçant des fraudes massives à la BCCI et ne prit aucune mesure officielle. Simultanément, sa trésorerie ayant affiché des pertes énormes consécutives à ses pratiques irrégulières, Abedi se tourna vers l'Amérique latine en quête d'argent frais.

Il disposait déjà d'une agence en Colombie. Il y ajouta sept filiales — cinq pour la seule ville de Medellin —, et ses avoirs sur place ne tardèrent pas à dépasser les 200 millions de dollars. Personne ne sera surpris d'apprendre que ses bureaux de Medellin étaient constamment submergés d'espèces. L'un de ses plus gros dépositaires était Jose Gonzalo Rodriguez Gocha, déjà internationalement célèbre à l'époque pour être un des pivots du cartel.

L'installation en Colombie était une conséquence logique de la nouvelle culture d'entreprise de la BCCI, laquelle aurait pu se résumer par un slogan de type « l'argent n'a pas d'odeur ». Abedi exerçait une telle pression sur ses employés pour leur faire obtenir de nouveaux dépôts — mettant constamment leur rémunération et leur emploi dans la balance — que personne, à la BCCI, ne se souciait de savoir d'où provenait l'argent en question.

La BCCI de Miami faisait d'excellentes affaires en acceptant des dépôts d'espèces supérieurs à 10 000 dollars sans les signaler au fisc. Souvent, les avions privés de la banque se chargeaient de convoyer des fonds vers ses filiales de Panama ou des îles Caïmans ; de là, ils étaient envoyés par câble à la BCCI Luxembourg, où ils se volatilisaient. Dans d'autres cas, pour contourner la réglementation américaine, les dépôts en liquide importants étaient déclarés comme ayant été effectués aux Bahamas — et ce à une époque où la BCCI n'avait pas de filiale aux Bahamas.

Juste après l'affaire de la Bank of Boston en 1985, quand il devint évident que les autorités américaines étaient décidées à faire enfin respecter la loi sur le contrôle des transactions en espèces, la BCCI décida d'accroître sa présence au Canada, où fut transférée une bonne partie de ses activités de blanchiment.

Toujours sur la brèche, Abedi ouvrit des réseaux importants aux Émirats arabes unis et à Hong Kong, sans aucune crainte de s'étendre au moment où les autres banques internationales, inquiètes de l'instabilité politique et économique, préféraient mettre la pédale douce. Abedi expliquait le succès de la BCCI par le fait que sa banque avait trouvé de petites « niches » de marché particulièrement lucratives qu'elle avait su exploiter au mieux. Beaucoup de gens croyaient qu'Abedi faisait allusion à l'achat et à la vente de devises. En réalité, il s'agissait de blanchiment pur et simple.

Le réseau des Émirats fut mis en place pour servir les intérêts des trafiquants d'héroïne du Croissant d'or. Celui d'Hong Kong répondait aux besoins des caïds du Triangle d'or. La BCCI était aussi remarquablement présente au Nigeria, et ce à une époque où l'effondrement mondial du cours du pétrole avait plongé l'économie locale dans la récession ; elle s'y imposa comme la lessiveuse numéro un des fonds générés par le trafic d'héroïne, lesquels transitaient massivement par l'Afrique noire.

Connaissant ses clients, Abedi s'empressa d'accroître sa présence dans les Caraïbes ; il ouvrit des branches en Jamaïque, riche en marijuana, à la Barbade, à Curaçao, à Trinidad et aux Bahamas, où il fonda également un chapelet de sociétés écrans pour faciliter les mouvements d'argent sale.

Mais son vaisseau continuait à prendre l'eau de toutes parts, et en 1986, Abedi détourna 150 millions de dollars d'une caisse de retraite pour colmater les brèches de sa trésorerie.

Les auditeurs de la Banque d'Angleterre n'y virent que du feu. Incapables de déceler la moindre pratique frauduleuse à la BCCI, les gouverneurs de l'institution autorisèrent Abedi à transférer sa trésorerie dans le sanctuaire d'Abou Dhabi.

En 1987, après analyse des livres de comptes du holding, le cabinet d'audit Ernst & Young fit part à Abedi de son inquiétude à propos d'une « concentration de pouvoir excessive » et de sérieuses lacunes dans le fonctionnement des mécanismes de contrôle de la BCCI. Entre-temps, à Bâle, un organisme de supervision en vint à exiger d'Abedi qu'il désigne un auditeur unique pour l'ensemble de son réseau international.

Sur ces entrefaites, les premières inculpations eurent lieu en Floride.

La BCCI se vit infliger une amende de 15,3 millions de dollars pour ses activités de blanchiment. Abedi prétendit qu'il s'agissait d'un incident isolé. Mais soudain, tout le monde se mit à s'interroger sur la BCCI. Des enquêtes officielles furent ouvertes au Canada, en France, au Luxembourg, au Brésil, à Singapour, aux Bermudes, aux îles Caïmans, à Chypre et y compris au Nigeria. Même si la plupart de ces investigations se limitaient à déceler d'éventuelles violations du contrôle des changes, un certain nombre d'entre elles permit de mettre au jour toute une panoplie de pratiques autrement plus compromettantes.

À la Banque d'Angleterre, les gouverneurs se virent remettre deux rapports — l'un d'eux émanant de la brigade de répression des fraudes de la City, l'autre d'un consultant du Moyen-Orient — qui révélaient l'existence de malversations à la BCCI.

Aucune mesure ne fut prise.

Un an plus tard, les gouverneurs reçurent un rapport d'audit établi par le cabinet Price-Waterhouse ; lui aussi décrivait une série de pratiques malhonnêtes.

Enfin convaincus qu'il était temps d'agir, les gouverneurs approuvèrent un plan de sauvetage proposé par des investisseurs de la BCCI à Abou Dhabi, lesquels prétendaient pouvoir éviter à la banque un effondrement complet. Mais là encore, malgré l'incontestable découverte d'opérations frauduleuses, la Banque d'Angleterre ne réclama l'ouverture d'aucune enquête officielle.

Aux États-Unis, l'une de ces enquêtes permit de remonter dix ans en arrière, jusqu'à l'époque où la BCCI courtisait Bert Lance et contrôlait la Financial General Bankshares, un holding financier de Washington DC.

Selon la législation américaine, toute personne contrôlant plus de 5 % des parts d'une entreprise publique doit remplir un formulaire spécifique auprès de la Securities Exchange Commission (SEC, l'équivalent américain de la COB). Mais entre la fin 1977 et le début de 1978, Abedi crut avoir trouvé un moyen de contourner cet écueil en convainquant un groupe de clients de la BCCI d'acquérir chacun moins de 5 % des parts de la Financial General. Lorsque la SEC découvrit le pot aux roses, onze personnes furent poursuivies en justice, dont Abedi. Confrontés à la possibilité concrète de voir leur client atterrir en prison, ses avocats firent des pieds et des mains pour parvenir à un accord, lequel incluait le versement d'une somme généreuse à tous les actionnaires de la Financial General.

La prise de contrôle s'étendit sur plusieurs années et quand elle s'effectua finalement, ce fut à la condition que la Financial General soit rebaptisée First American Bankshare et que la nouvelle entité soit totalement indépendante de la BCCI. Si les Américains exigeaient que la gestion de l'établissement soit confiée à une direction autonome, c'était parce que les services du Contrôleur de la monnaie se méfiaient de la BCCI, ainsi qu'ils le firent comprendre à la Federal Reserve Bank dans une lettre courtoise. La formulation était la suivante : « À proprement parler, la BCCI n'a de véritables comptes à rendre à aucune institution de contrôle bancaire unique, tant en matière de régulation que de supervision. » En d'autres termes, il n'était pas question de permettre à une brebis galeuse comme la BCCI de contrôler une banque aux États-Unis.

Entre-temps, il fut découvert que la National Bank of Georgia de Bert Lance et l'Independence Bank of Encino, en Californie, également rachetée par Gaith Pharaon, avaient subrepticement reçu de la BCCI d'Abedi un crédit de 500 millions de dollars. Pharaon avait engagé sa signature pour garantir le capital des deux banques. Bref, quand, un peu plus tard, Abedi s'arrangea pour faire racheter la Bank of Georgia par la First

American Bankshares, il contrôlait effectivement — mais illégalement — trois banques américaines.

Fervents adeptes de l'adage selon lequel « la crédibilité est contagieuse », Abedi et ses complices nommèrent d'éminents notables américains au conseil d'administration de la First American. Clark Clifford, un des juristes les plus en vue de Washington — ce vieux commis de l'État avait été le conseiller et/ou l'ami personnel de presque tous les présidents des États-Unis depuis Harry Truman — en fut nommé président. Son associé et protégé, Robert Altman, surtout connu pour être le mari de Lynda Carter, la « Wonder Woman » de la télévision, reçut le titre de directeur général.

Il faut dire que les amitiés haut placées étaient depuis longtemps une spécialité d'Abedi. Il réussit à faire la conquête de Robert Mugabe, et la BCCI fut la première banque étrangère autorisée à s'installer au Zimbabwe, dès 1980. Il réussit à se lier avec les leaders communistes chinois, et la BCCI reçut la permission d'ouvrir une antenne à Shenzhen, dans la zone économique spéciale installée le long de la frontière d'Hong Kong. En 1982, quand les Émirats arabes unis annoncèrent qu'il serait désormais interdit aux banques étrangères d'avoir plus de huit agences sur leur territoire, Abedi fonda la Bank of Credit and Commerce (Émirates) avec la participation de la famille royale et racheta lui-même les agences excédentaires de la BCCI.

Quand l'opération C-Chase déboucha sur la mise en cause de la BCCI, le dossier Abedi était épais. Déjà, le sénateur John Kerry avait réussi à obtenir l'ouverture d'un sous-comité parlementaire sur la BCCI et ses relations avec Manuel Noriega. Sous serment, deux narcotrafiquants avérés reconnurent avoir blanchi des fonds à Panama par le biais de la BCCI ; selon eux, c'était le général Noriega en personne qui les avait présentés à la direction de la banque. Une autre enquête sénatoriale révéla que Noriega se servait de la BCCI depuis 1982 pour blanchir des millions de dollars.

En concurrence directe avec l'enquête menée par le sénateur Kerry, le procureur de district du comté de New York Robert Morgenthau s'intéressa lui aussi de près aux activités de la BCCI, et en particulier à la façon dont Abedi manipulait la First America.

Morgenthau avait soixante-treize ans. Tout au long d'une carrière juridique d'un demi-siècle — dont plus de trente ans en tant que procureur —, il avait eu largement le temps d'aiguiser son instinct en matière de criminalité financière. Force politique de premier plan à New York depuis l'époque où John Kennedy lui avait demandé d'accepter le poste de procureur de l'État, il s'était attaqué à la Mafia locale, obtenant l'inculpation de cinquante-deux membres des familles Luchese, Bonanno, Gambino et Genovese. C'est également Morgenthau qui avait obtenu l'inculpation de l'avocat Roy Cohn, bras droit de Joe McCarthy dans la chasse aux sorcières lancée au début des années cinquante. Et c'est encore lui qui avait cherché à empêcher l'accès des banques suisses aux capitaux clandestins américains.

La First America ayant des agences à New York, Morgenthau décréta que l'affaire relevait de sa juridiction. À plusieurs reprises, des procureurs et autres enquêteurs appartenant à ses services se rendirent à Londres dans l'espoir d'obtenir l'aide de la Banque d'Angleterre. D'une manière générale, cette aide leur fut régulièrement refusée.

Nullement découragé par l'attitude obstructionniste de la banque et par la léthargie des procureurs fédéraux américains — Morgenthau déclara que la Banque d'Angleterre avait fait preuve d'une « insuffisance totale » en ce qui concernait le contrôle de la BCCI, et qu'il avait aussi le sentiment que le Département de Justice traînait sérieusement les pieds —, il décida d'augmenter sa puissance de feu. Sachant que le meilleur moyen de piéger les criminels en col blanc consistait à « suivre l'argent à la trace », selon sa propre expression, il se lança avec patience sur la piste d'Abedi et de toutes les autres personnes impliquées dans la prise de contrôle de la First American — y compris Clifford et Altman. Il s'agissait pour lui de punir tous ceux qui s'étaient rendus complices de la tentative d'implantation illégale de la BCCI aux États-Unis.

En mars 1990, les gouverneurs de la Banque d'Angleterre furent avertis par les services de renseignement britanniques qu'Abou Nidal figurait parmi les nombreux clients louches de la BCCI. Il y disposait de quarante-deux comptes, ouverts dans plusieurs agences de la région de Londres.

Huit mois plus tard, un rapport établi à partir de dossiers

privés saisis chez le bras droit d'Abedi — Swaleh Naqvi, numéro deux de la BCCI — fut remis aux mêmes gouverneurs. Il mettait en évidence la pratique massive de la fraude au sein de la banque. Parmi les pratiques dévoilées par les dossiers de Naqvi, citons de multiples détournements de dépôts, des prêts fictifs — l'argent était envoyé à des amis d'Abedi sans qu'il soit jamais question de remboursement — et des mouvements de fonds purement imaginaires vers d'autres banques qui permettaient d'effacer la trace de toutes sortes d'opérations de blanchiment.

Deux mois après, en janvier 1991, les gouverneurs furent informés que la BCCI avait amassé quelque 600 millions de dollars en dépôts non déclarés.

En réponse, le 4 mars 1991 — comme s'ils se trouvaient à court d'excuses —, ils ordonnèrent un audit général de la banque, préférant confier cette mission à la firme indépendante Price-Waterhouse plutôt qu'à leurs propres inspecteurs. Ce ne fut qu'à la remise de ce rapport, en juillet, que les gouverneurs de la Banque d'Angleterre décidèrent enfin de fermer la BCCI.

Depuis lors, Morgenthau a procédé à plusieurs inculpations — dont celles de Clifford, d'Altman, d'Abedi et de Naqvi. Les deux premiers ont été un temps menacés de condamnation, mais l'affaire a fini par être étouffée. Les deux autres ont fait l'objet d'un mandat d'extradition. Séparément, les Américains ont également cherché à obtenir l'arrestation de Gaith Pharaon. Entre autres, ils aimeraient que celui-ci s'explique sur son rôle dans la faillite de CenTrust, une société de placement immobilier de Floride.

Apparemment, en 1989, ayant compris que la First American n'était pas adéquatement située pour lui permettre d'étendre ses activités de blanchiment à Miami, Abedi aurait conspiré avec Pharaon pour racheter CenTrust. D'après les enquêteurs, Pharaon aurait donc acheté secrètement 5 % des parts de la société pour le compte de la BCCI. Par la suite, Abedi et Pharaon n'auraient pas seulement utilisé CenTrust pour laver des fonds de la BCCI, mais aussi pour acheminer diverses donations à caractère politique — essentiellement destinées aux campagnes électorales du parti démocrate —, dont une de 50 000 dollars, offerte par Pharaon au Presidential Center de Jimmy Carter.

Dans la mesure où l'on estime qu'une somme avoisinant les 9,5 milliards de dollars a disparu des caisses de la BCCI — sept fois plus qu'au Banco Ambrosiano —, il serait injuste de désigner un seul coupable dans cette affaire. Il aura fallu une foule de gens et un temps considérable — sans parler de tous ceux qui, à un moment ou à un autre, ont détourné pudiquement le regard — pour escamoter une telle masse d'argent.

Il est vrai que la CIA disposait d'informations accablantes sur Abedi et la BCCI, qu'elle aurait dû les transmettre aux autres services fédéraux et qu'elle ne l'a pas fait. Il est tout aussi vrai que plusieurs agences américaines de lutte contre le crime ont fait de mauvais choix, qui ont beaucoup retardé la prise de mesures effectives contre la BCCI. Si la banque a trop longtemps continué de fonctionner après l'émergence des premiers soupçons, les responsabilités sont amplement partagées. Mais s'il fallait désigner un coupable principal, ce serait la Banque d'Angleterre — après tout, depuis sa fondation, la BCCI opérait à partir du Royaume-Uni.

Une commission de la Chambre des communes a estimé qu'il incombait à l'institution d'admettre la responsabilité de son échec dans la supervision de la BCCI. Elle a conclu que la Banque d'Angleterre aurait probablement pu prévenir ce fiasco sans une tragique accumulation d'erreurs, de mésententes et de défauts de communication. Dans son rapport au Parlement de 1992, *Enquête sur la supervision de la Bank of Credit and Commerce International,* le président Bingham de la Haute Cour de justice écrivait : « La Banque d'Angleterre a failli à son devoir de supervision en ce qui concerne la BCCI. »

Des irrégularités avaient été signalées à l'attention des gouverneurs en plusieurs occasions, et sur plusieurs années ; ceux-ci, mandatés par le Parlement, auraient dû prendre des mesures adéquates pour resserrer une surveillance inefficace ou insuffisante. En matière de blanchiment, la Banque d'Angleterre est soumise aux mêmes conditions que toutes les autres banques et doit signaler à la police les moindres soupçons de ses auditeurs chaque fois que ceux-ci pensent avoir décelé une opération de lavage de fonds issus de la drogue ou du terrorisme. Conclusion logique : si les gouverneurs savaient que la BCCI abritait des capitaux liés au narcotrafic ou au terrorisme, ils ont délibérément violé la loi. Et s'ils ne le savaient pas, ils ont fait preuve d'incompétence, parce qu'il était justement de leur devoir de le découvrir.

Et cependant, apparemment imperméables aux critiques, les gouverneurs ont soutenu avec une belle arrogance — et continuent de soutenir — que la Banque d'Angleterre n'a rien à se reprocher. Il est vrai que s'ils ne se sont pas donné la peine de lire les rapports qu'on leur adressait sur la BCCI, il est peu probable qu'ils aient lu les journaux depuis l'éclatement du scandale. Face à une commission parlementaire, le gouverneur de la Banque d'Angleterre de l'époque, Robin Leigh-Pemberton, n'a pas hésité à faire la déclaration suivante : « Si nous devions fermer un établissement chaque fois que nous découvrons une fraude, les banques seraient nettement moins nombreuses. »

Et nous qui croyions naïvement que tel était le rôle de la Banque d'Angleterre !

Au bout du compte, la BCCI s'est effondrée non pas parce que la Banque d'Angleterre a fait son travail, ni même parce qu'Abedi s'était montré trop gourmand trop longtemps. Si elle s'est effondrée, c'est parce que Robert Morgenthau n'a pas voulu baisser les bras. Si tant est qu'il faille désigner des héros dans cette affaire, le procureur de district du comté de New York mérite une place en tête de liste.

Depuis la fermeture de la BCCI, le 5 juillet 1991, les instances de contrôle bancaire du monde se sont efforcées de colmater les brèches du système qui ont permis le développement d'un tel phénomène. Certains croient que l'ampleur réelle des faits ne sera jamais connue. L'appendice 8 du *Rapport Bingham,* intitulé « Les services de renseignement » et malheureusement censuré, offre un blanc fort « intéressant ».

Le rôle des services de renseignement dans l'affaire de la BCCI ne sera pas dévoilé en Angleterre avant trente ans — s'il l'est un jour —, mais devrait émerger plus vite aux États-Unis, grâce à la loi sur la liberté de l'information. Quand viendra ce moment, les agences de renseignement américaines et britanniques auront à répondre à de nombreuses questions.

Pourquoi, par exemple, les services de sécurité du Royaume-Uni ont-ils tout fait pour que la Banque d'Angleterre repousse de quinze mois la fermeture de la BCCI ? Et pourquoi la Banque d'Angleterre a-t-elle accédé à cette étrange requête ?

La réponse réside peut-être dans le fait que la BCCI entretenait des relations d'affaires avec Saddam Hussein. On sait également que le Conseil national de sécurité américain s'est servi de la banque d'Abedi pour blanchir des fonds dans le cadre de l'affaire de l'Irangate. Il est certain que la CIA disposait de comptes à la BCCI, grâce auxquels elle recyclait de l'argent destiné aux rebelles afghans. On croit savoir que la Defense Intelligence Agency américaine y maintenait aussi une caisse noire. Il est notoire que l'un des bras droits d'Abedi aux États-Unis était Kamal Adham, ancien chef des services de renseignement saoudiens, et que celui-ci n'hésita pas à négocier le versement d'une amende de 105 millions de dollars pour éviter la prison. Il semblerait que le MI-6 (service d'espionnage britannique) ait lui aussi trouvé l'existence de la BCCI bien commode. On sait que la banque d'Abedi a tenu un rôle important dans le transfert de missiles Scud nord-coréens vers la Syrie, qu'elle a joué les médiateurs et ensuite apporté des capitaux dans la vente de missiles chinois Silkworm à l'Arabie Saoudite, enfin qu'elle est intervenue quand les Saoudiens ont eu besoin de systèmes de guidage israéliens pour ces mêmes missiles.

Que la Banque d'Angleterre ait fait le jeu des services secrets pour ne pas risquer de faire capoter une opération de renseignement en cours, pour laisser à ces services le temps de se couvrir, voire les deux en même temps, il n'est sans doute pas inutile de rappeler qu'en démocratie les citoyens ont le droit inaliénable de savoir ce qui se fait en leur nom, et pourquoi.

L'appendice 8 promet de fournir un jour une lecture palpitante. Mais dans la mesure où cette lecture ne mettrait pas dans l'embarras que les membres du conseil des gouverneurs de la Banque d'Angleterre, nous vous déconseillons de retenir votre souffle jusqu'à sa publication.

Qui plus est, aucun indice ne laisse penser que la leçon de cette affaire ait été assimilée par les instances de réglementation bancaire. En revanche, tout porte à croire que cette même leçon a été apprise sur le bout des doigts par les dirigeants d'autres banques de type BCCI.

Après tout, selon la formule du célèbre voleur Willy Sutton : « Il y a des banques là où il y a de l'argent. »

La BCCI a simplement commis l'erreur de se faire prendre la main dans le sac.

# 16

# Séchage

*Le blanchiment est le crime des années.*

*Business Week*

Au nom d'une réglementation bancaire responsable, mais aussi largement sur l'insistance des États-Unis, de la Grande-Bretagne, de la France et du Japon, bon nombre de nations se sont ralliées à la doctrine selon laquelle les institutions financières doivent contribuer à l'identification de l'argent en cours de blanchiment, à n'importe quel stade du cycle de lavage.

Cette stratégie, baptisée « Connaissez votre client », vise à repérer les titulaires de plusieurs comptes dont les bilans sont incompatibles avec leurs activités déclarées ; les comptes bénéficiant de dépôts effectués par un grand nombre de personnes ; ou encore, toute personne ouvrant avec une grosse somme d'argent un compte à faible taux de rendement.

L'argent liquide reste le premier révélateur, surtout en cas de dépôts importants, de dépôts multiples effectués en plusieurs endroits, de fortes sommes rapidement redistribuées vers d'autres comptes ou d'accumulation excessive de petits dépôts finissant par totaliser une somme considérable.

Pour l'essentiel, les banques des pays industrialisés font montre d'une volonté de coopération sincère, bien qu'il leur ait fallu, dans un premier temps, payer pour former leur personnel à la vigilance financière.

Cette stratégie s'est parfois révélée efficace.

Le directeur d'une banque britannique connue s'étant

aperçu qu'un de ses clients disposait de deux comptes dans deux agences différentes décida de s'y intéresser de plus près et découvrit que l'homme déposait quotidiennement entre 500 et 600 livres sur chacun des deux comptes. En soi, ce simple fait n'aurait pas suffi à éveiller les soupçons si le client en question n'avait également déposé chaque semaine le chèque de son assurance-chômage sur l'un de ces comptes. Le directeur envoya un rapport à ce qui s'appelait encore la National Drug Intelligence Unit (unité nationale de renseignement contre la drogue), service des douanes de Sa Majesté. La NDIU localisa très vite un troisième compte au nom du même client ; ouvert sur l'île de Man, il lui permettait d'amasser peu à peu les fonds venus des deux autres. À partir de cette découverte — et donc entièrement grâce à la vigilance d'un directeur de banque —, la NDIU réussit à impliquer le blanchisseur dans une opération de narcotrafic et à l'arrêter sous de multiples charges.

Malheureusement, la croisade « Connaissez votre client » est loin d'être sans défaut.

Bien trop souvent, elle se transforme en course à la paperasse. Pour se protéger, les dirigeants d'établissement bancaire incitent leurs employés à remplir des rapports « préventifs » de transaction en espèces avec des consignes du type : « Si quoi que ce soit vous paraît suspect, consignez-le par écrit de manière à ce que la banque ne puisse pas être poursuivie », ce qui a pour effet de diminuer la qualité des rapports tout en accroissant leur quantité. Leur analyse devient longue et coûteuse. Le suivi s'en ressent invariablement.

Naturellement, dès l'instant où un blanchisseur est pressé de questions par sa banque ou son agence de transfert par câble, il prend le large. Il n'attend pas l'arrivée de la police ; en prenant soin d'effacer ses traces, il reprend ses billes et les confie à une banque ou à une agence de transfert où l'on se montre moins curieux.

En outre, cette stratégie impose une pression commerciale gênante aux institutions financières, dans la mesure où elle les force à évoluer en permanence sur la corde raide. Elles sont obligées de poser un certain nombre de questions pour respecter la loi, mais il leur faut aussi à tout prix éviter d'effaroucher le chaland au point de le pousser à placer ses fonds ailleurs.

Au milieu des années quatre-vingt, l'Agip (Africa) Ltd., société enregistrée à Jersey, s'occupait de forages pétroliers en Afrique du Nord. Le chef comptable de cette filiale, laquelle appartenait à 100 % à la compagnie nationale pétrolière italienne, était en réalité un escroc qui, pendant plusieurs mois, fit usage d'ordres de paiement frauduleux pour transférer 10,5 millions de dollars de la Banque du Sud de Tunis vers divers comptes londoniens, ouverts au nom de compagnies écrans enregistrées sur l'île de Man.

Face à un nom comme Baker Oil, n'importe quel directeur de banque serait logiquement tenté de supposer que l'entreprise ainsi nommée opère dans le secteur pétrolier. Et pourtant, à peine les fonds détournés de Tunis arrivaient-ils à Londres, qu'ils étaient suivis par l'ordre de les transférer sur le compte d'une compagnie du nom d'Euro-Arabian Jewelry Ltd., enregistrée en Grande-Bretagne. De là, l'argent était ensuite réexpédié vers une société écran parisienne qui se présentait comme une bijouterie.

Illogique ? Sans aucun doute, mais pas forcément suspect. Or la loi n'oblige pas les responsables de banque à être logiques — simplement soupçonneux. Ce qui explique sans doute pourquoi, dans cette affaire, personne ne s'est donné la peine de gratter trop profondément pour essayer de comprendre pourquoi une compagnie pétrolière envoyait tout son argent à une bijouterie.

Même quand les banques sont vigilantes, cela ne fonctionne pas toujours. C'est ainsi qu'une vaste opération de blanchiment découverte par la banque néerlandaise ABN AMRO a pu se poursuivre sur décision du ministère de la Justice. Un narcocartel du Surinam, dissimulé derrière le paravent d'un commerce d'or et de bijoux, a lavé de cette façon 90 millions de florins (plus de 250 millions de francs français) par le biais de deux agences de la banque à Rotterdam, entre 1989 et 1993. Certes, des poursuites ont été engagées depuis, mais dans un premier temps, les rapports de transaction suspecte transmis aux autorités par l'établissement n'ont guère trouvé d'écho : la banque centrale y a répondu en priant tout simplement l'ABN AMRO d'oublier cette affaire, considérée comme étant sans intérêt.

Une nouvelle législation antiblanchiment vient d'arriver en force aux Pays-Bas, qui oblige les banques à signaler tout dépôt d'espèces supérieur à 25 000 florins (autour de 70 000 francs). En conséquence, on n'a pas tardé à assister à une explosion du « schtroumpfage », sous forme de dizaines de milliers de petits dépôts situés juste sous le seuil fatidique — et qui donc ne sont pas signalés. Pour compliquer les choses, plus de la moitié des 110 bureaux de change néerlandais sont soupçonnés de blanchir des florins sales. Pour mettre un terme à ce trafic, la banque centrale des Pays-Bas a décidé d'assumer directement la supervision de ces établissements. Un certain nombre d'entre eux, contrôlés par des sociétés par actions au porteur étrangères (afin que l'identité de leur propriétaire de fait reste dans l'ombre), n'ont pas tardé à mettre la clé sous la porte. Mais il en reste beaucoup, sans parler de ceux qui, depuis que les autorités néerlandaises ont décidé de serrer la vis, se sont contentés d'effectuer un saut de puce pour s'implanter de l'autre côté de la frontière, en Belgique.

Finpol, l'équivalent néerlandais de Tracfin, a pour objectif de retrouver la trace de l'argent blanchi. Comme pour Tracfin, ses ressources sont limitées. Et quoique personne ne puisse chiffrer précisément le volume d'argent blanchi aux Pays-Bas, un ancien ministre de la Justice a déclaré en 1993 qu'un florin sur dix pourrait être en cause — ce qui représenterait 15 milliards de florins (environ 43 milliards de francs), soit deux fois plus que ce que rapporte l'exportation de fleurs, l'activité agricole la plus lucrative du pays.

En matière bancaire, il faut bien le dire, la notion de « responsabilité » est un concept terriblement vague.

Partant de ce constat, certains gouvernements ne se contentent pas d'encourager les banques à mieux connaître leurs clients. Conscients de ce que l'ignorance des méthodes des blanchisseurs n'est pas la meilleure défense en matière de combat contre le crime, ils ont décidé d'attaquer l'ennemi de front en imposant aux banquiers des contraintes considérables. Il incombe à ceux-ci de repérer et de signaler toute opération douteuse, et leur manquement à ce devoir peut entraîner des sanctions sévères. Aux États-Unis, par exemple, tout employé d'une institution financière coupable de blanchiment risque jusqu'à dix ans d'emprisonnement et/ou une amende de 500 000 dollars. Dans certaines circonstances, le gouvernement peut aussi sanctionner son employeur.

Les sociétés étrangères implantées aux États-Unis courent elles aussi de gros risques si elles se livrent à des activités de blanchiment ailleurs dans le monde. En 1988, la Securities and Exchange Commission (SEC, l'équivalent américain de la COB) en a donné un exemple classique au terme de son enquête sur une affaire de délit d'initié. Stephen Sui-Kwan Wang était analyste stagiaire au département des fusions et acquisitions de la banque commerciale new-yorkaise Morgan Stanley. Lee Chwan-hong, un investisseur qui se faisait appeler Fred Lee, était président de deux sociétés enregistrées aux îles Vierges britanniques et implantées à Hong Kong. Selon la SEC, Wang aurait fourni à Lee des informations confidentielles pendant dix-huit à vingt-quatre mois, ce qui aurait permis à celui-ci de prendre position dans vingt-cinq sociétés par l'intermédiaire de trente courtiers. Le tout aurait permis à Lee de dégager un profit total de 19,4 millions de dollars.

Conformément à la doctrine en vigueur, la SEC exigea de Lee le remboursement des 19,4 millions, puis invoqua la loi RICO (loi antiracket) pour lui infliger une amende additionnelle représentant le triple de cette somme, ce qui donna un total de 77,6 millions de dollars. Ayant appris que le fraudeur avait vidé la plupart de ses comptes d'entreprise aux États-Unis pour confier son trésor à l'agence new-yorkaise de la Standard Chartered Bank, la SEC tenta de geler ses avoirs bancaires. Mais Lee conservait une longueur d'avance. Il avait déjà ordonné à la Standard Chartered de New York de transférer ses fonds vers la Standard Chartered d'Hong Kong. La SEC s'empressa de réclamer à cette dernière le rapatriement des fonds.

Dans un premier temps, les avocats de la Standard Chartered arguèrent que la justice américaine n'était pas compétente en la matière et n'avait pas le pouvoir de contraindre une banque d'Hong Kong. Mais un tribunal d'instance américain en décida autrement. Il trancha en faveur de la SEC, soulignant que si la Standard Chartered d'Hong Kong refusait de rapatrier l'argent, la branche new-yorkaise de l'établissement devrait en répondre devant la justice. Cela signifiait qu'une lourde amende quotidienne risquait de lui être imposée, et aussi que certains responsables locaux de la banque pouvaient être arrêtés. Aussi la Standard Chartered d'Hong Kong finit-elle par renvoyer les fonds incriminés à New York, où ils furent confiés à la garde de la justice en attendant la décision finale quant à la peine imposée à Lee par la SEC.

Inutile de le dire, Lee n'apprécia guère. Il exigea que son argent reste à sa disposition à Hong Kong, mettant en avant le fait que sa banque avait envers lui des obligations contractuelles. Lorsque l'établissement lui répondit qu'il était trop tard et que ses fonds avaient déjà été rapatriés aux États-Unis, deux des sociétés de Lee portèrent plainte pour transfert de fonds illégal.

La Standard Chartered se trouvait confrontée à une question plus que délicate : en dernière analyse, à qui une banque doit-elle allégeance ? Doit-elle se plier aux injonctions d'un tribunal, même si elle se trouve hors de la juridiction de celui-ci, ou est-elle avant tout liée par contrat à son client, quoi qu'il arrive ? La Haute Cour d'Hong Kong débouta Lee, alléguant que la banque avait agi correctement en renvoyant l'argent à la justice américaine dans la mesure où cet argent était le produit d'un crime commis aux États-Unis.

Cette affaire permit aux Américains de lancer un avertissement implicite à la communauté financière : toute banque acceptant de gérer les profits d'un crime pourrait désormais être forcée à en rendre compte devant la justice des États-Unis.

À première vue, l'arme semble efficace. Mais il faut parfois une éternité pour mener à bien une action judiciaire dans plusieurs juridictions. Et avant d'en arriver là, il faut d'abord localiser l'argent issu d'un crime, ce qui peut prendre tout aussi longtemps. Le monde n'est plus une collection de marchés financiers indépendants. C'est un bazar global, soutenu par une infrastructure électronique permettant le transfert instantané de n'importe quelle somme d'un bout à l'autre de la planète. Repérer une transaction, ou même une série de transactions, est extrêmement difficile. Distinguer l'argent propre de l'argent sale est presque impossible.

Plus de 500 000 transferts par câble, représentant plus de 1 000 milliards de dollars, s'effectuent chaque jour de par le monde. Même s'ils n'étaient pas si nombreux, on ne dispose pas d'informations suffisantes sur chaque transfert particulier pour déterminer le degré de saleté des fonds qu'il mobilise. Croire qu'on arrivera un jour à imposer un changement de système au plan mondial, ou à forcer tous ceux qui transfèrent de l'argent d'un pays à l'autre à fournir des informations suffisantes sur chacune de leurs transactions de manière à pouvoir remonter à l'origine de ces fonds, relève de l'utopie pure et simple.

René Wack, commissaire divisionnaire, est le chef de l'Office central pour la répression de la grande délinquance financière.

Cet homme musculeux, la quarantaine, le cheveu gris coupé court et la moustache taillée de près, est originaire de l'est de la France. Titulaire d'un diplôme de droit des affaires, il s'est spécialisé dans la criminalité financière presque dès son entrée dans la police, à l'âge de vingt-six ans. Et même si ses services s'intéressent aussi aux affaires de fraude et à divers types de crimes financiers (« le blanchiment et la fraude financière ne peuvent être dissociés parce qu'ils sont de plus en plus entremêlés »), René Wack n'en est pas moins considéré, actuellement, comme le « monsieur Antiblanchiment » français.

— En principe, explique-t-il, la France ne devrait pas être un endroit facile pour ceux qui cherchent à injecter des liquidités dans le système bancaire. Les banquiers se montrent de plus en plus soupçonneux quand ils voient des espèces, et ils nous signalent leurs soupçons. Il nous est possible d'affirmer que ces mesures ont un certain effet, parce que les trafiquants qui vendent des drogues en France ne placent pas leur butin dans nos banques. Nous ne voyons jamais de francs français. Ils préfèrent expédier leur argent hors du pays. Ces francs refont surface à Francfort et à Dusseldorf. En revanche, la France est amplement utilisée par les trafiquants qui ont déjà « prélavé » leur cash — c'est-à-dire après conversion en dollars américains de leurs francs, livres sterling, pesetas, lires ou marks.

Ayant compris qu'ils ne pouvaient plus guère se fier aux banquiers français en matière de blanchiment, les trafiquants se sont tournés vers des banques étrangères implantées en France et caractérisées par une réglementation floue (en particulier vers des établissements ayant des liens avec l'Europe de l'Est et le Moyen-Orient), ainsi que vers les bureaux de change, notoirement sous-réglementés.

Éparpillés aux quatre coins du pays, les bureaux de change offrent un système d'écoulement idéal. Manipuler leurs livres de comptes est un jeu d'enfant pour ceux qui les dirigent ; du coup, il est impossible de savoir si telle ou telle somme de 250 000 dollars en liquide a été déposée par 250 personnes, ou par une seule.

C'est précisément pourquoi, selon René Wack, les Colombiens ont mis sur pied un réseau mondial de bureaux de change.

— Ils en possèdent ou contrôlent des centaines. Chacun d'entre eux semble une entreprise parfaitement légale. Mais, en profondeur, ils font partie d'un réseau de blanchiment international bien caché et remarquablement organisé. Pour quelqu'un qui sait à quelle porte frapper, il est facile de déposer 100 000 dollars en cash à Paris et de faire retirer la même somme à Cali, en Colombie, moins de deux heures plus tard. Les bureaux de change sont devenus notre priorité numéro un.

Mais ce genre de bataille ne se livre jamais sur un seul front. Leur expérience de ce qui se passe à l'étranger depuis des années a permis aux Français de comprendre qu'il suffisait qu'ils commencent à s'intéresser à une piste pour que l'argent sale soit aiguillé vers une autre filière. Aussi, sur la liste des priorités de Wack, on trouve également en bonne place les notaires. Selon lui, les indices sont de plus en plus nombreux à montrer que cette profession est en train de se tailler un chemin dans la jungle du blanchiment, comblant les vides laissés par des banquiers devenus par trop circonspects. Dans bon nombre de cas, ce sont des notaires qui prennent en charge la phase de « placement » du cycle de lavage de l'argent sale.

— Les drogues sont vendues en Italie ou en Espagne ; l'argent est blanchi en Suisse, puis dépensé en France. Les trafiquants investissent dans l'immobilier, ils financent leurs acquisitions grâce à des prêts octroyés par des banques étrangères et garantis par de l'argent sale. Mais si nous allons trouver les autorités suisses pour obtenir des renseignements sur telle ou telle personne qui vient d'acheter un immeuble à Paris, à Nice, à Lyon ou à Marseille, la première chose qu'on nous demandera, c'est : « Un crime a-t-il été commis en France ? » Nous sommes bien obligés de répondre que non. Nous tentons quand même d'expliquer nos soupçons, mais les Suisses s'empressent de nous interrompre en disant que si aucun crime n'a été commis en France, ils ne peuvent rien faire pour nous.

Il n'y a pas que les Colombiens opérant en France qui donnent du fil à retordre au commissaire Wack.

— Nous avons découvert que des quantités d'argent russe entrent en France. Cet argent ne vient pas de Russie, mais de New York. Comme tout le monde, les Russes ont compris que notre législation s'arrête aux frontières françaises, et que plus ils arriveront à placer de frontières entre nous et eux, plus nous aurons du mal à les attraper.

Pour l'essentiel, depuis le vote en 1987 de la loi qui rendait illégal le blanchiment d'argent issu du narcotrafic, la France s'est surtout préoccupée d'empêcher l'importation et la fabrication de drogue sur son territoire. Les services de police ont naturellement collecté des données sur les blanchisseurs en s'efforçant d'en apprendre aussi long qu'eux sur le sujet, mais, otages d'une législation très vite devenue obsolète (la loi de 1987 a désespérément besoin d'être révisée), ils ont longtemps continué de jouer dans les profondeurs de la seconde division.

Pour René Wack, beaucoup de choses ont changé au début de 1993.

Un beau jour, des agents des douanes américaines en poste à Paris informèrent leurs homologues français qu'au terme d'une enquête internationale menée à partir d'Atlanta, Géorgie (sous le nom de code « Opération Primero »), ils avaient identifié un citoyen colombien résidant en France et soupçonné d'être le principal responsable du blanchiment de l'argent du cartel de Cali dans l'Hexagone.

À partir de leur bureau de Nanterre, en étroite liaison avec le juge d'instruction parisien Jean-Pierre Zanoto, Wack et quatre de ses collaborateurs entreprirent de mettre sur pied ce qui allait devenir l'« Opération Margarita ».

Le suspect fut suivi jusqu'à Limoges — pas du tout le genre de ville où Wack se serait attendu à dénicher des trafiquants de gros calibre —, où il se rendit dans une cabine téléphonique. Ensuite, les policiers n'eurent guère de mal à établir qu'il y avait effectué deux appels : le premier à destination d'un téléphone cellulaire mexicain, lequel avait probablement été volé et ne permettrait pas de remonter jusqu'à qui que ce fût ; et le second adressé à un hôtel de Guadeloupe. Wack ordonna aussitôt à ses hommes de vérifier la liste des clients de l'établissement.

À la même époque, les agents en charge de l'« Opération Primero » interceptèrent deux communications téléphoniques effectuées par un Américain suspect : l'une à destination d'un village proche de Marseille, l'autre vers le Mexique. Quand les Américains informèrent Wack de ces deux appels, le commissaire ouvrit des yeux ronds. Le numéro mexicain était le même.

Du coup, l'attention des Français se détourna de la branche « importation » du cartel de Cali et de la branche « blanchiment » pour se concentrer sur les membres de l'organisation travaillant au sein de la branche « logistique ».

Nous parlons ici de ceux qui réceptionnaient l'argent. Qui achetaient des sociétés paravents à Jersey ou à Guernesey et s'abritaient derrière pour acheter de gros navires, lesquels étaient ensuite enregistrés à Gibraltar. Qui recrutaient des équipages pour envoyer ces bateaux aux Caraïbes, où ils étaient revendus ou utilisés par la branche « importation » pour acheminer de la drogue vers l'Europe. Qui achetaient de belles voitures pour les trafiquants et des appartements pour les blanchisseurs.

Wack avait compris que s'il réussissait à infiltrer la branche « logistique » et à retrouver les appartements qu'elle possédait, il avait des chances de démanteler le réseau français du cartel de Cali.

De cinq hommes au départ l'équipe affectée à ce dossier passa rapidement à dix, puis à vingt et à cinquante. En peu de temps, l'« Opération Margarita » mobilisa 120 policiers.

Deux suspects finirent par émerger de l'ombre. L'un d'eux était Gustava Tapies Ospina. Il fut filé et photographié par les hommes de Wack à Paris, qui ne se doutaient pas encore qu'ils avaient affaire à un personnage extrêmement haut placé dans la hiérarchie du cartel de Medellin. Comment auraient-ils pu savoir qu'il recevait directement ses ordres de Jorge Luis Ochoa Vasquez, l'ami d'enfance de Pablo Escobar ?

Quand ils s'en aperçurent, Ospina avait déjà fui la France pour trouver refuge en Colombie.

Le second suspect, en revanche, n'allait pas s'en tirer à si bon compte.

Jaime Zuluaga Botero, nom de guerre « Jose », était le neveu d'Ospina. Au prix d'une surveillance minutieuse, Wack parvint à découvrir que les trafiquants entreposaient leurs drogues dans les endroits les plus improbables qui fussent, parmi lesquels un minuscule village de la Creuse, Saint-Pardoux-Monterolles.

À dire vrai, Wack reconnaît bien volontiers que lorsqu'un de ses hommes vint lui annoncer la découverte de la cache en question (même si celle-ci avait été vidée entre-temps), il n'avait jamais entendu parler de Saint-Pardoux-Monterolles et crut dans un premier temps à une facétie de son collaborateur.

Pendant toute la durée de l'enquête, les Français travaillèrent main dans la main avec les Américains, les Italiens et les Espagnols. Les Britanniques et les Allemands participèrent également. L'établissement d'une coopération pleine et ouverte était bel et bien, aux yeux de toutes les parties concernées, la clé du succès.

Le dénouement se joua quand Botero revint en France après un voyage en Espagne en juin 1994. Wack avait de bonnes raisons de penser que le Colombien était sur le point de repartir en Hollande, probablement à des fins de réapprovisionnement. Ensemble, Français, Américains, Italiens et Espagnols décidèrent que le moment était venu de frapper un grand coup.

Grâce à la parfaite coordination d'une série de descentes de police opérées au petit matin à Paris, Marseille, Limoges et Montpellier (elles visaient à la fois Botero, ses agents financiers, ses experts en blanchiment et en logistique), les hommes de Wack réussirent à perquisitionner 50 bureaux, appartements, véhicules et yachts. Six heures plus tard, ils avaient arrêté plus de 60 personnes et saisi des documents bancaires, des livres de comptes, des voitures, des bateaux, des biens immeubles et 43 kilos de cocaïne.

L'un des suspects était citoyen français, mais 20 autres

étaient colombiens. Parmi eux, la plupart étaient en situation régulière sur le sol français.

Simultanément, les Américains arrêtèrent trois importants agents de change travaillant pour le compte des cartels, tandis que les Italiens, de leur côté, mettaient sous les verrous 30 acteurs de second plan.

— En attaquant les Colombiens par le biais de leur branche logistique, explique Wack, nous leur avons sérieusement mis des bâtons dans les roues. Nous avons prouvé que la coopération internationale entre les services français, américains, britanniques, italiens et espagnols est une arme redoutable. Mais ce qui est tout aussi important, c'est que nous leur avons fait mal. Les Colombiens sacrifient facilement leurs hommes de main, mais dès qu'on s'en prend aux membres de leur famille, ils le sentent dans leur chair. Nous avons coincé le neveu d'Ospina et obtenu un mandat d'arrêt international contre Ospina lui-même. Nous avons frappé sa famille et nous frapperons encore. L'« Opération Margarita » n'est qu'un début.

Afin de coordonner les efforts de renseignement en matière de blanchiment, les Britanniques ont créé le National Criminal Intelligence Service (NCIS), et les Français le Traitement du renseignement et de l'action contre les circuits financiers (Tracfin). L'équivalent américain est le Financial Crimes Enforcement Network (FINCEN, réseau de lutte contre les crimes financiers).

Des données de toutes sortes, concernant les moindres aspects du marché des changes, des activités bancaires et du trafic de stupéfiants, sont chargées dans un ordinateur qui recherche ensuite des indices révélateurs et tente d'identifier de nouvelles cibles. Hélas, entre le moment où les programmeurs alimentent la machine en informations recueillies à partir des sources écrites les plus diverses et le moment où celle-ci rend le verdict de son analyse, la filière suspecte a souvent déjà été abandonnée par les criminels.

Le problème est désormais si grave que, selon certains, seules des solutions drastiques ont une chance d'en venir à bout.

Afin d'optimiser l'exploitation des divers efforts menés aux quatre coins du continent, l'Union européenne a créé Europol, un service de police spécifiquement conçu pour l'échange entre États-membres d'informations sur le trafic de drogue et le blanchiment. À terme, l'objectif est de faire d'Europol un comptoir général assurant la coordination des investigations en matière de criminalité transnationale. Si l'organisation bénéficie d'un budget décent et d'une vraie liberté de manœuvre vis-à-vis des bureaucrates de Bruxelles — si, en d'autres termes, on laisse les policiers faire leur métier de policiers plutôt que de les transformer en ronds-de-cuir noyés dans la paperasse, l'initiative a des chances de porter ses fruits. Dans le cas contraire, Europol viendra gonfler la liste de ces services parasites typiques de la Communauté européenne et permettra tout au plus à des policiers sur le retour d'attendre confortablement la retraite.

Dans la mesure où l'économie souterraine fonctionne presque exclusivement en dollars, l'un des projets les plus radicaux — ce serait en effet une offensive frontale et à grande échelle — consisterait à transformer l'argent des blanchisseurs en une montagne de papiers sans valeur en changeant brusquement les billets de banque américains.

Les États-Unis sont le seul pays au monde où toutes les coupures ont à la fois les mêmes dimensions et la même couleur. Depuis les débuts de l'histoire nationale, le dollar est vert. Le billet vert a été modifié pour la dernière fois en 1927, quand le Trésor a réduit sa taille et standardisé certains de ses motifs. Sous la présidence de Ronald Reagan, toutefois, le Sénat s'est penché sur un projet visant à mettre un terme à cette tradition d'uniformité.

Défendu par Donald Regan, le secrétaire au Trésor de l'époque, ce projet consistait à annoncer un lundi matin que, dans un délai de sept jours, les actuels billets de 20, de 50 et de 100 dollars n'auraient plus cours légal. Pour les remplacer, le gouvernement devrait fabriquer de nouvelles coupures — plus grandes ou plus petites, jaunes, rouges ou bleues. Les citoyens seraient simplement invités à se rendre dans une banque avant la date limite pour échanger leurs liquidités contre de nouveaux billets. Petit détail : toute transaction supérieure à 1 000 dollars serait enregistrée. Toutes les informations concernant la somme et son possesseur seraient transmises à l'IRS (administration fiscale) et à la DEA (lutte contre la drogue).

Cette opération ne poserait absolument aucun problème à l'individu lambda. Même s'il gardait plusieurs milliers de dollars sous son matelas, la conversion en banque ne lui prendrait pas plus de quelques minutes. En revanche, elle ferait s'arracher les cheveux à tous les narcotrafiquants possesseurs de millions de dollars en liquide. Écouler des dizaines de milliers de billets de 20, 50 et 100 dollars en un laps de temps aussi court, même en recrutant une armée de « schtroumpfs », leur serait matériellement impossible. Ils se retrouveraient contraints soit de déclarer leur magot, soit de faire purement et simplement une croix dessus. Au terme de la semaine, celui-ci ne vaudrait plus rien.

Partant de là, la DEA proposa un plan encore plus extrême. Il s'agissait pour le gouvernement d'émettre deux sortes de monnaie. L'une aurait exclusivement cours à l'intérieur des frontières du pays, l'autre exclusivement à l'étranger. Les deux monnaies ne seraient interchangeables que par l'intermédiaire d'institutions financières rigoureusement contrôlées. En théorie du moins, une telle mesure suffirait à mettre un terme au trafic de dollars.

Plus radicaux, certains ont proposé d'en finir avec le papier-monnaie — de faire en sorte que l'économie américaine ne fonctionne plus qu'avec des chèques et des cartes de crédit. On se contenterait de laisser en circulation les pièces de monnaie, ne fût-ce que pour ne pas froisser les fabricants de distributeurs automatiques. En reléguant les billets de banque à l'état de souvenirs, le gouvernement porterait un coup fatal aux trafiquants de drogue. En même temps, il ferait un grand bond en avant dans la lutte contre les usuriers, les fraudeurs du fisc, les racketteurs et les kidnappeurs.

À ce jour, aucun de ces projets n'est allé très loin. Les législateurs qui auraient pu faire en sorte qu'ils se réalisent les ont régulièrement écartés en les taxant d'irréalisme. Selon eux, la gêne occasionnée à des millions d'Américains serait trop importante. Plus vraisemblablement, ils doivent penser qu'une réforme monétaire destinée à mettre les blanchisseurs en échec est tout simplement trop abstruse pour leur permettre de rafler des voix supplémentaires.

On a beaucoup glosé sur la façon dont l'Europe unie allait faciliter la tâche aux blanchisseurs. Sans aucun doute, avec la libre circulation des biens, des services et des personnes, il est plus aisé qu'autrefois de déplacer des espèces en Europe. Le problème n'est pas ignoré, et les textes destinés à combattre le blanchiment se taillent lentement mais sûrement une place au sein de la législation de la Communauté économique européenne. Toutefois, une politique efficace à l'échelle du continent ne va pas de soi.

Les particularismes nationaux jouent ici un rôle important. En Allemagne, le blanchiment est récemment devenu un crime. La réunification, en faisant passer à l'Ouest une partie importante du bloc de l'Est, a aussi provoqué la création d'un énorme entonnoir. Le gouvernement de Helmut Kohl n'a pas eu le choix : il lui a bien fallu secouer une industrie bancaire traditionnellement portée sur le secret pour se plier aux directives de la CEE. Il a édicté une loi obligeant les banques à enregistrer l'identité de toute personne effectuant un dépôt d'espèces supérieur à 20 000 marks (environ 70 000 francs) et à alerter la police locale chaque fois qu'elles sentent que l'argent pourrait provenir du narcotrafic ou de toute autre activité criminelle. Les Allemands ont également signé une charte des Nations unies et font partie du Groupe d'action financière (GAFI).

La France a elle aussi fait du blanchiment un crime. À ceci près que, comme pour la loi récente qui interdit de fumer dans les lieux publics — l'esprit gaulois est ainsi fait que cette disposition est presque universellement ignorée —, rares sont les poursuites qui en découlent. Tracfin peut bien vouloir démasquer les blanchisseurs, mais son attitude rappelle celle de ces clubs nouveaux venus dans le sport professionnel : leurs joueurs connaissent les règles et s'imaginent être capables de bien jouer le jeu. Ils en maîtrisent le jargon et portent des uniformes chatoyants. Simplement, ils n'ont pas encore appris à gagner.

C'est également un crime en Italie que de blanchir des fonds, mais seulement en cas de rapt, de vol ou de chantage. En 1989, l'Association bancaire italienne a mis en application un code de conduite antiblanchiment en imposant aux établissements membres d'identifier toute transaction en espèces d'un montant supérieur à 10 millions de lires (un peu plus de 30 000 francs). Les banques sont par ailleurs censées garder trace des livrets d'épargne au porteur et refuser leurs services à tout client qui ne serait pas disposé à coopérer. L'ignorance, les abus et les entorses pures et simples à la loi sont fréquents. Les promesses de remise en ordre se sont multipliées depuis que les scandales ont atteint le gouvernement et qu'une pléiade de politiciens ont été accusés de complicité avec le crime organisé. Mais avant de prétendre neutraliser les blanchisseurs, l'Italie devra se doter d'un gouvernement crédible, et surtout assez stable pour résister à ce tourbillon constant qu'est la vie politique italienne depuis 1945.

Dans le cas du Luxembourg, le secret bancaire est renforcé par une législation qui interdit à tous les établissements de dévoiler la moindre information aux autorités fiscales locales ou étrangères. Dans un passé récent, on sait que le grand-duché a travaillé avec d'autres pays dans certains cas de crimes liés au trafic de drogue. Mais sa bonne volonté s'arrête là. Conséquence directe d'une politique plus que libérale en matière d'enregistrement de sociétés, des banques comme la BCCI peuvent établir leur siège à Luxembourg en toute sécurité, quelles que soient leurs activités dans le reste du monde.

Il est exact qu'une loi de 1989 a transformé le blanchiment en crime et donné au gouvernement le droit de confisquer les capitaux issus du trafic de drogue. Cette disposition était toutefois accompagnée de la restriction suivante : l'argent ne peut être saisi qu'à partir du moment où son propriétaire a été condamné. La loi fut complétée trois ans plus tard, grâce à un texte disant en substance que l'argent de la drogue était de l'argent sale quel que soit son détenteur. Très vite, les tribunaux luxembourgeois se retrouvèrent dans une position fort embarrassante.

Quelque 36 millions de dollars appartenant à Heriberto Castro Mesa, narcotrafiquant notoire, avaient été blanchis par le biais de trente-trois banques du Luxembourg et de huit autres pays européens. Après que Mesa eut été tué lors d'une fusillade avec la police, les autorités luxembourgeoises arrêtèrent et condamnèrent ses deux principaux blanchisseurs —

Franklin Jurado Rodriguez et Edgar Garcia Montilla. Elles ordonnèrent également la saisie de tous leurs avoirs.

C'est alors qu'Esperanza, la veuve du trafiquant, et Ampara Londono, sa fille — mariée à Jose Santacruz Londono, membre de haut rang du cartel de Cali —, intentèrent une action en justice pour obtenir la libération des fonds gelés. En janvier 1993, l'affaire fut portée devant la cour d'appel, laquelle décida que l'argent devait être restitué dans la mesure où ses propriétaires — Esperanza et Ampara — n'avaient enfreint aucune loi. Leurs liens avec les narcotrafiquants du cartel de Cali ne furent pas pris en considération. Elles n'avaient jamais fait l'objet de la moindre condamnation criminelle — pas plus que Castro Mesa, d'ailleurs —, et l'amendement de 1992 n'était pas rétroactif.

Cette mauvaise publicité et le concert international de critiques qui s'ensuivit mirent le gouvernement du grand-duché dans l'embarras, au point qu'il décréta que toute somme confisquée dans le cadre d'une affaire de stupéfiants serait dorénavant employée pour lutter contre le trafic et le blanchiment. Il promit également d'accroître la répression en rendant rétroactive la loi de 1992, d'exiger des établissements de crédit et autres professionnels du secteur bancaire qu'ils se plient aux demandes des instances de contrôle et d'obliger les banques à signaler toute opération pouvant être assimilée à une tentative de blanchiment.

Le résultat immédiat fut un cri de détresse à fendre l'âme lancé à l'unisson par tous les banquiers locaux, sous prétexte que cette loi allait anéantir la position financière unique du pays en supprimant le secret bancaire.

Après avoir pesé le pour et le contre — les conséquences sociales du trafic de drogue et du blanchiment d'un côté, et de l'autre les bénéfices pécuniaires du secret bancaire —, les législateurs firent un choix sans surprise : ils optèrent pour le portefeuille. Une loi de compromis fut présentée, qui permettait aux autorités de sévir contre les blanchisseurs mais s'empressait de préciser que les informations dont elles avaient besoin pour agir seraient fournies par les banques « de leur propre initiative ».

Au bout du compte, après une grosse frayeur initiale, les affaires ont repris leur cours normal au Luxembourg.

À Paris, en juillet 1989, les chefs d'État des sept premiers pays industrialisés — lesquels forment ce qu'on appelle le G 7 — ont officiellement reconnu pour la première fois que le blanchiment était un grave problème mondial. Ensemble, ils ont fondé le Groupe d'action financière (GAFI) en vue de coordonner une approche multinationale de la crise. La liste des États-membres ne tarda pas à s'étendre à de nombreux États n'appartenant pas au G 7 et se compose aujourd'hui de tous les pays membres de l'OCDE et aussi d'Hong Kong, de Singapour, du Conseil de coopération du Golfe et de la Commission européenne. Des experts en divers domaines — douanes, lutte contre la drogue, banque et supervision financière — se réunissent à intervalles réguliers pour comparer leurs observations sur le blanchiment et édicter des recommandations afin de rendre la lutte plus efficace.

Idée séduisante sur le papier, le GAFI s'est en réalité transformé en une des plus grandes coquilles vides de la chrétienté — en pratique, son existence ne représente guère qu'un prétexte permettant à quelques heureux élus de sillonner le monde aux frais de la princesse à l'occasion de « visites de travail » organisées en Extrême-Orient ou en Europe — le plus souvent à Paris.

À la création du GAFI, chacun des pays membres s'est engagé haut et fort sur une profession de foi — composée de quarante mesures spécifiques —, laquelle promettait de porter un coup mortel aux blanchisseurs. À ce jour, pas un seul membre n'a jugé utile de transformer cette profession de foi en loi.

Plus tard au cours du même hiver, la Commission européenne s'est fait l'écho de la préoccupation du G 7 en admettant enfin l'existence d'un sérieux problème de blanchiment en Europe. Dans l'espoir de limiter les dégâts, elle adopta un projet de loi faisant du blanchiment un crime dans tous les États-membres. Largement inspiré de la Convention contre le trafic illicite de narcotiques et de psychotropes organisée par les Nations unies en 1988, il reflétait aussi le système de « signalement par suspicion » utilisé en Grande-Bretagne. Les banques et institutions financières — casinos et bureaux de change compris — seraient désormais tenues d'informer les autorités de leur pays de toute transaction financière qu'ils soupçonneraient d'être liée au trafic de drogue, au terrorisme, au chantage, à la vente d'armes ou à la fraude fiscale — entre autres crimes.

Cinq ans plus tard, seules l'Allemagne, la France, l'Italie et plus récemment la Grande-Bretagne respectaient pleinement les directives communautaires.

Depuis, certains pays de la Communauté européenne ont élargi leur éventail juridique pour inclure des métiers non financiers spécifiques comme l'industrie du jeu (France, Danemark, Espagne, Allemagne et Pays-Bas), le courtage en métaux précieux et la vente d'antiquités (Allemagne), ainsi que les sociétés immobilières (Espagne). Mais entre les textes et leur application, il y a souvent de la marge.

Pour commencer, tous les opérateurs de casinos, courtiers en métaux précieux, antiquaires et autres agents immobiliers de ces divers pays ne savent pas forcément qu'ils ont de nouvelles responsabilités. En France, par exemple, les banquiers et les notaires sont habitués à manipuler de grosses sommes en espèces, parce que bon nombre de transactions immobilières occasionnent des paiements effectués sous la table. Et une partie de ces banquiers et notaires n'ont pas l'intention de changer leurs habitudes. Ils disent n'avoir rien à voir avec les trafiquants de drogue ; d'ailleurs, toujours selon eux, le système encourage les versements en espèces, et ce en raison du coût élevé de ces opérations. Qui plus est, les transactions en liquide procèdent d'une longue tradition hexagonale d'évasion fiscale.

Aussi, même quand les autorités s'échinent à rappeler à toutes les parties concernées — banquiers, notaires, agents immobiliers et autres négociants — qu'elles ont désormais des responsabilités à assumer, il reste difficile d'obtenir qu'elles se soumettent à des règles qui ne vont pas nécessairement dans le sens de leur intérêt particulier.

D'ailleurs, même si tous les pays d'Europe et tous les membres du GAFI s'y pliaient à la lettre, cela ne marcherait pas. Ce texte, conçu par des politiques — lesquels ont souvent une formation juridique —, comporte une brèche béante. Le devoir d'identification des clients et d'enregistrement des transactions imposé à tous les métiers financiers ne s'applique pas aux avocats d'affaires.

Cette exemption — bruyamment saluée par certains

membres des professions juridiques comme une victoire du bon sens — a inspiré à un porte-parole de l'Association juridique du Royaume-Uni l'explication suivante : « Les avocats d'affaires n'ont pas l'habitude de se montrer soupçonneux envers leurs clients. »

L'argent n'est pas seulement à la source du problème ; il est aussi la source de sa solution éventuelle. Or chaque fois que des sommes importantes sont en jeu, le bon sens a tendance à passer à la trappe.

Tout commence avec le génie qui a conçu le premier manuel d'administration budgétaire.

Quand ils préparent leur budget annuel, les comptables gouvernementaux ont généralement deux facteurs à l'esprit : la somme qui sera nécessaire pour l'année suivante, et celle qui a été dépensée l'année précédente. Si un service gouvernemental ayant reçu 10 milliards de dollars n'en a dépensé que 9, il est probable qu'il ne se verra allouer que 9 milliards par le budget suivant. Aussi les bureaucrates s'empressent-ils, pendant le dernier mois de l'année fiscale, de faire le nécessaire pour que tout l'argent qui leur a été attribué soit dépensé. En outre, ils ont naturellement tendance à gonfler la menace qu'ils sont censés combattre pour justifier une augmentation de leur budget suivant. S'ils estiment à 150 milliards de dollars les sommes blanchies, leur rapport fera état de 200 milliards. Au cas où ils n'obtiennent pas les fonds supplémentaires destinés à combattre cette menace croissante, ils avertissent le gouvernement qu'ils n'ont aucune chance de faire correctement leur travail. Quand ils obtiennent quelque chose — une rallonge —, ils savent qu'il leur faudra dépenser intégralement cette manne supplémentaire s'ils ne veulent pas en perdre le bénéfice l'année suivante. Les dés sont donc pipés, et le cercle vicieux se renouvelle chaque année.

C'est aussi une affaire de fierté.

Exactement comme ces chefs d'entreprise qui se vantent de « peser » 10 milliards de dollars, les services gouvernementaux ont eux aussi tendance à confondre importance réelle et budget alloué.

Et parce que les programmes de partage d'avoirs saisis permettent aux instances de répression gouvernementales de bénéficier d'une partie des fonds confisqués aux blanchisseurs, celles-ci se battent entre elles non seulement pour l'obtention d'une rallonge budgétaire, mais aussi pour un butin. Il leur arrive de collaborer, mais seulement jusqu'à un certain point — et dans ces cas-là, tout le monde se bagarre pour rafler la plus grosse part du gâteau. On retrouve le même phénomène chaque fois que les douanes, la DEA, le FBI et l'IRS mènent des opérations conjointes. Chacun veut commander, parce qu'un chef gagne plus qu'un simple soldat.

Avec tant d'argent en guise de carotte, certaines agences sont connues pour ne s'intéresser qu'aux enquêtes susceptibles d'entraîner de grosses saisies en espèces, au lieu de résoudre en priorité des affaires plus importantes et plus complexes, qui risquent de n'offrir pour toute récompense qu'une condamnation. Par ailleurs, lorsque les États-Unis s'associent à d'autres gouvernements pour détruire des plantations ou préparer une action militaire contre les barons de la drogue, le Pentagone s'en mêle. Armée, DEA et autorités locales, tout le monde veut sa part.

Même la coopération anglo-américaine, généralement franche et chaleureuse, peut connaître des couacs — par exemple quand quelqu'un du NCIS transmet un dossier à ses amis de la DEA, alors que les responsables des douanes de Sa Majesté auraient préféré l'envoyer à leurs amis des douanes américaines.

Il y a aussi le problème de la tentation.

Récemment, quatre agents fédéraux basés à Miami — trois membres du FBI et un douanier — ont été pris la main dans le sac par des agents sous couverture et accusés d'avoir extorqué un total de 200 000 dollars à des trafiquants de drogue. La petite amie de l'un d'eux dirigeait une agence de la Savings Bank dans la banlieue de Miami. Elle fut également arrêtée pour leur avoir ouvert des comptes et pour avoir contribué au blanchiment de leur butin.

À peine le scandale eut-il éclaté qu'un autre agent des douanes installé dans le sud de la Floride était mis en examen pour trafic et blanchiment. L'homme avait été interpellé en 1992 pour contribuer au lavage de fonds issus de la vente de produits de contrefaçon. Pour notre douanier, qui à ses moments perdus travaillait pour une société d'investissements financiers, c'était un jeu d'enfant.

Il y aura toujours des brebis galeuses. Il faudrait être naïf pour croire le contraire. Heureusement, l'immense majorité des hommes et des femmes chargés de faire respecter la loi font ce travail parce qu'ils croient sincèrement qu'il doit être fait. Quant aux nombreux sacrifices qui leur sont imposés dans l'accomplissement de leur mission, ils sont la preuve de leur altruisme et de leur honorabilité. Ils peuvent en être fiers.

# Épilogue

Il aura fallu beaucoup de temps pour en arriver là, mais le blanchiment est enfin considéré à la fois comme un crime et comme un symptôme de l'existence d'autres crimes.

L'ancienne stratégie consistait à s'attaquer aux activités illégales qui génèrent l'argent sale plutôt que d'essayer de suivre la trace de cet argent lui-même. Mais les narcotrafiquants ont contribué à modifier cet état de choses. Avec la multiplication des marchés de consommation et la croissance géométrique des sommes en jeu, ils ont provoqué l'émergence d'une nouvelle philosophie : pour combattre efficacement le trafic de drogue, il ne faut pas hésiter à recourir à des méthodes capables de dépouiller les criminels de leur butin.

Une fois ce principe admis, une conclusion s'impose très logiquement : le jour où le problème de la drogue sera résolu, celui du blanchiment le sera aussi.

À partir de là, on entend souvent l'argument suivant : si l'on veut réellement vaincre le narcotrafic, il faut éradiquer la demande.

Et pourtant, si l'ayatollah Khomeyni n'a pas réussi à délivrer son pays du cancer de la drogue, pas plus d'ailleurs que Fidel Castro à Cuba ou que Saddam Hussein en Irak, comment peut-on sérieusement espérer que les responsables politiques démocratiquement élus de l'Occident y parviendront ?

L'image d'une Amérique — d'une Europe — ou même d'une France — débarrassée des drogues est une pure chimère.

Une enquête récente a montré que même si les services de

répression des États-Unis et d'Europe réussissaient à accroître de 40 % leurs saisies, l'offre de stupéfiants dans les rues de New York, de Toronto, de Londres, de Paris, de Madrid, de Rome ou de Francfort resterait virtuellement inchangée.

Les saisies sont tout au plus considérées par les narcotrafiquants comme une sorte d'impôt prélevé pour leur permettre de poursuivre leurs activités. Soit ils font une croix pure et simple sur les cargaisons saisies — dans certains pays, et notamment dans la zone caraïbe —, soit ils les rachètent pour une poignée de billets verts.

Qui plus est, nous vivons dans un monde où des dizaines de nations disposent de revenus inférieurs aux profits dégagés par les cartels de la drogue. Chaque fois que c'est le cas, il y a péril en la demeure : ces pays sont mûrs et prêts à cueillir. Les trafiquants débarquent et en font leur terrain de jeux. Imaginez-vous vivant dans un pays où le crime organisé est plus prospère et mieux armé que le gouvernement...

La « narco-économie » — laquelle n'aurait aucune chance de survivre si des hommes par ailleurs honnêtes et des entreprises par ailleurs légitimes n'étaient prêts à faciliter la tâche aux blanchisseurs — est tellement toute-puissante qu'elle peut sans peine déstabiliser des économies fragiles en s'infiltrant dans les moindres rouages de l'appareil politico-judiciaire, qu'elle corrompt presque sans effort. Ce processus a notamment produit des résultats catastrophiques sur tout le continent latino-américain. Pour ce qui est des pays plus développés, les dégâts peuvent être mesurés chaque nuit dans les rues de New York, de Paris, de Miami, de Marseille et de Londres.

Ironie du sort, ceux qui pourraient être les plus efficaces dans la guerre contre le blanchiment — banquiers, conseillers juridiques, fondés de pouvoir et dirigeants politiques des pays où le secret bancaire est une authentique industrie — sont au contraire les moins enclins à relever le défi.

Nul n'oserait mettre en doute les effets dévastateurs que les drogues peuvent avoir sur une société. Les Vietcongs ont su en faire une arme redoutable dans leur guérilla contre les États-Unis. Plus tard, les rebelles afghans s'en sont inspirés pour rendre l'héroïne aisément accessible aux soldats de l'armée d'invasion soviétique. Parmi ceux-ci, beaucoup ont si bien mordu à l'hameçon qu'ils ont fini par vendre leurs armes contre de la drogue. Si Mikhaïl Gorbatchev a fini par retirer ses troupes, c'est moins à cause des lance-roquettes afghans que parce que son armée avait d'ores et déjà été vaincue par un bataillon de seringues hypodermiques et une montagne de poudre blanche.

Un peu partout, on propose de dépénaliser la consommation de stupéfiants. Sans doute une telle mesure permettrait-elle à un certain nombre de gosses d'éviter la prison, mais rien ne prouve qu'elle empêcherait la drogue d'arriver jusqu'à eux.

La légalisation n'est pas davantage une solution évidente. Dans les pays où l'expérience a été tentée, elle a abouti à des échecs répétés. Outre qu'elle soulève un grave problème de santé publique, elle alimente toutes sortes d'autres crimes, et en particulier la prostitution. Aux Pays-Bas, par exemple, cette tolérance est le principal moteur d'une traite des blanches toujours plus importante et toujours plus violente.

Dans une certaine mesure, légaliser les drogues revient à légaliser le trafic et le blanchiment.

Bref, en attendant le jour où quelqu'un proposera enfin une solution réalisable — et nous sommes bien obligés de dire que de nombreux spécialistes sont d'ores et déjà arrivés à la tragique conclusion que le problème est devenu insoluble —, l'avantage reste clairement dans le camp des blanchisseurs.

Les voleurs ont toute liberté pour choisir leur moment, trouver une banque complaisante et s'offrir des avocats véreux. De leur côté, les gendarmes sont sans cesse aux prises avec une pénurie d'effectifs et des contraintes budgétaires ; presque partout, ils sont aussi privés des outils juridiques dont ils auraient besoin par des législations soucieuses de trouver un équilibre entre la répression judiciaire et l'encouragement de la libre entreprise.

Conclusion : les gendarmes sont sérieusement débordés.

Au point que certains responsables américains de la lutte contre le crime sont aujourd'hui prêts à admettre que, dans les affaires de blanchiment, s'il n'y a pas un minimum de 5 millions de dollars à la clé, aucune agence de Washington n'aura l'idée d'instaurer une enquête...

# Remerciements

Tout a commencé avec John Hurley, qui fut jusqu'à la fin 1992 l'attaché aux douanes de l'ambassade américaine à Londres. Non seulement c'est lui qui a éveillé mon enthousiasme sur le sujet, mais il m'a ensuite ouvert d'innombrables portes — des portes qui sans lui, à l'évidence, seraient restées closes. J'avoue m'être servi de son nom sans vergogne et à tout bout de champ ; car chaque fois que je le citais, la réaction immédiate était : « Si vous êtes un ami de John, je suis d'accord. » J'espère qu'il est conscient de l'estime dont il est l'objet de la part de ceux qui ont travaillé avec lui. J'espère aussi que son épouse Eileen et lui-même savent l'étendue de l'admiration qu'ils suscitent autour d'eux — et en particulier chez ma femme et moi.

Je dois également témoigner ma reconnaissance à la multitude de femmes et d'hommes qui m'ont gracieusement aidé lors de la mise en œuvre de ce projet : aux États-Unis, ce fut le cas de nombreux fonctionnaires du Département de Justice, des douanes, du FBI, de la DEA (agence antidrogue), de la division des investigations criminelles de l'IRS (administration fiscale) et des services du procureur du comté de New York ; en Grande-Bretagne, celui des douaniers de Sa Majesté, du NCIS (National Criminal Intelligence Service) et de la police de Londres ; au Canada, des services du Solicitor General, de la police montée et de la Haute Commission canadienne à Londres ; en Australie, des bureaux du procureur général et de la National Crimes Authority ; et un peu partout en

Europe, de diverses instances de répression criminelle et de régulation financière.

Pour leur patience, leurs encouragements et leur soutien, je tiens particulièrement à remercier Peter Nunez, ancien secrétaire adjoint au Trésor ; Roger Urbanski, Armando Ramirez et Bob Gerber, des douanes américaines ; Fran Dyer, de l'IRS ; les procureurs d'État Mark Bartlett et Joe Whitley ; Charles Hill, Graham Saltmarsh, Terry Burke et Tim Wren, du NCIS ; Billy Miller et Tony Curtis, de la police de Londres ; Tony Brightwell, de Bishops International ; le Dr Barry A. K. Rider, directeur exécutif du Centre international de documentation sur le crime organisé et économique de Jesus College, Cambridge ; Rowan Bosworth-Davies de Richards Butler ; Brian Bruh et Anna Fotias du Financial Crimes Enforcement Network (FINCEN) ; David Westrate, Bill Simpkins et Bill Alden, de la DEA ; Jan Van Doorn du Dutch Centrale Recherche Informatiedienst (CRI) ; Bob Denmark, Graham White et Trevor Taylor, de la police royale du Lancashire ; Lucy Lloyd et Henry Stewart, pour la superbe documentation de leurs conférences sur le blanchiment de capitaux ; Michael Hyland, patron du Midland Group Security ; John Drage, de la Banque d'Angleterre ; Eric et Lynn Ellen, de l'International Maritime Bureau ; Michael Ashe, avocat ; Dick Marty, procureur d'État du Tessin, et le journaliste suisse Pascal Auchlin ; ainsi que Mark Solly, de l'île de Man. Je souhaite également remercier la cinquantaine de banquiers qui m'ont accordé leur temps de par le monde ; la plupart ont fait preuve d'une honnêteté suffisante pour évoquer certaines pratiques bancaires particulières, susceptibles de nuire à leur propre image.

Ces banquiers illustrent bien la manière dont doivent être menées les recherches dans le cas d'un livre comme celui-ci : certaines sources ne doivent surtout pas être nommées. Cela veut dire qu'il y a certaines personnes que je ne puis me permettre de remercier ouvertement. Pour être précis, outre les banquiers mentionnés ci-dessus, elles sont au nombre de dix-neuf, et je leur dois beaucoup. Éparpillées un peu partout dans le monde, ces personnes — qui font ce qu'elles ont à faire — constituent un irremplaçable réservoir d'informations. Cela va sans dire, certaines n'ont guère apprécié le fait que j'aie réussi à les localiser et n'ont finalement accepté de parler qu'après m'avoir fait promettre de préserver leur anonymat. D'autres, s'estimant sans doute trop faciles à identifier, ont même tenu à s'assurer que je ne citerais ni leur existence ni leurs propos. Loin de moi l'idée de dramatiser la situation, mais c'est une condition facile à accepter dès lors qu'on sait que la moindre fuite à leur sujet risquerait de mettre leurs jours en danger. Je respecte donc pleinement leur vœu, même si je regrette de ne pouvoir les remercier nommément et un par un. Après tout, je ne leur suis pas seulement redevable de leurs confidences ; je respecte sincèrement la confiance qu'ils ont placée en moi.

Enfin, je remercie mille fois mon vieux camarade Gerald Chappell, avocat, pour son soutien sans faille et ses conseils toujours éclairés ; Nick Webb, de la maison Simon & Schuster, pour son amitié, sa sagesse et son enthousiasme ; Leslie Gardner, de l'agence Artellus, pour ses encouragements ; Liz Paton, ma fidèle correctrice ; mes agents Peter Robinson et Curtis Brown à Londres et Bob Ducas à New York ; et, bien sûr, La Benayoun.

Jeffrey Robinson
Londres, 1994

# Bibliographie

## Livres


Adams, J, *The Financing of Terror,* New English Library, London, 1986.

Adams, James Ring and Frantz, Douglas, *A Full Service Bank — How BCCI Stole Billions Around the World,* Pocket Books, New York, 1992.

Alexander, Shana, *The Pizza Connection,* Weidenfeld, New York, 1988.

Allsop, Kenneth, *The Bootleggers,* Hutchinson, London, 1961.

Anderson, Annelise Graebner, *The Business of Organized Crime,* Hoover Institution Press, Stanford, 1979.

Balsamo, William and Carpozi, George Jr, *Crime Incorporated,* W.H. Allen, London, 1988.

Beschloss, Michael, *Kennedy Versus Khrushchev — The Crisis Years 1960-1963,* HarperCollins, New York, 1991.

Black, David, *Triad Takeover,* Sidgwick & Jackson, London, 1991.

Booth, Martin, *The Triads,* Grafton Books, London, 1990.

Brashler, William, *The Don,* Harper & Row, New York, 1977.

Bresler, Fenton, *Trail of the Triads,* Weidenfeld, London, 1985.

Burdick Thomas, *Blue Thunder,* Simon & Schuster, London, 1990.

Campbell, Duncan, *That was Business, This is Personal,* Secker & Warburg, London, 1990.

Charbonneau, Jean-Pierre, *The Canadian Connection,* Optimum, Ottawa, 1976.

Clark, T. and Tigue, J. J., *Dirty Money,* Millington Books, London, 1975.

Clifford, Clark, *Counsel to the President,* Random House, New York, 1991.

Clutterbuck, R, *Terrorism, Drugs and Crime in Europe after 1992,* Routledge & Kegan Paul, London, 1990.

Colodny, Len & Gettlin, Robert, *Silent Coup — The Removal of Richard Nixon,* Gollancz, London, 1991.

Cummings, John, and Volkman, Emest, *Goombata,* Little Brown, Boston, 1990.

Dean, John, *Blind Ambition,* Simon & Schuster, New York, 1976.
De Grazia, Jessica, *DEA — The War Against Drugs,* BBC Books, London, 1991.
Di Fonzo, Luigi, *St. Peter's Banker — Michele Sindona,* Franklin Watts, New York, 1983.
Dinges, John, *Our Man in Panama,* Random House, New York, 1990.
Eddy, Paul, *The Cocaine Wars,* Century Hutchinson, London, 1988.
Ehrenfeld, Rachel, *Evil Money,* HarperCollins, New York, 1992.
—, *Narco Terrorism,* Basic Books, New York, 1990.
Eisenberg, Dennis, Dann, Uri and Landau, Eli, *Meyer Lansky,* Paddington, London, 1979.
Eppolito, Lou et Drury, Bob, *Mafia Cop,* Simon & Schuster, New York, 1992.
Faith, Nicholas, *Safety in Numbers — The Mysterious World of Swiss Banking,* Hamish Hamilton, London, 1984.
Frances, Diane, *Contrepreneurs,* Macmillan, Toronto, 1988.
Franklin, R., *Profits of Deceit,* Heinemann, London, 1990.
Franzese, Michael & Matera, Dary, *Quitting the Mob,* HarperCollins, New York, 1992.
Freemantle, Brian, *The Fix,* Michael Joseph, London, 1985.
Gardner, Paul, *The Drug Smugglers,* Robert Hale, London, 1989.
Garrison, Jim, *A Heritage of Stone,* Putnam's Sons, New York, 1970.
—, *On the Trail of the Assassins,* Penguin, London, 1992.
Gugliotta, Guy and Leen, Jeff, *Kings of Cocaine,* Simon & Schuster, New York, 1989.
En France : *Les Rois de la cocaïne. Histoire secrète du cartel de Medellin,* Presses de la Cité, 1989.
Gurwin, Larry, *The Calvi Affair,* Macmillan, London 1983.
Hess, Henner, *Mafia and Mafiosi,* Saxon Hall, New York, 1973.
Hogg, Andrew, McDougal, Jim et Morgan, Robin, *Bullion,* Penguin Books, London, 1988.
Ianni, Francis and Reuss-Ianni, Elizabeth, *The Crime Society,* New American Library, New York, 1976.
En France : *Des affaires de famille : La Mafia à New York, lien de parenté et contrôle social,* Plon, 1973.
Intriago, Charles A., *International Money Laundering,* Eurostudy, London, 1991.
Jennings, Andrew, Lashmar, Paul and Simson, Vyv, *Scotland Yard's Cocaine Connection,* Cape, London, 1990.
Kaplan, David, *Yakuza,* Queen Anne, London 1987.
En France : *Yakuza, la Mafia japonaise,* Picquier, 1990.
Karchmer, Cliff, *Illegal Money Laundering — A Strategy & Resource Guide for Law Enforcement Agencies,* Police Executive Resources, Washington DC, 1988.
Katcher, Leo, *The Big Bankroll,* Harper & Row, New York, 1959.
Kempe, Frederick, *Divorcing the Dictator — America's Bungled Affair with Noriega,* Putnam, New York, 1990.
En France : *L'Affaire Noriega,* Presses de la Renaissance, 1990.

Kobler, John, *Capone,* Michael Joseph, London, 1972.
Kochan, Nick with Whittington, Bob and Potts, Mark, *Dirty Money — The Inside Story of the World's Sleaziest Bank,* National Press Books, Washington DC, 1992.
Koster, R. M. and Borbon, G. S, *In the Time of the Tyrants,* Secker & Warburg, London, 1990.
Kwitney, Jonathan, *The Crimes of Patriots,* Touchstone, New York, 1987.
Kwitney, Jonathan, *The Fountain Pen Conspiracy,* Knopf, New York, 1973.
Lacy, Robert, *Little Man,* Little Brown, New York, 1991.
Lance, Burt, *The Truth of the Matter,* Summit, New York, 1991.
Lane, Mark, *Plausible Denial,* Plexus, London, 1992.
Lemoux, Penny, *In Banks We Trust,* Anchor Press, New York, 1984.
Loftus, John and McIntyre, Emily, *Valhallas Wake,* Atlantic Monthly Press, New York, 1989.
McAlary, Mark, *Crack War,* Robinson Publishing, London, 1990.
McCarl, Henry N., *Economic Impact of the Underground Economy — A Bibliography on Money Laundering and Other Aspects of Off-the-Record Economic Transactions,* Vance Bibliographies, Monticello, Illinois, 1989.
Marchetti, Victor and Marks, John D., *The CIA and the Cult of Intelligence,* Dell, New York, 1980.
Milgate, Brian, *The Cochin Connection,* Chatto & Windus, London, 1987.
Mills, James, *The Underground Empire,* Doubleday, Garden City, New York, 1986.
En France : *L'Empire clandestin, cinq ans avec les Services secrets au cœur du crime organisé,* Albin Michel, 1986.
Mustain, Gene and Capeci, Jerry, *Mob Star — The Story of John Gotti,* Franklin Watts, New York, 1988.
Nash, Jay Robert, *Encyclopedia of World Crime,* Crime Books, New York, 1989.
—, *Hustlers and Con Men,* Evans, New York, 1976.
Naylor, R. T., *Hot Money and the Politics of Debt,* Unwin Hyman, London, 1987.
—, *Bankers, Bagmen and Bandits,* Black Rose, New York, 1990.
Nicholl, Charles, *The Fruit Palace,* Heinemann, London, 1985.
Nown, Graham, *The English Godfather,* Ward Lock, London, 1987.
O'Brien, Joseph, *Boss of Bosses,* Simon & Schuster, New York, 1991.
Perisco, Joseph, *Casey,* Penguin, New York, 1990.
Poppa, Terrence E., *Drug Lord,* Pharos Books, New York, 1990.
Posner, Gerald, *Warlords of Crime,* Queen Anne, London, 1989.
En France, *Triades, la Mafia chinoise,* Stock, 1990.
Possamai, Mario, *Money on the Run,* Penguin, Toronto, 1992.
Powers, Thomas, *The Man Who Kept the Secrets — Richard Helms and the CIA,* Pocket Books, New York, 1981.
En France : *Les Secrets bien gardés de la CIA,* Plon, 1981.

Powis, Robert, *The Money Launderers,* Probus Publishing, Chicago, 1992.
Prados, John, *Keepers of the Keys — A History of the National Security Council from Truman to Bush,* Morrow, New York, 1991.
Prince, Carl et Keller, Mollie, *The US Customs Service — A Bicentennial History,* Department of the Treasury, Washington DC, 1989.
Reader's Digest, *The Greatest Cases of Interpol,* Reader's Digest Books, New York, 1982.
Roark, Garland, *The Coin of Contraband,* Doubleday, Garden City, New York, 1984.
Robinson, Jeffrey, *Minus Millionaires,* Grafton, London, 1988.
Scheim, David, *The Mafia Killed President Kennedy,* W.H. Allen, 1988.
En France : *Dallas : 22 novembre 1963. Les Assassins du président John F. Kennedy,* Acropole, 1990.
Shannon, Elaine, *Desperadoes,* Viking, New York, 1988.
Short, Martin, *Crime Inc.,* Thames Mandarin, London, 1991.
—, *Lundy,* Grafton, London, 1992.
Sterling, Claire, *The Mafia,* Hamish Hamilton, London, 1990.
En France : *La Pieuvre, la Mafia à la conquête du monde 1945-1989,* Laffont, 1994.
Stewart, James B., *Den of Thieves,* Simon & Schuster, London, 1992.
En France : *Finance Connection,* Albin Michel, 1992.
Tanzi, Vito, éd., *The Underground Economy in the United States and Abroad,* collected articles for the International Money Fund, Lexington Books, Lexington, Mass., 1982.
Truell, Peter et Gurwin, Larry, *BCCI,* Bloomsbury, London, 1992.
Tyler, Gus, *Organized Crime in America,* University of Michigan Press, Ann Arbor. Mich., 1962.
Villa, John K., *Banking Crimes : Fraud, Money Laundering and Embezzlement,* Clark Boardman, New York, 1987.
Walter, Ingo, *Secret Money — The Shadowy World of Tax Evasion, Capital Flight and Fraud,* Unwin Hyman, London, 1989.
En France : *L'Argent secret, les Circuits, les Hommes, les Fortunes occultes,* Lattès/Hachette Expansion, 1986.
Woodward, Bob, *Veil — The Secret Wars of the CIA,* Simon & Schuster, New York, 1987.
En France : *CIA : guerres secrètes 1981-1987.* Stock, 1987.
Woodward, Bob and Bernstein, Carl, *All the President's Men,* Secker & Warburg, London, 1974.
—, *The Final Days,* Avon Books, New York, 1976.

## Périodiques

*ABA Banlang Joumal :*
July 1992 : « When money laundering law meets environmental risks. »

January 1991 : « Spotting and handling suspicious transactions. »
December 1990 : « Treasury takes next step on wire transfers. »
March 1990 : « From the money laundering front. »
March 1990 : « Stop the smurfs. »
November 1989 : « Bank secrecy revisited. »
July 1985 : « What you should know about money laundering law. »
*American Spectator :*
June 1992 : « The great ruble scam. »
September 1988 : « Losing the drug war. »
*Atlantic :*
January 1986 : « Coping with cocaine. »
*Baltimore Business Journal :*
June 25, 1990 : « Ruling links 1st National with CIA : suit names CIA as a codefendant. »
*Bank Management :*
April 1991 : « Wire transfer proposal : Treasury considers banker concerns. »
March 1991 : « Money laundering experts team up — on and off the job. »
*Banker :*
April 1990 : « What's in the suitcase ? »
*Banker's Magazine :*
March-April 1990 : « Money laundering. »
*Banker's Monthly :*
June 1988 : « Panama's banks take it on the chin. »
*Barron's :*
July 11, 1983 : « Where hot money hides : havens spring up all over the globe. »
*Boston Business Journal :*
July 15, 1991 : « Brockton Financial Services. »
*Boston College International and Comparative Law Review :*
Winter 1991 : « Bankers, guns and money. »
*Boston Magazine :*
July 1990 : « Bad influence — the trial of Joe Balliro. »
*Bottomline :*
March-April 1992 : « The bank secrecy law demands delicate decision making. »
*Business :*
June 1988 : « Underworld hijacks underground banking. »
*Business Horizons :*
September-October 1990 : « The continuing expansion of RICO in business litigation. »
*Business Journal of New Jersey :*
November 1990 : « A crazy scheme ? »
*Business Journal Serving Charlotte and the Metropolitan Area :*
April 13, 1992 : « Lawyer's conviction chills legal community. »
*The Business Journal Serving Greater Sacramento :*
June 4, 1990 : « Local money launderer prison bound. »
*Business Journal Serving Phoenix-the Valley of the Sun :*

March 11, 1991 : « Agreement reached on legislation aimed at money laundering. »
*Business Week :*
March 1, 1993 : « Cleaning up corruption is clobbering Italy Inc. »
April 13, 1992 : « How did so many get away with so much for so long ? »
April 6, 1992 : « Germany's brash new import — dirt money. »
December 16, 1991 : « Zorro, Gorby and Howard the duck. »
October 7, 1991 : « Could China become a least favored nation ? »
September 23, 1991 : « Psst, wanna buy a bank ? How about a few dozen ? »
August 26, 1991 : « Can Noriega drag the CIA into the dock with him ? »
July 22, 1991 : « The long and winding road to BCCI's dead end. »
May 20, 1991 : « The days are numbered for secret accounts. »
August 27, 1990 : « Insider trading — The intricate case of Ellis AG », « Centrust, the Saudi and the Luxembourg bank. »
June 4, 1990 : « Grabbing dirty money. »
February 19, 1990 : « Gambling big to nail Noriega. »
January 22, 1990 : « The Noriega " treasure chest ". »
October 2, 1989 : « The drug war European style. »
May 1, 1989 : « He started at the top and worked his way down. »
April 17, 1989 : « Getting banks to just say " no ". »
October 24, 1988 : « This bank may have been a laundry, too. »
May 23, 1988 : « The Oklahoma town that drug money bought. »
April 18, 1988 : « The Sicilian Mafia is still going strong. »
September 16, 1985 : « Big brother wants to see your bank book. »
September 9, 1985 : « The bank sting that's rocking Puerto Rico. »
March 25, 1985 : « Money laundering : the defense gets a star witness. »
March 18, 1985 : « Enlisting banks in the war on drugs » ; « The long and growing list of hot money havens », « In Colombia, dirty money passes through very clean hands », « Money laundering ; who's involved, how it works and where its spreading. »
March 11, 1985 : « Two brokerages get tangled in the money laundering net. »
March 4, 1985 : « Bank of Boston. »
February 25, 1985 : « An all out attack on banks that launder money. »
December 24, 1984 : « How Deak & Co. got caught in its own tangled web. »
*Columha Journalism Review :*
September/October 1991 : « Follow the drug money. »
*Commuter-Regional Airline News :*
May 25, 1992 : « L'Express owner gets prison term for money laundering. »
*Contemporary Crises :*
March 1990 : « The Chinese laundry. »
*Criminal Law Forum :*

Spring 1991 : « Money laundering, an investigatory perspective » ; « Convention on laundering. »
*Dallas Business Journal :*
April 19, 1991 : « Feds accused of misconduct in probe ; defendants in money laundering case claim agents hired prostitute. »
September 28, 1990 : « Reese deals probed as suits mount. »
May 7, 1990 : « Law firms fight over allegations of misconduct. »
*Economic Progress Report :*
June 1990 : « Action on money laundering. »
*Economist :*
August 1, 1992 : « The Escobar escape. »
May 9, 1992 : « Cash at any pride. »
April 25, 1992 : « Cleaning up the rupees. »
April 4, 1992 : « Calling earth, calling earth — the Noriega trial. »
February 22, 1992 : « Cleaning up whose act ? »
August 3, 1991 : « The opening-up of BCCI ; send for Richard Hannay ; some of it will prove false but enough of the BCCI-spies story looks true to give the intelligence agencies some tough questions to answer. »
June 15, 1991 : « Gilded cage — Pablo Escobar, head of Colombia's most important drug cartel, builds the prison where he will be held. »
March 16, 1991 : « Oh, my brass plate in the sun. »
December 1, 1990 : « Bombs and blackmail. »
October 27, 1990 : « Closing down the launderette. »
July 7, 1990 : « A clockwork future for Finanzplatz Schweiz ? »
June 9, 1990 : « Crime cracker. »
June 2, 1990 : « A president with guts, and a bullet-proof waistcoat. »
May 5, 1990 : « The muzziest of wars » ; « Flushing funny money into the open. »
January 27, 1990 : « How BCCI grew and grew. »
December 9, 1989 : « Stormy weather — Banking licences and politics of Montserrat. »
October 21, 1989 : « Follow the money » ; « On the run. »
September 16, 1989 : « Gun law — Colombia. »
September 9, 1989 : « Real war — The Medellin cartel in Colombia. »
August 26, 1989 : « Colombia's cocaine overdose. »
July 8, 1989 : « Clive of Havana — General Arnaldo Ochoa Sanchez convicted of drug trafficking. »
June 24, 1989 : « Limitless discretion — a survey of private banking ; money talks, wealth whispers. »
March 11, 1989 : « Dirty laundry. »
March 4, 1989 : « Whitewash or crackdown ? »
December 17, 1988 : « BCCI stands accused » ; « Love, honour, obey and resign. »
November 12, 1988 : « Check your case, sir ? »
October 15, 1988 : « Till drugs do us part. »

August 27, 1988 : « Five tiny secrets of success. »
August 20, 1988 : « Cleaning up dirty laundering. »
August 6, 1988 : « Columbus's islands. »
February 28, 1987 : « Taking crooks to the cleaners. »
*Esquire :*
October 1983 : « Cocaine, how you can bank on it. »
*EuroBusiness :*
June 1990 : « Cleaning up money launderers. »
*Euromoney :*
July 1989 : « Can the UBS colonels win the overseas battle ? »
December 1988 : « Sailing into the grand harbour. »
March 1987 : « Laundering law leaps across borders. »
*Europe 2000 :*
March 1990 : « Commission declares war on money laundering. »
*European Journal of International Affairs :*
Winter 1989 : « Drug money, hot money and debt. »
*Far Eastern Economic Review :*
March 15, 1990 : Japan — Dope dealers delight. »
*Financial Post :*
July 6, 1991 : « Bank shut in global crackdown. »
*Financial Services Report :*
August 29, 1990 : « Money laundering deterrence costs banks millions of dollars, survey shows. »
*Financial World :*
May 15, 1990 : « Dr. shoals. »
March 21, 1989 : « The IRS : the gang that can't shoot straight. »
November 29, 1988 : « The bank that knows too much. »
March 18, 1986 : « Secret money ; the world of international financial secrecy. »
September 18, 1985 : « The flip side of the coin. »
*Forbes :*
July 23, 1990 : « Middle East » ; « The Americas. »
November 13, 1989 : « The paradox of antidrug enforcement. »
October 30, 1989 : « In the all out drug war, a low cost blow to the jugular. »
May 29, 1989 : « Scam capital of the world. »
April 17, 1989 : « The Bulgarian connection. »
December 26, 1988 : « Drug smuggler's startup. »
November 14, 1988 : « Too rich to ignore. »
June 1, 1987 : « The biggest drug bust. »
April 6, 1987 : « Stash accounting. »
October 6, 1986 : « See no evil. »
May 5, 1986 : « T-man videos. »
April 7, 1986 : « New hub for an old web. »
September 23, 1985 : « America's Hottest Export-Funny Money Stocks. »
September 9, 1985 : « How the smart crooks use plastic. »
January 28, 1985 : « Guilt by association. »
December 5, 1983 : « Everybody's favorite laundryman. »

*Fortune :*
November 5, 1990 : « The S&L felons. »
June 20, 1988 : « The drug trade. »
March 2, 1987 : « Tumoil time in the casino business. »
April 1, 1985 : « Money laundering more shocks ahead » ; « Editor's Desk. »
April 4, 1983 : « The feds eye the herd ; Merrill Lynch swears off cash. »
*George Washington Journal of International Law and Economics :*
Issue #3 1989 : « Dollar diplomacy. »
*Governing :*
October 1990 : « To catch the drug kingpings, follow the money. »
*Insight :*
July 23, 1990 : « Cleaning out money launderers. »
August 21, 1989 : « Drug money soils cleanest hands. »
*International Financial Law Review :*
March 1990 : « Bank liability under the UN drug trafficking convention. »
*International Management :*
May 1991 : « Anxiety in the Alps. »
*Jewelers Circular Keystone :*
October 1991 : « Feds nab money launderers. »
May 1991 : « LU Kustom indicted in money-laundering case. »
*Journal of Accountancy :*
February 1992 : « RS says more businesses are complying with anti-moneylaundering rules. »
March 1990 : « The telltale signs of money laundering. »
*Kansas City Business Journal :*
August 2, 1991 : « FBI eyes financing efforts for topless bar. »
September 25, 1989 : « Ex-AMC exec indicted over ernbezzlement, money hundering, tax evasion also alleged. »
*Kyodo :*
July 29, 1992 : « Bankers group compiles manual to tackle Money laundering. »
*Law Enforcanent Bulletin :*
April 1990 : « Laundering drug money. »
March 1990 : « Our man in Panama : the creation of a thug. »
*Los Angeles Business Journal :*
June 3, 1991 : « Cash pay going under the table erodes economy. »
July 13, 1987 : « Barry Minkow's favorable treatment in press exposes reporters' own vulnerability to fraud. »
*Maclean's :*
August 5, 1991 : « A scandal in waiting. »
October 23, 1989 : « The laundering game : cleaning dirty money is crucial » ; « Canada's crackdown : a new law has led to more seizures » ; « Grabbing the drug bounty : the Miami tally is $150 million » ; « Hiding the drug money : criminals are using Canada to launder billions of dollars in drug profits. »
September 11, 1989 : « Terror in the drug world. »

September 4, 1989 : « The cocaine war : Washington and Bogota battle the drug lords. »
May 29, 1989 : « Battling crime through the banks. »
October 31, 1988 : « A dangerous trail ; police pursue profits from drug sales. »
November 2, 1987 : « Cashin in on ill-gotten gains. »
August 17, 1987 : « The criminal element. »
March 25, 1985 : « Trailing laundered cash. »
February 11, 1985 : « Questions behind locked doors. »
April 4, 1983 : « Offshore banking secrets. »
*Management Today :*
May 1990 : « The Mafia : the long reach of the international sicilian Mafia. »
*Multichannel News :*
August 19, 1991 : « Magness and Romrell tied to BCCI affiliate. »
*Nation :*
October 7, 1991 : « The C.I.A. and the cocaine coup. »
February 4, 1991 : « Tinker, tailor, banker, spy. »
November 19, 1990 : « The looting decade : S&Ls, big banks and other triumphs of capitalism. »
July 9, 1990 : « Minority Report - CIA involvement. »
March 26, 1990 : « Drugs. »
November 13, 1989 : « Get Noriega but don't touch the bankers. »
October 2, 1989 : « Contradictions of cocaine capitalism. »
August 27, 1988 : « Dealing with Noriega. »
February 20, 1988 : « Our man in Panama. »
November 7, 1987 : « The crimes of patriots : a true tale of dope, dirty money, and the CIA. »
September 5, 1987 : « How the drug czar got away. »
August 29, 1987 : « The Iran Contra connection : secret teams and covert operations in the Reagan era. »
February 21, 1987 : « Crazy Charlie - Carlos Lehder Rivas. »
September 6, 1986 : « The offshore money ; Swiss banks still sell secrecy. »
February 23, 1985 : « Stop blaming the system. »
February 18, 1984 : « The Miami connection. »
*Nation's Cities Weekly :*
July 24, 1989 : « Crime pays off for Torrance Calif. »
*National Review :*
March 30, 1992 : « BCCI and Senator Kerry revisited. »
December 16, 1991 : « Godfather Fidel. »
October 7, 1991 : « The real scandal - BCCI. »
*National Underwriter Property & Casualty-Risk & Benefits Management :*
June 24, 1991 : « La. regulator sent to prison ; called " amoral ". »
June 11, 1990 : « Grand jury indicts La. commissioner in Champion case. »
*New Internationalist :*
October 1991 : « How to make dirty money squeeky dean. »

*New Leader :*
September 18, 1989 : « A country under siege ; fighting anarchy in Colombia. »
*New Republic :*
November 27, 1989 : « The kingdom of cocaine : the shocking story of Colombia's habit. »
September 18, 1989 : « A mess in the Andes Columbia's government-by-cocaine. »
June 12, 1989 : « Dear Manny. »
March 13, 1989 : « Robbin' Hoods : how the big banks spell debt " relief ". »
April 15, 1985 : « Inside dope in El Salvador : where did d'Aubuisson's pal come up with $6 million in cash. »
*New York :*
August 26, 1991 : « A Noriega laundry. »
January 22, 1990 : « The Panama connection. »
October 31, 1993 : « Money laundering : how crooks recycle $80 billion year in dirty money. »
January 23, 1978 : « Ladies of the night clean up their act. »
*New York Times Magazine :*
March 29, 1992 : « Where the money washes up. »
*New York University Journal of International Law and Politics :*
Summer 1984 : « The use of offshore institutions to facilitate criminal activities in the United States. »
*Newsweek :*
November 16, 1992 : « A CIA-BNL link ? »
October 12, 1992 : « The last martini. »
August 21, 1991 : « The CIA and BCCI » ; « The bank that prays together. »
August 5, 1991 : « What did they know — and when ? »
March 18, 1991 : « The pain of a power broker. »
April 10, 1989 : « A drug crackdown in the Alps » ; « A bungled deal with Panama. »
March 27, 1989 : « Scandal in Switzerland. »
February 22, 1988 : « The dictator on the dock. »
September 23, 1985 : « Hong Kong's funny money. »
May 20, 1985 : « E.F. Hutton : it's not over yet. »
February 25, 1985 : « Banking by paper bag. »
March 28, 1983 : « Trying to shut down the money laundry » ; « The grandma Mafia on trial. »
*Penthouse :*
April 1984 : « Blood money. »
*People :*
August 6, 1990 : « A conspiracy of crowns. »
June 19, 1989 : « Masters of deception ; a prominent Indiana family in exile is accused of running a drug ring. »
*Philadelphia Magazine :*
July 1985 : « The day they raided Shearson. »
*Pittsburgh Business Times :*

October 14, 1991 : « Coastal Marketing owner pleads guilty to $ 2.2 million loan scam. »
March 18, 1991 : « Local businessmen indicted in alleged drug-money deals. »
*Playboy :*
May 1990 : « Just say nothing, Noriega ; we created the monster we've now propped up on trial. Could be kind of awkward. »
November 1989 : « Inside job ; the looting of America's savings and loans. »
November 1987 : « The crimes of patriots »
*Progressive :*
June 1992 : « The banker who said no to the CIA. »
*Reader's Digest :*
September 1978 : « The Swiss connection. »
*Regardie's Magazine :*
April-May 1991 : « What did Clark Clifford know, and when did he know it ? »
March 1990 : « R.I.P. DRG : the rise and fall of a real estate dynasty. »
*San Antonio Business Journal :*
June 21, 1991 : « Feds crack down on exchange houses. »
*San Diego Business Journal :*
October 8, 1990 : « Silberman is fined for money laundering role. »
*Security Management :*
May 1990 : « When the walls come tumbling down. »
*Social Studies Review :*
June 1991 : « Big crime — The international drug trade. »
*SwissBusiness :*
May-June 1990 : « Keeping to the code ; Switzerland's bankers have set up their own good-conduct guidelines. »
January-February 1990 : « Tackling a tarnished image. »
*Sunday Correspondent Magazine :*
July 1990 : « The Florida sting. »
*Time :*
October 12, 1992 : « Follow the money. »
March 23, 1992 : « Drug money fears halt state bond sale. »
December 16, 1991 : « All that glitters. »
July 21, 1991 : « The dirtiest bank of all. »
March 4, 1991 : « A capital scandal. »
December 3, 1990 : « The fling of the high roller living in a ghetto, the coke trade from poverty to riches and into prison » ; « Meanwhile, in Latin America : with whole economies at stake, the drug war rages on. »
November 26, 1990 : « Meanwhile, back in Panama : If the Noriega trial seems like a fiasco, consider the plight of his country one year after the U.S. invasion. »
June 25, 1990 : « Grapevine — France may legalize brothels to combat AIDS, drug money laundering. »
February 19, 1990 : « Too soft on the laundry. »

January 29, 1990 : « Kink in the drug pipeline. »
January 15, 1990 : « Noriega on ice. »
December 18, 1989 : « A torrent of dirty dollars. »
October 16, 1989 : « Putting an ear to the wires. »
August 21, 1989 : « Wringing out a money laundry. »
April 24, 1989 : « Crackdown on Swiss laundry. »
October 31, 1988 : « Indicted, Patrick Swindall. »
October 24, 1988 : « The cash cleaners. »
February 22, 1988 : « Noriega's money machine ; his former aides tell of corruption on a grand scale. »
February 8, 1988 : « A briefcase for the general ? »
January 18, 1988 : « Afoot in a field of men. »
July 20, 1987 : « ZZZZ Best May Be ZZZZ worst. »
May 18, 1987 : « Hooking some big fish. »
July 7, 1986 : « Washday blues ; scandal strikes Shearson. »
February 3, 1986 : « Painful legacy- BankAmerica's bad days. »
December 2, 1985 : « Fetal delusions ; a shooting on Wall Street. »
October 28, 1985 : « My, what a friendly customer. »
September 9, 1985 : « Record fine for Crocker National Bank. »
July 1, 1985 : « Cleaning up the cash laundry. »
March 25, 1985 : « Crackdown on greenwashing, lawmakers warn banks to quit helping criminals launder money. »
March 11, 1985 : « Boston's embattled bank. »
February 25, 1985 : « Dirty cash and tarnished vaults ; two large US banks struggle to recover from serious missteps ». « Fighting the cocaine wars : drug traffic spreads, and the U.S. finds itself mired in a violent, losing battle. »
February 18, 1985 : « Carry on cash connection. »
November 12, 1984 : « Dirty money in the spotlight : a proposal to get tough on banks that launder cash. »

*Travel Weekly :*

June 4, 1992 : « Helping the IRS. »
May 28, 1992 : « Money-laundering regulations redefine cash. »
December 17, 1990 : « Large cash sales must he reported. »
April 23, 1987 : « Drug trafficking, money laundering and the travel industry. »
March 9, 1987 : « Weak currencies and weak agencies recipe for riches in Nigerian scheme » ; « Airline crackdown shows results against money laundering scam. »

*United States Banker :*

November 1989 : « Snaring the smurfs. »

*US Department of State Bulletin :*

September 1986 : « Narcotics trafficking in Southwest Asia. »

*US Department of State Dispatch :*

August 17, 1992 : « Statement on Pablo Escobar Gaviria. »
May 11, 1992 : « Narcotics activities in Panama : mutual legal assistance treaty needed » (address by R. Grant Smith).
March 2, 1992 : « Progress in the international war against illicit

drugs » (Melvyn Levitsky address) ; Fact sheet : combating drug money laundering. »
September 10, 1990 : « International narcotics control. »
September 3, 1990 : « Narcotics : threat to global security. »
*US Distribution Journal :*
November 1989 : « Cash business targeted for laundering probe. »
*US News & World Report :*
October 19, 1992 : « Cocaine kings and Mafia dons — Crime in Italy and Colombia. »
December 23, 1991 : « New target — the Cali cartel. »
August 26, 1991 : « Washing the dirtiest money : why drug lords don't need BCCI to launder cash. »
August 19, 1991 : « How BCCI banked on global secrecy. »
August 5, 1991 : « Was there a BCCI coverup ? In Washington and London, fallout from the rogue bank is spreading. »
January 28, 1991 : « Jorge Luis Ochoa Vasquez. »
December 31, 1990 : « Easing back in the war on drugs ? »
April 30, 1990 : « The drug warriors' blues. »
January 29, 1990 : « The godfathers of cocaine cry uncle. »
January 15, 1990 : « The case against Noriega. »
December 18, 1989 : « To each according to his greed ? »
August 21, 1989 : « The drug money hunt. »
April 10, 1989 : « Hot money : city of angels, indeed. »
October 24, 1988 : « Caught in the money laundry wringer. »
July 4, 1988 : « Psst — Swiss accounts are no secret. »
May 30, 1988 : « A king pin falls. »
April 11, 1988 : « Inside America's biggest drug bust. »
February 15, 1988 : « Tales of a pineapple pol. »
February 8, 1988 : « How cocaine rules the law in Colombia. »
January 11, 1988 : « The Honduras connection ; drugs and money » ; « A narco traficante's worst nightmare. »
February 16, 1987 : « Caught — cocaine's Mr. Big. »
December 8, 1986 : « How White House built a " black ops " fund. »
June 2, 1986 : « Why it's getting tougher to hide money. »
March 31, 1986 : « Europe's immigration battles ; slowdown of economies, ethnic discord set off backlash. »
February 3, 1986 : « Busting the mob. »
March 11, 1985 : « Banks caught in fed's squeeze on mobsters. »
November 5, 1984 : « Asian gangs stake out turf in US. »
April 23, 1984 : « Breaking up the pizza connection. »
August 1, 1983 : « Computer cops : on the trail of runaway dollars » ; « Offshore tax havens lure Main Street money. »
*Variety :*
May 15, 1985 : « Casino industry united in opposition to laundering regs. »
*Vital Speeches :*
July 15, 1990 : « Money laundering, you make it, we'll take it. » (Richard Thornburgh address).

April 15, 1990 : « Dirty business — money laundering and the war on drugs. » (Helen K. Sinclair address)
*Washington Business Journal :*
June 25, 1990 : « Suit says Maryland bank masked CIA transactions. »
*Washington Monthly :*
June 1991 : « Cliffhanging ; how the consummate counsel came to need a lawyer. »
October 1987 : « Hot money and the politics of debt. »
*Washingtonian :*
January 1992 : « Dirty money. »
*Whole Earth Review :*
Spring 1988 : « The Iran Contra Connection. »
*Women's Wear Daily :*
April 7, 1992 : « Paris cops bust 100 laundering money in luxury shops. »
*World of Banking :*
September-october 1990 : « Money laundering — problems and solutions for the banking industry. »
*World Press Review :*
November 1985 : « Drugs and tax havens. »

## Journaux

Les sources d'information tirées des journaux sont trop nombreuses pour qu'il soit possible de les citer en détail. Nous nous contenterons donc de mentionner les supports où sont parus les articles consultés pour cet ouvrage.

États-Unis : the *Atlanta Constitution,* the *Boston Globe,* the *Chicago Daily News,* the *Chicago Tribune,* the *Christian Science Monitor,* the *Dallas Morning News,* the *Detroit News,* the *Los Angeles Times,* the *Miami Herald,* the *Montreal Gazette,* the *New York Times,* the *Toronto Globe and Mail,* the *Wall Street Journal* et the *Washington Post,* ainsi que les dépêches de l'Associated Press.

Grande-Bretagne : the *Financial Times,* the *Guardian, The Independent,* the *International Herald Tribune,* the *Mail,* the *Mail on Sunday,* the *Independent on Sunday, The Sunday Times,* the *Sunday Telegraph,* the *Telegraph, The Times,* ainsi que les dépêches de Reuters et the Press Association.

Nous avons également consulté les principaux quotidiens français, italiens, allemands et suisses ainsi que les dépêches de l'Agence France Presse.

## Sources Diverses : Rapports, Essais, Transcriptions

Ashe, Michael, « Money Laundering — Domestic Legal Issues, » Paper delivered to the Conference on Money Laundering, Richards Butler, London, 1992.

Ashe, Michael, « Reflections on Civil Liability, » Paper delivered to the Conference on Money Laundering, Henry Stewart Conference Studies, London, 1991.
Bank of England, *Countering Money laundering,* London, 1992. Bank of England, *Money Laundering — Guidance Notes for Banks and Building Societies,* London, 1990.
Bank for International Settlements, *Statistics on Payment Systems in Eleven Developed Countries,* Basle, 1992.
Basle Committee on Banking Regulations and Supervisory Practices, *Statement of Principles on Prevention of Criminal Use of the Banking System for the Purpose of Money laundering,* Basle, 1988.
Bosworth-Davies, Rowan, « Money Laundering — Looking Towards the Future from a European Perspective », Private paper, London, 1992.
Bosworth-Davies, Rowan, « What Money Is It ? » Paper delivered to the Conference on Money Laundering, Henry Stewart Conference Studies, London, 1991.
Brightwell, Tony, « The Laundering of Criminal Funds », Paper delivered to the Conference on Money Laundering, Richards Butler, London, 1992.
British Commonwealth, *International Efforts to Combat Money Laundering,* Cambridge International Document Series Vol. 4, Grotius Publishing, Cambridge, England, 1992.
British Commonwealth, *Scheme Relating to Mutual Assistance in Criminal Matters Within the Commonwealth, Including Explanatory Commentary,* London, 1990.
British Commonwealth, *Extracts from the Commonwealth Heads of Govemment Meeting,* Kuala Lumpur, 1989.
Brooks, Christopher, What the Police are Doing — When and How to Contact Them, Paper delivered to the Conference on Money Laundering, Henry Stewart Conference Studies, London, 1991.
Cassidy, William, « Fei-Ch'ien — Flying Money — A Study of Chinese Underground Banking », annotated text of an address before the Asian Organized Crime Conference, Ft Lauderdale, 1990.
Clutterbuck, R, *Terrorism,* Wrexton Paper Series, Wrexton CoUege Wrexton Abbey, England, 1990.
Conway, Robert, « The Techniques of Money laundering — Who Does What », Paper delivered to the Conference on Money Laundering, Henry Stewart Conference Studies, London, 1991.
Council of Europe, *Recommendations of the Committee of Ministers on Measures Against the Transfer and Safekeeping of Funds of Criminal Origin,* Strasbourg, 1980.
European Economic Community, *The Convention on Laundering, Search, Serzure and Confiscation of the Proceeds from Crime,* Brussels, 1990.
European Economic Community, *Payment Systems in EC Member States,* Committee of Governors of the Central Banks of the Member States of the European Economic Community, Brussels, 1992.
European Economic Community, *Proposal for a Council Directive on*

*Prevention and Use of the Financial System for the Purpose af Money Laundering,* Brussels, 1989.
Federal Bureau of Investigation, Criminal Investigation Division, *The Cosa Nostra in Canada,* Washington DC, 1985.
Federal Bureau of Investigation, Criminal Investigation Division, *Colombian Narcotics — Trafficking Organizations,* Washington DC, 1986.
Financial Action Task Force, *Notes from the Caribbean Drug Money Laundering Conference,* Aruba, 1990.
Financial Action Task Force *Report on Money Laundering,* Paris, 1990.
Financial Action Task Force, *Economic Declaration of the G-7,* Paris, 1990.
Gilmore, Dr William C, International Responses to Money Laundering — A.
General Overwiew, « Paper given at the Money Laundering Conference of the European Committee on Crime Problems », Strasbourg, 1992.
Haines, Peter, « How To Identify and Prevent Potential Money Laundering Schemes », Paper delivered to the Conference on Money Laundering Henry Stewart Conference Studies, London, 1991.
House of Commons, Treasury Committee, *Report on Banking Supervision and BCCI — International and National Regulation,* London, 1991.
Hurley, Peter, « Prevention and Staff Training », Paper delivered to the Conference on Money Laundering, Henry Stewart Conference Studies, London 1991.
Hyland, Michael, « The British Bankers Approach », Paper delivered to the Conference on Money Laundering, Henry Stewart Conference Studies, London, 1991.
National Crime Authority of Australia, *Taken to the Cleaners — Money Laundering in Australia,* Canberra, 1992.
President's Commission on Organized Crime, *Cash Connection — The Interim Report on Organized Crime, Financial Institutions and Money Laundering* Washington DC, 1984.
President's Commission on Organized Crime, *A Report to the President ana the Attomey General of the United States : America's Habit — Drug Abuse, Drug Trafficking and Organized Crime,* Washington DC, 1986.
President's Commission on Organized Crime, *The Impact — Organized Crime Today,* Washington DC, 1986.
Rider, Dr Barry A. K, « Fei Ch'ien Laundries — The Pursuit of Flying Money », *Journal of International Planning,* August, 1992.
Rider, Dr Barry A. K, « Techniques of Money Laundering », Paper delivered to the Conference on Money Laundering, Richards Butler, London, 1992.
Saltmarsh, Graham, « Understanding the UK Legislation », Paper delivered to the Conference on Money Laundering, Henry Stewart Conference Studies, London, 1991.

Solly, Mark W, *Offshore Havens — The Role and Responsibility of Financial Institutions to Assist in the Prevention of Money Laundering, Financial Supervision Commission, Isle of Man, 1989.*

Stucki, Dr H. U., « Swiss Banking Secrecy Revisited », private paper, Stucki & de Senarclens, Attorneys at Law, Zurich, September 9, 1992.

Tattersall, John, « Providing Assurance That All Is Well — What Role for the Internal and External Auditor », Paper delivered to the Conference on Money Laundering, Henry Stewart Conference Studies, London, 1991.

Tenth International Symposium on Economic Crime, *Hot, Dirty and Stolen Money — Identifying, Tracing and Restoring Flight Capital and the Proceeds of Crime,* Collected papers, delivered July 12-18, 1992, Jesus College, Cambridge.

Tupman, William, « The Laundering of terrorist Activities », Paper delivered to the Conference on Money Laundering, Richards Butler, London, 1992.

United Nations, *Political Declaration and Global Program of Action of the Genera Assembly,* New York, 1990.

United Nations, *Convention Against the illicit Traffic in Narcotic Drugs and Psychotropic Substances,* New York, 1988.

United Nations, *Comprehensive Multidisciplinary Outline of Future Activities in Drug Abuse Control,* New York, 1987.

United States Attorney for the US Southern District, Manhattan : « Chronology of Events » (prepared for the jury considering the case known as « The Pizza Connection »), New York, 1985.

United States Department of State, *Agreement with the Government of Venezuela Regarding Cooperation in the Prevention and Control of Money Laundering Arising from Illicit Trafficking in Narcotic Drugs and Psychotropic Substances,* Washington DC, 1990.

United States Department of State, Bureau of International Narcotics Matters, *International Narcotics Control Strategy Reports,* Washington DC 1988, 1989, 1990, 1991.

United States Department of State, *Progress in the International War Against Illicit Drugs.* Transcript of an address by Melvyn Levitsky, Assistant Secretary of State for International Narcotics Matters, Washington DC March 2, 1992.

United States Department of the Treasury, Financial Crimes Enforcement Network, *An Assessment of Narcotics Related Money Laundering,* Washington DC, 1992.

United States House of Representatives, Hearings before the Committee on Banking, Finance and Urban Affairs, *Bank of Credit and Commerce International (BCCI) Investigation,* Washington DC, 1991, 1992.

United States House of Representatives, Subcommittee on Financial Institutions, Supervision, Regulation and Insurance of the Committee on Banking, Finance and Urban Affairs, *Statement on Behalf of the American Bankers Association on Money Laundering Deterrence by Boris F. Melinkoff,* Washington DC, March 8, 1990.

United States Senate, Foreign Relations Committee, *Testimony of the Deputy Secretary of the Treasury, the Honorable John E. Robson, on the Work of the G-7 Financial Action Task Force on Money Laundering,* Washington DC, April.

United States Senate, Hearings before the Permanent Subcommittee on Investigations of the Committee on Governmental Affairs, *Drugs and Money Laundering in Panama,* Washington DC, 1988.

United States Senate, Hearings before the Subcommittee on Consumer and Regulatory Affairs of the Committee on Banking, Housing and Urban Affairs, *The Bank of Credit and Commerce International,* Washington DC, 1991.

United States Senate, Hearings before the Subcommittee on Terrorism, Narcotics and International Operations of the Committee on Foreign Relations, *The BCCI Affair,* Washington DC, 1991, 1992.

United States Senate, Hearings before the Subcommittee on Terrorism, Narcotics and International Operations of the Committee on Foreign Relations, *Panama,* Washington DC, 1988.

The United States Senate, Permanent Subcommittee on Investigations of the Committee on Government Operations, *Final Report of the McClellan Subcommittee — Organized Crime and Illicit Traffic in Narcotics,* Washington DC, 1965.

United States Senate, Report of the Subcommittee on Terrorism, Narcotics and International Operations of the Committee on Foreign Relations, *BCCI-Affair,* Washington DC, 1992.

World Ministerial Summit, *Declaration to Reduce Demand for Drugs and to Combat the Cocaine threat,* London, 1990.

Wren, Tim, « Money Laundering Legislation », Paper delivered to the Conference on Money Laundering, Richards Butler, London, 1992.

# Table

*Cet ouvrage a été composé*
*par l'Imprimerie* BUSSIÈRE
*et imprimé sur presse* CAMERON
*dans les ateliers de* B.C.I.
*à Saint-Amand-Montrond (Cher)*
*en septembre 1995*

N° d'édition : 200197. N° d'impression : 2006-1/1753.
Dépôt légal : septembre 1995

*Imprimé en France*

